Philippe Georget

FRÜHLING LÄSST SEIN SCHWARZES BAND

Ein Südfrankreich-Krimi

Aus dem Französischen
von Barbara Ostrop

Ullstein

Besuchen Sie uns im Internet:
www.ullstein.de

Deutsche Erstausgabe im Ullstein Taschenbuch
1. Auflage April 2023

Die französische Originalausgabe erschien 2020 unter dem Titel
Une ritournelle ne fait pas le printemps
Umschlaggestaltung: zero-media.net, München
Titelabbildung: © FinePic®, München
Gesetzt aus der Albertina powered by *pepyrus*
Druck und Bindearbeiten: ScandBook, Litauen
ISBN 978-3-548-06592-2

ullstein

PHILIPPE GEORGET wurde 1963 geboren. Nach mehreren Jahren als Journalist für Rundfunk und Fernsehen hat er 2001 seine Familie in einen Campingbus gepackt, um einmal mit ihr das Mittelmeer zu umrunden. Seit seiner Rückkehr lebt er als Autor mit Frau und Kindern in der Nähe von Perpignan und läuft leidenschaftlich gern Marathon. Für seine Krimis hat er in Frankreich mehrere Preise gewonnen.

I

Der Mann an der Spitze trug eine lange rote Kutte. Auf seinem Kopf saß eine *caparutxa,* eine hohe, spitz zulaufende Kapuzenmaske, die sein Gesicht verdeckte. Zwei in den Stoff geschnittene Löcher ließen dunkle Augen mit einem aufmerksamen Blick erkennen.

Der *regidor* läutete die Eisenglocke, die er mit ausgestrecktem Arm hielt. Vier beunruhigende Glockenschläge. Mit schwarzem Chiffon verschleierte Trommler gaben die Antwort. Vier düstere Trommelwirbel.

Die Prozession der *Sanch* stellte sich auf, siebenhundert Personen nahmen ihre Plätze ein. Hinter der Gruppe der Trommler näherte sich ein barfuß gehender Büßer. Auf einen Gurt, den er um die Hüfte trug, hatte er ein drei Meter hohes Kreuz gestützt. Schwer. Eindrucksvoll. Das *Creu dels Improperis* symbolisierte die von Christus während der Passion erduldeten Kränkungen. Am Holz des Kreuzes waren Nägel, eine Lanze, ein Hammer und weiteres Gerät befestigt, insgesamt dreizehn Leidenswerkzeuge. Hinter dem Kreuz folgte das erste *misteri.* Deren würde es um die dreißig geben. Sie wurden auf den Schultern der Büßer getragen und stellten die Szenen des Kreuzwegs nach. Das älteste *misteri* stammte noch aus dem 17. Jahrhundert. Das schwerste wog zweihundertfünfzig Kilo und musste von zwölf Männern getragen werden.

Alle Männer waren maskiert, sie steckten unter der traditionellen *caparutxa,* die im Gegensatz zur Kutte des *regidor* bei ihnen tiefschwarz glänzte. Ursprünglich hatte das Wort *caparutxa* nur die Kapuze selbst bezeichnet, doch inzwischen umfasste der Begriff das gesamte Gewand der Büßer: eine lange Kutte aus Sackleinen, die bis zu den Füßen reichte. Die einzige Verzierung dieser strengen Kleidung war eine Kordel, deren Farbe die Kirchengemeinde kennzeichnete, zu der der Träger gehörte. In der Prozession waren nur die Gesichter der Frauen unverhüllt. Mit ihrem geraden und strengen Rock, der schwarzen Weste und einer Mantille, die das Haar bedeckte, trugen sie Trauer um Jesus.

La Sanch, das kostbare Blut des Herrn. Die Lautsprecher knackten, und in der Menschenmenge, die sich um die Église Saint-Jacques drängte, trat Stille ein. In einer kurzen Predigt ehrte der Bischof von Perpignan die jüngst gestorbenen Attentatsopfer und versicherte, jedes Mal, wenn er den »gequälten und leidenden Christus am Kreuz« sehe, träten ihm ihre Märtyrergesichter vor Augen. Anschließend dankte er mit einigen Worten den Ordnungskräften, die die Zeremonie absicherten. Das Publikum applaudierte.

»Na, da können wir aber stolz sein«, murmelte Jacques Molina, Lieutenant der Polizei, seinem Kollegen ins Ohr. Als wenn sie nichts anderes zu tun hätten.

Angesichts der Gefahr durch Terroristen verschlang der Schutz der Osterprozession jedes Jahr mehr Mittel. Abgestellt waren etwa fünfzig städtische Polizisten, verstärkt durch rund dreißig Mitarbeiter des Commissariats von Perpignan, eine Einheit von Soldaten der Opération Sentinelle sowie einige Agenten des Inlandsgeheimdienstes, die sich in Zivil unter die Menge gemischt hatten.

»Mecker nicht. Immerhin ist das Wetter schön.«

Lieutenant Gilles Sebag zog die Armbinde mit der Aufschrift

Polizei zurecht, die an seiner Jacke befestigt war. Er freute sich eher, dass er dabei sein konnte. Geboren war er vor zweiundvierzig Jahren in einer Vorstadt von Paris und erst vor gut zehn Jahren in die katalanische Region gezogen. Mit stets wieder neuem Staunen verfolgte er jeden Karfreitag die Prozession der *Sanch*. Selbst wenn sie heute mehr Touristen und Neugierige anzog als Gläubige, verbreitete diese mehr als sechshundert Jahre alte Tradition in den Straßen Perpignans einen Hauch von Spiritualität, den er exotisch fand. Diese in Frankreich einzigartige Prozession war nur mit der im spanischen Sevilla vergleichbar.

Kreischendes Kinderlachen störte die letzten Worte des Bischofs. Ohne die finsteren Blicke zu beachten, die die Gläubigen ihnen zuwarfen, spielten die kleinen Gitans Fangen.

»Geht, amüsiert euch woanders«, forderte Molina sie auf.

»Peng«, erwiderte ein Kleiner von höchstens sechs Jahren und legte einen Finger auf das Schnellfeuergewehr des Polizisten.

Glücklicherweise zogen ein paar ältere Kinder den Frechdachs mit sich, weg von dem schon leicht erzürnten Molina. Sie vergnügten sich in der Menge wie ein Schwarm Spatzen.

Nach seiner Predigt stimmte der Bischof ein Gebet an. *Notre-Dame des douleurs*. In der Menge bekreuzigten sich einige. Anschließend ertönten im Glockenturm der Kirche drei Glockenschläge. Erneut klingelte die Eisenglocke des *regidor*, gefolgt von den Trommelwirbeln. Als dann ein düsterer Gesang aus den Lautsprechern ertönte, schritt der *regidor* gemessen voran. Hinter ihm setzte sich der Zug in Bewegung.

»Zurücktreten, bitte, zurücktreten.«

Zwei Polizisten der Antikriminalitätsbrigade hielten die Horde der Fotografen auf Abstand. Die Menge war dicht gedrängt, die Straße eng und die Vorschriften waren streng. Drei Meter mindestens.

Nach dem ersten Abbiegen ergoss sich der Zug auf die Place du Puig im Herzen des ärmlichsten von Perpignans Stadtvierteln. Im Umkreis dieses Platzes lebten beinahe fünftausend Gitans in einem Gewirr abbruchreifer oder sogar gesundheitsgefährdender Gebäude. Die vor Jahrhunderten in der katalanischen Region sesshaft gewordene Gemeinschaft hatte dieses Viertel im alten Stadtzentrum ab den Fünfzigerjahren besiedelt, da die ursprünglichen Bewohner sich anderswo modernere und geräumigere Wohnungen gesucht hatten.

Die Gitans, die zum größten Teil evangelikal waren, verfolgten die Prozession mit geradezu genüsslichem Interesse. Einige Alte hatten ihre Klappstühle auf die Straße gestellt und sich wie zu einem Schauspiel hingesetzt. Es war noch gar nicht so lange her, da wurden auch schon mal Eier auf den Zug geworfen. Eine Art Rache der Unterprivilegierten, da die bessere Gesellschaft Nordkataloniens reumütig unter ihren Fenstern vorbeidefilierte.

Im Quartier Saint-Jacques ging es noch einige Male um die Ecke, bevor sich die Prozession in die Rue Rabelais schob und die sanfte Steigung zum Stadtzentrum hinaufmarschierte.

• • •

Durch seine *caparutxa* vor den neugierigen Blicken der Menge geschützt, schritt er mit nackten Füßen über den Asphalt. Trotz seiner Erschöpfung hatte er dieses Jahr im Büßen noch einmal Trost gefunden. Gott verwehrte ihm diese flüchtige Ruhepause nicht.

In seiner Kindheit hatte Christian jeden Karfreitag an der *Sanch* teilgenommen, sich ihr aber dann als Jugendlicher entzogen. Erst spät war er zurückgekehrt. Und nach den vorgeschriebenen fünf Probejahren war er in den Schoß der Erzbruderschaft aufgenommen worden.

Doch Gott las in seiner Seele. Und trotz seiner Güte hatte er beschlossen, ihn zu bestrafen.

Ganz kurz schloss Christian die Augen. Die *goigs* schallten durch die Straße. Welcher Segen waren doch die katalanischen Gesänge!

Bei einer holprigen Stelle des rauen Asphalts zog er eine Grimasse, doch das konnte zum Glück keiner sehen. Die Buße war für ihn kein leeres Wort.

Gestern hatte er sich die Fußsohlen verbrannt, damit seine Haut empfindlicher wurde. Der Schmerz verband ihn direkt mit Gott. Ein Rausch, eine Ekstase. Früher hatte er sich gern mit kleinen Schnitten einer Rasierklinge verletzt, doch die zu leicht sichtbaren Wunden waren aufgefallen. Die Führung der Erzbruderschaft hatte damit gedroht, ihn auszuschließen. Heutzutage sprang man mit einem zu innigen Glaubenseifer streng um … Der war schlecht fürs Image. Sowohl in den Augen der Touristen als auch der Kirche.

Durch die Löcher in seiner *caparutxa* glitten seine Augen über die Menschenmenge. Erstaunte oder sogar spöttische Blicke, gezückte Fotoapparate und Handys. Die Fotos der Prozession erschienen sehr bald in den sozialen Netzwerken. Er stellte sich die Kommentare vor. Manche würden es niemals begreifen und erkannten in dieser katalanischen Tradition keinen Ausdruck des Glaubens, sondern nur Folklore. Andere stießen sich am Gewand, das sie an den Ku-Klux-Klan erinnerte.

Doch damit hatte die *Sanch* nicht das Geringste zu tun.

Eine der ursprünglichen Aufgaben der 1416 gegründeten Erzbruderschaft hatte darin bestanden, die zum Tode Verurteilten zum Galgen zu begleiten. Die von allen getragene Kapuzenmaske sollte verhindern, dass die Menge die Gefangenen lynchte. Nach der Hinrichtung sorgte die Bruderschaft für ein christliches Begräbnis der Bestraften.

Nein, die *Sanch* hatte wirklich nichts mit den grässlichen Übergriffen der amerikanischen Rassisten zu tun.

Er wendete den Kopf. Nach rechts. Nach links. Seine büßenden Mitbrüder gingen heiteren und vertrauensvollen Schrittes, ohne zu begreifen, dass sie seit dem Tag ihrer Geburt zum Tod verurteilt waren. Leben hieß schließlich nichts anderes, als sich zu bemühen, Tag für Tag und Minute für Minute den unentrinnbaren Verfall zu vergessen. Ein Herzanfall oder ein Krebsleiden, ein Autounfall, ein Mord … Früher oder später würde der Tod bei ihnen allen anklopfen. Welche Sünden sie auch begangen und welche guten Taten sie auch vollbracht haben mochten.

In den Teilnehmern der Prozession und in den Reihen derer, die sie lächelnd an sich vorbeiziehen sahen, erkannte er nur noch zum Tode Verurteilte, die einen Aufschub genossen. Und er selbst war als einer der Ersten dran.

Die hohe Silhouette des *regidor* bewegte sich langsam durch die Fußgängerzone des Zentrums. Gemessenen Schrittes gab er den Rhythmus des Zugs vor. Gleichzeitig legte er die Pausen fest. Kurze, jedoch häufige Halte. Dann nahmen die Träger der *misteri* die Last von ihren Schultern und legten die Stangen ihrer heiligen Tragen auf einer *forqueta* ab, einem von einem Halbmond aus Stahl gekrönten Stab. Für jedes *misteri* dirigierte ein Büßer das Manöver. Ein Stoß mit der *forqueta* auf den Asphalt signalisierte die Pause, zwei Stöße das erneute Losschreiten.

Sebag und Molina gingen gut dreißig Meter vor der Prozession. Sie beobachteten die Zuschauer, auf der Lauer nach dem geringsten Hinweis auf ein verdächtiges Verhalten.

»Der da wirkt undurchsichtig, oder?«, sagte Jacques und deutete mit dem Kinn auf einen jungen Mann, der abseits der Menge stand.

Der Mann hatte einen Fuß auf eine Metallbegrenzung gestellt und kratzte sich durch den Stoff seiner Hose hindurch ausgiebig die Wade.

»Was wirfst du ihm vor?«, fragte Sebag.

»Man hat das Gefühl, er tut nur so, als ob er sich kratzt, um unauffällig die Umgebung zu beobachten.«

Sebag schenkte dem Mann ein paar zusätzliche Sekunden. »Ich würde eher sagen, er tut so, als interessierte er sich für seine Umgebung, um zu kaschieren, wie dringend er sich kratzen muss.«

»Meinst du? Vielleicht hast du recht. Am Ende sehe ich noch in jedem einen Terroristen.«

Sebag legte die Hand auf das HK-G39, das Molina vor der Brust hielt. »Paranoia ist gar nicht gut, wenn man ein Schnellfeuergewehr mit sich herumschleppt.«

»Keine Sorge … Man hat es mir direkt vor dem Aufbruch in die Hände gedrückt, aber ich bin mir nicht einmal sicher, ob ich es bedienen kann.«

»Und das soll mich beruhigen?«

• • •

Der ergreifende Gesang des *miserere der Gehängten* schwebte über ihren Köpfen. Christian rezitierte fast lautlos ein Gebet. Bei gewissen Silben liebkosten seine Lippen den rauen, beruhigenden Stoff der *caparutxa*. Und sie tranken auch den Schweiß, der ihm übers Gesicht rann. Ohne Mitleid richtete die Sonne ihre heißen Strahlen auf die schwarze Kapuze.

Als sie eben ihre Gewänder angelegt hatten, hatte Douce

France ihn eigenartig angesehen. Ein neugieriges Lächeln auf den zarten Lippen.

Der religiöse Gesang brach ab. Nach einigem Knacken im Lautsprecher wurde der Bericht über das Leben des *sant* Vicenç Ferrer vorgetragen, des Dominikanermönchs, der die *Sanch* begründet hatte. Der Vortragende hatte die schöne, ernste und schleppende Stimme, mit der früher die Schauspieler sprachen. Die Tonaufzeichnung musste noch aus den Fünfzigerjahren stammen, als man die Prozession nicht mehr auf die Kathedrale beschränkt und den Büßern endlich wieder erlaubt hatte, durch die Straßen der Stadt zu schreiten. Christian kannte die Aufnahme auswendig, er achtete nicht mehr auf den Sinn, sondern nur noch auf die Melodie der Worte.

Für einige Sekunden schloss er die Augen. Er konnte gehen, ohne zu schauen, die Prozession trug ihn. Mit Sicherheit war es das letzte Mal, dass er teilnahm.

»Schaut mal den da an! Der ist ja barfuß!«

Er öffnete die Augen wieder. Kinder zeigten mit dem Finger auf ihn. Eine kleine Gruppe von vielleicht zwanzig Knirpsen, Jungen und Mädchen, höchstens zehn Jahre alt. Die *Sanch* war ein Symbol der Hinwendung der Katalanen zu ihrer Tradition, und einige Schulen lehrten ihre Geschichte. Pech für die Laizisten, die sollten sich zum Teufel scheren! Die Karfreitagsprozession gehörte ebenso zu dieser Region wie die Johannisfeuer, die *castellers* (Menschentürme), der Rugby-Verein USAP und der Tanz *sardane*.

Christian drehte den Kopf und betrachtete freudig die Kinder. Wieso redete man immer von Blondschöpfen? Die hier waren braunhaarig und trotzdem hinreißend. Was hätten diese Kinder wohl gesagt, schritten noch Flagellanten in den Reihen der *Sanch* mit, diese Büßer, die sich beim Gehen heftig den Rücken geißelten? Das waren extreme Praktiken, die die Kirche und die Stadtverwaltung Ende des 18. Jahrhunderts veranlasst hatten, die Prozession zu beschränken und schließlich ganz zu verbieten.

Waren sie wirklich extrem? Waren sie nicht eher dem barocken und allzu spanischen Charakter der *Sanch* zu verdanken, der damals die Feindseligkeit der französischen Behörden geweckt hatte?

Ah … Den Biss der Lederriemen auf seinem blutüberströmten Rücken zu spüren … Bei dieser Vorstellung überlief ihn ein Schauer. Das hätte er gebraucht, damit die Buße seine Gelüste für eine längere Zeit zähmte …

Er dachte an das neugierige Lächeln von Douce France. Ein hartes und distanziertes Lächeln, das er nicht an ihm kannte. Zweifellos ein Zeichen. Vielleicht ein Abschied. Es gab sehr wohl einen Verurteilten in dieser Prozession. Im ersten Moment empfand Christian Angst. Und dann Hoffnung.

• • •

Sebag und Molina trafen in der Rue Fontaine Froide ein. Vor dem Schaufenster eines Bistros standen Tische bis auf die Fahrbahn. Wenn der Zug hier vorbeikäme, gäbe es keinerlei Abstand zwischen den Gästen, den Touristen oder einem eventuellen Terroristen.

»Wie soll man einen solchen Saustall sichern?«, knurrte Molina. Auf den Abschnitten der Route, wo das größte Gedränge herrschte, trennten Metallsperren die Schaulustigen vom Zug. Doch überall sonst war der Zugang zur Prozession problemlos möglich. Sebag zuckte mit den Schultern.

»Jedenfalls sind die Büßer nicht die einzigen möglichen Zielscheiben. Hier haben wir alles in allem mindestens zehntausend Menschen. Da kann man eigentlich nur einen Volltreffer landen.«

Sie gelangten auf die Place de la Cathédrale, wo die Menge erneut von Absperrgittern auf Abstand gehalten wurde. Es erinnerte an ein Etappenziel der Tour de France. Oder, besser gesagt, an einen Zwischensprint. Denn die *Sanch* würde an diesem Ort nur kurz haltmachen.

Fünf Soldaten waren am Eingang zum Platz aufgestellt. Ihr Sergent trat zu den beiden Polizisten.

»Bleiben Sie während der Rede hier. Wir stellen uns vor der Kathedrale auf, da, wo die Plätze für den Präfekten, den Bürgermeister und die Stadträte sind …

»Seit wann kommandierst denn du hier?«, fauchte Molina. »Und was willst du damit eigentlich sagen? Dass sie durch euch besser geschützt sind?«

Der Soldat schielte auf die Maschinenpistole. Sebag spürte, dass er gleich eine Bemerkung darüber machen würde, wie Jacques seine Waffe hielt, und kam ihm zuvor. Jetzt war weder der Ort noch die Zeit für einen Kleinkrieg der Ordnungskräfte.

»Die Opération Sentinelle dient vor allem der Beruhigung. Die gewählten Vertreter werden sich freuen, Soldaten zu sehen.«

Der Sergent dankte ihm mit einem Nicken und führte seine Leute zur Kathedrale. Sebag legte seinem Kollegen die Hand auf den Arm.

»Beruhig dich. Schon in zwei Stunden fängt das Wochenende an.«

Die ersten Büßer hielten vor dem mittelalterlichen Brunnen auf dem Platz vor der Kathedrale. Sebag beobachtete die Füße, die vor ihm vorbeischritten, nur sie schauten unter den langen Kutten hervor. Manche Büßer trugen *vigatanes* – katalanische Espadrilles –, doch die meisten begnügten sich mit schlichtem schwarzen Schuhwerk. Manche gingen auch barfuß, ein Überbleibsel der Vergangenheit, das die Neugierigen faszinierte.

• • •

Die Prozession kam nun langsamer voran. Er wusste, dass die ersten Büßer an der Spitze sich bereits vor der Kathedrale aufstellten. Es würde heiß werden, schwer auszuhalten.

Darauf freute er sich bereits. Niemand konnte büßen, ohne zu leiden.

Er spürte die Anwesenheit von Douce France einige Meter hinter sich. Wie eine beruhigende Drohung. Unter seiner Kapuze lächelte er über diesen Ausdruck. Wie nannte man diese Stilfigur noch? Ah ja, ein Oxymoron. Die französische Sprache war nie seine besondere Stärke gewesen. Sein Gebiet war vielmehr die Musik. Man konnte nicht für alles begabt sein. Allerdings … Der *Poet* hatte zu seiner Zeit alle Talente besessen. Mit den Fingern begann er, auf seiner Kutte wie auf der Tastatur eines Klaviers zu spielen. Nur mühsam hinderte er sich daran zu summen.

Der *Engel* würde handeln. Davon war er inzwischen überzeugt. Der *Engel des Todes* würde sich nicht behindern lassen. Er würde mitten im Prozessionszug zuschlagen. Eines jedoch machte ihn traurig. Er hatte das Lächeln von Douce France entziffert, und er hatte darin auch Hass erkannt.

War das nach allem, was vorgefallen war, verwunderlich?

• • •

Per les obres de la Sanch, si us plau. Für die Werke der Sanch, bitte.

Sebag und Molina traten auseinander, um zwei Mitglieder der Erzbruderschaft vorbeizulassen, die die Kapuzen abgesetzt hatten und sie den Zuschauern umgedreht hinhielten, während sie am Absperrgitter vorbeigingen.

»Wenn sie ihre Kapuzen voll kriegen, so groß wie die sind, können sie sich für nächstes Jahr die Motorisierung ihrer *misteri* leisten«, witzelte Molina. »Wär doch drollig, diese ganzen Tragen mit einem kleinen Elektromotor ...«

Jacques, der aus Perpignan stammte, hatte ein zwiespältiges Verhältnis zu diesem Winkel Frankreichs, in dem er geboren war. Obgleich Katalane durch und durch, spöttelte er dennoch nur zu gern über diejenigen, die ständig die Flagge ihrer Identität hissten.

»Aber die Touristen können ruhig mal großzügig sein. Schließlich kriegen sie ein fantastisches Schauspiel geboten.«

Vor ihnen wurde ein *misteri* auf den Schultern einiger Frauen vorbeigetragen. Es stellte eine schwarz gewandete Madonna dar, die ein makellos weißes Tuch vor sich hielt. Schwerter durchbohrten ihr silbernes Herz. Zu Füßen der Jungfrau verbreiteten Sträuße von Levkojen ihren zarten Blütenduft. Zwei Sanitäter der Sécurité Civile verfolgten das Geschehen genau. Sie hatten erspäht, dass eine der Trägerinnen mit ihrer Last Mühe hatte.

Ein Paar Turnschuhe fiel Sebag ins Auge. Modische Sneaker, zweifellos unerschwinglich. Dunkel und nüchtern respektierten sie den Kleidungskodex, jedoch zweifellos nicht den Geist der Prozession. Sie wären Gilles gar nicht aufgefallen, hätte er nicht in den letzten Tagen die unglaublichsten Boutiquen besuchen müssen, wo man für Schuhe, die für ihn einfach nur Turnschuhe waren und bleiben würden, so viel bezahlen musste, als würden sie mit Gold aufgewogen. Sein Sohn Léo wurde bald achtzehn, und für seinen Geburtstag hatte er keinen anderen Wunsch geäußert. Wahnsinn pur!

Sebag spürte die Vibration seines Handys in der Hosentasche, hielt eine Reaktion aber nicht für angemessen. Immer mehr Büßer drängten auf den Platz. An der Spitze des Zugs wartete seinerseits der Bischof, umgeben von seinen Messdienern, vor dem Tor der Kathedrale.

Ein erneutes Rütteln in Sebags Hosentasche. Nach dem Anruf traf nun eine SMS ein. Es musste etwas Ernstes sein. Das Handy vibrierte schon wieder. Ein weiterer Anruf. Sebag las »Big Boss« auf seinem Display und nahm das Gespräch an.

»Ich brauche Sie, Gilles«, sagte Commissaire Castello. »Ein Überfall in einem Juweliergeschäft am Boulevard Clemenceau. Ich habe kaum mehr jemanden hier, beeilen Sie sich. Ménard und Llach werden Ihren Platz im Zug einnehmen.«

2

So, es war so weit, etwas passierte … an der Spitze des Zugs waren zwei Bullen in Zivil von Kollegen abgelöst worden und schlängelten sich in Richtung des Castillets durch die Menge, was der kürzeste Weg zum Boulevard Clemenceau war. Er konnte nicht auf seine Armbanduhr schauen, doch geplant war, dass alles losging, sobald die Prozession auf der Place Gambetta einträfe. Und derzeit lief alles wie vorgesehen.

Perfekt.

Der *regidor* schob sich zum Eingang der Kathedrale vor. Seine hohe Silhouette verbeugte sich vor dem *misteri* des Dévot-Christ, ein ausgemergelter Christus, der am Kreuz hing, vom Tod noch nicht bezwungen. Nach weiteren weitschweifigen Gesten trat der *regidor* in die Reihen zurück, und der Bischof hielt seine zweite Predigt.

Was für ein Theater! Welches Blabla!

Aus der Deckung eines Kebabs in der Avenue de la Gare hatte er auf den Aufbruch des *Schufts* zur *Sanch* gelauert. Anschließend hatte er sich ins Haus geschlichen, alles sauber gemacht, einige Schubladen durchwühlt und das Handy eingesteckt. Es hatte an seinem üblichen Platz gelegen. Auf einem Tischchen neben dem Klavier. Der *Schuft* nahm es niemals mit, wenn er wegging, er nutzte es letztlich nicht anders als ein Festnetztelefon. Der alte Idiot!

Er hatte die Batterie und die SIM-Karte herausgenommen und dann alles getrennt in verschiedene Mülleimer geworfen. Schließlich war auch er zur Église Saint-Jacques aufgebrochen. Ein bisschen verspätet, aber gerade noch rechtzeitig, um Treize über seine Pläne zu informieren. Scheiße noch mal, was hatte der Kerl für ein Gesicht gemacht! Doch es war zu spät für einen Rückzieher.

Neben ihm vergoss ein Kind heiße Tränen. *Pobret!* (Der Arme!) Mit einem schwarzen Brustlatz über der Tunika, die er zur Erstkommunion tragen würde, einem Kreuz um den Hals und mit streng geschnittenem Haar, das die Ohren freiließ, marschierte der wohl gerade einmal Siebenjährige in den dichten Reihen seiner unglückseligen Schicksalsgenossen mit … Auch er selbst hatte das einmal wie einen Kreuzweg erlebt. Haha! Kreuzweg! Ein besseres Wort gab es nicht …

Keine Angst, Kleiner. Nach dem, was gleich passiert, verlangen deine Eltern nächstes Jahr vielleicht nicht mehr von dir, dass du mitmarschierst …

Die gebeugte Silhouette des *Schufts*, der einige Meter vor ihm ging, wirkte resigniert … Er war total a. A. … Am Arsch. Es wurde Zeit, Schluss zu machen. Dieses beschissene Kapitel abzuschließen!

Er atmete tief ein. Er hatte die Latte sehr hoch gelegt, das war der Preis seiner Rache.

Aber er durfte es nicht vermasseln.

Noch einmal ließ er sich die Handbewegung durch den Kopf gehen, die er gleich durchführen würde. Er hatte sie tausendmal pantomimisch geübt. Und dann an einigen Streunerhunden. Gleich würde der große Moment kommen. Er würde seinen Plan perfekt durchziehen. Zu seiner großen Überraschung rief das heiß durch seine Adern strömende Blut keine Anspannung hervor, sondern eine extreme Ruhe, die bis in seinen Kopf aufstieg.

Wie ein Meister vor einer Aufführung.

Er war ein Meister … Er würde seine Heldentat vollbringen.

Endlich.

3

Auf den Fliesen des Geschäfts kniend, maß ein Notarzt den Blutdruck des Juweliers. Gleichzeitig stellte er ihm Fragen. Name, Alter, Beruf, das aktuelle Datum. Der übliche Test, mit dem überprüft wurde, wie weit ein Mensch, der einen Schock erlitten hatte, wieder bei sich war. Der Patient saß mit ausgestreckten Beinen auf dem Boden, den Rücken gegen einen Schaukasten mit Uhren gelehnt. Philippe Borell, zweiundsechzig, Juwelier, antwortete langsam, jedoch fantasievoll.

»Welches Jahr wir haben? Äh … 1977.«

Der Arzt zuckte zusammen.

»Das Jahr, in dem ich … in dem ich zwanzig war, Herr Doktor … Wären wir doch … nach 1977 … zurückgekehrt.«

Ein wenig Blut rann ihm vom Wangenknochen. Der Arzt öffnete den Klettverschluss um seinen Arm.

»Hundertvierzig zu siebzig. Ihr Blutdruck ist leicht erhöht.«

Er steckte das Gerät in seine Arzttasche zurück und holte eine Kompresse und Alkohol hervor, um die Wunde zu säubern. Dabei wandte er sich den beiden Polizisten zu und beantwortete die Frage, die sie noch gar nicht gestellt hatten:

»Monsieur Borell hat einen Hieb erhalten. Ich würde sagen … mit einem Zweifinger-Schlagring.«

Molina beugte sich über den Verletzten. Er verzog das Gesicht.

»Glauben Sie wirklich? Für einen Schlagring ist die Wunde nicht gerade tief …« Er wandte sich an den Juwelier.

»Haben Sie die Waffe gesehen?«

»An den Fingern von dem Kerl hat etwas geschimmert. Ich habe es für einen Ehering gehalten. Wohl eine Berufskrankheit …«

Molina legte ihm die Hand auf die Schulter, ein Lob für seinen Humor. Dann trat er einen Schritt zurück und überließ seinem Kollegen das Feld. Sebag holte sein Notizbuch hervor.

»Erzählen Sie uns bitte, was passiert ist.«

Der Juwelier hob den Kopf und sah sie an. Sein Gesicht war dicklich, seine Züge wirkten teigig. Um die fleischigen Lippen ließen tiefe Falten sein Alter erkennen. Doch seine gepflegte Frisur, noch immer voll und lockig, verlieh dem Ganzen ein wenig jugendlichen Schwung.

»Sie sind von hinten eingedrungen … dort geht eine Tür auf den Hof … Die Mieter parken da ihr Auto … Ich auch.«

Geistig wirkte er klar, doch mit dem Sprechen hatte er noch Schwierigkeiten.

»Es waren zwei … Sie trugen Schirmmützen und Masken … Sie haben mich mit Waffen bedroht …«

»Mit was für Waffen? Und was waren das für Masken?«

»Mit Pistolen, mehr kann ich nicht sagen, ich kenn mich da nicht aus. Die Masken waren aus Pappe … und stellten Carles Puigdemont dar.«

Nach dem Unabhängigkeitsreferendum Kataloniens, das von Madrid für gesetzeswidrig erklärt worden war, war der Präsident der *Generalitat* von Barcelona zur Flucht gezwungen gewesen, um nicht wegen Aufrufs zu Rebellion und Sezession verhaftet zu werden. Während die spanische Polizei ihn überall suchte, hatten immer wieder Unabhängigkeitsbefürworter auf den Straßen Barcelonas demonstriert, das Gesicht mit der Maske ihres Anführers bedeckt.

»Von denen gibt es jedenfalls genug«, merkte Molina an.

»Was haben die beiden nach dem Eindringen gesagt?«, fragte Sebag weiter.

»Nur ganz banale Sachen … So was wie: ›Keine Bewegung, sonst bist du tot.‹ Und dann: ›Nicht den Helden spielen, gib uns die Steine!‹«

»Die Steine?«

»Ich hatte gerade eine Lieferung mit Rohmaterial erhalten, Edelsteine und Halbedelsteine … Diamanten, Topase, Smaragde … auch Zitrin … und natürlich außerdem Edelmetalle, Gold, Silber … Platin. Ich hatte noch keine Zeit gehabt, das Material in den Tresorraum zu legen. Alles war noch draußen.«

Mit zitternder Hand deutete er auf den Ladentisch. Dort beschwerte ein Füller ein Blatt Papier.

»Das ist die komplette Liste … Der Lieferschein … Es war eine Sendung im Wert von genau 88 253 Euro.«

Molina stieß einen lauten Pfiff aus. Sebag notierte die Details. Etwas sprang sofort ins Auge. Doch es war noch zu früh, um es anzusprechen.

»Sonst haben die beiden nichts gefordert?«

»Nein. Sie haben weder von mir verlangt, den Safe zu öffnen, noch einen Schaukasten. Ich denke, das, was sie bekommen haben, hat ihnen gereicht …«

»Aber hallo … Mehr als achtundachtzigtausend Euro in was? Nicht einmal dreißig Sekunden?«, kommentierte Molina.

»Höchstens vierzig«, bestätigte der Juwelier. »Die Zeit ist immer schwer zu schätzen …«

»›Immer‹? Das war nicht Ihr erster Raubüberfall?«

»Nein. Der dritte.«

Für Sebag war das eine gute Nachricht: Er hoffte, dass die Zeugenaussage des Juweliers dadurch präziser ausfallen würde.

»Sie haben von zwei Tätern gesprochen. Die beiden waren zwar maskiert, aber trotzdem können Sie mir bestimmt mehr über sie erzählen. Ihr allgemeines Aussehen und ihre Körpermaße.«

Der Juwelier beschrieb zwei Männer, nach ihren geschmeidigen Bewegungen zu urteilen vermutlich jung. Der erste war größer als ein Meter achtzig und ziemlich muskulös. Seine braunen Haare fielen ihm in den Nacken. Der zweite war kleiner, höchstens ein Meter fünfundsiebzig, und fülliger. Sein kastanienbraunes Haar war kurz. Beide Täter trugen schwarze Sweatshirts und eine schwarze Hose. Ihre Hände steckten in schwarzen Lederhandschuhen. Sebag notierte diese Beschreibungen und gab dem einen im Geist den Vornamen Carles, dem anderen den Namen Puigdemont.

»Geredet hat der Größere, der Kleinere hielt sich ziemlich zurück«, fuhr der Juwelier fort. »Der Kleinere trug außerdem einen Schal um den Hals.«

Sebag notierte dieses Detail in Großbuchstaben. Es mochte sich noch als wichtig erweisen.

»Welcher von den beiden hat Sie geschlagen?«

»Der Kleinere.«

»Und hat er dabei irgendwas gesagt?«

»Äh, ja … Direkt vor dem Aufbruch … So was wie: ›Folge uns ja nicht, auf keinen Fall!‹ Und dann hat er, zack, zugeschlagen. Wie schon gesagt, es ging so schnell, dass ich den Schlag nicht habe kommen sehen.«

Sebag wartete ab, doch der Juwelier fügte nichts mehr hinzu. Daher kehrte er zu der Auffälligkeit zurück, die ihm kurz zuvor ins Auge gesprungen war.

»Die beiden waren gut informiert …«

Borell schnitt eine Grimasse, doch Sebag konnte nicht erkennen, ob die sich auf seine Bemerkung bezog oder vielmehr auf das Hantieren des Arztes, der gerade die beiden Wundränder zusammendrückte, um Steristrips aufzukleben. Der Juwelier streckte die zitternde Hand vor sich aus.

»Gut geht es mir nicht.«

Der Arzt wandte sich kurz von dem Wangenknochen ab, um die Pupillen zu untersuchen:

»Was genau empfinden Sie?«

»Ich habe Bauchschmerzen, und mir ist schlecht.«

»Das ist der Stress, die Nachwirkung. Ich verschreibe Ihnen ein Beruhigungsmittel.«

Während der Arzt ein letztes Wundpflaster aufbrachte, bemühte Sebag sich erneut um die Aufmerksamkeit des Juweliers.

»Wenn die beiden ohne weiteres Vorspiel ›die Steine‹ gefordert haben, müssen sie gewusst haben, dass Sie gerade diese Lieferung erhalten hatten, denken Sie nicht auch? War sonst noch jemand informiert? Vielleicht ein Mitarbeiter?«

»Ich arbeite allein.«

»Freunde? Familienmitglieder?«

»Ich habe mit niemandem darüber gesprochen.«

Seine Stimme wurde immer leiser.

»Sind Sie sicher, dass Sie gleich allein zurechtkommen?«, unterbrach der Arzt sie noch einmal. »Sie sind ganz bleich …«

»Ja, ja, es geht schon«, erklärte der Juwelier mit stockender Stimme und wandte sich dann erneut an die Polizisten. »Dauert es noch lange? Ich würde gern den Laden schließen und nach Hause gehen.«

Auf der Straße raste ein Einsatzfahrzeug vorbei, mit heulender Sirene. Feuerwehr. Sebag wartete ab, bis der Lärm vorbei war, ließ dann aber nicht locker:

»Nur noch zwei oder drei Fragen, wenn es Ihnen recht ist …«

Ein weiteres Fahrzeug bretterte mit heulenden Sirenen über die Straße. Diesmal ein Krankenwagen.

Dann plärrte erneut Sebags Handy. Wieder der Commissaire:

»Während der Prozession ist eine Massenpanik ausgebrochen. Place de la Loge. Ein Toter …«

Sebag wollte gerade einwenden, er sei hier noch nicht fertig und es seien genug Polizisten vor Ort, um sich des Vorfalls anzunehmen, doch Castello fasste sich genauer:

»Es handelt sich um einen Mord. Ein Büßer ist getötet worden. Molina soll beim Juwelier bleiben. Sie stoßen am Tatort zu Ménard.«

Jacques nahm die Maschinenpistole ab, die noch von seiner Schulter hing, und lehnte sie gegen den Sockel eines Schaukastens.

»Kannst du mir vielleicht ein paar Blatt Papier geben? Ich habe nichts bei mir, um mir Notizen zu machen.«

Sebag riss ein paar Seiten aus seinem Notizbuch. Der Arzt war ihrem Gespräch gefolgt und hatte seinerseits bei der Notrufzentrale angerufen, um durchzugeben, dass er für einen neuen Einsatz bereitstand. Sie verließen den Laden zur gleichen Zeit.

Sebag ging rasch den Boulevard Clemenceau entlang. Zwei weitere Feuerwehrfahrzeuge überholten ihn. Neben einem Müllcontainer lag ein Abfallsack mit aufklaffendem Innenleben. Ein Windstoß der Tramontane wehte ein Stück Plastikfolie hoch und ließ es in einem Wirbel durch die Luft flattern. Sebag blieb stehen und verfolgte das Schauspiel. Er hatte das Gefühl, wie dieser Streifen Kunststoff zu sein: hin und her geworfen von den Umständen …

4

Das schmiedeeiserne Schiff, das als Wahrzeichen über der Loge de Mer aufragte, schien eigens dort angebracht worden zu sein, um den Schauplatz der Tragödie zu kennzeichnen. Ein Stück darunter mokierte sich ein moosfreier Wasserspeier. Zu jener Zeit, als Perpignan seine Tuchwaren in den ganzen Mittelmeerraum und darüber hinaus exportierte, bot die Loge de Mer Raum für ein Konsulat und ein Seehandelsgericht. Heute beherbergte das gotische Gebäude hinter seinen Spitzbögen nur noch die städtische Touristeninformation, doch das war immer noch besser als das Fastfood-Lokal, das hier kurz nach der Jahrtausendwende florierte. Damals hatte Sebag noch nicht hier gewohnt, doch die Bürger Perpignans sprachen davon immer noch wie von einem Sakrileg.

Auf dem Platz herrschte Chaos. Die Absperrgitter und die Tische vor einem Café waren umgefallen. Zwischen zerbrochenen Tellern und Glasscherben bemühten Ärzte und Sanitäter sich um die Verletzten. Sebag kam auf ein knappes Dutzend. Trotz der Tränen, die noch flossen, und der erschreckten Gesichter war ihm klar, dass es sich hier nur um oberflächliche Verletzungen handelte. Kleinere Schnitte und ein paar Blutergüsse, nichts wirklich Schlimmes.

»Ich dachte, du wärst bei einem Raubüberfall?«

Sebag drehte sich um und begrüßte seinen Kollegen. François

Ménard verbarg seine Verärgerung nicht: Gilles' Auftauchen bedeutete, dass der Chef diesem die Leitung der Ermittlungen übergeben hatte, das war ihm klar. Ménard deutete auf eine ausgestreckte Gestalt auf dem Straßenpflaster.

»Darum geht es.«

Die Leiche war mit einem Tischtuch des Bistros abgedeckt worden. Neben ihr stand die Kapuze des Büßers auf dem Boden wie ein Kerzenleuchter bei einer Totenwache. Polizisten in Uniform bewachten den Bereich. Sebag gab die Anweisung, die Zone mit Zutrittsverbot noch ein Stück auszuweiten.

Dann kniete er sich bei der Leiche nieder und zog das Tischtuch weg.

Das Opfer musste um die sechzig sein. Die weißen Haare fielen ihm in Wellen bis zum Nacken herab. Die blassblauen Augen standen noch offen. Ein langer Schnitt durchzog die Kutte des Büßers. Das Blut hatte den Stoff verschmutzt, doch es war kaum etwas aufs Pflaster geflossen. Der Tod war schnell eingetreten.

»Ein Messerstich und dann eine kleine Bewegung nach oben, die das Herz durchbohrt hat.«

Joan Llach, ein weiterer Kollege vom Commissariat Perpignan, trat vor, um Gilles die Lage zu erklären. Und um zu verhindern, dass Ménard sich diese Kränkung antun musste.

»Ein Arzt, der für den Notfalldienst der Prozession eingeteilt war, hat den Tod festgestellt. Er ist rasch wieder aufgebrochen, hat uns aber seine Karte dagelassen.«

»Hast du eine Vorstellung, was vorgefallen ist?«

»Noch keine genaue. Wir hatten euren Platz vor der Spitze des Zugs übernommen, waren also etwa dreißig Meter vom Geschehen entfernt. Nach ersten Zeugenaussagen sind beim Durchzug der *Sanch* im Gedränge Knallkörper explodiert. Menschen haben geschrien, vor allem die *nines* sind in Panik geraten – die Mädchen.«

Er deutete auf eine Gruppe von fünf Jugendlichen, die unter einer Nackten aus Stein saßen, einer Plastik von Maillol.

»Sofort hat sich Panik ausgebreitet. Angesichts der Umstände ist das nicht verwunderlich.«

Solche Szenen waren auch schon andernorts vorgefallen. In Nizza zum Beispiel. Ein paarmal Knallen mit einer Schreckschusspistole hatte genügt, und die Menge war in Panik geraten. Fast ein Dutzend Menschen waren dabei leicht verletzt worden.

»Absperrgitter sind umgekippt, und das Chaos hat auf die Prozession übergegriffen«, fuhr Llach fort. »Ein *misteri* ist hingefallen …«

Erneut deutete er auf die Statue von Maillol. Von etwa zwanzig Büßern umgeben, wartete dort geduldig ein rot gewandeter Jesus, die rechte Hand über einen Kelch erhoben, den er in seiner Linken hielt.

»Als es gelungen war, die Ordnung wiederherzustellen, bemerkte man, dass einer der *caparutxes* nicht wieder aufstand.«

Sebag erinnerte sich, dass das Wort nicht nur die Kapuze und die Kutte bezeichnete, sondern dass man es auch für die Männer verwendete, die dieses Gewand trugen.

»Wir haben die Mädchen hierbehalten, und außerdem die *caparutxes,* die in der Nähe des Opfers gingen. Je zehn vor und hinter ihm. Doch wir hatten Anweisung, den Rest der *Sanch* weiterziehen zu lassen.«

Gilles war nicht begeistert. Zweifellos hatten wertvolle Zeugen den Tatort verlassen, doch wie sollte man mehrere Hundert Personen in der Nähe einer Leiche zurückhalten?

»Die anderen Büßer sind in Richtung der Église Saint-Jacques weitergezogen. Schweigend natürlich. Dort wird man ihre Personalien aufnehmen. Julie ist vor Ort und erstellt einen Plan: Wir werden genau wissen, wer auf dem Weg hierher wo im Zug war.«

Sebag unterließ einen Kommentar. Er wollte bei niemandem den Eindruck erwecken, dass er die Arbeit seiner Kollegen bewertete, nicht einmal lobend. Ihm war bewusst, dass er der Liebling des Commissaire war. Das war ihm oft peinlich, aber was sollte er machen? Er hatte keine Intrige gesponnen, um diese Stellung zu erlangen, und er hatte sogar die Beförderungen, die sein Chef ihm angetragen hatte, systematisch ausgeschlagen. Im Grunde wusste er, dass er diesen Status nur den Erfolgen seiner Ermittlungen verdankte. François Ménard wusste es ebenfalls. Und vermutlich brachte genau das ihn am meisten auf …

Sebag hob das Tischtuch ein bisschen höher, um die Leiche genauer zu betrachten. Der Büßer war barfuß.

»Was weiß man bisher über ihn?«

»Er hieß Christian Aguilar. Vor dreiundsechzig Jahren ist er in Perpignan geboren. Falls die Adresse des Personalausweises, den er bei sich trug, noch stimmt, wohnte er in der Rue Galceran de Villaseca. Ich glaube, sie liegt im Bahnhofsviertel.«

Joan Llach hatte den Straßennamen *»Villasec«* ausgesprochen, katalanisch, und das »a« am Ende verschluckt.

Gilles erhob sich langsam. Der Rücken tat ihm weh. In den letzten Wochen hatte er sein Lauftraining einstellen müssen. Ein erneuter Start in einem Marathon würde für lange Zeit ausgeschlossen sein.

»Wurde die Tatwaffe gefunden?«

»Noch nicht.«

Llach deutete auf einen Regenwasserablauf in zehn Metern Entfernung von der Leiche.

»Das Erste wird sein, den Gully unter die Lupe zu nehmen.«

»Zweifellos müsste man die anwesenden Büßer durchsuchen …«

»Das ist ein bisschen heikel, oder?«

»Ich habe einen Polizisten beauftragt, sie unauffällig zu beobachten«, mischte Ménard sich ein. »Und dieselbe Anweisung habe ich auch den Polizisten gegeben, die die verbliebene Prozession begleiten.«

Sebag legte so viel Wärme und Hochachtung wie möglich in den Blick, mit dem er seinen Kollegen ansah. François war ein guter und gewissenhafter Polizist. Ihm fehlten nur ein wenig Gespür und Glück.

Sebag entdeckte eine öffentliche Überwachungskamera, die zwanzig Meter entfernt an der Fassade des Rathauses angebracht war. Ménard war seinem Blick gefolgt.

»Der Tatort ist außerhalb des Bildwinkels, aber während du die Zeugen befragst, könnte ich die städtische Polizei anrufen. Vielleicht konnten sie den Vorgang direkt verfolgen.«

»Das wäre super …«

In Perpignan filmten mehr als zweihundert Kameras die Straßen rund um die Uhr. Sie wurden von der kommunalen Polizei betreut, doch die Polizisten des Commissariats nahmen sie oft für ihre Ermittlungen zu Hilfe. Während Ménard sich zum Telefonieren entfernte, ging Sebag zu den Mädchen. Sie waren vielleicht fünfzehn Jahre alt. So wie seine Tochter Séverine.

Von dem Vorfall erschüttert, drängten die Mädchen sich darum, Bericht zu erstatten. Gilles bat sie mit einer Handbewegung um Ruhe und deutete dann auf eine kleine Rothaarige, die ruhiger wirkte. Chloé erzählte, dass ihre Freundinnen und sie vorgehabt hätten, diesen Freitag in der Stadt shoppen zu gehen, und nur zufällig auf die Prozession gestoßen seien. Fasziniert seien sie stehen geblieben. Bis sie diese verdammten Kracher gehört hätten … sie hätten die Explosionen mit Schüssen verwechselt.

»Ein Junge ganz in der Nähe hat einen Scheiß geschrien. So was wie: ›Achtung, er ist bewaffnet!‹ Ein blöder Scherz, aber alle sind darauf hereingefallen!«

Nach den Schreien hatte ein Familienvater seinen Sohn auf den Arm genommen, sich zwischen allen hindurchgedrängt und die Flucht ergriffen. Von ein wenig weiter weg hatte man es wieder knallen gehört. Hinter der Menge.

»Wir sind in die entgegengesetzte Richtung losgerannt, das heißt zum Absperrgitter hin. Und dort herrschte totale Panik.«

Wieder versuchten alle Freundinnen gleichzeitig, von dem Ereignis zu erzählen. Sebag ließ zu, dass sie ihren Emotionen Luft verschafften, und begnügte sich damit, in aller Eile ein paar Worte mitzuschreiben. Unter dem Ansturm der Menge waren die Absperrgitter umgekippt. Die Mädchen waren gefallen, und zwar auf einige englische Touristen. Andere Zuschauer waren über sie hinweggesprungen. Die Panik hatte auf die Prozession übergegriffen. Eines der Mädchen – eine Brünette mit von Akne entstellten Wangen namens Lisa – hatte gesehen, wie ein junger Träger eines *misteri* seine Last überstürzt losließ und davonrannte.

»In welche Richtung?«, fragte Sebag interessiert.

»Richtung Castillet.«

Sebags Interesse erlosch; das Drama hatte in der entgegengesetzten Richtung stattgefunden. Doch ein anderer Punkt gab ihm zu denken.

»Er hat doch eine Kapuze getragen, oder?«

»Ja, warum?«

»Woher weißt du dann, dass er jung war?«

Sie sah ihn mit offenem Mund an. Ihre Freundinnen musterten sie ein wenig spöttisch.

»Ich … ich weiß nicht … Diesen Eindruck hatte ich eben …«

Die anderen Mädchen prusteten los. Sebag seinerseits notierte ihre Erläuterungen. Er wusste, dass die Informationen, die das Gehirn unbewusst aufnimmt, sich manchmal als nützlicher erwiesen als die anderen.

»Der Junge, der ›Er ist bewaffnet‹ geschrien hat: Kannst du ihn mir beschreiben?«

»Klein, ein bisschen mollig, ein dunkler Typ. Ein Junge aus Saint-Jacques, ein Gitan, denke ich.«

»War er das, der die Kracher losgelassen hat?«

»Das weiß ich nicht! Er hat sich zumindest im entsprechenden Bereich aufgehalten. Es waren drei, glaube ich.«

»Welches Alter?«

»So zehn oder zwölf, älter bestimmt nicht.«

Anschließend interessierte Sebag sich für die Büßer. Über der Gruppe ließ die Venus von Maillol ihren Charme spielen, ein schelmisches Lächeln auf den Lippen. Um ihren Christus versammelt, der starr auf seinem Kreuzweg litt, wirkten die Männer wie ein pittoreskes, aus der Zeit gefallenes Gemälde. Angesichts ihrer gesenkten Köpfe, die *caparutxa* unter dem Arm, hätte man glauben können, dass sie beteten, doch die meisten schauten einfach nur auf ihre Handys.

»Hatte das Opfer ein Mobiltelefon bei sich?«, fragte Sebag Llach.

»Nein. Er hatte nur seinen Personalausweis, eine Plastiktüte und einen Schlüsselbund in den Taschen. Der gehört vermutlich zu seinem Haus.«

Die Büßer äußerten sich in einem Punkt übereinstimmend: Keiner von ihnen hatte sofort bemerkt, wie heftig die Panik unter den Zuschauern um sich gegriffen hatte. Einige hatten das Knallen gehört, aber nicht darauf geachtet. Die *caparutxa* isolierte sie von ihrer Umgebung, sie nahmen an der Prozession teil, um zu beten und sich zu sammeln, und bemühten sich während des ganzen Zugs, dem Verhalten und den Rufen der Zuschauer keine Beachtung zu schenken. Erst als die ersten Absperrgitter umgefallen waren, hatten sie die Situation mehr oder weniger zutreffend erfasst.

»Ich hatte keine Ahnung, wo die Panik herkam, und ich glaube, dass diese Unwissenheit meine Angst verzehnfacht hat«, bekannte ein Mann um die vierzig.

Ein präzise geschnittener Spitzbart umrahmte seinen Mund. Nach dem Geständnis wurde er kritisch: »Die polizeilichen Maßnahmen haben uns alle unter Druck gesetzt. Ich habe noch nie so viele Menschen mit Waffen gesehen. Es gab sogar Maschinenpistolen!«

Die anderen Büßer stimmten ihm zu, doch Sebag enthielt sich eines Kommentars. Sollte man öffentliche Umzüge nicht mehr schützen, um diese Art von Panikausbrüchen zu vermeiden?

Zusammen mit Llach befragte er anschließend einen Büßer nach dem anderen, doch keiner der Männer hatte den tödlichen Messerstoß des Mörders gesehen. Einige von ihnen waren gestürzt, andere weggelaufen. Daniel, der Spitzbart, hatte sich niedergekniet, um zu beten. Es war unmöglich zu sagen, ob der Mörder aus der Zuschauermenge gekommen war oder aus den Reihen der Büßer stammte.

Vom Opfer zeichneten die Zeugen ein übereinstimmendes, aber oberflächliches Bild. Ein zurückhaltender, wenn nicht sogar verschlossener Klavierlehrer, alleinstehend, ohne Kinder. Einige hatten bei ihm zu Beginn der Prozession Erschöpfung wahrgenommen.

»Also, was das betrifft …«, »Niemals hätte ich geglaubt …«, »Ich kann mir wirklich nicht vorstellen …«, so lautete die typische Reaktion auf die Frage, ob jemand einen so starken Groll gegen das Opfer gehegt haben könnte, dass er es ermordete. Die Polizisten erstellten eine Skizze der Positionen, die die jeweiligen Büßer während der Prozession eingenommen hatten, und Sebag stellte fest, dass Lisa richtig gesehen hatte. Unbewusst hatte ihr Gehirn einen geschmeidigen Gang, athletische Schultern und vielleicht sogar die modischen Sneaker registriert, und so hatte sie in der anonymen Gestalt, die unter ihrer *caparutxa* wegrannte, einen jungen Mann erspürt.

»Ich war überrumpelt und hab ihn losgelassen«, rechtfertigte sich Guillem Batère. »Ich bin in Richtung Castillet losgerannt. Aber meinetwegen ist der Christus nicht abgestürzt. Wir waren vier Träger. Wenn drei ihn noch halten, fällt er nicht hin.«

Sebag lächelte angesichts dieses ebenso spontanen wie überflüssigen Plädoyers. Seine Aufgabe war nicht, Ermittlungen zum Sturz eines *misteri* durchzuführen, auch wenn manche dieser Anbetungsobjekte unter Denkmalschutz standen. Anschließend wandte er sich wieder dem Tatort zu. Inzwischen grenzten Kunststoffbänder eine beträchtliche Fläche ab, in der sich die Spurensicherung zu schaffen machte. Er begrüßte Elsa Moulin, die Chefin der Kriminaltechniker, mit Wangenküssen.

»Ich weiß nicht, was man aus diesem Klumpatsch noch herausholen kann«, warnte sie ihn.

Sebag machte sich keine Illusionen. Am Tatort waren vor, während und nach dem Mord so viele Personen herumgelaufen, dass es nicht einmal etwas nützen würde, falls seine Kollegen interessante Elemente aufspüren sollten. Vor den Argumenten eines Rechtsanwalts würde so etwas niemals Bestand haben.

»Ich habe die städtische Polizei erreicht«, berichtete Ménard. Sie haben den Vorfall nicht direkt verfolgt, weil sie zum Zeitpunkt des Mordes nach Hinweisen auf einen Audi gesucht haben. Ausgerechnet im Zusammenhang mit deinem Raubüberfall. Aber sie haben sich die Zeit genommen, die Aufzeichnungen der Kamera zu überprüfen, und bestätigt, dass der Mord außerhalb des Bildwinkels geschehen ist. Außerdem habe ich mit der Straßenmeisterei telefoniert. Sie schicken uns Leute, die in den Gully hinuntersteigen.«

Sebag nickte und verließ die abgesperrte Fläche, um sich zur Église Saint-Jacques zu begeben. Er war noch keine drei Schritte gegangen, da wurde er von Daniel, dem Spitzbart, aufgehalten.

»Sie nehmen bestimmt bald die Leiche mit. Was machen Sie hinterher mit der Kutte?«

»Ist das wichtig? Wie seine anderen Sachen wird man sie der Familie zurückgeben, sollte sie sie haben wollen.«

»Das ist es ja gerade … Seit dem Tod seiner Mutter hat Christian keine Familie mehr … Ich meine … keine nahen Verwandten. Daher wird sich wahrscheinlich die *Sanch* um seine Beisetzung kümmern.«

Er deutete auf die Leiche von Christian Aguilar.

»Vielleicht wissen Sie das nicht, aber die *caparutxes* haben hinten eine Schleppe. Früher ließen die Reichen sie von ihren Kammerdienern tragen, heutzutage bindet man sie mit der Kordel fest, weshalb sie nicht mehr auffällt.«

»Worauf wollen Sie hinaus?«, fragte Gilles ungeduldig.

»Entschuldigen Sie, Inspecteur, ich gehe Ihnen mit all diesen Details auf die Nerven. Dabei wollte ich Ihnen nur sagen, dass wir die *caparutxa* für die Bestattung brauchen, weil die Schleppen auch als Leichentücher für das Begräbnis der Büßer dienen.«

5

In der Église Saint-Jacques herrschte Chaos. Die Büßer trugen noch ihre zeremonielle Tracht, doch jede Spur von innerer Sammlung war verschwunden. Es wurde laut geredet, heftig und vor allem ungeduldig. Die Stimmen hallten vom steinernen Gewölbe wider.

Als Sebag zwischen ihnen hindurchging, hörte er vor allem Katalanisch. Er verstand einige Brocken, genug, um die Bestätigung zu bekommen, dass die Polizei hier nicht mehr für heilig gehalten wurde. Man warf ihr Langsamkeit und ein bürokratisches Vorgehen vor, und genau wie eben Spitzbart gab man ihr auch hier die Schuld am Ausbruch der Panik, die die Schaulustigen und Büßer gleichermaßen erfasst hatte.

Aus einem Nachbarraum schob sich eine Gruppe von acht Personen in die Kirche. Eine Frau und sieben Männer, zwei in einer roten Kutte, die anderen in Schwarz. Ihre Mienen waren ernst. Sie verteilten sich im Kirchenschiff und stellten eine oberflächliche Ruhe her. Anschließend blieben sie vor einer jungen Frau stehen, die durch eine Armbinde als Polizistin gekennzeichnet war. Es war Julie Sadet. Als er bei ihr ankam, flüsterte sie ihm ins Ohr:

»Ich bin froh, dass du kommst. Wir haben alle Namen notiert und die Fingerabdrücke abgenommen, aber es sind zu viele, als dass man sie jetzt sofort befragen könnte. Daher habe ich noch einmal eine Auswahl getroffen, so wie vorhin Ménard, diesmal nicht zwanzig, sondern knapp hundert. Ich warte nur noch auf deine Einwilligung, um die anderen gehen zu lassen.«

»Mach es so … Gute Arbeit.«

»Leiten Sie hier die Ermittlungen?«

Trotz seiner kleinen Statur musterte sie der Mann, der sie unterbrochen hatte, von oben herab. Auf seinen Absätzen so hoch aufgerichtet, als hätte er die Krallen ausgefahren, machte er seine Meinung mit vorgerecktem Kinn deutlich.

»Es ist wirklich lächerlich, alle hier festzuhalten.«

Sebag reichte ihm die Hand.

»Lieutenant Gilles Sebag. Mit wem habe ich die Ehre?«

»Batère. Yves Batère. Ich bin der Generalsekretär der Erzbruderschaft.«

Die anderen Mitglieder der Gruppe stellten sich vor. Die Polizisten hatten fast den gesamten Vorstand der *Sanch* vor sich, sowie zwei rot gewandete *regidors* ihrer spirituellen Führung.

»Ich bin tatsächlich der Ermittlungsleiter, und bevor Sie mich unterbrochen haben, wollte ich gerade den Befehl erteilen, den größten Teil der Büßer gehen zu lassen.«

Batère schien der Einzige zu sein, dem sein sarkastischer Tonfall nicht auffiel.

»Ah, aber trotzdem …«

Sebag wandte sich der Person zu, die sich als Vorstandsvorsitzender vorgestellt hatte, François Marty, ein fülliger Mann mit einem Kropf, der aus dem Hemdkragen hervorschaute.

»Könnten wir uns vielleicht an einem ruhigen Ort unterhalten?«

Während Julie im Kirchenschiff blieb, um die Anweisungen weiterzugeben, folgte Gilles dem Vorstand der *Sanch* in den Garten neben der Kirche. Sorgfältig an die Mauer des mittelalterlichen Gebäudes gelehnt, warteten dort die *misteri*. Die kleine Gruppe ging bis zur den Garten begrenzenden Mauer, ein Überbleibsel der Stadtmauer, die einmal die ganze Stadt umschlossen hatte.

Sorgsam darauf bedacht, sich vorwiegend an den Vorsitzenden zu wenden, begann Sebag erneut mit den Fragen, die er heute schon gut dreißig Mal gestellt hatte. Und die er zweifellos noch oft stellen würde, bevor dieser Mordfall aufgeklärt war. Die Drehbuchschreiber der Fernsehserien, seien sie französisch oder amerikanisch, hatten gute Gründe, in ihren Storys nicht zu zeigen, wie viel Disziplin und Routine im Beruf des Polizisten steckte. Systematische Befragungen, Erkundigungen in der Nachbarschaft, langweilige Durchsicht der Videos städtischer Überwachungskameras und zur Krönung des Ganzen das mühselige Erstellen von Vernehmungsprotokollen. Bei bestimmten Serien, die Gilles abends mit Claire und Séverine anschaute, hatte er manchmal das Gefühl, eher Science-Fiction zu sehen als einen Krimi.

Die Antworten, die er erhielt, zeichneten das schon bekannte Porträt eines bescheidenen und respektvollen Aguilar, an dem nichts Auffälliges war. Soweit man wusste, hatte er kaum irgendwelche Freunde und auch keine Beziehung.

»Christian hat sich uns nach dem Tod seines Vaters angeschlossen«, erläuterte Anna-Pilar Carbonell, Schatzmeisterin der Erzbruderschaft und im Zivilleben Richterin. »Aber wir haben ihn nicht oft gesehen: Er hat sich nicht besonders aktiv an unserer Wohltätigkeitsarbeit beteiligt.«

»Wer hätte einen solchen Groll gegen ihn hegen können, dass er ihn getötet hat?«

Die Frage ließ die Anwesenden schaudern. »Unseres Wissens niemand.«

Der Vorsitzende Marty hatte mit allzu fester Stimme geantwortet. Sebag nahm unter seinen Gesprächspartnern einen Anflug von

Zögern wahr. Doch Batère ließ ihm keine Zeit, das Thema zu vertiefen.

»Nach Ihrer Meinung ging es also wirklich um Christian?« Er klopfte dem Polizisten mit dem Handrücken auf die Schulter. »Ihnen ist nicht der Gedanke gekommen, dass der Täter eigentlich die *Sanch* im Visier gehabt haben könnte …«

Obgleich eine solche Hypothese noch durch nichts bestätigt wurde, hatte sie Sebag selbstverständlich von Beginn an zu schaffen gemacht. Ohne Batère zu beachten, wandte er sich weiter an den Vorsitzenden: »Sie haben Drohungen erhalten?«

»Nein, nein, keine Drohungen … Das kann man nicht sagen.« François Marty versuchte, sich mit dem Zeigefinger zwischen dem zu engen Kragen seines Hemds und seinem Kropf Luft zu verschaffen. »Die *Sanch* ist als Tradition zutiefst in der katalanischen Gesellschaft verankert. Und doch war für unsere Bruderschaft niemals etwas einfach.«

Sebag nickte. Er kannte die Geschichte in groben Zügen. Die Prozession war von der Kirche nicht immer gern gesehen worden, da man dort das Übermaß an Frömmigkeit für zu aufdringlich hielt. Sie war länger als ein Jahrhundert verboten gewesen und erst in den Fünfzigerjahren wieder aufgenommen worden.

»Heute leiden wir unter den Angriffen eines revanchistischen Laizismus«, fuhr Marty fort, »und immer wieder taucht die Frage auf, ob eine religiöse Prozession auf öffentlichen Straßen stattfinden sollte. 2011, nach dem gesetzlichen Verbot der Gesichtsverschleierung, ist eine Lokalzeitung sogar so weit gegangen, eine ganz grundlegende Frage auf der Seite eins zu stellen: Ist die *Sanch* legal? Stellen sie sich den Schreck vor, den diese Schlagzeile bei uns ausgelöst hat …«

Seine heisere Stimme wurde am Ende allzu langer Sätze schrill. »Alles in allem keine real geäußerten Drohungen – weder Briefe noch Anrufe –, doch uns ist sehr wohl bewusst, dass nicht alle uns mögen.«

»Und wie steht es mit den Islamisten?«

»Wir haben ausgezeichnete Beziehungen zur Gesamtheit der muslimischen Gemeinschaften und niemals Drohungen von extremistischen Bewegungen erhalten.«

Sebag notierte diese Aussage in seinem Büchlein. »Natürlich ermitteln wir auch in diese Richtung, gerade auch angesichts des aktuellen Umfelds. Und wir werden mit den Terrorismusabwehrkräften zusammenarbeiten.«

Er hielt es nicht für nötig, darauf hinzuweisen, dass ihm die Ermittlungen sofort aus der Hand genommen würden, sollte etwas für einen solchen Tathintergrund sprechen. »Unterdessen würde ich gern auf das zurückkommen, wovon eben die Rede war. Als ich Sie fragte, ob jemand einen Groll gegen Christian Aguilar gehegt haben könnte, fand ich Ihre Antwort nicht sehr überzeugend …«

Die Vorstandsmitglieder der *Sanch* wirkten spürbar betreten. Sebag ließ ein Schweigen entstehen, das er dazu nutzte, sich seine Gesprächspartner einzuprägen. Zwischen dem Vorsitzenden und dem Generalsekretär erhob sich die hochgewachsene, aber gebeugte Gestalt eines *regidor*, Jean Casals. Links von Batère standen zwei Männer, der Vizevorsitzende Bernard Torrent und der zweite *regidor* Michel Perez. Schließlich standen noch drei weitere Personen zur Rechten des Vorsitzenden, Anna-Pilar Carbonell, Jordi Figuère, beigeordneter Schatzmeister, und Alain Coll, einfaches Vorstandsmitglied. Sie wechselten flüchtige Blicke, die Sebag nicht entgingen.

Nach einem weiteren Versuch, sich mehr Luft zu verschaffen, war François Marty zu einer Antwort bereit: »Das liegt daran, dass die Frage uns sehr schlecht gestellt erscheint …«

»Und wie hätte ich sie formulieren sollen?«

»Sie hätten zum Beispiel fragen können, ob Christian vielleicht Streit mit einem der Unseren hatte.«

»Nun, dann frage ich Sie das jetzt.«

»Kann ich mich auf Ihre Diskretion verlassen? Wir haben strenge Regeln! Und da diese Geschichte nichts mit dem Mord zu tun hat …«

»Falls es wirklich keine Beziehung zu unserem Fall gibt, bleibt es unter uns.«

»Aber die fragliche Person wird zwangsläufig erfahren, dass wir es Ihnen gegenüber erwähnt haben.«

»Wahrscheinlich werde ich sie befragen müssen. Und sei es auch nur, um sie vollständig zu entlasten.«

»Hm, hm … Das ist uns sehr peinlich. Denn wir haben ebenfalls Streit mit dieser Person.«

Allmählich ging er Sebag auf die Nerven. Zu seinem Glück wurde Batère schneller ungeduldig.

»Das reicht jetzt, François. Je länger wir herumhampeln, desto eher wird der Lieutenant wegen dieser Geschichte einen ernsthaften Verdacht schöpfen.«

Batère wippte mehrmals auf den Fersen und wandte sich dann an Gilles. »Wir haben vor Kurzem unseren Vizevorsitzenden ausgeschlossen, weil er bei einem Interview im Radio, auf das er sich ohne vorherige Genehmigung des Vorstands einließ, unsere Vertraulichkeitsregeln gebrochen hat. Dieses Interview war außerdem bezeichnend für sein ganzes sonstiges Verhalten; seit mehreren Monaten intrigierte er, um sich an François' Stelle wählen zu lassen. Auch so etwas ist bei uns nicht üblich. Wir sind keine politische Partei!«

»Und dieser Vizevorsitzende hatte ebenfalls eine unterkühlte Beziehung zu Aguilar?«

Der Vorsitzende der *Sanch* ergriff wieder das Wort: »Guy Artès ist Arzt – Onkologe. Seit Christian seine Mutter durch Bauchspeicheldrüsenkrebs verloren hat, sprach er nicht mehr mit ihm. Er warf Guy Nachlässigkeit vor. Eine Zeit lang wollte er ihn sogar verklagen. Er hat überall lamentiert, der Arzt sei inkompetent, und Artès damit unrecht getan, aber ich glaube nicht, dass so etwas ein Mordmotiv sein könnte.«

»Dem *ersten* Anschein nach, nein.«

»Was meinen Sie mit dem ›ersten Anschein‹ nach?«

»Wer könnte Sie, Monsieur Marty, bis zu einem Mord treiben?«

»Ich … ich verstehe nicht.«

»Sie haben bescheuerte Fragen!«, empörte sich Batère.

Sebag musterte seine Zuhörer der Reihe nach. »Wer könnte Menschen wie Sie und mich dazu bringen, ein Verbrechen zu begehen? Vielleicht, wenn jemand sich an unseren Liebsten vergriffe, doch dann würden wir im Zorn handeln. Was könnte uns wirklich dazu treiben, einen Mann während einer Prozession der *Sanch* kaltblütig vor den Augen von Hunderten Zuschauern zu erstechen?«

Er machte eine Pause.

»Nichts, natürlich. Zu einer solchen Tat wären wir alle unfähig. Der Mörder ist also nicht so wie wir und handelt daher auch nicht so wie wir. Wie könnte ich mir erhoffen, ihn dingfest zu machen, wenn ich nicht meine Denkweise verändere?«

Er fixierte Anna-Pilar Carbonell und fuhr dann fort: »Im Laufe meiner Dienstzeit habe ich so einige Kriminelle festgenommen, und bei manchen würden Sie staunen, wie nichtssagend ihr Motiv war.«

Die Richterin signalisierte Zustimmung, fügte dann aber hinzu: »Im Prinzip haben Sie recht, doch wir garantieren für Guy Artès.«

»Welchen Platz hatte er heute in der Prozession inne?«

»Er war gar nicht da«, antwortete Marty. »Seit seinem Ausschluss aus dem Vorstand ist er auf Distanz gegangen.«

Sebag notierte die letzte Information, wusste allerdings nicht, ob sie reichen würde, um Artès zu entlasten. Das Geschehen direkt am Tatort war ja von den städtischen Überwachungskameras nicht erfasst worden, aber sie würden ihnen vielleicht trotzdem helfen zu erkennen, woher der Mörder gekommen war.

Ein heftiger Schmerz schoss ihm in den Lendenwirbelbereich. Während des Gesprächs war sein Hexenschuss wieder aufgeflammt. Die Erschöpfung und die Anspannung. Er ließ den *Sanch*-Vorstand in die Kirche zurückkehren und ging zu den aufgereihten *misteri*. Auf einen von ihnen stützte er sich, um ein paar Lockerungsübungen zu machen.

Seit diesem Winter hatte er Rückenschmerzen. Insbesondere wenn er lange stand. Dem Rat seines Arztes folgend, verzichtete er vorläufig aufs Joggen und hatte sich in einem Fitnessstudio angemeldet. Crosstrainer, Rudergerät und Krafttraining. Da er die Gewohnheit gehabt hatte, über die Pfade der katalanischen Landschaft zu joggen, war ihm zwischen den vier Wänden einer Sporthalle sterbenslangweilig.

»Immer noch Schmerzen?«

Er drehte sich langsam um. Auch Julie war inzwischen mit ihren Befragungen fertig.

»Weißt du, ob die Büßer einen Umkleideraum haben?«, fragte er.

»Es ist kein richtiger Umkleideraum, aber sie lassen ihre Sachen immer in dem Raum, in dem sie ihre Kutten anlegen. Aguilar hat dort nichts zurückgelassen. Da es warm war, hatte er keine Jacke dabei. Man hat mir gesagt, er sei mit seiner Kapuze in der Hand gekommen, und der Rest seiner Tracht befand sich einfach in einer Plastiktüte.«

»Dann hatte er also kein Handy dabei. Man braucht ja auch nicht sein Telefon mit sich herumzuschleppen, um an einer religiösen Zeremonie teilzunehmen.«

»Und man ist auch nicht verpflichtet, überhaupt eines zu besitzen.«

»Das stimmt. Er hat allein gelebt, hatte keine Angehörigen und eigentlich auch keine Freunde. Möglicherweise hatte er gar kein Handy. Für uns wäre das schade. Ein Mobiltelefon ist bei Ermittlungen immer ein wertvoller Verbündeter.«

Sebag beugte sich vor, damit das Gewicht seines Oberkörpers die untere Rückenmuskulatur dehnte.

»Ich glaube, dass du ihm wehtust«, sage Julie.

»Wem?«

Die Polizistin wartete, bis Gilles sich wieder aufgerichtet hatte. Dann deutete sie auf den *misteri*, auf den er sich stützte. Ein ausgemergelter Christus, der neben seinem Kreuz kniete. Faszinierend in seinem Realismus und seiner Ausdruckskraft. Der flehende Jesus hob den Blick zum ungerührten Himmel. Es war Gilles, als hätte die Statue eine Seele. »Weißt du, wie das Sprichwort lautet?«

»Aua.«

Gilles verdrehte gern volkstümliche Wendungen. Seine Kollegen und seine Liebsten lachten darüber. Manchmal auf seine Kosten.

»Nicht jeder fromme Umzug ist auch ein frommer Betrug.«

Julie lächelte freundlich. »Dann werden wir wohl so bald nicht wieder zusammen joggen.«

Die junge Frau war vor zwei Jahren zu ihrem Team gestoßen, und sie waren sich sehr schnell sympathisch gewesen. Eine Zeit lang hatte Claire eifersüchtig reagiert. Gilles hatte sie einige Wochen zappeln lassen und ihr dann anvertraut, dass seine Kollegin mit einer Frau zusammenlebte. Das hatte er durchaus fair gefunden. Claire auch.

»Soll ich Marina bitten, dir einen Termin zu geben?«

Julies Lebensgefährtin war Physiotherapeutin. Ihr Spezialgebiet waren Sportverletzungen.

»Ja, das wäre nett.«

Sein Handy vibrierte in der Hosentasche. Ménard.

»Ich glaube, wir haben die Tatwaffe gefunden«, verkündete der.

Gilles seufzte. Heute Abend würde es wohl spät werden. Auch sein Wochenende würde durch den Mord an Aguilar in Mitleidenschaft gezogen, doch dieser Aspekt war ihm nicht ausschließlich unlieb. Sie hatten drei Tage in PortAventura, einem großen Freizeitpark in Südkatalonien, gebucht. Nun müsste er Claire und den Kindern nicht durch überfüllte Gassen folgen und stundenlang vor Fahrgeschäften Schlange stehen, die gewiss großartig waren, aber seinen Rücken doch auf eine harte Probe gestellt hätten. Das Schwierigste wäre, seiner kleinen Familie heute Abend die Nachricht beizubringen. Seiner Heiligen Familie …

6

Die Leiche Christian Aguilars war abtransportiert worden, doch um den Tatort und das klaffende Loch eines offenen Gullys war noch immer ein Bereich abgesperrt. Elsa Molina reichte Gilles eine Plastiktüte mit einem Messer darin. Ein Springmesser einer italienischen Marke.

»Die Klinge misst etwa fünfzehn Zentimeter, was der Wunde des Opfers entspricht. Die Autopsie dürfte das bestätigen.«

»Vor Dienstag wird es wohl leider nicht so weit sein«, bedauerte Sebag. »Der Ostermontag verlangt sein Recht … Gibt es Fingerabdrücke?«

»Nein, eben nicht. Das stützt die Vermutung, dass es sich tatsächlich um die Tatwaffe handelt.«

Sebag besprach sich kurz mit seinen Kollegen und schlug dann den Weg zum Commissariat ein. Unterwegs rief er Molina an, der ihm über den Abschluss der Befragung des Juweliers berichtete. Nachdem die Täter den Mann geschlagen hatten, waren sie durch die vordere Tür geflohen. Ein weißer Audi hatte gewartet. Der Juwelier hatte nicht genug Zeit gehabt, das Kennzeichen zu lesen, sondern nur sehen können, dass der Wagen in Spanien zugelassen worden war. Das hatte er bei seinem Anruf im Commissariat angegeben, und die Information war sofort an die Video-Überwachungszentrale weitergeleitet worden. Die städtischen Polizisten hatten den Wagen auf ihren Bildschirmen entdeckt. Einen Audi Q 3 Urban Techno. Sie hatten seine Spur verfolgt, bis er die Stadt in nördlicher Richtung verließ. Jetzt war es an den Gendarmen, ihn zu suchen.

Fast hätte Gilles eine kleine Schale umgestoßen, die zwischen zwei Kaugummiflecken auf dem Bürgersteig stand. Er blieb stehen. Ein Obdachloser saß im Schneidersitz dahinter und las. Seine lange Nase steckte in einem geöffneten Buch. Gilles wartete ab. Wiederwillig hob der Mann langsam den Kopf. Seine großen Augen waren von kindlicher Sanftmut erfüllt, doch seine hohe Stirn mit den schmerzlich verzogenen Falten verriet ein Alter von gut vierzig.

»Was lesen Sie?«, fragte Gilles.

Der Mann klappte das Buch zu und zeigte ihm das Cover. Ein Metallbett vor dem bröckelnden Verputz einer Wand. *Dans la douleur du siècle.*

»Ist es gut?«

»Es reicht, damit ich vergessen kann, was mich hier umgibt.«

»Das ist besser als ein Liter Rotwein.«

»Das eine schließt das andere nicht aus.«

Er sprach mit sanfter, aber matter Stimme.

»Funktioniert das, beim Lesen betteln?«, fragte Sebag.

»Ja, überraschend gut.« Der Mann schaute eindringlich auf die Schale. »Es schafft eine Verbindung, wie man so sagt. Manche bleiben zum Plaudern stehen, aber man muss sie manchmal ausdrücklich um eine großzügige Geste bitten.«

Sebag legte ein Zweieurostück in die Schale.

»Danke. Und Sie, lesen Sie auch?«

»Nicht mehr viel.«

Der Obdachlose bugsierte die Plastiktüte, gegen die er sich gelehnt hatte, nach vorn. Er kramte darin.

»Und wenn Sie früher gelesen haben, was für Bücher?«

»Krimis.«

»Die mögen Sie nicht mehr?«

»Sagen wir mal, sie haben mir das Gefühl gegeben, Überstunden zu machen …«

»Ah, ich verstehe … Monsieur ist von der Bullerei.«

Der Ausdruck verblüffte Sebag.

»Sie sind nicht von hier, oder?«

»Es ist Ihr Naturell.«

»Wie meinen Sie das?«

»Ein Polizist kann das Fragenstellen nicht lassen.«

»Damit haben Sie angefangen …«

»Das stimmt …«

Der Obdachlose hielt ein Buch hoch. Ein Taschenbuch. Auf dem Cover brannten Häuser.

»Versuchen Sie es mit Science-Fiction. Barjavel: *Ravage.* Sie können ebenso gut mit einem guten Autor anfangen.«

Zu Gilles' Überraschung reichte er ihm das Buch.

»Sie schenken es mir?«

»Sagen wir, ich tausche es. Sie bringen mir ein anderes.«

»Warum nicht … Aber wohin? Hierher? Und wann? Morgen?«

»Schon wieder Fragen, viel zu viele Fragen …«

Er steckte die Nase wieder in seine Lektüre.

»Sie werden mich schon finden. Das haben auch andere geschafft, die keine Polizisten sind …«

7

In Perpignan war wieder Ruhe eingekehrt, die Straßen hatten sich geleert und die Kirche ebenfalls. Alles würde bald wieder seinen normalen Gang gehen, das hoffte er jedenfalls.

Alles hatte geklappt.

Er hatte kurz mit Kamel geredet. Das *game* war super gelaufen. Die Sache hatte voll gefunzt. Genial.

Selbst die kleinen Jungs hatten sich gut geschlagen und ihren Teil des Deals voll erfüllt. Einwandfrei. Die Kracher hatten Panik ausgelöst, und er hatte die Verwirrung genutzt, um zu handeln. Alles war wie am Schnürchen gelaufen. Das Messer war eingedrungen, als schnitte es Butter, und seine Hand hatte nicht gezittert. In den Löchern der *caparutxa* waren die Augen des *Schufts* sanft erloschen. Ein idiotischer Anblick. Da, wo der Mund sein musste, hatte der Stoff der Kapuze gezittert, doch falls der *Schuft* ein paar letzte Worte gewinselt hatte, hatte er sie nicht gehört.

Er hatte sich drei Sekunden gestattet. Länger durfte er nicht warten.

Wenn er daran zurückdachte, empfand er gemischte Gefühle. Traurigkeit und Wehmut. Aber auch eine geile Erregung. Nun lag ein neues Leben vor ihm. Er durfte es nicht vermasseln. Dieses hier nicht.

Bérénice erwartete ihn in den *Halles*. Er hatte sie in einer Textnachricht gebeten, den Pulli anzulassen, den sie während der Prozession getragen hatte. Scheiße noch mal! Wie hatte sie es geschafft, so sexy auszusehen, ohne den Dresscode zu verletzen? Eine dunkelgraue Hose, die ihren knackigen Arsch betonte, und ein Pullover … was für ein Pullover … Ebenfalls dunkelgrau, hatte er fröhlich die Umrisse ihrer prallen Brüste nachgezeichnet. Da er an den Schultern durchbrochen war, schimmerten außerdem kleine Stellen ihrer Haut durch.

Oh, *fuck!* Das hätte er niemals für möglich gehalten.

Es würde großartig sein, sie gleich von dem Fummel zu befreien … Vielleicht würde er das Ding sogar gewaltsam zerreißen. Er fühlte sich stark. Mächtig. Unbesiegbar.

Wenn sie nicht vollkommen blöd waren, die Bullen, würden sie früher oder später auch bei ihm vorbeischauen. Entscheidend war, dass sie ihn dann wie einen einfachen Zeugen befragten. Dass sie nichts gegen ihn in der Hand hätten. Er hatte keine Spuren hinterlassen. War alles mehrmals durchgegangen und hatte immer zweimal hingeschaut. Nichts durfte auf ihn verweisen. Weder im Haus noch im Garten noch in der Wohnlaube.

In Kamel hatte er Vertrauen, in Benji schon weniger. Der Kerl war ein bisschen verrückt – unberechenbar. Kamel hatte jedoch versprochen, ihn genau im Auge zu behalten.

Das schwächste Glied der Kette war vielleicht in Wirklichkeit jemand anders. Treize … Tausendmal hatte er überprüft, ob er vielleicht auf ihn verzichten könnte. Doch dann hätte er auch auf die *Sanch* verzichten müssen. Zum Glück reiste Treize aber in zwei Tagen ab. Er hatte seinen Scheck eingelöst und ein Flugticket gekauft.

Er dachte erneut an den *Schuft* und wunderte sich, dass er nichts anderes empfunden hatte als diese geile Erregung. Noch immer meinte er, in der Hand zu spüren, wie er das Messer angesetzt hatte und wie es eingedrungen war. Ein eigenartiges Gefühl.

Was müsste er machen, um eines Tages erneut ein solches Hochgefühl zu erleben? Lieber richtete er seine Gedanken auf Bérénices weichen, aber knackigen Körper, als diese Frage zu ergründen, die ihn, das musste er zugeben, ein wenig erschreckte.

8

Molina erwartete Sebag vor der Nummer zwei einer kleinen Straße, die parallel zur Avenue de la Gare verlief. Die sandfarbene Fassade erfreute sich unten eines Bandes aus gelbem Stein und wurde im Obergeschoss von drei hohen, schmalen Rundbogenfenstern durchbrochen.

»Na, PortAventura? Tut es dir nicht leid darum?«, spöttelte Molina.

Früh an diesem Samstagmorgen waren Claire und die Kinder zum spanischen Freizeitpark aufgebrochen. Als Gilles ihnen beim Abendessen verkündet hatte, dass er sie nicht begleiten würde, hatte er – um mit Léos Worten zu sprechen – »die Stimmung ganz schön versaut«. Insbesondere Claire hatte verärgert gewirkt. Zunächst. Ein wenig später hatte sie ihm gesagt, dass sie es verstehe. Das hatte er auch erwartet. Sie zog ihn so oft wegen seines mangelnden Arbeitseifers auf, dass sie ihm jetzt keine Vorwürfe machen würde, wenn eine laufende Ermittlung ihm ein gewisses Maß an Fleiß abverlangte.

»Offiziell sehr, aber, unter uns gesagt, eigentlich eher nicht. Ist es das hier?«

Sie trafen sich hier, um das Haus von Christian Aguilar in Augenschein zu nehmen. Molina bejahte.

»Tatsächlich kenne ich dieses Haus. Und ich weiß, wem es gehört hat …

»Ich auch! Christian Aguilar.«

»Sehr witzig. Aber davor?«

Gilles hatte keine Lust auf Rätselraten. Er öffnete eine kleine blaue Tür und trat ein. In einem Wohnzimmer mit niedriger Decke, das auf den Garten hinaussah, hing ein Foto an der Wand.

»Möchtest du immer noch, dass ich auf deine Frage antworte?«

»Nein. Jetzt wäre es zu einfach …«

Das Foto zeigte Charles Trenet, der im Muscle Shirt in ebendiesem Zimmer posierte.

»Ich dachte, er käme aus Narbonne?«

»Dort ist er geboren, das stimmt«, erklärte Jacques. »Aber seine Jugend hat er in Perpignan verbracht.«

»Glaubst du, dass er mit Aguilar verwandt war?«

»Das würde mich wundern. Soweit ich weiß, hatte Trenet keine Kinder und auch kaum nahe Verwandte. Vielleicht waren sie Freunde …«

Nachdem sie im Erdgeschoss ein Arbeitszimmer und das kleine Wohnzimmer besichtigt hatten, in dem auch ein Flügel stand, gingen sie ins Obergeschoss hinauf. Die Treppe führte zu einem zweiten, größeren und helleren Wohnzimmer, das in eine offene Küche überging. Ein großes Fenster bot einen Blick hinunter auf den Garten. Auf einer kleinen gefliesten Terrasse warf ein Sonnenschirm Schatten auf einen Tisch und drei Stühle. Dahinter lag der Pool, ein Rechteck von vier mal sechs Metern, das den Garten ausfüllte. Auf der anderen Seite trennte eine kleine Hecke das Becken von einer Art Wohnlaube.

»Glaubst du, dass das dort auch noch zu seinem Grundstück gehört?«

Sebag musterte den Schlüsselbund, den er in der Hand behalten hatte.

»Ich hab hier Schlüssel, von denen ich noch nicht weiß, wozu sie passen …«

Sie warfen noch einen Blick ins zweite Obergeschoss, ein Mansardenzimmer mit zwei großen Velux-Fenstern, und gingen die Treppe wieder hinunter. Draußen flüchteten sich ein paar Meisen laut zwitschernd in eine Clematis, die die Wand emporrankte.

»Nettes Plätzchen«, bemerkte Molina. »Ein paar Schritte von der Avenue de la Gare, aber man könnte meinen, man befände sich auf dem Land.«

Auf dem schmalen Beckenrand gingen sie am Pool entlang.

»Du hast nicht vielleicht Lust auf ein Glas heute Abend?«

Hinten befand sich ein Durchgang in der niedrigen Hecke. Sebag und Molina schlüpften hindurch. Auf der anderen Seite lag der kleine Garten brach. Die Erde war vor Kurzem umgegraben worden. Im Schlüsselbund waren noch zwei Schlüssel übrig. Der kleinere öffnete eine Gittertür, die auf eine schmale Gasse hinausführte. Gilles trat kurz hinaus. Die Gasse verlief entlang einer *agouille,* einem dieser einfachen Kanäle, die in der katalanischen Region die Aufgabe haben, die sturzflutartigen Regengüsse des Frühjahrs und des Herbsts abzuleiten. Der zweite Schlüssel passte zur Tür der Wohnlaube. Oder genauer gesagt war es ein richtiges kleines Häuschen. Zwei winzige Zimmer mit einem Bad und einer Toilette. Einzige Möblierung des Hauptraums waren ein alter Kühlschrank und ein Gaskocher, der auf einer abgenutzten Arbeitsplatte stand. Das zweite Zimmer war mit einer wackligen alten Kommode und einer aufgeklappten Bettcouch eingerichtet. Die Luft zwischen den verblassten Wänden roch stickig und abgestanden. Trotzdem war das Häuschen relativ sauber. Sebag strich mit der Hand über die Arbeitsplatte und dann über die Oberseite der Kommode. Ein bisschen Staub, aber absolut kein Dreck.

Sie kehrten ins Haupthaus zurück, dessen stille Zimmer bereits Trauer um ihren Besitzer zu tragen schienen. Ganz plötzlich war das Leben zum Stillstand gekommen. Ein Teebecher auf dem Flügel. Ein zu Boden gesegeltes Notenblatt. Ein Roman, der in einem bequemen Sessel schlummerte. Eine eigenartige Atmosphäre. Erstarrt. Düster. Als wüsste das Haus vom Verscheiden seines Besitzers und hätte sich in ein Grab verwandelt.

»Bleibst du unten, und ich geh nach oben?«

Molina, der auf der Schwelle der Terrassentür stand, war sich der Versunkenheit seines Kollegen bewusst und hatte geflüstert. Sebag stimmte zu. Er lauschte Molinas Schritten auf der Treppe und dann im Stockwerk darüber. Das Haus vibrierte.

Die Meisen draußen fanden ihre Schlupfwinkel wieder und begannen erneut zu singen. Sebag lächelte. Die Mauern wussten nichts von dem Drama. Und die Vögel noch viel weniger. Die Atmosphäre war überhaupt nicht düster und geheimnisvoll. Der Tod war mit den Polizisten gekommen. Und würde auch wieder mit ihnen verschwinden.

Doch eine weitere Beobachtung gab ihm zu denken. Er stieg zu Molina ins Obergeschoss hinauf. Wieder dasselbe Gefühl.

»Du hast noch nichts angefasst?«

Jacques zog sich gerade Handschuhe an.

»Nein.«

»Sag, was ist dein erster Eindruck in diesem Haus …«

Molina blickte umher, nahm sich aber nicht die Zeit zum Nachdenken. Gilles hatte ihn um einen Eindruck gebeten, nicht um tiefere Gedanken.

»Äh … ich weiß nicht. Dass hier sehr gut aufgeräumt ist!«

»Das ist offensichtlich. Und doch?«

Erneut ein Rundumblick. Seine Augen verharrten bei der nicht vollständig geschlossenen Schublade eines Sekretärs. Das Gleiche galt für die Schublade einer Kommode. Auf der Stellfläche ebendieser Kommode schaute ein Stück Papier unter dem Deckel eines miniaturisierten Überseekoffers hervor. An der Wand hing ein Bild, das ein Segelschiff auf dem Meer darstellte, leicht schief nach rechts.

»Und doch stimmt nicht alles. Die Ordnung ist nicht perfekt.«

»Genau.«

Sebag sagte nichts mehr, und während der nächsten Stunde durchsuchten sie das Haus schweigend. Die Einrichtung war gepflegt, aber kühl, in den Zimmern gab es nicht die geringste Unordnung, auch keinen Staub. Die Küche war ebenfalls tadellos aufgeräumt. Keine persönlichen Fotos, nur das Gemälde im Obergeschoss und das Foto von Trenet im Erdgeschoss. Bei diesem Besuch formte sich in Sebag das Bild eines einsamen und pingeligen Christian Aguilar. Mit einer Tendenz zur Melancholie, wenn nicht sogar zur Depression.

Am Ende der Hausdurchsuchung griff Molina das Gespräch von zuvor wieder auf. »Worauf wolltest du vorhin mit deiner Frage hinaus?«

»Ich habe das Gefühl, dass jemand vor uns hier alles durchgegangen ist. Oder besser gesagt, nach Aguilar.«

Jacques kniff die Augenbrauen zusammen. »Vor uns oder nach ihm. Der Unterschied ist mir nicht ganz klar …«

»Es gibt aber einen. *Nach Aguilar* heißt: zwischen seinem Aufbruch von zu Hause und seinem Tod; *vor uns* bedeutet dagegen: zwischen seinem Tod und unserem Eintreffen.«

»Und was ändert sich dadurch?«

»Jemand hat hier zweifellos etwas Kompromittierendes gesucht. Wenn er vor dem Mord hier war, muss es sich um den Mörder handeln. Andernfalls käme jeder infrage …«

»Ah, verstehe … Und ein paar schlecht geschlossene Schubladen reichen, damit du zu dieser Schlussfolgerung gelangst?«

Über jemand anderen als Sebag hätte er sich offen lustig gemacht. Doch er hatte gelernt, das Bauchgefühl seines Kollegen ernst zu nehmen.

»Du hast sein Mobiltelefon gefunden?«, fragte Sebag.

»Nein. Aber vielleicht hatte er gar keines.«

»Hast du denn ein Festnetztelefon gesehen?«

»Nein, stimmt.«

»Ein Telefonverzeichnis?«

»Wenn er kein Telefon hatte, ist das logisch!«, scherzte Jacques.

»In einem Telefonverzeichnis notiert man auch Adressen. In einer Schreibtischschublade habe ich Briefumschläge und Schreibpapier mit Briefkopf gesehen. Hast du hier irgendwo einen Computer entdeckt, sei es ein Desktop oder ein Laptop? Oder ein Tablet?«

»Nicht alle haben so ein Gerät …«

»Zugegeben. Aber die ohne irgendwas sind in der Minderheit, selbst im Alter von Aguilar. Hast du einen Terminkalender gefunden?«

»Ja. Neben dem Klavier!«

»Hast du mal richtig reingeschaut? Dort hat er nur die Termine für Klavierstunden festgehalten und die Kontaktdaten seiner Schüler. Er muss noch einen zweiten, persönlichen geführt haben.«

»Vielleicht hatte er kaum Verpflichtungen. Du hast mir ja gesagt, dass er praktisch keine Freunde hatte.«

»Und niemals ein Termin beim Arzt? In seinem Alter?«

Nachdem er alles an Einwänden vorgebracht hatte, was infrage kam, musste Molina zugeben, dass Sebag richtiglag. Hier hatte jemand sauber gemacht und aufgeräumt.

»Mobiltelefon, Computer, Terminkalender, Telefonverzeichnis … Lauter Sachen, die uns auf eine Spur hätten bringen können. Aber warum hätte der Mörder auch das Festnetztelefon mitnehmen sollen?«

»Hat er gar nicht, wahrscheinlich hatte Aguilar keines. Also muss er zwangsläufig ein Handy besessen haben. Ein Handy, das man weder bei ihm gefunden hat noch hier.«

»Das Handy, der kleine Spitzel. Einen besseren gibt es heutzutage nicht …«

Sebag stimmte ihm zu. Er hatte den richtigen Beruf, um zu beurteilen, wie viele Geheimnisse diese kleinen elektronischen Schätze bargen. Und in seinem Privatleben hatte er dieselbe Erfahrung gemacht. Durch Claires Handy hatte er vor zwei Jahren erfahren, dass seine Frau einen Liebhaber hatte …

Sebag wischte die schlechten Erinnerungen beiseite und rief den Vorsitzenden der *Sanch* an. François Marty bestätigte, dass Aguilar tatsächlich ein Handy besaß, und fand auch seine Nummer. Sebag wählte sie sofort, doch keiner nahm ab.

Molina setzte sich auf den Klavierhocker. »Wenn deine Schlussfolgerungen richtig sind, liegt der Gedanke nicht fern, dass Aguilars Mörder ihm nahegestanden haben könnte. Umso mehr, als er eingedrungen ist, ohne die Tür aufzubrechen. Und das alles schließt du aus dem Anblick einiger nicht richtig geschlossener Schubladen und eines schief hängenden Bildes … Hut ab!«

»Ein schief hängendes Bild …«, wiederholte Sebag.

Er stürmte die Treppe hinauf, ging zu dem Bild und nahm es ab. Molina war ihm gefolgt.

»Ein hinter einem Bild versteckter Safe.« Er stieß einen Pfiff aus, halb anerkennend, halb spöttisch. »Wir wären fast daran vorbeigegangen. Sag mal, ich dachte, so was gibt's nur noch in alten Filmen …«

»Oder in alten Häusern.«

Molina legte eine Hand auf den sternförmigen Griff des Safes und die andere auf eine runde Wählscheibe.

»Denk dir irgendeine Zahlenkombination aus, bei deinem Näschen weiß man nie.«

»Lass den Quatsch, sei so gut.«

»Okay, ich übertreibe. Dann sag mir also, was deiner Meinung nach in diesem verdammten Safe zu finden ist.«

Molina stellte die Intuition seines Kollegen nur allzu gern auf die Probe, doch Sebag mochte diese kindischen Spielchen nicht. Ohne nachzudenken, antwortete er: »Fotos von kleinen Jungs. Aguilar war pädophil und wurde von einem seiner Opfer ermordet.«

»Die Wette gilt. Solltest du gewinnen, zahl ich dir ein Essen.«

• • •

Das Gespräch mit der Nachbarin Nicole Caseilles ergab vor allem Informationen über das Haus. Das Thema interessierte Molina übrigens genauso brennend wie der Mord. Die »Sardane« war 1913 erbaut worden, und Trenet hatte sie von seinem Vater geerbt. Er hatte dort einige Jahre mit seinem Halbbruder gelebt, der das Häuschen hinten im Garten bewohnte. Der Sänger hatte viele Gäste empfangen. Salvador Dalí, Jean Marais, Jack Lang … Schließlich hatte Trenet das Haus 1989 an die Eltern von Aguilar verkauft. Nach dem Tod seines Vaters kurz nach der Jahrtausendwende war Christian dorthin gezogen, um seiner Mutter Gesellschaft zu leisten. Seit ihrem Verscheiden vor sieben Jahren lebte er allein dort.

Das Bild, das die Nachbarin von Aguilar zeichnete, verstärkte den Eindruck, den Sebag aus dem Haus gewonnen hatte. Ein höflicher, aber reservierter Mann. *Guten Tag, guten Abend, Wie geht es Ihnen?* Kurze, inhaltsleere Gespräche. Der Klavierlehrer gab seine Stunden jeden Abend zwischen siebzehn Uhr und zwanzig Uhr. Kinder, Jugendliche und Erwachsene. Mittwochs unterrichtete er am Konservatorium von Perpignan.

»Gab es, von seinen Schülern und Schülerinnen abgesehen, noch jemanden in seinem Leben?«, fragte Sebag.

»Ich bin ihm nicht oft begegnet, wissen Sie. Außerdem liegt unser Haus zurückgesetzt, daher sieht man aus unseren Fenstern die Straße nicht. Tut mir schrecklich leid, darüber weiß ich nichts.«

Ihr Gesicht war plötzlich bedrückt. »Wie schade … Nun waren wir jahrelang Nachbarn, und doch wissen wir nichts über ihn.«

»Ihr Mann kannte ihn auch nicht besser?«

»Wo denken Sie hin … Jean-Paul hat Probleme mit der Hüfte, eine Operation, die schiefgelaufen ist. Seit fünf Jahren sitzt er im Rollstuhl und verlässt das Haus nur noch mit mir zusammen.«

Sebag ließ nicht zu, dass sie bei ihren Gesundheitssorgen verweilte.

»Wissen Sie, ob er irgendwo einen Schlüsselbund versteckt hatte? Das machen ja viele Leute …«

»Tut mir schrecklich leid, das weiß ich ebenfalls nicht. Vorn glaube ich kaum, aber hinten, wer weiß?«

»Andere Nachbarn haben ihn vielleicht besser gekannt?«

»Das würde mich wundern«, erwiderte sie ein klein wenig pikiert. »Sehen Sie sich nur um, Monsieur l'Inspecteur, dann verstehen Sie es schon. Auf der anderen Seite von Christians Haus gibt es eine Garage, die seit Jahrhunderten nicht mehr genutzt wird, eine Tür, die zu einer Tiefgarage führt und ein Gebäude, in dem nur noch die oberste Wohnung vermietet ist.«

Sebag fiel auf, dass Nicole Caseilles zu Beginn des Gesprächs von Monsieur Aguilar gesprochen hatte, aber nach und nach zu dem vertraulicheren »Christian« übergegangen war. Zweifellos erschien ihr das respektvoller für einen Nachbarn, der ihr gleichzeitig so nah und so fern gewesen war …

»Und direkt gegenüber, dieses große Gebäude, sieht man die Rückseite einer Bank. Sommers wie winters bleiben die Fenster hinter den Gittern geschlossen. Alle anderen Häuser sind zu weit entfernt. Es ist wirklich bedauerlich, wir kannten ihn so wenig, aber wir sind trotzdem diejenigen in der Nachbarschaft, die ihn am besten kannten. Der arme Christian …«

Sie hob die Hand ans Gesicht, als wischte sie eine Träne weg, doch ihre Augen waren trocken. »Von unserem Garten aus hörten wir manchmal das Klavier, aber nur, wenn er selbst spielte. Wenn seine Schüler da waren, schloss er immer die Fenster. Christian hatte eine gute Kinderstube, und er spielte wunderschön Klavier. Es wird uns fehlen …«

Bei jedem Todesfall staunte Sebag über die Neigung der Menschen, eher ihr eigenes Schicksal zu bedauern als das des Verstorbenen. Vermutlich war das ein natürliches Bedürfnis. Dennoch verwunderte es Gilles immer wieder aufs Neue. Er beendete das Gespräch und zog Jacques zu anderen Anwohnern fort. Wie Nicole Caseilles es vorhergesagt hatte, führten ihre Nachforschungen leider nicht weiter. Niemand kannte Aguilar, aber alle beteuerten ihr Mitgefühl mit diesem unbekannten Nachbarn, der durch seine brutale Ermordung aus der Anonymität herausgetreten war.

• • •

Im großen Saal der Videoüberwachungszentrale der städtischen Polizei von Perpignan war ein Arbeitsplatz der Durchsicht von Archivmaterial vorbehalten. Sebag drückte auf die Entertaste der

Computertastatur. Jacques war im Commissariat geblieben, um seinen Bericht über den Raubüberfall fertig zu schreiben. Gilles würde sich die zähe Sitzung vor der städtischen Überwachungskamerawelt allein antun.

Er trank einen Schluck von dem Kaffee, den man ihm netterweise gebracht hatte. Ordentlich stark, so wie er es mochte.

Auf dem Bildschirm vor ihm lief die Aufnahme der Überwachungskamera, die an der Rathauswand angebracht war. Rechts oben sah man die Zeit. 15:32 Uhr. Die automatischen Schwenks der Kamera zeigten Ausschnitt für Ausschnitt die noch verlassene Place de la Loge. Sebag griff nach dem Joystick neben der Tatstatur und drückte den Steuerhebel nach unten, damit die Bilder schneller abliefen. Ab 15:48 Uhr verdunkelten erste Silhouetten die Fläche, als breiteten sich auf dem Bildschirm Tintenflecken aus. Die Zuschauer verließen die Place Gambetta, die kaum hundert Meter entfernt lag, und drängten sich vor der Loge de Mer, um sich den Durchzug der Prozession ein zweites Mal anzuschauen. Sebag stellte den normalen Rhythmus der Bilder wieder her. Sehr bald tauchte der *regidor* auf, hoheitsvoll schreitend in seiner roten Kutte. Er schwenkte ständig den rechten Arm. Es fehlte nur der Klang der Eisenglocke. Sebag hatte ihn genau im Ohr. Ein metallischer Schrei, gefolgt vom dumpfen Gesang der Trommelwirbel.

Die Kamera schwenkte weiter über den Platz hinweg. Sebag bemerkte eine Bewegung unten links auf dem Bildschirm. Die Zeit reichte gerade, um die Gruppe von Mädchen wiederzuerkennen, da verschwand das Bild auch schon wieder. Eine, zwei, drei, vier Sekunden zählte er, dann kehrte die Kamera zum Ursprungsort der Panik zurück. Rauch verdüsterte das Bild.

Die Massenpanik war bereits ausgebrochen. Auf der Flucht in eine Kneipe kippten Rennende Tische und Stühle auf einer Terrasse um. Ein Vater zog sein Kind wie einen Rodelschlitten hinter sich her, eine Frau stürzte, und Menschen trampelten über sie hinweg. Die Mädchen rannten in Richtung Prozession. Die Zuschauermenge ballte sich zu einem brodelnden Schwarm zusammen, der von Entsetzen erfasst die Absperrgitter umwarf. Nun rannte das Publikum zwischen die Büßer. Stumme Angst zeichnete sich in den Gesichtern der Menschen ab. Ohne Tonspur hatte die Szene etwas Unwirkliches, wirkte aber dadurch nur umso verstörender.

Der nächste Schwenk der Kamera zeigte einen *misteri*, der zu Boden gefallen war. Die Bewegung der Menge verlangsamte sich bereits, uniformierte Polizisten dämpften die Woge, und die Panik legte sich. Auf der Terrasse des Cafés sah man neben den umgekippten Tischen und Stühlen drei am Boden liegende, aber lebende Menschen. Zwei Frauen und ein Kind. Die Kamera schwenkte wieder in die Straße. Seitlich vom Rathaus zeigte ein Polizist auf etwas, das nicht im Sichtbereich war. Die Leiche von Aguilar. Sebag hielt das Bild an. Spulte ein Stück zurück. Die Szene befand sich am Ende der programmierten Kameratour und blieb nur drei Sekunden im Blick. Mithilfe des Joysticks zoomte er das Bild heran. Es wurde grobkörniger, aber trotzdem sah man, dass sich während dieser drei Sekunden nur schwarze Kutten im Bildbereich befunden hatten.

Im Videosaal knisterte ein Funkgerät. Ein Polizist, der vor einer Wand aus Bildschirmen saß, machte die Besatzung eines Streifenwagens auf ein Fahrzeug aufmerksam, das im Bereich einer Kreuzung parkte und den Verkehr behinderte. Die Bilanz der Videoüberwachung war nicht gerade glänzend: In Frankreich waren im Durchschnitt neun von zehn Fällen, die mittels Überwachungskameras entdeckt wurden, einfache Straßenverkehrsvorfälle. Sperrmüll, den jemand auf dem Bürgersteig wild entsorgt hatte, eine nicht funktionierende Ampel oder Sperre vor Fußgängerbereichen oder wie hier ein Parkverstoß.

Er hätte sich gefreut, hätten die Bilder vor seinen Augen die Statistik Lügen gestraft, aber leider sah es schlecht aus.

Sebag ließ den Rest der Videoaufzeichnung ablaufen. Nun verharrte das Bild an Ort und Stelle, anscheinend hatte jemand vom Bedienpersonal die Kontrolle über die Kamera übernommen.

Zwei Büßer nahmen ihre Kapuzen ab und knieten sich neben dem Rathaus nieder. Einer der beiden erhob sich sofort wieder. Sebag erkannte Daniel, den Spitzbart, der seine blutige Hand betrachtete und dann mit dem Blick Hilfe oder Unterstützung suchte. Ein weiterer Büßer trat zu ihm und nahm ihn in den Arm.

Sebag kehrte in der Aufnahme zu den Sekunden vor dem Ausbruch der Panik zurück. Er zoomte das Bild ein weiteres Mal heran und entdeckte in der Nähe der Mädchen zwei Jungs – anscheinend Gitans –, die auf dem Boden kauerten. Unmittelbar bevor die Szene vom Bildschirm verschwand, erkannte er bei einem erneuten Zoomen eine Flamme. Die Panik war tatsächlich durch Knallkörper ausgelöst worden. Wie er notiert hatte, hatten die Mädchen auch von Rufen berichtet: »Achtung, er ist bewaffnet!« Wer das geschrien hatte, war unmöglich zu sagen.

Sebag hielt mehrere Bildschirmfotos fest und ließ sie ausdrucken. Dann rief er einen Stadtplan von Perpignan auf. Überall blinkten rote Punkte – sie stellten jeweils eine Kamera dar. Er sah sich zwei weitere Aufzeichnungen an, die ebenso viele verschiedene Blickwinkel auf die Panik boten. Doch keine verschaffte ihm ein besseres Bild des Tatorts.

»Hätten Sie gern noch einen Kaffee?«

Von hinten reichte ihm die Brigadier-Chefin Josiane Masson seine Ausdrucke. Sebag nahm sie dankbar entgegen. Seine Kollegen und er wurden in der Videoüberwachungszentrale immer freundlich empfangen. Wahrscheinlich sahen die städtischen Polizisten in jedem Hilfeersuchen der Nationalpolizei eine Rechtfertigung ihrer Arbeit. Sie durchquerten den großen, an den Wänden mit Bildschirmen gepflasterten Saal. Es waren insgesamt um die fünfzig, doch nur drei Mann Bedienpersonal behielten das alles im Auge.

Josiane Masson steckte eine Kapsel in die Maschine.

»Sie haben das Gesuchte nicht gefunden, oder?«

»Das stimmt … Die Videodaten verschaffen uns nur zeitlich und räumlich begrenzte Einblicke. Trotzdem vermitteln sie mir eine genaue – und kostbare – Vorstellung von einer Szene, der ich nicht beigewohnt habe. Leider hat sich auf den Bildern nicht viel abgespielt …«

»Das ist zweifellos kein Zufall. Der Mörder wird die Örtlichkeit in Augenschein genommen haben. Man kann nicht überall Kameras haben. Zweihundert für eine Stadt wie Perpignan, das ist bereits eine ganze Menge.«

Sie reichte ihm seinen Kaffee und nahm sich selbst auch einen.

»Wir warten auf eine neue Generation von Kameras, die dauerhaft fast in einem 360-Grad-Winkel filmen können. Das würde das Problem mit den ständigen Schwenks lösen. Und danach werden Kameras mit Gesichtserkennung kommen. Der Schutz durch Videoüberwachung macht ständig Fortschritte. Aber auch mit dem derzeitigen Equipment konnten wir immerhin das Fahrzeug identifizieren, das beim Raubüberfall auf den Juwelierladen eingesetzt wurde.«

»Eine tolle Leistung, das muss ich zugeben«, sagte Sebag höflich. Kurz vor Mittag hatten sie erfahren, dass die Gendarmen des Département Aude das ausgebrannte Wrack auf dem Parkplatz des Safariparks Sigean gefunden hatten. Am Vorabend des Raubüberfalls war der Audi in Spanien gestohlen worden. Diese *tolle Leistung* würde sie kein bisschen weiterbringen.

»Gestern hatten wir besonders großes Pech«, fuhr die Brigadier-

Chefin Masson fort. »Zum Zeitpunkt des Raubüberfalls war das gesamte Bedienpersonal damit beschäftigt, die Prozessionsstrecke im Auge zu behalten, und zum Zeitpunkt des Mords suchten sie den beim Raubüberfall verwendeten Audi auf ihren Bildschirmen.«

Sebag trank von seinem Kaffee.

»Ideal wäre es, alles direkt zu verfolgen, doch Sie können hier nicht dauerhaft zweihundert Polizisten einsetzen, die ununterbrochen die Liveaufnahmen ihrer zweihundert Kameras beobachten …«

Er zuckte mit den Schultern.

»Und sollte man über eine solche Armee von Leuten verfügen, würde man sie wohl besser auf der Straße einsetzen als hinter dem Bildschirm.«

Die Leiterin des Überwachungszentrums, schlank und aufrecht in ihrer blauen Uniform, presste die Lippen zusammen. Sebag spürte, dass er sie gekränkt hatte.

9

An diesem Ostermontag herrschte im Flur des zweiten Stocks des Commissariats von Perpignan komplette Stille. Sebag öffnete die Tür des Büros, das er sich mit Molina teilte. Jacques war bereits da und spielte auf seinem Computer. Solitär, Mah-Jongg oder Bubble-Shooter, jedenfalls vermutlich etwas Ruhiges.

»Gehen wir?«

Molinas Augen machten einen Satz nach unten zur Taskleiste.

»Du bist wohl bekloppt! Es ist erst halb zehn, noch viel zu früh. Da drüben schlafen doch noch alle.«

»Ist das nicht ein bisschen klischeehaft?«

»Was kann ich dafür, wenn die Gitans von Perpignan sich wie ihr eigenes Klischee benehmen?«

Nach den Ermittlungen vom Samstag hatten Sebag und Molina sich im Commissariat mit ihrem Chef besprochen. Auch ein Beamter der Antiterrorismusabteilung in Paris war zugeschaltet gewesen. Der hatte den Polizisten von Perpignan höflich zugehört und dann seinerseits berichtet und ihnen seine Schlussfolgerungen mitgeteilt: Die Hypothese einer Terrortat wurde offiziell nicht weiterverfolgt. Diese Entscheidung schien ebenso politischer wie sachlicher Natur zu sein: Das Ausmaß der Panik zeigte ja, dass es derzeit nicht geraten war, die Franzosen noch weiter zu beunruhigen. Trotz dieser Schieflage hielt Sebag die vorgebrachten Argumente für schlüssig.

Zunächst einmal hatten die Nachrichtendienste keinerlei spezielle Bedrohung für die *Sanch* festgestellt, überhaupt keine verdächtigen Bewegungen unter den als Gefährder eingestuften Personen der Region. Des Weiteren sprach die Vorgehensweise gegen einen Anschlag: Ein Terrorist hätte sich bei einem Mord weder vor den Überwachungskameras versteckt noch es für nötig gehalten, vorab eine Massenpanik auszulösen. Und er hätte sich wahrscheinlich nicht mit dieser einzigen Tat begnügt. Außerdem hatte der IS, der durchaus einmal Taten für sich beanspruchte, hinter denen er gar nicht steckte, das Geschehen in Perpignan mit keinem Wort kommentiert.

Die Polizei vor Ort würde also die Ermittlungen in der Hand behalten, doch das Ministerium blieb wachsam, umso mehr, als Videos von der Massenpanik seit vierundzwanzig Stunden in den sozialen Netzwerken kursierten.

Commissaire Castello, dem klar war, dass sie bei diesen Ermittlungen einen langen Atem brauchen würden, hatte Gilles und Jacques großzügigerweise den Ostersonntag als Ruhetag zugestanden. Nachdem der Terrorismusverdacht aufgehoben und die Dringlichkeitsstufe damit niedriger war, würden die meisten technischen und gerichtsmedizinischen Untersuchungen ohnehin erst nach dem verlängerten Wochenende stattfinden. Da sie noch auf die Ergebnisse warten mussten, hatten Sebag und Molina beschlossen, sich an diesem Montagmorgen auf die Suche nach den Jungen, die die Kracher geworfen hatten, ins Quartier Saint-Jacques zu begeben. Am Nachmittag würden sie Kontakt mit den Schülern Aguilars und deren Eltern aufnehmen.

»Trinken wir erst noch einen Kaffee?«, schlug Gilles vor.

Molina löste endlich den Blick von seinem Rechner und seufzte tief. »Du weißt, dass unser Vorhaben im Sand verlaufen wird?«

Sebag nickte, antwortete dann aber: »Und du weißt, dass wir es trotz allem versuchen müssen?«

• • •

An einen Hügel der Stadt geschmiegt, erwachte das Viertel Saint-Jacques mit seinen Gitans allmählich. Schweigend stiegen Sebag und Molina die schmalen, schmutzigen Gassen hinauf. Der bröckelige Asphalt verewigte die Narben noch der kleinsten Straßenbauarbeiten. Die Fahrbahnen waren schon seit Jahren nicht mehr neu geteert worden, und überall wucherte Unkraut und erfreute sich der Freiheiten, die man ihm ließ. Entlang der kaputten Gehwege quollen die Rinnsteine von allem möglichen Müll über. Essensreste, Einwickelpapier und Plastik. Wenn die Tramontane wehte, fegte sie die Straßen manchmal mit mehr Eifer als der städtische Kehrdienst, doch sie blies den Müll nur vor geschlossenen Einfahrtstoren zusammen.

Saint-Jacques war ein Stadtviertel, das nicht der Norm entsprach. Obwohl dieses mittelalterliche Herz Perpignans unter Denkmalschutzaspekten in die Kategorie »von nationalem Interesse« fiel, wirkte es so, als hätte man es aufgegeben. Eine große französische Wochenzeitung hatte es kürzlich der Gruppe der heruntergekommensten französischen Ghettos zugeordnet, den am stärksten benachteiligten Wohngegenden der Republik.

Molina kickte eine Dose weg und schimpfte: »Das ist wirklich widerlich!«

Sebag wusste, dass der Zorn seines Kollegen vor allem den Bewohnern des Viertels galt, und fing gar nicht erst an zu diskutieren. Er musste zugeben, dass Jacques nicht völlig unrecht hatte. Denn die Gitans widmeten sich zwar der Sauberkeit ihrer Wohnungen mit großer Sorgfalt, zeigten aber wenig Respekt für die gemeinschaftlich genutzten Bereiche – die Hausflure und die Straßen.

Geschlossene Fensterläden oder zugemauerte Fenster – die verlassenen Wohnungen schienen von Jahr zu Jahr zahlreicher zu werden. Nach Einschätzung mancher Experten hätte man die Hälfte der Gebäude für gesundheitsgefährdend und daher unbewohnbar erklären können. In den bewohnten Gebäuden sah es nicht unbedingt besser aus. Ohnehin erkannte man den Unterschied oft nur an der Wäsche, die vor den Fenstern trocknete.

Seit Jahren war die Sanierung von Saint-Jacques ein Streitthema. Endlos wurde über Zuständigkeiten diskutiert. Armut der Bewohner, Trägheit der Stadtverwaltung, Habgier der privaten Vermieter, die wahre Miethaie waren. Jeder war mit Kritik bei der Hand, doch niemand kannte ein Wundermittel. Wie sollte man auch ein Stadtviertel dauerhaft sanieren, in dem vier von zehn Bewohnern Sozialhilfe bezogen und weitere fünf Arbeitslosengeld?

Auf einem Platz, der in den letzten Monaten durch Abriss eines Häuserblocks entstanden war, unterhielten sich drei Männer und tranken Kaffee. Sie saßen auf Stühlen, die sie aus ihren Wohnungen heruntergetragen hatten. Eine im Viertel übliche Praxis. Da es keine Innenhöfe, Terrassen oder Balkone gab, suchte man die frische Luft eben an der Straße. Sebag und Molina näherten sich der Gruppe. Jacques begrüßte zunächst denjenigen unter ihnen, der am ältesten wirkte, dann die beiden anderen.

»Ist Anton da?«, fragte er dann.

»Anton? Welcher Anton?«

»Das weißt du genau. Anton Reyès.«

Der Mann deutete mit dem Kopf auf das staubige Schaufenster eines Cafés. Die Bar de l'Anguille. Dann rief er: *»Anton, hi ha algú per!«* (Anton, hier ist jemand für dich!)

Hinter der Scheibe regte sich etwas. Durch die geöffnete Tür drang eine heisere Stimme heraus. »*Qui és?*« (Wer ist es?)

Der Mann musterte Sebag und Molina kurz und antwortete dann: »*Policia!*«

Mit einem gezwungenen Lächeln führte Jacques den Finger zu einem pseudomilitärischen Gruß an die Stirn. In den Fenstern des Hauses tauchten Gesichter auf. Zwei Frauen, drei Kinder und eine Jugendliche.

Die Tür des Cafés ging auf und ließ die massige Gestalt von Anton Reyès durch, einem der Patriarchen der Gitanes von Saint-Jacques. Molina und Sebag näherten sich ihm. Die Angelegenheit war heikel, und sie zogen ein diskretes Gespräch vor. Reyès verstand und trat zur Seite, damit sie hineingehen konnten. In sein bronzefarbenes Gesicht traten Falten.

»Trinken Sie etwas, Messieurs?«

»Kaffee«, antworteten die beiden Polizisten im Chor.

Bevor er seinerseits ins altertümliche Bistro zurückkehrte, rief Reyès zum Fenster des ersten Stocks hinauf: »*Josefa, tres cafès!*«

Die kleine Bar de l'Anguille war nur noch ein Schatten ihrer selbst. Drei staubige Tische und darauf vier umgedrehte Stühle. Offensichtlich war dies nicht der Ort, an dem Reyès seine Freunde empfing. Der alte Gitan stemmte sich auf die Theke aus wurmstichigem Holz. Mit einem Griff in seine langen, weißen Haare rückte er seinen Pferdeschwanz zurecht. An seinem rechten Ohrläppchen funkelte ein Diamant. Nach einigen Höflichkeitsfloskeln erkundigte er sich bei den Polizisten nach dem Grund ihres Besuchs. Sebag legte zwei Fotos der jungen Gitans auf die Theke, Ausdrucke der Überwachungskamera. Sie waren verschwommen, die Gesichter nur schwer zu erkennen. Reyès warf allerdings nicht einmal einen Blick darauf.

»Was wirft man ihnen vor?«

Molina berichtete ihm von den Krachern, der Panik und dem Mord. Dann fügte er hinzu: »Wir wollen nichts von den Kindern. Es geht uns um die Person, die ihnen den Auftrag gegeben hat. Wir glauben, dass es sich bei ihr um den Mörder handelt.«

»Beihilfe zum Mord …«, bemerkte Reyès mit seiner brüchigen Stimme.

»Aber nein, es sind doch nur Kinder. Wenn sie offen mit uns sprechen, braucht keiner sich Sorgen zu machen. Wir geben dir unser Wort.«

Auf der Treppe, die nach oben zur Wohnung führte, erklangen Schritte. Eine junge Frau betrat die Bar, ein Tablett auf ihren runden Bauch gestützt. Sie war wohl kaum älter als achtzehn.

»*Aquesta es Josefa* (das hier ist Josefa), meine Jüngste. Sie erwartet im September ihr Kind. Das zweite. Einen Jungen. Und für mich das fünfzehnte Enkelkind.«

Reyès Augen glänzten. Hinter diesem zur Schau gestellten Stolz lag eine Warnung, die er auch sofort in Worte fasste. »Hier sind die Kinder König, wir lieben sie innig. Wir beschützen sie.«

Josefa stellte drei Tassen auf die Theke, daneben drei Löffel und eine Zuckerdose. Danach zog sie sich diskret zurück.

»Eure Kinder riskieren nicht das Geringste, sie haben ja nur ein paar Kracher geworfen …«

Molina vermied die Ergänzung, dass die Jungen außerdem noch etwas gerufen hatten. Ihr »Achtung, er ist bewaffnet!« hatte zweifellos genauso stark zur Panik beigetragen wie die gezündeten Knallkörper.

»Wenn ihr sie nicht findet, riskieren sie noch viel weniger.«

»Ein Mann ist getötet worden, und sie könnten uns helfen, den Mörder dingfest zu machen.«

Reyès warf drei Stück Zucker in seine Tasse und rührte um.

»Wenn er kein Idiot ist, hat euer Mörder zweifellos alles Notwendige unternommen, damit die Jungen ihn nicht wiedererkennen.«

»Es sei denn, er hätte einfach auf die Verschwiegenheit der gitanischen Gemeinschaft gesetzt …«

Mit diesen Worten mischte Sebag sich zum ersten Mal ein, und Reyès nahm sich die Zeit, ihn zu mustern. Er fragte sich, ob die Bemerkung des Polizisten als Anerkennung oder als Kritik aufzufassen war. Schließlich bedachte er ihn mit einem breiten Lächeln, das zwei Zahnstümpfe und einen Goldzahn zum Vorschein brachte.

»Manche Traditionen gelten zum Glück heute noch.«

»Soll das heißen, dass Sie nichts für uns tun werden?«

»Für uns oder für die Kinder«, fügte Molina hinzu, während er die Tasse Kaffee an seine Lippen führte. »Wenn wir sie nämlich selbst aufspüren müssen, sieht die Sache anders aus.«

Reyès zog die schwarzen Augen zu Schlitzen zusammen. »Ist das eine Drohung?«

»Absolut nicht«, erwiderte Molina in einem Tonfall, der seine Worte Lügen strafte. »Aber es ist vielleicht besser, wenn wir sie vor dem Mörder finden.«

Sebag verzog das Gesicht. Jacques ging zu weit. Angst brachte nicht unbedingt Ergebnisse.

»Sie meinen, dass der Mörder sich an ihnen vergreifen könnte?«

Molina hob die Augen zum Himmel: *»Qui ho sap?«* (Wer weiß?)

Reyès wandte sich an Gilles. »Wenn der Mörder auf unser Schweigen aus war, wie Sie sagten, bringt dann nicht gerade Ihr Auftauchen hier unsere Kinder in Gefahr? Ihr Herumstochern?«

»Ich glaube, dass mein Kollege das Risiko übertreibt. Aber diese Nachforschungen müssen wir anstellen, und wir werden es tun. Könnten Sie den Bewohnern des Viertels unsere Bitte übermitteln?«

Reyès lächelte erneut. »Sie haben mir die Ehre erwiesen, sich an mich zu wenden, und so werde ich Ihren Wunsch weitergeben. Das ist mein einziges Versprechen.«

»Damit sind wir vorläufig zufrieden.«

Sebag griff seinerseits nach einer Tasse und kippte den Inhalt in einem Zug herunter. Der billige Kaffee hinterließ dennoch einen bitteren Geschmack im Mund.

»Ich danke Ihnen, dass Sie sich an mich gewandt haben«, wiederholte Reyès. »Aber wissen Sie, wir, die Alten, sind nicht mehr so einflussreich wie früher.«

Antons wunde Stimme vibrierte nun von wehmütigen Tremolos.

»So etwas sagen Sie dann, wenn es Ihnen in den Kram passt«, merkte Molina trocken an.

Die Polizisten verabschiedeten sich von dem Patriarchen und stiegen erneut zur Place du Puig hinauf, dem Herzen des Quartier Saint-Jacques. Anton Reyès hatte nicht vollkommen unrecht, und sie wussten es. Die Familienchefs hatten seit gut zwanzig Jahren tatsächlich viel Autorität in der Gemeinschaft eingebüßt. Ein Generationenkonflikt, der durch Arbeitslosigkeit und Drogen, an denen die Jugend des Viertels kaputtging, noch verstärkt wurde.

»Okay dann, Auftrag erledigt«, äußerte sich Jacques.

»Dienst nach Vorschrift. Aber man könnte auch noch ein bisschen mehr tun.«

Molina blieb vor einer Fassade stehen, die nur noch zusammenhielt, weil Stahlträger in jedem Stockwerk die Mauern stützten. Auf der Holztür klebte eine Bekanntmachung der Präfektur, die vor unmittelbarer Einsturzgefahr warnte. Eingraviert über der Tür stand *Déu Vos Guard* (Gott schütze euch), als hätte man schon direkt bei der Erbauung des Hauses vor Gefahr warnen müssen. Die Gebäude der Altstadt von Perpignan waren im Mittelalter ohne

Fundamente errichtet worden und blieben oft nur stehen, weil eines das andere stützte.

»Was hast du dir gedacht?«, regte Jacques sich auf. »Dass wir mit den Fotos von Tür zu Tür gehen? Wir haben nicht die geringste Chance, die schmeißen uns nur raus. Das ganze Viertel weiß bereits Bescheid.«

»Heutzutage gibt es bestimmt noch andere, die genauso einflussreich sind wie die Familienchefs, und an die könnten wir uns wenden, oder?«

Molina dachte kurz nach.

»Der Pfarrer vielleicht … Und zweifellos auch Manuelito. Er arbeitet bei der Stadt im Umweltamt. Er ist der bevorzugte Ansprechpartner der Amtsträger.«

»Gute Idee. Diese beiden suchen wir jetzt gleich auf, und morgen befragen wir die Lehrer und Lehrerinnen der Schule. Sie müssen schließlich alle Kinder kennen.«

»Einige haben sie bestimmt noch nie gesehen«, mokierte sich Jacques. »Die Fehlzeiten der Schüler bilden hier einen nationalen Rekord.«

»Dann lässt du mir bitte bei den Gesprächen den Vortritt. Ich glaube kaum, dass es ein guter Einstieg wäre, den Lehrern gleich mit solchen Statistiken zu kommen.«

Sebag und Molina hatten mehr Erfolg beim Pfarrer der evangelikalen Kirche des Viertels. Die Kirche lag in einer alten Kaserne an der Place du Puig. Es war ein Bau aus dem 18. Jahrhundert, der in den Sechzigerjahren zu einem Wohngebäude mit Sozialwohnungen umgebaut worden war. Sie erinnerte eher an ein Geschäft als an ein religiöses Bauwerk. Am Nachmittag sollte hier eine Feier stattfinden, und Miguel Diaz versprach, die Gelegenheit zu nutzen, um das Thema anzusprechen. Er lehnte es allerdings ab, die Fotos von Sebag an sich zu nehmen. Das hielt er für eine allzu polizeiliche Herangehensweise.

Manuelito trafen sie nicht bei sich zu Hause an, hinterließen ihm aber eine Nachricht auf seinem Handy.

»Sollen wir an der Place Cassanyes einen Thé à la Menthe trinken?«, fragte Gilles.

»Um diese Zeit hätte ich lieber ein Bier, aber das ist hier im Viertel wohl zu exotisch. Dann also ein Tee.«

Auf der Place Cassanyes war das Markttreiben in vollem Gange. Diese Schnittstelle zwischen dem Viertel der Gitans und dem Viertel der Nordafrikaner pulsierte lebendig und farbenfroh. Man sprach hier Katalanisch und Arabisch, außerdem auch Französisch, vor allem an Sonn- und Feiertagen. Die verschiedenen Welten Perpignans kreuzten sich hier, wenn sie sich auch nicht wirklich begegneten.

»Isst du heute Mittag irgendwo?«, fragte Jacques, nachdem sie einen Tisch auf einer Sonnenterrasse gefunden hatten.

»Ich hab mir noch nichts überlegt.«

»Wir könnten bei Momo ein Brathähnchen mit Fritten holen und es bei mir essen.«

Momo betrieb ein Grillrestaurant an der Ecke des Platzes und der Rue Llucia, der Haupteinkaufsstraße der Nordafrikaner.

»Super Idee!«

Nachdem er seinen Tee getrunken hatte, reihte Sebag sich in einer langen Schlange vor dem Grill ein, von wo ihm ein gutes Dutzend kleine, billige Brathähnchen entgegenleuchteten.

»Steh dir hier nicht die Beine in den Bauch«, sagte Molina. »Wir fahren beim Drive-in vorbei …«

Sie holten ihren Dienstwagen, den sie auf einem reservierten Parkplatz vor den geschlossenen Rollläden der Polizeiwache des Viertels abgestellt hatten, und hielten vor Momos Restaurant. Sebag ließ auf der Beifahrerseite das Fenster herunter. Sofort eilte ein junger Mann herbei, um die Bestellung aufzunehmen.

»Wer im Auto sitzt, hat Vorfahrt«, erklärte Molina.

Gilles warf einen Blick in den Rückspiegel. Hinter ihnen waren bereits drei weitere Wagen zum Warten gezwungen.

»Keine Sorge, sie sind daran gewöhnt«, beruhigte ihn Molina. »Außerdem sind zwei der drei Autos vermutlich ebenfalls Kunden.«

• • •

Sebag und Molina verbrachten den Nachmittag im Büro. Der Reihe nach riefen sie Aguilars Schüler an. Oder deren Eltern. *Wie würden Sie die Beziehung zu Ihrem Klavierlehrer beschreiben? Was wussten Sie über ihn? Haben Sie ihn auch bei anderen Gelegenheiten getroffen? Sind Ihnen in letzter Zeit Veränderungen an ihm aufgefallen? Unruhe, Anspannung, Gereiztheit?* Klassische Fragen. Bei den Gesprächen mussten sie genau auf ihre Wortwahl achten, um die Leute nicht aus der Fassung zu bringen. Ein Musiklehrer, Kinder … Gleich nach den ersten Fragen schwappten die Emotionen der Eltern über.

Wenn ein Wort oder ein Tonfall den beiden Polizisten auffiel, kreuzten sie den Namen des Schülers auf ihrer Liste an, um sich eventuell später persönlich mit ihm zu treffen. Um siebzehn Uhr hatte Sebag bereits drei Kreuzchen gesetzt, da machte Molina gerade das erste. Außerdem schaltete er den Lautsprecher ein.

»Es kommt mir so vor, als nähmen Sie Aguilar etwas übel, Madame. Darf ich Sie fragen, warum?«

»Er hat meinen Sohn in unangemessener Weise berührt.«

Molina hob den Kopf. In seinem rechten Auge blitzte ein Triumphgefühl auf, und in seinem linken leuchtete Bewunderung für Gilles, der nicht sofort begriff, warum.

10

»Was verstehen Sie unter ›in unangemessener Weise‹?«, fragte Jacques. Darauf folgte erst einmal Stille.

»Madame?«

»Wer sagt mir, dass Sie wirklich von der Polizei sind?«

»Rufen Sie im Commissariat an, und verlangen Sie Molina, dann sehen Sie selbst …«

Erneute Stille. Einige Sekunden Schweigen. Dann: »Tut mir leid, ich habe keine Lust, darüber am Telefon zu reden.«

»Wir können zu Ihnen kommen, wenn Sie das vorziehen.«

»Jetzt? Nein, das geht nicht, ich bin mit meiner Familie zusammen.«

»Und morgen? Könnten wir uns morgen treffen?«

»Ist es so wichtig? Schließlich war die Sache ja nicht wirklich gravierend …«

»Nicht gravierend? Darüber würden wir gern selbst urteilen. In einer Mordermittlung kann alles sich als wichtig erweisen, Madame.«

»Ich verstehe … Ich habe ein Blumengeschäft in der Avenue de la Gare, nicht weit von Aguilars Haus. Das ist übrigens der Grund, warum ich meinen Sohn gerade zu ihm geschickt habe. Morgen um zehn, wäre das möglich?«

Molina stimmte sich per Blickkontakt mit Sebag ab und bestätigte den Termin dann.

»Na also, Volltreffer!«, rief er nach dem Auflegen aus. »Du hast mal wieder richtiggelegen. Hinter der Sache steckt vielleicht eine Pädophiliegeschichte.«

Sebag machte große Augen. »Das soll ich gesagt haben?«

»Du erinnerst dich nicht?«

»Wann hätte ich das gesagt?«

»Am Samstag hast du vor dem Safe gewettet, dass er Fotos von kleinen Jungs birgt.«

»Aber das hab ich einfach nur so dahingesagt, ohne nachzudenken …«

»Ja und? Sprichst du nicht gern davon? Dass zu viel Nachdenken der Intuition schadet …«

Gilles' Handy piepte, und das Display leuchtete auf. Eine Nachricht von Séverine. Sie waren auf der Höhe von Barcelona und würden gegen 19:30 Uhr zu Hause eintreffen.

»Und zu viel Nachdenken, das schadet bei dir nicht?«, erwiderte er mit ein wenig Verspätung.

Jacques' Mund öffnete sich zu einem gutmütigen Lächeln. »Keine Ahnung. Ich habe es noch nie versucht!«

• • •

»Es gibt da eine neue Attraktion, die ist supercool.«

Léo, der sonst so wortkarg war, redete seit der Rückkehr von PortAventura ununterbrochen. Dieses Abendessen am Ostermontag versprach lebhaft zu werden.

»Furius Baco heißt sie …«

»Furius Baco, was soll das bedeuten?«, unterbrach ihn Gilles. »Ist das Spanisch oder Englisch?«

»Völlig wurscht. Stell dir nur vor … Beschleunigung von null auf hundertfünfunddreißig in nur drei Sekunden. Du klebst richtig im Sitz. Unglaublich!

»Furius, da kann ich mir noch was drunter vorstellen, aber Baco … Da steh ich vollkommen auf dem Schlauch.«

»Anscheinend entwickelt der Antriebsmechanismus dieselbe Kraft wie das Katapult eines Flugzeugträgers.«

»Ach herrje! Wir benutzen noch Katapulte auf unseren Flugzeugträgern? So werden wir den nächsten Krieg nicht gewinnen …«

Claire und Séverine lächelten, doch Léo blieb unbeirrbar.

»Die Strecke ist der Wahnsinn. Man fährt am Wasser vorbei und manchmal auch durch Tunnel, und das mit einem Affenzahn.«

»Und wie lang dauert die Fahrt?«

»Keine Ahnung, vielleicht zwei Minuten … Jedenfalls geht die Zeit viel zu schnell vorbei.«

»Insbesondere, wenn man bedenkt, wie lang ihr bestimmt vor der Fahrt anstehen musstet. Eine halbe Stunde?«

»Ich würde eher vierzig Minuten sagen«, warf Claire ein.

»Von nichts kommt nichts.«

»Gutes Prinzip, Léo. Das könntest du auch auf deine Hausaufgaben anwenden.«

Claire war Lehrerin und fand immer, dass ihr Sohn nicht genug für die Schule tat. Gilles schloss sich ihr an, wenn sie ihn darum bat. Ohne großen Eifer. Er selbst war niemals ein fleißiger Schüler gewesen.

»Wenn er für die Schule lernt, passt ein anderes Sprichwort besser.«

Sofort trat Stille ein. Alle hatten begriffen, dass Gilles gleich mit einer neuen Ad-hoc-Redensart um die Ecke kommen würde.

»Wenn man dabei sein Gesicht sieht, könnt man eher sagen: *Bei der Arbeit klotzen, heißt erst mal tüchtig motzen.*«

Léo streckte seinem Vater die geöffnete Hand hin, und der klatschte ihn bereitwillig ab. Claire und Séverine grinsten. Ebenso sehr über ihn wie über seine Neufindung. Sebag fiel nicht darauf herein, doch es war ihm egal. Hauptsache, er brachte sie zum Lachen …

II

Eine Kehrmaschine führte träge ihre Bürsten am Rinnstein der Avenue de Gaulle entlang, der Zentralachse der Stadt, die die Perpignaner eisern mit ihrem volkstümlichen Namen Bahnhofsstraße nannten – Avenue de la Gare. In der Nummer 36 hatte die Blumenhändlerin ihre leuchtenden Farbtupfer zwischen den schreienden Schildern zweier Kebabs ausgebreitet. Als Sebag die Tür aufstieß, empfingen ihn berauschende Düfte. Er schloss die Augen. Wo hatte er letzthin einen so lieblichen Duft wahrgenommen? Oh ja, natürlich, vor drei Tagen bei der Prozession der *Sanch*. Die *misteri* hatten die Straßen der Stadt mit ihren Wohlgerüchen erfüllt, bevor die Tat eines Kriminellen dort für Trauer sorgte.

»Lieutenant Molina, nehme ich an.«

Er öffnete die Augen wieder. Eine brünette Frau um die vierzig reichte ihm die Hand. Er drückte sie.

»Lieutenant Sebag, Gilles Sebag. Mein Kollege ist heute Morgen nicht abkömmlich.«

Tatsächlich hatten die beiden Polizisten gemeinsam entschieden, dass Gilles allein zu diesem heiklen Gespräch gehen sollte. Jacques würde seinerseits mit dem Raubüberfall weitermachen. Er musste den Juwelier noch einmal aufsuchen.

»Wie ich Ihrem Kollegen bereits am Telefon sagte, bin ich mir nicht sicher, ob meine Aussage besonders relevant für Ihre Ermittlungen sein wird«, warnte sie ihn.

»Vielleicht erzählen Sie mir einfach, was war …«

Die Blumenhändlerin beschrieb ihm einen etwas anderen Christian Aguilar. Einen anspruchsvollen und manchmal reizbaren Klavierlehrer.

»Eines Tages hatte Gabriel das verlangte Stück nicht genug geübt. Und wenn er bei einem Fehler erwischt wird, nimmt er tatsächlich oft diese etwas arrogante Haltung der heutigen Jugendlichen ein, die manche Erwachsene kränkt. Aber in der Oberschule haben seine Lehrer niemals so reagiert.«

Sebag fragte sich, ob er die Worte *in unangemessener Weise berührt* falsch aufgefasst hatte.

»Aguilar trug immer ein Lineal bei sich«, fuhr die Blumenfrau fort. »Das benutzte er, um auf dem Notenblatt die Noten anzuzeigen. Aber diesmal hat er Gabriel damit heftig auf die Finger geschlagen. Als ich ihn abgeholt habe, sah man noch die Einkerbung vom Zeigefinger bis zum Ringfinger. Am nächsten Morgen hatte die Stelle sich bläulich verfärbt, ich habe schon geglaubt, die Finger wären gebrochen. Aguilar hat sich ohne Wenn und Aber entschuldigt, aber dafür war es zu spät. Es kam nicht infrage, diesen Kerl noch einmal auf Gabi loszulassen. Das war doch nicht hinnehmbar, oder?«

Sebag begnügte sich mit einem Nicken.

»Wissen Sie, ob Christian Aguilar sich öfter so verhalten hat?«

»Bei Gabi war es das erste und das letzte Mal. Bei anderen Schülern weiß ich es nicht.«

Sebag war ein veränderter Klang ihrer Stimme aufgefallen. Wie ein winziges Zögern.

»Diese Art von unangemessener Berührung – oder eine andere …«, hakte er nach.

Sie musterte ihn erstaunt, er hatte ihre Gedanken gelesen.

»Die Sache ist heikel …«

»Je heikler es ist, desto wichtiger ist es.«

»Jemanden anzuschwärzen, der nicht mehr unter uns weilt, ist nicht gut. Umso mehr, als es sich nicht um Berührungen handelt, sondern um Eindrücke. Und zwar um solche, die gar nicht von mir stammen, sondern von einer Freundin, die Aguilar nur ein einziges Mal gesehen hat.«

Sie erzählte ihm von einer Freundin, die Aguilar auf ihre Empfehlung hin aufgesucht hatte, ihm aber ihren Sohn nicht anvertrauen wollte, weil ihr sein Verhalten zu zweideutig erschienen war.

»Mir selbst ist niemals etwas Derartiges aufgefallen. Und nach den Befürchtungen, die Stéphanie geäußert hat, habe ich Gabi viele Fragen gestellt, das können Sie sich vorstellen. Mein Sohn schien aus allen Wolken zu fallen. Daher habe ich ihn bei Aguilar gelassen. Bis zu dem Vorfall, von dem ich Ihnen erzählt habe.«

»Drücken wir uns bitte klar aus: Was verstehen Sie unter ›zweideutigem Verhalten‹?«

»So hat Stéphanie es genannt. Am besten sprechen Sie mit ihr selbst darüber.«

Sie entfernte sich einige Schritte, um zu telefonieren. Als sie zurückkam, war Sebag berauscht vom Duft eines Straußes weißer Rosen.

»Sie erwartet Sie. Eine Immobilienmaklerin ein Stück die Straße entlang.«

Sebag ging in Richtung Bahnhof weiter, jenes Bahnhofs, den Dalí während eines seiner kosmischen Delirien, deren Geheimnis nur er kannte, zum Zentrum des Universums erklärt hatte. Drunter tat er's nicht!

Auf dem Bürgersteig erwartete ihn eine kleine Brünette. Sie lud ihn ein, sich mit ihr auf eine Restaurantterrasse zu setzen.

»Dort ist es ruhiger als in meiner Agentur.«

Stéphanie Fernandès schenkte ihm ein gezwungenes Lächeln, das einen Moment lang ihr schmales, trockenes Gesicht runder machte. Die Leiterin der Immobilienagentur Courteline hatte leider keine Enthüllungen zu bieten. Sie erläuterte ihm einfach nur näher, was sie unter einem zweideutigen Verhalten verstand: eine Hand, die über Locken streicht, einen Blick, der ein wenig zu lang verweilt, ein »undefinierbares« Lächeln.

»Man sieht heutzutage so viel Schmutziges, dass ich nicht das geringste Risiko eingehen wollte. Nach dem, was Gabriel zugestoßen ist, scheint mir, dass ich recht gehabt habe …«

»Das ist nicht ganz dasselbe …«

»Mag sein. Aber ich bleibe bei dem Eindruck, dass der Mann eigenartig war. Außerdem hat mir sein Stil des alternden Beau nicht gefallen, ein wenig zu gepflegt, um ehrlich zu sein.«

Sebag stellte ihr einige Fragen, um sie besser einschätzen zu können. Er hielt sie für sehr ängstlich, stets auf der Hut vor Katastrophen – leider ein klassisches Syndrom bei französischen Familienmüttern, die alle möglichen schrecklichen Nachrichten im Fernsehen sehen und glauben, dass die Vergehen und Verbrechen, von denen sie in den Acht-Uhr-Nachrichten erfahren, sie auf Schritt und Tritt bedrohen. Oder ihre Kinder. Ihre Argumentation war jedoch nicht völlig abwegig, und so malte er ein Sternchen an den Rand der Notizen, die er sich gemacht hatte.

Weiterverfolgen …

Danach begab er sich zu Fuß zum Konservatorium. Er war in Versuchung, einen kleinen Umweg zur Sardane zu machen, Aguilars Haus, wo Ménard die Öffnung des Safes durch einen Spezialisten überwachte, hielt sich jedoch zurück. François würde das für übergriffig halten.

Die Kollegen Aguilars wirkten eher schockiert als wirklich traurig. Der Direktor des Instituts würdigte ihn mit lobenden Worten, die nicht ohne Nachdruck waren, doch kein echtes Gefühl erkennen ließen. Sebag brach mit einer vollständigen Liste der jetzigen und vor allem auch der ehemaligen Schüler auf. Um im Leben des Klavierlehrers weiteres »zweideutiges Verhalten« aufzuspüren, würde er sich vermutlich vor allem auf die früheren Schüler konzentrieren müssen. Auf die, die den Unterricht bei ihm beendet hatten.

• • •

Ménard und Llach schrieben ihre Berichte. Ihre Schreibtische standen sich gegenüber. Am Wandschmuck sah man, dass ihre Persönlichkeiten ebenfalls entgegengesetzt waren. Ménard hatte hinter sich das Poster einer grünenden Landschaft in der Picardie aufgehängt und daneben Fotos seiner Frau und seiner Kinder.

Hinter Llach prangte, weit politischer, eine stolze und fordernde *estelada blava*. Dem traditionellen blutroten und goldenen Grund der katalanischen Fahne hatten die Nationalisten noch ein blaues Dreieck hinzugefügt, dessen Mitte ein weißer Stern einnahm. Diese Fahne der Unabhängigkeitsverfechter sah man überall in Südkatalonien flattern, oder manchmal hing sie auch auf der französischen Seite der Grenze von einem Balkon. Und sie war sogar in dieses Büro des Commissariats von Perpignan vorgedrungen.

Ménard legte eine apfelgrüne Kartonmappe vor sich auf den Schreibtisch. Nicht ohne vorher noch auf diese *estelada blava* zu schielen, die ihn reizte wie das rote Tuch den Stier. Er hatte Joan aufgefordert, die »unannehmbare Zurschaustellung seiner politischen Meinung« zu beenden und die Fahne abzunehmen, denn schließlich hätten sie auch Publikumsverkehr. Er hatte sogar den Commissaire zu Hilfe gerufen. Castello hatte ihm recht gegeben, doch Joan hatte seinen Chef auflaufen lassen. Zwar entfernte er die Fahne jedes Mal, wenn der es verlangte, aber sobald Castello ihm den Rücken zukehrte, hängte er sie wieder auf. Im Norden wie im Süden der Pyrenäen waren die Katalanen für ihre Zähigkeit, wenn nicht Dickköpfigkeit bekannt, und es war kein Zufall, dass sie dem aggressiven und mächtigen spanischen Stier als Symbol einen *burro* (Esel) gegenübergestellt hatten.

»Ihr werdet niemals erraten, was sich in dem Safe befand!«, forderte François sie heraus.

Sebag antwortete rasch, um Molina zuvorzukommen. »Äh … eine apfelgrüne Mappe?«

»Sehr witzig. Jetzt noch einmal.«

Trotz des drohenden Blicks, den er seinem Kollegen zuwarf, gelang es Sebag nicht, Molina zum Schweigen zu bringen: »Gilles hat von Anfang an behauptet, dass es Fotos von nackten Jungs sind.«

Ein triumphierendes Lächeln erblühte auf Ménards Lippen. Offensichtlich handelte es sich um etwas anderes. François öffnete die Mappe, und darin lagen ein Dutzend mit der Hand geschriebene Manuskriptseiten.

»Scheiße, Gedichte!«, wunderte sich Molina. »Seine Ergüsse aus Schülerzeiten. Von wegen, ein Schatz!«

Sebag verkniff sich jeden Kommentar. Die Wahrheit musste eine andere sein. Zwangsläufig. Selbst wenn der kleine Klavierlehrer aus Perpignan einmal Chansons geschrieben haben sollte, überschätzte er sich nicht so sehr, dass er sie in einem Safe aufbewahrt hätte. Und außerdem war Aguilar vor allem Musiker. Also hätte es Noten und Notenlinien geben müssen.

»Im Safe wurden auch Kassetten gefunden«, ergänzte Joan.

Molina schöpfte neue Hoffnung: »Pornografische Videokassetten!«

»Quatsch«, spottete Ménard. »Leute, ihr seid heute definitiv nicht in Form. Es handelt sich um Audioaufnahmen.«

»Und nicht um Videokassetten mit Schmuddelkram«, bedauerte Jacques.

François zog seine Schreibtischschublade auf und legte drei alte Hörkassetten neben die Kartonmappe.

»Was ist denn das für ein Quark?«, grummelte Molina. »Wie soll man diese Dinger abspielen?«

Ein erneutes Lächeln glättete Ménards Züge. »Ich hab mir gesagt, wenn Aguilar Audiokassetten supersicher in einem Safe aufbewahrt, dann hat er bestimmt auch ein Gerät dafür.«

Nun zog er einen uralten Sony-Kassettenrekorder, ein geradezu vorsintflutliches Gerät, aus seiner Schreibtischschublade.

»Du hast sie dir bestimmt schon angehört«, hakte Molina nach. »Was ist drauf?«

Bei dieser Frage hatte er sich unmerklich Gilles zugewandt. Er hoffte immer noch auf ein Wunder … Sebag seufzte. Ja, diese kleinen Spielchen ärgerten ihn. Manchmal sogar gewaltig. Aber wie sollte er widerstehen, wenn er glaubte, Bescheid zu wissen? Er gab dem Impuls nach und öffnete die Lippen. »Unveröffentlichte Chansons von Charles Trenet?«

12

Knisternd ertönte Charles Trenets Stimme im Büro. Die Aufnahme war von minderer Qualität und zudem schlecht gealtert, aber trotzdem erkannte man die Stimme des berühmten Sängers. Ein Klavier spielte die Begleitung. Vielleicht waren die Chansons in seinem Haus in Perpignan aufgenommen worden, im Wohnzimmer. Sebag entzifferte beim Zuhören die Schrift auf den Blättern.

Nach drei Chansons überlegte Ménard laut: »Bestimmt hat Aguilar sie nach dem Kauf des Hauses gefunden. Ein vergessener Karton, zum Beispiel in einem Wandschrank. Oder auf dem Speicher. Oder in dem Häuschen hinten im Garten.«

»Ja, oder seine Eltern«, stellte Molina richtig. »Schließlich haben *sie* Trenet das Haus Ende der Achtzigerjahre abgekauft.«

Llach verzog das Gesicht.

»Gerade vor eurem Eintreffen habe ich mit François darüber diskutiert. Glaubt ihr wirklich, Trenet hätte diese Chansons im Haus vergessen können? Ist das glaubwürdig? Unter diesen Aufnahmen hätte sich ja ein zukünftiger Erfolg befinden können …«

»Nach allem, was ich über ihn weiß, hat Trenet gern und viel gedichtet«, entgegnete Ménard. »Und er hatte hohe Ansprüche an sich. Wahrscheinlich haben diese Chansons ihm nicht gefallen.«

Sebag lächelte. Seine Kollegen hatten den Texten nicht aufmerksam genug gelauscht. Außerdem waren sie zweifellos nicht mit der alten, volkstümlichen Sprache vertraut, die Trenet gern verwendete.

»Ich bin kein Spezialist für französische Chansons, aber meiner Meinung nach gibt es einen anderen Grund dafür, dass er aus diesen Liedern keine Schallplatte gemacht hat.«

Er nahm einen der Texte, die sie gerade gehört hatten: »Das hier nennt sich ›Der Fingerring‹. Und hier zum Beispiel ein paar Verse: ›Leihst du mir dein Monokel, erscheint mir das Leben rosa; spielst du jedoch Sophokl, seh ich dein Glied in Prosa‹.«

Er hielt inne und wartete auf eine Reaktion. Von Llach und Molina kam nichts. Ménard dagegen hielt die Luft an, und seine Wangen röteten sich.

»Sophokl steht wohl für Sophokles. Ein griechischer Tragödiendichter ...« Damit begnügte er sich.

Llach und Molina rührten sich immer noch nicht. Sebag wedelte mit der Hand vor ihren Augen herum. »Hey, Leute, aufwachen. Vergesst den Tragödiendichter, und denkt nur an den Griechen ...«

»Mir kommt ein Verdacht ...«, sagte Molina.

»Noch ein Hinweis, ein Stück weiter hinten reimt Trenet: ›die größte Köstlichkeit‹ mit ›dein Eintritt in die Dienstbarkeit‹.«

»Du willst also sagen ...?«

»Ich will gar nichts sagen, aber Trenet schon! Köstlichkeit, Prosa, Monokel, all diese Worte sind zweideutig. Und weisen in dieselbe Richtung. Dieses Chanson ist durchsetzt davon. Übrigens gibt schon der Titel den Ton vor: Ring ist ebenfalls ein Ausdruck für ... äh ... mal wieder denselben Ort.«

»Cap de Cony ...«, stieß Llach hervor.

»Oh, Scheiße noch mal«, verwendete Jacques seinerseits einen Kraftausdruck. »Der Fingerring. Ganz schön aufgeblasen, dieser Charles.«

Sie brachen ab und hörten sich ein weiteres Chanson an. Alle kannten die Melodie, denn nicht nur war sie einer der vielen Erfolge des *Fou chantant* – des singenden Narren –, sie war auch lange Zeit in einem Werbespot für ein Raumduftspray erklungen. »Le Jardin extraordinaire.« Der zum größten Teil neu verfasste Text wies gleichfalls zahlreiche Doppeldeutigkeiten auf.

»Was soll das alles, diese ganzen *cagades* (diese Kacke)?«, fragte schließlich Molina.

Auch wenn Ménard die Sache nicht als Erster verstanden hatte, nahm er es auf sich, sie zu erklären. »Man hat Trenet immer ziemlich starke … Männerfreundschaften nachgesagt. Damals sprang man mit Homosexuellen sehr grob um, sie mussten sich entweder verstecken oder zumindest diskret sein. Man könnte sich vorstellen, dass er sich insgeheim mit solchen Chansons Luft verschafft hat. Vermutlich hat er niemals mit dem Gedanken gespielt, sie für eine Schallplatte zu verwenden. In der Öffentlichkeit begnügte er sich mit einigen gelegentlichen Anspielungen.«

»In seinem Haus in Perpignan hat man sich gewiss nicht gelangweilt«, merkte Molina belustigt an. »Die Nachbarin von Aguilar hat uns erzählt, dass Jean Marais oft dorthin kam. Und Cocteau. Und Dalí. Und sogar Jack Lang. Das muss ja tolle Duos ergeben haben … Und wenn ich Duo sage, meine ich nicht nur das Singen …«

Er lachte laut heraus und brach dann plötzlich ab. Ihm kam ein Gedanke: »Aber tatsächlich war Gilles gar nicht so weit von der Wahrheit entfernt. Wenn ich mich nicht irre, hat man Trenet ebenfalls verdächtigt, kleine Jungs vielleicht ein bisschen zu gern zu haben, oder? Sollte sich herausstellen, dass diese Texte nicht für erwachsene Männer geschrieben wurden …«

»Oh«, empörte sich Llach, »das wäre widerlich …«

»Um zu Gilles aufzuholen, gehst du an die Grenze der Böswilligkeit«, widersprach Ménard. »Trenet war Opfer zahlloser Gerüchte, wurde aber niemals für irgendetwas dergleichen verurteilt.«

»Gib aber immerhin zu, dass Gilles dich überrumpelt hat, als er verkündete, dass es sich um unveröffentlichte Chansons von Charles Tenet handelt …«

»Zugegeben, das hat mich überrascht, aber wir entfernen uns ein wenig vom Thema, oder? Jetzt geht es darum, herauszubekommen, ob diese Aufzeichnungen und Texte irgendeinen Wert besitzen und ob sie ein Motiv für den Mord darstellen könnten. Was denkt ihr darüber?«

»Wie wär's, wenn wir das bei Tisch besprechen«, schlug Jacques vor. »Auch wenn es nicht der einzige Grund ist, um fünfzehn Uhr hab ich eine Autopsie.«

Diese Erinnerung weckte nicht gerade den Appetit seiner Kollegen, doch das war Molina egal.

»Was das betrifft, hätte ich ganz gern schon einen Teil von meinem Mittagessen verdaut, bevor sie mit dem Aufschneiden anfangen. Gehen wir in die Halles?«

»Und warum nicht ins Carlit wie sonst?«

»Ach nein, das hab ich satt! Da trifft man immer nur Polizisten oder Unabhängigkeitsverfechter …«

Joan Llachs Gesicht färbte sich rot. Seit dem Referendum über die Unabhängigkeit, das im Oktober 2017 gegen den Willen der spanischen Regierung abgehalten worden war, herrschten politische Spannungen zwischen Barcelona und Madrid. Und es kam vor, dass die Debatte auch auf die nördliche Seite der Grenze übergriff. Obgleich beide echte Katalanen waren, standen Molina und Llach in diesem Punkt nicht auf derselben Seite. Tatsächlich interessierte Jacques die Frage nicht die Bohne. Aber er zog Joan nur zu gern mit dem Thema auf …

Bevor das Gespräch sich wieder mal in ein freundschaftliches

Geplänkel verwandelte, machte Sebag einen Waffenstillstandsvorschlag, der in einem Referendum einstimmig angenommen worden wäre. »Ich bezahle heute Mittag den Wein.«

In den Halles Vauban weiß man, mit wem man zum Mittagessen geht, aber man hat keine Ahnung, mit wem man letztlich an einem Tisch landet. Das war ein Hauptgrund, um diesen festlichen Ort aufzusuchen, manchmal aber auch sein größter Nachteil. Molina begegnete Kameraden vom Rugby und Joan einigen Mitgliedern einer Vereinigung zur Unterstützung katalanischer politischer Gefangener. Während sie auf Ménard warteten, der im Commissariat geblieben war, um noch eine Information zu verifizieren, aß Sebag mit Julie Sadet, die zu ihnen gestoßen war. Sie kauften am einen Stand Sushi, an einem anderen Ibérico-Schinken und an einem dritten eine Flasche Roten. Dann kamen sie wieder heraus und nahmen die beiden letzten freien Plätze an einer Tonne, an der bereits drei junge Frauen saßen. Die sanfte Frühlingssonne vereinigte sich fröhlich mit einem frischen Lüftchen.

»Das Ambiente gefällt mir gut«, verkündete Julie genüsslich. »Es erinnert an Barcelona. Natürlich in aller Bescheidenheit.«

Die Halles Vauban hatten vor zwei Jahren geöffnet und waren ein echter Erfolg. Eine belebte Oase in einem dahinsiechenden Stadtzentrum. Um die dreißig Stände – offiziell hießen sie »corners« – boten frische Produkte zum Mitnehmen oder zum Verzehr an den aufgestellten Tischen an. Ganz Perpignan drängte sich dort, und zwar alle Generationen. Ständig stieß man auf den einen oder anderen Bekannten, auf Lokalpolitiker, Standespersonen, Lokalprominenz oder auch auf Freunde, die man seit Jahren aus den Augen verloren hatte. In den Halles hatte Molina Nathalie wiedergetroffen, eine ehemalige Schulfreundin. Seitdem hatte der frühere

Schürzenjäger die perfekte Liebesbeziehung, und zwar ausnahmsweise einmal mit einer Frau seines Alters.

Julie hatte den Vormittag damit verbracht, Aguilars Konto unter die Lupe zu nehmen, eine mühselige Aufgabe, von der sie aber mit erfrischender Leidenschaft berichtete. Ihr war jede Arbeit recht. Alles war für sie besser als der Anfang ihrer Berufslaufbahn, als sie im Quartier des Buttes Chaumont in Paris Strafzettel für Parksünder ausgestellt hatte. Sie hatte nie viel von dieser Phase ihres Lebens erzählt, und Gilles hatte ihre Zurückhaltung immer respektiert. Doch ob er wollte oder nicht, er fühlte, dass sie dort eine traumatische Erfahrung gemacht hatte, die ihre Versetzung in den Süden bewirkt hatte. Und auch eine sehr schöne Beförderung.

»Aguilars Konto war nahezu vollständig leer. Er hatte sogar das Erbe seiner Eltern durchgebracht. Mehr als fünfzigtausend Euro in fünf Jahren.«

Julie zufolge hatte alles mit großen Abhebungen begonnen. Zweimal dreitausend Euro gegen Ende 2014, dann dreimal zweitausend Euro zu Beginn des Jahres 2015. Danach wurde das Bild verschwommener. Als hätte Aguilar befürchtet, die Aufmerksamkeit seiner Bank zu erregen.

»Große Summen wurden nun nicht mehr vom Konto abgezogen, dafür aber kleinere, Abhebungen von jeweils zweihundert oder dreihundert Euro, die mir für den Alltag eines Junggesellen als zu zahlreich erschienen sind. Heute Morgen habe ich die Zahlen nur überfliegen können, heute Nachmittag schaue ich mir alles genauer an.«

Nach Julies Einschätzung könnten Aguilars finanzielle Schwierigkeiten aber auch von einer Verminderung seiner Einnahmen herrühren. Der Klavierlehrer erhielt jeden Monat fünfhundert Euro vom Konservatorium in Perpignan. Der Rest stammte von

Privatunterricht, den er zu Hause erteilte. Hier und da ein Scheck, oft vereinzelt eingereicht, manchmal auch gebündelt.

»Dadurch entstehen sehr viele Kontobewegungen, und es ist schwierig, sich an einem einzigen Vormittag ein genaues Bild zu verschaffen.«

Die drei jungen Frauen neben ihnen redeten laut und lachten viel. Nach allem, was Gilles verstand, ging es um einen Typen, mit dem mindestens zwei von ihnen geschlafen hatten.

»Außerdem habe ich mich erkundigt, ob das Haus vielleicht mit einer Hypothek belastet ist«, fuhr Julie fort. »Die Antwort bekomme ich hoffentlich heute oder morgen.«

Sebag nickte. Eine Hypothek, ja, warum nicht. Wenn man alles ausgegeben hatte, war das die letzte Zuflucht. Doch davor gab es noch andere Lösungen.

»Nicht weit davon befindet sich eine Filiale des Crédit Municipal mit Pfandleihberechtigung. Und in der Avenue de la Gare gibt es außerdem noch einen Laden, der Gold ankauft. Man weiß nie. Wenn er Geld gebraucht hat, hat er vielleicht Wertgegenstände versetzt.«

»Gute Idee, ich werde dort nachfragen.«

Nun ließ Julie sich vom Gespräch ihrer Nachbarinnen ablenken. Unterdessen aß sie zwei Sushi und trank einen Schluck Wein. Dann kehrte sie zum Thema zurück: »Meiner Meinung nach kann es drei Erklärungen für Aguilars finanzielle Lage geben. *Primo*: Er wurde erpresst. *Secundo*: Er hatte ein geheimes Laster, zum Beispiel Spiel- oder Drogensucht. Und *tertio*: Er unterhielt eine Geliebte. Was hältst du nach allem, was du über ihn weißt, eher für wahrscheinlich?«

»Das ist vorläufig schwer zu sagen. Eine Erpressung, warum nicht? Auch Jacques möchte ihm einen Hang zu kleinen Jungs unterstellen, aber wir haben noch nicht viel gefunden, was diesen Verdacht erhärtet.«

Er berichtete ihr kurz von seinem Gespräch mit den beiden Müttern von Klavierschülern.

»Das ist vorläufig unsere wichtigste Spur.«

Mit breitem Lächeln – heute war ganz entschieden sein Tag – gesellte Ménard sich zu ihnen. Er schaffte sich zwischen einer der jungen Frauen und Sebag Platz und stellte einen Hamburger mit Fritten und Cola auf das Fass. »Ich habe zu Trenet und dem Thema Pädophilie recherchiert. Ich hatte recht: Es handelte sich nur um Gerüchte. Sie basierten allerdings auf einer Bewährungsstrafe von einem Jahr. Die bekam er 1963 wegen Sittenwidrigkeit. Die Staatsanwaltschaft warf ihm vor, einen minderjährigen Tramper für eine Abschlussfeier bei sich aufgenommen zu haben. Trenet war sogar achtundzwanzig Tage in Untersuchungshaft …«

Er machte eine Pause. Julie begriff nicht, dass er sie mit diesem in der Schwebe gelassenen Satzende in eine Falle lockte. »Und so was nennst du ein Gerücht?«

»Nur war der Minderjährige, um den es ging, schon zwanzig!«, frohlockte Ménard. »Damals wurde man erst mit einundzwanzig volljährig.«

»Bravo, du hast mich drangekriegt …«

»In zweiter Instanz wurde das Verfahren dann eingestellt.«

Eine der drei jungen Frauen schwieg inzwischen und beobachtete sie verstohlen. Eine kleine Brünette. Blasser Teint, grüne Augen und ein bonbonrosa Mund. Der Name Trenet und das Wort »Pädophilie« hatten ihre Aufmerksamkeit erregt.

Ein Schrappen hinter ihnen ließ alle zusammenfahren. Llach zog ein Fass, das gerade frei geworden war, über den asphaltierten Boden. Er stellte es neben ihres, um den Tisch zu vergrößern. Ménard konnte der Versuchung nicht widerstehen, ihn genauso hereinzulegen wie eben Julie. Mit demselben Erfolg.

Es wurde später, und die Halles leerten sich allmählich. Molinas Rugby-Kumpels waren zur Arbeit zurückgekehrt, und nun kam auch er zu ihnen. Er trug ein Tablett mit vier Kaffees. In diesem Moment bemerkte er die jungen Frauen und entschied sich mit dem Lächeln eines alten Charmeurs dafür, die vier Tassen vor Julie und sie zu stellen. »Tut mir leid, Jungs, aber einem alten Hund gewöhnt man die Tricks nicht ab …«

»Du juxt also auch mit Sprichwörtern herum?«, merkte Julie an.

»Das kommt vor …«

»Gilles macht es mit, sagen wir mal … gemischtem Erfolg, aber du bist noch nicht ganz auf der Höhe«, spöttelte Ménard.

»Willst du behaupten, dass er es besser könnte?«

»Als das? Ja. Die Wette gilt.«

Vier Augenpaare wanderten zu Sebag. Dann drei weitere. Denn nachdem die Blicke der drei jungen Frauen zunächst von einem Polizisten zum anderen gewandert waren, hefteten sie sich jetzt auf Gilles. Der hätte darauf verzichten können, so auf dem Präsentierteller zu sitzen. Umso mehr, als er nicht den geringsten Zweifel daran hegte, was das von Ménard zur Schau gestellte Vertrauen wirklich bedeutete. Sein Kollege hoffte, ihn zu überrumpeln.

Das Bild der drei Frauen, die mit den Tassen auf halbem Wege zum Mund auf seine Antwort warteten, belustigte ihn. Verdrehte Sprichwörter hatte er fast für jede Situation auf Lager. Er hüstelte und antwortete: »Man könnte auch sagen, er führt sich auf wie ein Hahn, der in den Korb möchte …«

»Nicht schlecht«, urteilte Llach.

»Ganz und gar nicht schlecht«, bestätigte Julie.

Die drei jungen Frauen schauten zweifelnd, vermutlich, weil das Sprichwort für sie zu veraltet war. Molina erkannte seine Niederlage dennoch an und ging vier weitere Kaffees holen.

• • •

Sebag hatte eigentlich vorgehabt, am Nachmittag Guy Artès aufzusuchen, den »Rebellen der *Sanch*«, zog es aber vor, dieses Vorhaben auf den nächsten Vormittag zu verschieben, um weiter Kontakt zu den Schülern und ihren Eltern zu suchen. Es war eine ernst zu nehmende Spur, die sie rasch untermauern oder verwerfen sollten. Daher unterhielt er sich am Telefon mit neuen Eltern und traf sich mit einigen weiteren Personen, mit denen er bereits am Vorabend telefoniert hatte.

Florian, ein Jugendlicher von fünfzehn Jahren, mit dem er in einer Kneipe in der Nähe seiner Schule sprach, erzählte ihm von einem lautstark geführten Telefongespräch, dessen Zeuge er während einer Klavierstunde geworden war. Es ging dabei um Geld. Der Gesprächspartner Aguilars schien etwas kaufen zu wollen, das der Klavierlehrer nicht zu verkaufen beabsichtigte. Sebag wunderte sich: Das passte nicht zu den Geldnöten, die Julie aufgedeckt hatte.

»Er hat mindestens dreimal wiederholt, dass er kein Händler sei«, bestätigte der Junge. Und vor dem Auflegen hat er noch gesagt: »Lieber krepier ich!«

»Bist du dir sicher?«

»Absolut sicher. Ich hatte gerade das Stück zu Ende gespielt, das ich aufgehabt hatte, und sein Ausruf war laut wie ein Schlag. Christian war rot vor Zorn. Ich habe schon geglaubt, er würde sein Handy auf den Boden schleudern.«

»Und wann genau war das?«

»Wir haben noch am ›Türkischen Marsch‹ von Mozart gearbeitet. Das war vor drei Unterrichtsstunden, also an einem Freitag vor drei Wochen. Zwischen siebzehn und achtzehn Uhr.«

Sebag notierte diese Details. Da man ihm bald die Verbindungsnachweise schicken würde, wäre es problemlos möglich, den Gesprächspartner ausfindig zu machen.

»Und davon abgesehen … war er ein guter Klavierlehrer?«

»Ich hab nie einen anderen gehabt, es ist also schwer zu beurteilen. Ich mochte Christian, obgleich ich das Gefühl hatte, dass ihm das Unterrichten am Ende über war. Er war weniger geduldig als am Anfang und hat sich öfter aufgeregt.«

»Wie war er in diesen Momenten?«

»Er brüllte rum und ballte die Faust um sein Lineal. Einmal hat er sich sogar aufs Knie geschlagen und wehgetan. Das war komisch!«

Sebag wartete einige Sekunden auf die Fortsetzung, doch es kam nichts mehr.

»Und als du gelacht hast, wie hat er reagiert?«

»Na ja, er hat auch gelacht! Nach ein paar Sekunden … nicht sofort. Und danach haben wir uns umarmt.«

»Umarmt?«

»Ja, klar, wie Männer es machen, wie Fußballer!«

Sebag beobachtete den Jugendlichen einige Sekunden. Von Aguilar hatte er eher wie von einem Freund gesprochen als wie von einem Klavierlehrer. Auf Sebags Bitte erzählte er von seinen ersten Unterrichtsstunden ab dem Alter von sieben Jahren. Er hatte das Instrument sofort gemocht, hatte auch Talent gezeigt und war drangeblieben. Vor Kurzem hatte er einen Regionalwettbewerb gewonnen.

»Die Liebe zur Musik hat uns einander wohl nähergebracht.«

»Man könnte sagen, dass ihr Freunde wart …«

»Sagen wir einmal, dass er vielleicht wie eine Art Onkel für mich war. Als meine Eltern sich haben scheiden lassen, hat er mir enorm geholfen. Ich konnte ihn anrufen, wann immer ich wollte. Christian war lieb. Und er war ebenfalls unglücklich.«

»Wieso unglücklich?«

Florian zwirbelte eine blonde Haarsträhne zwischen seinen Fingern. »Ich weiß nicht, er war schon immer so. Ein bisschen melancholisch, würde ich sagen. Ich glaube, er wäre gern ein großer Pianist geworden.«

»Und das war er nicht?«

Der Jugendliche lächelte belustigt.

»Er hat gut gespielt, aber das ist alles.«

»Und du, wirst du einmal ein großer Künstler?«

Sein feines Gesicht legte sich in betrübte Falten. »Christian wollte daran glauben, aber ich weiß, dass er sich da etwas vorgemacht hat.«

Sebag überlegte, wie er ihn präziser zur wahren Natur ihrer Beziehung befragen könnte. War Aguilar für den Jungen nur ein Mentor gewesen oder mehr?

»Eben hast du mir erzählt, dass ihr euch schon mal umarmt habt, wie Fußballer. Ich wüsste gern von dir, ob der körperliche Kontakt zwischen euch manchmal auch weiter gegangen ist …«

Florian machte sofort ein finsteres Gesicht. »Mein Vater hat mir gestern die gleiche Sorte bescheuerte Fragen gestellt, und ich hab ihm gesagt, dass er zu viel fernsieht! Natürlich sind Sie bei der Polizei, da kann ich Ihnen das nicht vorwerfen. Ich weiß ja, dass so was vorkommt und Sie in Ihrer Dienstzeit bestimmt schon einige schmutzige Typen verhaftet haben. Aber ich kann Ihnen versichern, dass Christian mit so etwas nichts zu tun hatte. Wie schon gesagt, er war ein lieber Mensch!«

Die Predigt des Jugendlichen überzeugte Sebag nur halb.

Musste ein Pädophiler nicht gerade lieb und freundlich zu Werk gehen, um ohne Gewalt zu seinem Ziel zu gelangen? Er versuchte es noch mit anderen Fragen, holte sich aber jedes Mal eine Abfuhr.

Nach dem Gespräch war er unschlüssig. Zweideutig … Das von der Floristin und ihrer Freundin verwendete Wort ging ihm immer wieder durch den Kopf. Die Haltung Christian Aguilars gegenüber manchen seiner Schüler wirkte zumindest »zweideutig«, richtig. Aber nichts bewies, dass sie ein Verbrechen war. Und noch viel weniger, dass sie das Motiv für einen Mord gewesen sein könnte.

Am Boulevard Clemenceau entdeckte er den Obdachlosen von kürzlich auf dem Bürgersteig, auch diesmal über ein Buch gebeugt. Sebag hatte ihn vollkommen vergessen und empfand eine Art Scham. Nicht nur hatte er das Buch von Barjavel nicht angerührt, er hatte ihm auch kein neues zum Austausch mitgebracht. Wenn alle Welt sich so verhielte wie er, hätte der Arme bald nichts mehr zu lesen …

13

Als Sebag ins Büro des Commissaire' trat, betrachtete Castello gerade eine kleine Medaille aus Weißblech, die er zwischen den Fingern hielt. Letzten Dezember war er in Valencia, Spanien, seinen ersten Marathon gelaufen. In vier Stunden, achtunddreißig Minuten. Ein bescheidenes Tempo, selbst für seine fünfundfünfzig Jahre, aber das Wichtigste war, dass er die Strecke geschafft hatte. Vier Jahre Training und zahlreiche Ratschläge von Sebag hatten dazu geführt, dass der Kurs des Lieutenant in den Augen seines Vorgesetzten noch stieg. Castello legte die Medaille weg.

»Ich höre zu, Gilles.«

Der Commissaire hatte die Lagebesprechungen im Team, die er zu Beginn bevorzugt hatte, inzwischen reduziert und begnügte sich oft damit, sich nur zu zweit mit seinem Lieblingsermittler zu besprechen. Sebag schaute nachdrücklich auf seine Armbanduhr.

»Ich weiß, dass es spät ist«, bemerkte der Commissaire gereizt. Ich verspreche Ihnen, dass Ihre Überstunden alle vor dem 30. Juni 2034 bezahlt werden.«

Sebag hatte sich den ganzen Spätnachmittag mit seinen Kollegen unterhalten und war bereit. »Fangen wir mit der Autopsie an?«

»Der Ordnung halber, ja, legen wir los.«

Der Bericht des Gerichtsmediziners enthielt einige kleine Überraschungen, die jedoch nicht unbedingt in einer direkten Beziehung zum Mord standen. Christian Aguilar war durch einen Messerstich ins Herz getötet worden. Die Klinge war unterhalb der Rippen eingedrungen und hatte das Organ durchbohrt. Ein praktisch sofortiger Tod. Da der Stoß von unten nach oben ausgeführt worden war, konnte der Mediziner sich nicht mit Sicherheit zur Körpergröße des Mörders äußern. Daher hatte er in seinem Bericht nichts zu diesem Punkt vermerkt, doch *off the record* hatte er Jacques anvertraut, dass der Täter vermutlich ähnliche Maße gehabt hatte wie das Opfer, um die eins fünfundsiebzig.

Der Stich war geschickt und präzise ausgeführt worden, man konnte daraus jedoch nicht schließen, dass der Mörder die Gewohnheit hatte, ein Messer zu führen. Über die Tatwaffe hatte der Gerichtsmediziner sich eindeutiger geäußert. »Die an der Leiche gefundenen Verletzungen entsprechen dem Messer, das im Gully gefunden wurde«, las Sebag laut vor. Eine Gewissheit, die sie leider nicht wirklich weiterbrachte.

Den Kriminaltechnikern zufolge handelte es sich bei dem Springmesser um ein geläufiges Modell, das man problemlos im Internet auf den Websites von Händlern kaufen konnte, die ihren Sitz im Ausland hatten.

Castello, der rasch mitschrieb, setzte den Stift ab: »Sie hatten mir einige kleine Überraschungen versprochen …«

»Tatsächlich sind es zwei. Aguilars Fußsohlen waren versengt. Zwar nur leicht, aber eindeutig. Der Arzt glaubt, er habe sich die Brandwunden selbst zugefügt, für eine ›bessere Buße‹, wenn ich das so sagen darf …«

»Charmant. Und die zweite Überraschung?«

»Er hatte einen schlimmen Gehirntumor. Dem Gerichtsmediziner zufolge hatte er nur noch einige wenige Monate zu leben. Einige Zeugen meinten, er habe am Freitag erschöpft gewirkt. Jetzt versteht man, warum.«

Sebag berichtete nun von der Kassette mit Chansons, die sie in Aguilars Safe gefunden hatten. Einige Textpassagen entlockten dem Commissaire ein Lächeln. Sie erinnerten ihn ebenfalls an eine Anekdote.

»Kennen Sie dieses Chanson von Trenet: ›Je t'attendrai à la porte du garage‹ (Ich erwarte dich an der Garagentür)?«

»Das sagt mir was, ja.«

»Den Satz kann man auch anders verstehen …«

Sebag brauchte einige Sekunden, um zu begreifen.

»Ah ja, es hört sich an wie ›je tâte André‹ – ich betaste André. Sehr witzig. Da diese Aufnahmen das Einzige waren, was in dem Safe gefunden wurde, kann man annehmen, dass Aguilar sie als seinen kostbarsten Besitz betrachtete …«

»Ob sie wohl einen realen Geldwert haben?«

»François hat gerade den ehemaligen Sekretär Trenets aufgesucht, der auch sein Universalerbe ist. Er wusste von der Existenz dieser Chansons, da Aguilar ihn kurz nach dem Tod des Sängers selbst kontaktiert hat, um sie ihm anzuzeigen. Damals hat der Sekretär ihm dafür ein Angebot von fünftausend Euro gemacht. Erfolglos. Aguilar hatte sich sogar geweigert, ihm eine Kopie anzuvertrauen.«

»Fünftausend Euro für jemandes wertvollstes Besitzstück, das ist wirklich nicht besonders viel. Für einen Klavierlehrer waren die Aufnahmen zweifellos von emotionalem Wert …«

»Dem Sekretär zufolge könnten sie heute wertvoller sein. Über zehntausend und vielleicht sogar zwanzigtausend, je nachdem, wie locker den Sammlern das Geld sitzt. Ich glaube übrigens, dass in letzter Zeit jemand versucht hat, sie ihm abzukaufen.«

Er informierte Castello über das Telefongespräch, dessen Zeuge der junge Florian geworden war. »Die Kriminaltechnik hat bereits die Verbindungsnachweise für Aguilars Handynummer erhalten. Wir sollten bald erfahren, wer dieser bestimmte Gesprächspartner war, und auch alle anderen. Jetzt noch ein wichtiger Punkt, der das verschwundene Handy betrifft … Der letzte Anruf wurde Freitag um 13:52 Uhr getätigt. Ein ausgehender Anruf. Nur fünf Sekunden. Aguilar muss auf einem Anrufbeantworter gelandet sein und hat sich nicht die Zeit genommen, eine Nachricht zu hinterlassen. Aber das Wichtigste ist, dass es sich um die letzte Spur dieses Handys handelt und dass der Anruf aus der Funkzelle kam, in der Aguilars Haus liegt.«

Sebag wartete, bis der Commissaire den Kopf von seinen Notizen hob und Interesse zeigte: »Das bestätigt, dass Aguilar sein Handy zu Hause zurückgelassen hat, als er zur Prozession aufbrach. Von dort, aus dem Haus, hätte jemand es dann mitgenommen. Wer ist ›jemand‹? Vermutlich der Mörder. Einbruchspuren wurden im Haus nicht gefunden, es muss also jemand gewesen sein, der einen Schlüssel hatte oder Aguilar zumindest so nahestand, dass er die Stelle kannte, an der dieser draußen einen Zweitschlüssel aufbewahrte. Diese Schlussfolgerung ist vielleicht ein wenig voreilig, scheint mir aber doch ein interessantes Element darzustellen.«

»In der Tat.«

»Nun zur Persönlichkeit des Opfers …«

Sebag hatte keine Mühe, das bisher nur oberflächliche Porträt zusammenzufassen. Natürlich verweilte er länger bei der Beziehung Aguilars zu seinen Schülern.

»Wir sollten auch hier nichts überstürzen«, mahnte er. »Er hat einen guten Leumund, ein makellos reines Vorstrafenregister, und es gibt nicht einmal unbestimmte Gerüchte, sondern einfach nur einige Eindrücke.«

»Immerhin die einer Schülermutter und die Ihren. Und es

würde gut zu seiner Persönlichkeitsbeschreibung passen. Es könnte ein erstes Motiv sein. Das einzige?«

Sebag antwortete nicht direkt auf die Frage und sprach stattdessen die finanzielle Situation des Klavierlehrers an. Julie hatte den Nachmittag gut genutzt und sogar Zeit gehabt, ein paar Schaubilder zu erstellen. Gilles legte sie auf den Schreibtisch des Commissaire. Eine erste Kurve stellte die Abhebungen dar, zuerst die großen und dann eine endlose Folge von kleinen. Man sah deutlich, dass die Ersparnisse seit fünf Jahren fortlaufend geschmolzen waren, zu Beginn schneller und dann mit einer erneuten Beschleunigung in den letzten Monaten. Das zweite Schaubild listete die Beträge auf, die Aguilar auf sein Konto eingezahlt hatte. Eine weitere absteigende Kurve.

»Julie zufolge haben seine Einnahmen trotzdem nicht abgenommen. Bis zum Ende waren zahlreiche Unterrichtsstunden in seinem Kalender eingetragen. Tatsächlich nehmen wir an, dass der Monsieur sich immer öfter in bar bezahlen ließ. In einer Auswahl von um die zwanzig Personen, die ich heute kontaktiert habe, hat ein gutes Drittel die Stunden jeden Monat bar bezahlt, ein weiteres Drittel gelegentlich. Und das alles auf ausdrücklichen Wunsch Aguilars.«

»Das Opfer benötigte also ständig frisches Geld. Aus welchem Grund? Glauben Sie an eine Erpressung?«

»Vorläufig will ich nicht an allzu viel glauben.«

Sebag übersprang nicht gern Zwischenschritte. Er zog es vor, erst einmal alle Details zusammenzutragen, bevor er irgendwelche Schlüsse zog. Erst danach stellte er Hypothesen auf. So konnte er alles sinnvoll ordnen. Wenn man zu früh analysierte, riskierte man, etwas zu übersehen.

»Dennoch brauchen wir einen Ausgangspunkt, um die Fortsetzung der Ermittlungen entsprechend auszurichten …«

»Genau für diese Fortsetzung wollte ich Julie bitten, mir bei den Gesprächen mit den Eltern zu helfen.«

»Hatte er denn so viele Schüler?«

»Vierzig Jahre als Klavierlehrer, das ergibt eine große Anzahl, ja, und insbesondere viele ehemalige Schüler. Ich habe außerdem auch Ménard und Llach beauftragt, weiter in Aguilars Leben zu graben. Kein einziger Freund, keine Liebesgeschichte und überhaupt keine Geschichten, so etwas gibt es nicht. Ich habe den beiden Anweisung gegeben, notfalls bis zur Grundschule zurückzugehen. Und schließlich habe ich die Spurensicherung beauftragt, Aguilars Haus zu untersuchen. Das hatten wir bisher nicht gemacht, weil der Mord im Freien geschehen ist, doch da es den Anschein hat, dass nach dem Aufbruch des Opfers noch jemand im Haus gewesen ist, ist das jetzt geboten.«

»Sehr gut. Und Molina?«

»Er soll sich um den Einbruch beim Juwelier kümmern.«

»Ah ja, das stimmt. Diese Sache gibt es ja auch noch …«

Castello las seine Notizen durch, auch die älteren.

»Aber sagen Sie mal … Sie hatten auch einen Verdächtigen aus dem Bereich der *Sanch* … Von dem haben Sie mir noch gar nichts berichtet …«

»Ich glaube nicht, dass das eine ernst zu nehmende Spur ist.«

»Haben nicht Sie selbst gerade gesagt, dass man zu Beginn einer Ermittlung nicht zu viel glauben sollte?«

Sebag musste zugeben, dass diese Bemerkung saß.

»Ich versuche, ihn morgen zu treffen.«

»Seien Sie so gut … Ich möchte, dass diese Hypothese einer internen Abrechnung mit Aguilar als Bauernopfer schnellstmöglich ausgeschlossen wird. Das wäre ein ganz schönes Schlamassel. Ohnehin glauben Sie ja schon, dass der Mörder aus den Reihen der Büßer kam …«

»Das ist einfach nur ein Eindruck nach einer ersten Sichtung der städtischen Überwachungskameras.«

Sebag mochte es nicht, wenn man ihn auf sein Bauchgefühl festnagelte. Er traute dieser Intuition nicht hundertprozentig und wollte keine Verantwortung dafür übernehmen.

»Dann schicken Sie am besten Ménard, damit er sich die Aufnahmen ebenfalls ansieht«, schlug Castello vor. »In dieser Sache bewegen wir uns auf Glatteis. Einen Verdächtigen im Schoß der *Sanch* zu suchen wäre heikel, denn diese Leute haben einen langen Arm. Sollten wir jedoch feststellen, dass der Mörder aus der Menge kam und auf dem Umweg über Aguilar eigentlich die Erzbruderschaft im Visier hatte, also dann wäre das ein absoluter Saustall …«

• • •

Claire drückte ihren Bauch gegen seinen Hintern und legte ihm die Hände vor die Augen: »Wer bin ich?«, fragte sie mit schelmischer Stimme.

»Keine Ahnung. Die Frau meines Lebens?«

Gilles drehte sich um und umarmte sie. Sie drückte ihn fest an sich.

Ganz anders, als sie es befürchtet hatten, hatte Claires Fehltritt vor zwei Jahren ihrer Partnerschaft keinen Schaden zugefügt. Und ihre Liebe nicht erlöschen lassen. Sie war gefährdet, misshandelt, verzerrt, verletzt und über den Haufen geworfen worden … aber diese zärtliche alte Liebe hatte den Schock überstanden. Die Schläge, die sie hatte einstecken müssen, hatten sie nicht abgetötet, sie aber auch nicht stärker gemacht. Sondern weicher. Wie ein abgenutztes Stück Leder, das kleine Risse bekommt, aber nicht bricht.

Nach einer depressiven Phase hatte Gilles seine Lebensfreude wiedergefunden. Eine weniger egozentrische Lebensfreude, die ihn empfindsamer machte, ihn gegenüber anderen Menschen öffnete. Den Menschen, die außerhalb ihres kleinen Kreises lebten. Die Familie war seine Zufluchtsstätte, sein sicherer Hafen, doch er wollte nicht wie diese blöden protzigen Jachten sein, die sich niemals aufs Meer hinauswagten. So wollte er nicht mehr leben.

Die Erinnerung an den Schmerz blieb dennoch in sein Inneres eingraviert. Ein Wort oder eine Geste, eine Laune des Gedächtnisses genügten, und der Schmerz kehrte zurück. Wie ein Stich, ein schmerzhafter Krampf. Eine Mahnung. Dass dieses Glück eine Chance war. Kostbar. Gleichzeitig stark und zerbrechlich.

»Was stehst du denn wie angewurzelt vor dem Bücherregal? Suchst du ein bestimmtes Buch?«

Gilles erzählte ihr von seiner Begegnung mit dem Obdachlosen. »Hast du letzthin was gelesen, das ihm gefallen könnte?«

An vielen Abenden der Woche schaute Claire zwar mit Séverine zusammen Serien, doch sie hatte die Gewohnheit zu lesen nicht aufgegeben.

»Schwer zu sagen, ohne den Mann zu kennen. Was hat er denn gelesen?«

»Sah wie ein Krimi aus, aber sicher bin ich mir nicht.«

»Das hilft immerhin …«

Er zeigte ihr das Buch, das der Obdachlose ihm gegeben hatte.

»Hm, hm … Mit einem französischen Buch wird man ihn wohl kaum überraschen können. Versuchen wir es mit etwas anderem …«

Sie stellte sich auf die Zehenspitzen, um die oberste Reihe zu erreichen. Das Regalbrett mit den Taschenbüchern. »Für jemanden, der seine Bibliothek in einer Tasche mit sich herumschleppt, ist ein kleines Format besser.«

Sie strich mit dem Finger über die Buchrücken. Verharrte, zögerte, strich weiter. Dann hielt sie erneut inne und zog ein Buch heraus. Das Cover war schwarz-weiß. Zwei Paar Füße in gleichen Schuhen. Eine Frau und ein Mann. Tänzer.

»Das Buch schildert die Leidenschaft für Tango in Paris und Buenos Aires und erzählt uns auf diesem Weg die Geschichte Argentiniens. Gut geschrieben ist es auch.«

»Schöne Schilderung, das macht Lust auf das Buch.«

»Fängst du wieder zu lesen an?«

»Warum nicht? Der Arzt hat mir ja geraten, mit dem Sport ein bisschen kürzerzutreten … Entweder lesen oder am Haus herumwerkeln.«

Claire erinnerte sich an denkwürdige Wutanfälle, zum Beispiel, als er die Garage geteilt hatte, um einen Fitnessraum zu bekommen. Oder als er den begehbaren Kleiderschrank ihres Schlafzimmers neu einrichten wollte. Wenn Gilles, der ein gelassenes Temperament besaß, explodierte, dann immer nur beim Do-it-yourself. Kehrten doch dann aus der Vorhölle der Kindheit die offenen Rechnungen mit seinem Vater zurück. Gérard Sebag, flatterhafter Ehemann und nur gelegentlich auch einmal Vater, hatte alles versucht, um sein handwerkliches Talent an seinen Sohn weiterzugeben. Vergebens.

»Ja, lesen ist gut, sehr gut …«

Gilles legte das Buch in die Diele, um es am nächsten Tag nicht zu vergessen. Ins Wohnzimmer zurückgekehrt, kam ihm eine Idee, die er sofort genial fand: »Und wenn wir Léo zum Geburtstag ein paar Bücher schenken?«

Claire musterte ihn, als wäre er gerade vom Wahnsinn ereilt worden. »Oder vielleicht ein Tütü? Falls er Lust bekommt, Ballettunterricht zu nehmen.«

»So dämlich ist meine Idee?«

»Schlimmer noch … Wobei allerdings … Das könnte ihm gefallen. Vorausgesetzt, du schiebst das Buch in die Turnschuhe, die er sich wünscht.«

Das Streitthema war vorhin mal wieder beim gemeinsamen Abendessen aufgekommen. Léo wünschte sich zu seinem achtzehnten Geburtstag diese total angesagten Turnschuhe und sonst nichts. Gilles verstand die Bitte nicht. Ein Vermögen für elegantes Schuhwerk ausgeben, das konnte er noch begreifen. Aber für einfache … Turnschuhe!

»Ich glaube, wir haben keine Wahl«, murmelte Claire. »Er möchte sie unbedingt haben … Dieses Jahr wird er achtzehn, da können wir ihn nicht enttäuschen …«

Auf dieses »wir« fiel Gilles nicht herein. Claire tat nur so, als stünde sie auf seiner Seite, um überzeugender zu wirken. Es war nicht das erste Mal, dass sie ein doppeltes Spiel trieb. So war es auch schon vor vier Jahren gewesen, als Léo sich einen Motorroller gewünscht hatte. Angesichts des vereinigten Ansturms seines Sohns und dessen Mutter hatte er schließlich nachgegeben.

Er lächelte. Auch diesmal würde er letzten Endes Ja sagen. Das wusste er bereits. Claire wusste es ebenfalls. Und Léo zweifellos auch. Er wehrte sich nur aus Prinzip gegen diese bescheuerte Geldausgabe. Auch die anderen kämpften nur der Form halber. Um ihm die Möglichkeit zu verschaffen, die Stellung so ehrenvoll zu räumen, wie es seinem Rang gebührte.

Er würde noch ein bisschen Widerstand leisten.

»Wir werden sehen … Vielleicht fällt mir noch etwas anderes ein.«

14

Im Sprechzimmer von Dr. Artès waren Plakate von Kampagnen gegen das Rauchen die einzigen Farbflecke auf den ansonsten weißen Wänden, verliehen ihnen aber nicht das geringste bisschen Fröhlichkeit. Schwarze, zerfressene Lungen, entstellte Gesichter, Münder ohne Zähne, ein Sarg, aus dem Qualmwolken aufstiegen, oder ein Babyfläschchen, das bis zum Sauger mit alten Kippen gefüllt war. Beim Hinsetzen überkam Sebag Brechreiz. Umso mehr, als er den Eindruck hatte, dass es in dem Raum trotz allem nach kaltem Rauch stank.

Mit seinem trockenen Gesicht, das ein großer, lippenloser Mund durchschnitt, gab Guy Artès sich halb kühl, halb spöttisch. Jacques hätte ihm gewiss Ähnlichkeit mit Darry Cowl attestiert. Wie dieser ein trauriger Clown, nur dass er sich nicht für das Rampenlicht der Bühne, sondern für das kalte Neonlicht der Krankenhäuser entschieden hatte.

»Wie ich sehe, bin ich denunziert worden«, begann der Arzt ohne Einleitung.

»Entschuldigung, wie meinen Sie das?«

»Meine Assistentin hat zwei Termine absagen müssen, weil Sie mich dringend wegen einer Angelegenheit von großer Wichtigkeit sprechen wollten. Daraus schließe ich, dass Sie wegen des Mordes an Christian hier sind, und folglich müssen gewisse … ›Freunde‹

von mir Ihnen liebenswürdigerweise geraten haben, mich auf Ihre Liste der Verdächtigen zu setzen.«

»Der Mord ist am Freitag geschehen, und heute haben wir Mittwoch, so verdächtig sind Sie also nicht.«

»Dann wäre es auch nicht so dringend gewesen …«

»Angesichts der heute üblichen Wartezeiten, wenn man einen Termin bei einem Facharzt wünscht, musste ich trotz allem ein wenig Druck machen.«

»In meinem Fachgebiet dürfen die Wartezeiten nicht so lang sein. Andernfalls würde ich manchmal nur noch die Erben empfangen. Begleitet von einem Rechtsanwalt, der eine Klage wegen unterlassener Hilfeleistung einreicht.«

»Da sind wir ja bereits beim Kern meines Besuchs, ich glaube …«

Artès nahm den Kuli, der an seiner Brusttasche klemmte, und hielt ihn wie eine Zigarette zwischen Daumen und Zeigefinger.

»Darf ich wissen, was genau man Ihnen gesagt hat?«

Sebag hätte ihn mit dem Hinweis beruhigen können, dass seine Mitbrüder von der *Sanch* ihn nicht spontan belastet und sogar großes Vertrauen in seine Unschuld geäußert hatten. Doch das tat er nicht. Wut machte gesprächig und unterband die Vorsicht.

»Niemand beschuldigt Sie wegen etwas. Ich bin hier, um mir Ihre Version anzuhören.«

»Meine Version …«

Mit einem Seufzer unterstrich Guy Artès seine Missbilligung.

»Nun schön, meine ›Version‹ ist, dass Christian und ich niemals Streit hatten. Ihr Besuch hier ist lächerlich. Ich habe niemals etwas gegen ihn gehabt. Böse war allerdings er mir. Er hat nicht mehr mit mir geredet, seit seine Mutter an Bauchspeicheldrüsenkrebs gestorben ist. Er war der Meinung, ich hätte mich nicht angemessen um sie gekümmert.«

»Und das stimmte nicht?«

»Doch, natürlich stimmte es!«

Guy Artès setzte die Brille ab, um sich die Augen zu reiben. »Sie war zweiundachtzig und litt an Diabetes und Bluthochdruck. Als Christian sie zu mir gebracht hat, war ihr Krebs in einem fortgeschrittenen Stadium. Ich bekenne mich also schuldig, ich habe nicht alles unternommen, um sie zu retten, was ich für einen jüngeren Menschen getan hätte. Ein wenig Chemotherapie, aber nicht allzu stark, und ein Opiat gegen die Schmerzen, das war alles. Ich glaube, dass sie dank meiner Fürsorge ein würdevolles Lebensende hatte. Aber Christian hätte sich gewünscht, dass ich Wunder wirke. Es ging um seine Mutter, die einzige Frau in seinem Leben …«

Sebag notierte diese letzte Bemerkung in einer Ecke seines Notizbuchs. Vielleicht wäre Artès ein guter Gesprächspartner, um das Thema von Aguilars sexueller Orientierung zum ersten Mal offen anzusprechen.

»Er hat mich also verklagt und einen Rechtsanwalt gefunden, der für gutes Geld bereit war, seinen Wahnsinn mitzumachen. In der Folge hat es eine gerichtliche Untersuchung gegeben und eine weitere, die von der Ärztekammer angestrengt wurde. Wie man sieht, hat keine zu etwas geführt. Aber Christian wollte glauben, das sei nur deshalb so, weil ich meine Beziehungen hätte spielen lassen …«

»Und das haben Sie nicht getan?«

Artès zuckte mit den Schultern. »Glauben Sie wirklich, dass ich das nötig gehabt hätte? Ich kenne keinen einzigen Arzt, der anders gehandelt hätte!«

Er setzte die Brille wieder auf die lange Nase. Das kühle Metallgestell warf rosa Reflexe. Erneut Kälte und Spott.

»Da seine Klage folgenlos blieb, hat er mir mehrmals vor Zeugen mit Gewalt gedroht. Aber das alles ist schon lange her. Danach hat er sich beruhigt.«

»Sie wollen also sagen, dass schließlich alles wieder in Ordnung war?«

»Nein, so kann man es auch wieder nicht ausdrücken. Er redete nicht mehr mit mir, und ich ging ihm meinerseits aus dem Weg. Doch es gab kaum je Anlass zu einer Begegnung. Er nahm nicht an den karitativen Aktionen der Bruderschaft teil, und vom Karfreitag abgesehen, haben wir uns vielleicht drei oder vier Mal zufällig von fern in Perpignan gesehen. Diese Geschichte ist wirklich uralt, und wer immer sie Ihnen aufgetischt hat, hatte eindeutig die Absicht, mir zu schaden.«

»Die Unstimmigkeit, die Sie mit dem Vorstand entzweit hat, ist aber offensichtlich immer noch aktuell.«

Artès zog die Augenbrauen zusammen. Gleichzeitig deutete sein Mund ein Lächeln an.

»Und ich soll Christian getötet haben, um der *Sanch* zu schaden?«

Sebag hielt ihm nicht dieselbe Ansprache über die eigenartigen Motive mancher Krimineller, die er am Freitag vor dem Vorstand der *Sanch* zum Besten gegeben hatte. Als Tölpel dazustehen war bei der Vernehmung eines Verdächtigen nicht immer eine schlechte Sache.

»Die *Sanch* gehört denen nicht. Obgleich man mich aus dem Vorstand ausgeschlossen hat, würde ich niemals versuchen, dieser heiligen Institution zu schaden.«

Nun war sein Lächeln offener. »Ein bisschen in die Jahre gekommen ist sie schon, das gebe ich gern zu. Ich wollte das eine oder andere verändern, die Anstandsregeln entstauben. Da haben sie einen Vorwand gesucht, um mich auszuschalten. Ganz ehrlich, ein Ausschlussverfahren, weil ich ohne vorherige Autorisation mit den Medien gesprochen habe, das sind Methoden des vergangenen Jahrhunderts. Ich bin kein Schulkind mehr, das den Finger hebt, wenn es etwas sagen will. Für wen halten die sich eigentlich?«

Nun war er wieder von Zorn erfüllt. Er erhob sich und streckte den Arm aus. »Ich schwöre, Monsieur Vorsitzender, dass ich unschuldig bin.«

Er senkte die Hand wieder. Die kaputte Lunge auf dem Plakat an der Wand umfasste seinen Kopf mit einem eigenartigen Heiligenschein.

»Wirklich, das alles ist einfach lachhaft!«

»Das glaube ich auch«, räumte Sebag ein. »Trotzdem muss ich Sie fragen, wo Sie Freitagnachmittag waren.«

Artès kratzte sich die Wange.

»Sicher, ja natürlich …«

Er zog eine Schublade seines Schreibtischs auf und holte ein Päckchen Zigaretten hervor. »Sie gestatten?«

»Ich selbst habe kein Problem damit«, antwortete Gilles und deutete auf das Plakat mit der kranken Lunge.

»Ach, der stört sich nicht mehr daran … von dem ist nur noch das Bild übrig.«

Er öffnete das Fenster, bevor er seine Zigarette ansteckte. »Ich habe alles versucht, um aufzuhören, aber ich schaffe es einfach nicht. Wenn man nach dem Lungenkrebstod eines Patienten eine Fluppe raucht, um Stress abzubauen, kommt man nur durch ein Pflaster von seiner Sucht nicht weg.«

Er setzte sich auf die Fensterbank, inhalierte dreimal schnell hintereinander und antwortete dann: »Zum ersten Mal seit dreißig Jahren habe ich letzten Freitag nicht an der Prozession teilgenommen. Aber ich wollte sie trotzdem vorbeiziehen sehen. Also … also bin ich zur Place Gambetta gegangen, um die Predigt des Bischofs zu hören.«

Er hielt dem Blick Sebags stand. Place Gambetta … weniger als hundert Meter vom Tatort entfernt. Es gab bessere Alibis.

»Danach habe ich mich auf eine Caféterrasse gesetzt.«

Artès' Lippen verzogen sich fast bis zu den Ohren. Sebag ahnte, dass die Fortsetzung pikant werden würde.

»Ich habe ein Glas Vittel mit Minzsirup bestellt … Auf der Place de la Loge … Das war wohl keine gute Idee, oder?«

Erneut nahm er die Brille ab, um sich die Augen zu reiben. »Panik ist ansteckender als das schlimmste Virus … Beim ersten Knall hab ich sofort kapiert, dass es sich nur um einen Kracher handelte. Aber ein paar Mädchen haben gekreischt. Und dann gab es da noch diesen Ruf, jemand schrie, ein Mann sei bewaffnet. Die Menschen sind losgerannt und haben Tische umgeworfen. Ich hatte plötzlich Zweifel an dem, was ich gehört hatte, und bin genauso losgerannt wie alle anderen. Ich hab mich ins Innere des Cafés geflüchtet.«

Sein Mienenspiel verriet, was er über sein eigenes Verhalten dachte. »Ich war einer der Ersten, die wieder rausgekommen sind. Auf der Terrasse gab es Verletzte, und um die habe ich mich gekümmert. Sehr schnell waren dann Krankenwagen da, es hat höchstens ein paar Minuten gedauert. In einer solchen Situation sind sie die Fachleute, und so habe ich sie machen lassen. Vielleicht glauben Sie mir das nicht, aber als ich von dort aufgebrochen bin, wusste ich nicht, dass jemand ums Leben gekommen war, und schon gar nicht, dass es der arme Christian war.«

Er drückte seine Zigarette auf dem Fenstersims aus und warf seine Kippe dann nach draußen. Sein Sprechzimmer lag im ersten Stock, und er hatte nicht einmal nach unten geschaut, um sich zu vergewissern, dass dort niemand vorbeiging. Er stand auf und kehrte zu seinem Schreibtisch zurück. Ein leises Lächeln auf den Lippen. Die Ironie hatte wieder die Oberhand gewonnen.

»So, jetzt kennen Sie meine ›Version‹. Machen Sie daraus, was Sie wollen.«

Sebag steckte die Nase in seine Notizen. Nicht um sie durchzulesen, sondern um sich Zeit zum Nachdenken zu verschaffen. Während ihrer kleinen Plauderei war in seinem Inneren kein einziges Mal ein Warnsignal erklungen. Der Onkologe hatte die Prüfung einwandfrei bestanden. Sie konnten zu etwas anderem übergehen.

»Die Autopsie hat ergeben, dass Christian Aguilar Krebs hatte.«

Eine der Augenbrauen des Arztes wanderte nach oben. »Davon wusste ich nichts. Er hat mich nicht als Arzt konsultiert …«

»Das war anzunehmen. Aber bei seiner Mutter hatte er sich für Sie entschieden. Bedeutet das, dass Sie einmal ein freundschaftliches Verhältnis hatten?«

»Ich nehme mich nicht nur meiner Freunde an, wissen Sie. Aber es stimmt, während einiger Wochen hatte die Krankheit seiner Mutter uns einander ein wenig nähergebracht. Er war ein liebenswerter Mensch.«

»Eben haben Sie gesagt, seine Mutter sei die einzige Frau in seinem Leben gewesen. Was genau wollten Sie damit ausdrücken?«

»Dass sie ihm sehr viel bedeutete. Tatsächlich hatte er außer ihr niemanden.«

»Keine anderen Frauen?«

»Zumindest in dieser Zeit nicht.«

»Und … auch keine Männer?«

Artès fixierte Sebag einige Sekunden, bevor er antwortete. »Nicht in dem Sinn, wie Sie es wohl gemeint haben. Zumindest weiß ich bei ihm von keiner Beziehung dieser Art. Nun ja … ›dieser Art‹, so sagt man eben … Aber es stimmt, ein alter Junggeselle, der seiner Mutter sehr nahesteht … da kann man sich diese Frage schon stellen. Zum Glück leben wir aber in einer Zeit, in der man sich nicht verpflichtet fühlt, darauf eine Antwort zu haben.«

Sebag beschloss, noch weiter vorzustoßen. Einen Arzt konnte man schließlich alles fragen.

»Unsere Ermittlungen haben uns zu der Frage geführt, wie die Beziehungen zu seinen Schülern aussahen …«

Seine Formulierung war bewusst vage, doch Artès wusste sofort, was gemeint war. »Mein Gott!«

»Das erstaunt Sie?«

Artès Finger gerieten in Bewegung, und er warf einen Blick auf seine Schreibtischschublade. Die, in der seine Fluppen lagen.

»Nein, allzu sehr verwundert Sie das nicht …«, sagte Sebag.

Da er keine Zigarette hatte, schlossen sich die Finger des Arztes um den Kuli. »Das stimmt. Nicht allzu sehr.«

»Ist Ihnen etwas zu Ohren gekommen?«

»Nein, so kann man das nicht sagen, aber … aber die Sache ist heikel … Es wäre mir lieber, Sie würden darüber mit jemandem sprechen, der ihn besser kannte …«

»Erzählen Sie.«

»Es handelt sich einfach nur um einen Jungen, den ich einmal abends bei ihm gesehen habe. Ich möchte nicht, dass Sie das überinterpretieren … Man spricht nicht schlecht über einen Toten.«

»Was auch immer Sie mir sagen, ich kann es nicht mehr überprüfen, wissen Sie.«

Dieser zweifelhafte Scherz hatte die erhoffte Wirkung. Er entlockte dem Arzt ein Lächeln.

»Übrigens hätte es wahrscheinlich gar keinen Grund zur Beanstandung gegeben … Der Junge war zwar noch ein Teen, aber vielleicht doch schon volljährig oder zumindest fast. Und außerdem hat Christian ihn wohl einfach nur bei sich aufgenommen. Zumindest hat er mir das gesagt.«

Sebag beschloss, bis zehn zu zählen, bevor er die nächste Frage stellte. Bei sieben ergriff Artès erneut das Wort: »Es war ein Abend im Mai, ich hatte seiner Mutter gestattet, nach Hause zurückzukehren – ich konnte nichts mehr für sie tun. Doch das hatte ich, wie Ihnen klar sein dürfte, weder ihr noch Christian mitgeteilt. An dem Abend besuchte ich sie in ihrem Zimmer, das sie nicht mehr verließ. Aus dem Fenster im ersten Stock habe ich einen jungen Mann bemerkt, der sich mit nacktem Oberkörper in der Nähe des Häuschens aufhielt, das hinten im Garten steht.

»Ein junger Mann?«

»So um die achtzehn, wie ich es Ihnen gesagt habe. Vielleicht ein bisschen älter, vielleicht ein bisschen jünger … Christian ist meinem Blick begegnet und hat mir daraufhin erklärt, es handele sich um einen seiner Schüler, der Ärger mit seinen Eltern habe und den er bei sich aufgenommen habe. Aber er wirkte dabei ein wenig verlegen, und daher war es auch mir peinlich.«

»Er hat Ihnen natürlich nicht gesagt, wie der Junge hieß?«

»Ich habe ihn nicht danach gefragt. Aber darüber müssten Sie mit einem seiner Freunde sprechen, der damals ebenfalls da war. Er war ein Schulkamerad von Philippe, und die Krankheit von Christians Mutter hat sie einander ebenfalls nähergebracht. Zu jener Zeit trafen sie sich oft. Sie waren Freunde, aber ganz normale Freunde, nicht auf irgendeine andere Weise, okay? Philippe ist verheiratet und hat Kinder.«

»Philippe, und weiter?«

»Borell. Philippe Borell.«

Sebag, der sich bereithielt, um den Namen zu notieren, erstarrte, den Kuli in der Luft.

»Der Arme hat ein schwieriges Wochenende hinter sich«, fügte Artès hinzu. »Christians Ermordung und der Überfall auf seinen Juwelierladen, das ist eine Menge auf einmal …«

15

Molina parkte ihren Dienstwagen auf einem für Lieferanten reservierten Stellplatz. Vor dem Aussteigen klappte er die Sonnenblende herunter, damit man die Aufschrift »Polizei« sah. Nach seinem eiligen Aufbruch von Dr. Artès hatte Sebag Jacques gebeten, ihn für ein gemeinsames Gespräch mit dem Juwelier abzuholen.

»Bist du dir sicher, dass Borell bei deinem zweiten Besuch am Dienstag nicht vom Mord an Aguilar gesprochen hat?«

»Ganz sicher. Glaubst du, dass da etwas faul ist?«

Daran hegte Sebag keinen Zweifel. Der Juwelier hatte einen der Polizisten vor sich gehabt, die mit den Ermittlungen zur Ermordung seines Freundes betraut waren, und das normale Verhalten wäre gewesen, die Gelegenheit zu nutzen, um ihm ein paar Fragen zu stellen oder den Vorfall zumindest anzusprechen. Die Unterlassung bedeutete, dass Borell sich etwas vorzuwerfen hatte. Oder seinem Freund.

Philippe Borell war von der Ankunft der Polizisten nicht gerade begeistert. »Dauert es lange?«

»Vielleicht schon.«

Der Juwelier drehte das kleine Schild in der Glastür seines Geschäfts um. »Für einige Minuten geschlossen.«

»Hätten Sie gern einen Kaffee, Messieurs?«

»Gern«, antwortete Molina.

Sebag zögerte. Da er bei Kaffee ein Feinschmecker war, fragte er sich, welche Art von Gebräu der Juwelier ihnen wohl vorsetzen würde.

»Lungo? Ristretto? Kolumbianisch? Äthiopisch?«, präzisierte Borell.

»Einem Polizisten Stoff aus Kolumbien anzubieten ist riskant«, scherzte Jacques. »Nimm den Kolumbianer.«

»Äthiopischen Kaffee, möglichst stark«, antwortete Sebag, den die zweite Frage des Juweliers beruhigt hatte.

Borell begab sich zum Kaffeekochen ins Hinterzimmer. Die beiden Polizisten warteten schweigend. Sie hatten bereits entschieden, auf welche Weise sie das Gespräch führen würden: Molina würde die Fragen stellen und Sebag den Beobachter abgeben. Und den Mord an Aguilar würden sie nicht sofort erwähnen.

Gleich nach dem ersten Schluck bat Molina Borell, ihnen noch einmal vom Hergang des Einbruchs zu berichten. Der Juwelier wählte andere Worte, doch die groben Linien blieben gleich. Alle Emotionen waren diesmal jedoch verschwunden. Nachdem Jacques bei einigen Punkten noch um eine Präzision gebeten hatte, lobte er ihn für die Qualität seiner Zeugenaussage. »Nach drei Überfällen in sieben Jahren haben Sie natürlich Übung«, scherzte er.

»Darauf hätte ich gern verzichtet …«

»Das glaube ich Ihnen. Umso mehr, als Sie diesmal geschlagen worden sind. Am Freitag wirkten Sie sehr schockiert.«

Borell führte vorsichtig die Hand an den Wangenknochen. Unter dem Auge war die Haut inzwischen gelblich verfärbt, doch man sah, dass der Notarzt gute Arbeit geleistet hatte: Die Wunde war sauber und bereits teilweise geschlossen.

»Sie sind wieder obenauf, das ist gut. Schön, ich glaube, jetzt haben wir alles …«

Vorhin im Auto hatte Gilles sich die am Freitag gemachten Notizen noch einmal durchgelesen, um die Szene wieder besser vor Augen zu haben. Als sie nach dem Einbruch eingetroffen waren, ging es Borell einigermaßen gut – natürlich in Anbetracht der Umstände. Er hatte sogar mit dem Arzt gescherzt. Dann aber war sein Unbehagen ständig gewachsen. Damals hatte Gilles an eine verspätete Nachwirkung des Schocks gedacht oder angenommen, dass die Behandlung des Arztes ihm Schmerzen bereitete. Doch jetzt vermutete er, dass vielmehr ihre Fragen ihn beunruhigt hatten. Vielleicht war Borell erst in diesem Moment klar geworden, dass es tatsächlich eine undichte Stelle gegeben hatte und dass dafür nur sein Freund infrage kam. Daher sein Unbehagen oder die Vortäuschung von Unwohlsein, um weiteren, präziseren Fragen vorzubeugen.

Sebag reichte Borell die Hand, und der drückte sie schwach.

»Eine Sache gibt mir allerdings noch zu denken, Monsieur Borell.«

Von Zeit zu Zeit nutzte Gilles diese »Methode Columbo«: Im letzten Moment einer Befragung eine Bemerkung einwerfen, mit der man alles noch einmal von vorn aufrollt. Dann erstarrt manchmal ein Gesicht, ein Blick wird unruhig, eine Hand feucht ... Genau in dem Moment überrumpelt, in dem er sich schon in Sicherheit wähnte, ließ der Gesprächspartner sich oft in eine Falle locken, da sein wenigstens für einige Sekunden unverstelltes Verhalten ihn verraten hatte.

»Die Täter haben Freitag jedenfalls einen guten Moment erwischt. Gerade als Sie die Steine erhalten hatten ...«

Borells dicke Wangen begannen zu zittern. Obgleich er alt genug war, um mit Serienfolgen des berühmten amerikanischen Inspektors aufgewachsen zu sein, besaß er nicht mehr die Geistesgegenwart, um über diese ein wenig dick aufgetragene Parodie zu lächeln.

»Gewiss, ich weiß, Sie haben es uns von Anfang an gesagt und letzthin gegenüber meinem Kollegen noch einmal wiederholt: Sie haben mit niemandem über diese Lieferung gesprochen, oder?«

Borell stimmte mit einem Nicken zu und stotterte verschreckt: »Ganz genau.«

Sebag lächelte ihn an. »Nicht einmal mit Christian Aguilar?«

• • •

Philippe Borells Gesichtszüge entgleisten. Sein Mund klappte auf, und seine dicken Wangen senkten sich Richtung Kragen. Eines seiner Augen schloss sich zur Hälfte. »W … Wie … Warum sagen Sie das?«

Sebag legte die Hand auf den Magen. »Mein Bauch hat es gesagt.«

»Sie machen sich über mich lustig.«

»Andersrum wird ein Schuh draus, bitte sehr. Vielmehr machen Sie sich über uns lustig. Sie waren gut mit Christian Aguilar befreundet?«

Borell senkte seinen Blick. »Kurz nach Ihrem Aufbruch habe ich über eine Handynachricht von seinem Tod erfahren. Das hat mir einen weiteren schlimmen Schlag versetzt.«

»Ich verstehe. Umso mehr, als Sie in diesem Moment einen ersten Verdacht geschöpft hatten …«

»Verdacht …«, griff der Juwelier seine Bemerkung auf, als könnte die Wiederholung des Wortes ihm helfen, seinen Sinn zu akzeptieren. »Erst als Sie mich am Freitag befragt haben, habe ich begriffen, dass es eine undichte Stellte gegeben haben könnte. Zunächst wollte ich mit Christian darüber reden …

»Und da das nicht möglich war, hatten Sie die Absicht, diese Information für sich zu behalten!«, unterbrach ihn Molina. »Kleinkram! Ein winziges Detail! Nämlich schlicht und ergreifend das Mordmotiv.«

»Glauben Sie?«

Borell hatte diese Hypothese nicht erwogen. Dennoch drängte sie sich auf. Auch wenn Sebag das Gefühl hatte, dass Jacques ein wenig überstürzt vorging.

»Waren Sie schon lange mit Christian befreundet?«

»Seit der Mittelschule …«

Borell skizzierte rasch die Etappen ihrer Freundschaft. Gemeinsame Schulzeit, Klavierunterricht im Konservatorium, Militärdienst in derselben französischen Kaserne in Deutschland, die Entfremdung nach der Heirat des Juweliers und schließlich ihre erneute Annäherung, als Madame Aguilar krank wurde. Sebag ließ ihm Zeit, zu den eigentlichen Fakten zu kommen.

»Meine Tochter Solène heiratet bald. Für diesen Anlass fertige ich die Eheringe und weiteren Schmuck. Darüber habe ich mit Christian gesprochen und ihn nach seiner Meinung zu einigen meiner Entwürfe gefragt. Er hatte einen guten Geschmack. Er war ein Künstler, der nicht nur eine Gabe für die Musik besaß. Daher habe ich ihm von dieser Lieferung erzählt.«

Borell lehnte sich mit dem Rücken gegen einen Schaukasten. Sebag folgte seinem Beispiel unauffällig. Langes Stehen tat ihm immer noch weh.

»Sicher, als Sie mich befragt haben, habe ich sofort an Christian gedacht, aber die Sache war derart unwahrscheinlich … Nachdem ich von seinem Tod erfahren hatte, dachte ich, das Ganze wäre nicht mehr von Belang. Er kann sich nicht mehr verteidigen, da ist es leicht, ihm alles Mögliche in die Schuhe zu schieben. Dass er Bescheid gewusst hat, macht ihn nicht automatisch zu einem Hinterbringer …«

»Wer käme sonst noch infrage?«

»Muss es denn wirklich jemanden gegeben haben? Die Räuber hätten einfach nur Glück haben können …«

Sebag lächelte. Man konnte niemals ausschließen, dass der Zufall bei einem Verbrechen oder Vergehen eine wichtige Rolle gespielt hatte. Aber man sollte ihn auch nicht jedes Mal ins Spiel bringen, wenn man Mühe hatte, ein Rätsel zu lösen.

»Mit wem hätte er denn sprechen sollen?«, blieb Borell beharrlich. »Er war ein ehrlicher Mensch, ein einfacher Klavierlehrer. Er kannte keine Kriminellen.«

»Vielleicht aber jemanden, der seinerseits solche Leute kannte …«

Sebag hielt es für sachdienlich, jetzt Aguilars Privatleben anzusprechen.

»Hatte er außer Ihnen noch irgendwelche Freunde?«

»Er war eher ein Einzelgänger.«

»Und gab es, von seiner Mutter abgesehen, noch eine andere Frau in seinem Leben?«

»In den letzten Jahren nicht.«

»Aber früher hat es welche gegeben?«

Borell berichtete von drei Frauen, die irgendwann einmal das Leben seines Freundes gekreuzt hatten. Eine Véronique, groß und brünett, Buchhalterin oder Sekretärin in einer Tiefbaufirma; eine Nathalie, ebenfalls brünett, eher zierlich, Inhaberin eines Friseursalons in Toulouges; und drittens Pascale oder Chantal, Gesangslehrerin am Konservatorium.

»Mehr kann ich über sie nicht sagen. Das alles war vor dem Tod seiner Mutter. Damals haben wir uns nur selten gesehen.«

»War das einfach nur Freundschaft – oder waren es Herzensfreundinnen?«

Sebag bemerkte ein Lächeln in Molinas Gesicht. Dem erschien seine Wortwahl total veraltet.

»Herzensfreundinnen, würde ich sagen.«

»Aber Sie, sein Freund, sind sich da nicht sicher. Das ist erstaunlich. Hat Christian wirklich Frauen geliebt?«

Das linke Auge Borells schloss sich halb, während er das rechte weit öffnete. »Ich verstehe den Sinn Ihrer Fragen nicht. Inwieweit würde Ihnen das helfen, den Mörder aufzuspüren? Und außerdem, ist diese Frage nicht ein bisschen homophob?«

Seit einigen Jahren fiel Sebag zunehmend ein eigenartiges Paradoxon auf: Je weniger Homosexualität in der Gesellschaft tabuisiert wurde, desto heikler wurde es, sie bei polizeilichen Ermittlungen anzusprechen. Brachte man sie zur Sprache, gab man damit die Einschätzung zu verstehen, die »andere« sexuelle Orientierung eines Opfers stehe in Beziehung mit seinem Tod oder sei sogar dafür verantwortlich. Darüber regten sich manche ziemlich auf.

»Eine alte Regel unseres Berufsstands lautet: *Cherchez la femme*«, erklärte Gilles. »Einige finden das zu sexistisch: Warum soll man nicht auch den Mann suchen? Was uns interessiert, ist die Frage, was jemanden im Leben eines Opfers dazu veranlasst haben könnte, ihn oder sie zu töten. Und im vorliegenden Fall: Wer im Umfeld Aguilars könnte ihn mit Ganoven in Kontakt gebracht haben? Daher stelle ich meine Frage noch einmal: Hat Christian Männer geliebt?«

Borell nickte mehrmals und antwortete dann: »Ich glaube, mich zu erinnern, dass er in seiner Jugend solche Erfahrungen gemacht hat, aber ich weiß nicht, ob das wirklich seiner Neigung entsprach. Tatsächlich habe ich mich oft gefragt, ob Christian nicht eher das war, was man asexuell nennt.«

»Ich kenne niemanden, der asexuell ist«, widersprach Molina. »Nur bin ich manchmal Menschen begegnet, die diskreter waren als andere.«

Sebag spürte, dass Jacques zu einem anderen Thema übergehen würde. Einem sehr nah verwandten. Es war der richtige Moment. Er ließ ihn machen.

»Und seine Schüler? Fand er an denen Geschmack?«

Borell wandte sich Molina aufgebracht zu. »Was unterstellen Sie da?«

»Er war niemals verliebt in einen seiner Schüler? Einen seiner jungen Schüler?«

Der Juwelier richtete sich mit gestrafften Schultern auf. Er maß Molina mit Blicken. »Sie sind verrückt geworden.«

»Stimmt, wenn ich von Liebe rede, ist das ein bisschen verrückt. Es handelte sich nur um Sex!«

»Ich verbitte mir …«

»Ein alter Lehrer, der mit dem Pipimann seiner Schüler Guckguck spielt, das wäre nicht das erste Mal …«

»Christian hat in Perpignan vierzig Jahre lang Klavierunterricht gegeben. Keiner seiner Schüler hat sich jemals über ihn beschwert!«

»Vierzig Jahre Straffreiheit, auch das wäre leider keine Premiere.«

Borell suchte bei Sebag Unterstützung. Seine fetten Wangen bebten vor Wut. Der Juwelier hatte seinen Zorn mit viel Bombast aufgeladen. Ein bisschen zu viel. Gilles hatte das Gefühl, dass Borell sich diese Frage auch schon gestellt hatte.

»Es gibt dunkle Bereiche im Leben Ihres Freundes, die wir aufklären müssen.«

Sebag entschied, einen günstigeren Moment abzuwarten. Er kam auf Aguilars finanzielle Lage und die Hypothesen zu sprechen, die zu ihrer Erklärung dienen könnten. Er mied das Wort »Laster«, sprach aber von Drogen und einer eventuellen Erpressung. Diesmal weiteten sich Borells Augen gleichzeitig. »Ich wusste nicht, dass er solche Geldsorgen hatte! Mir gegenüber hat er sie niemals erwähnt. Mir ist nicht einmal eine Veränderung seiner Lebensweise aufgefallen. Man muss dazu sagen, dass er immer recht sparsam gelebt hat.«

»Und sie wussten, dass er schwer krank war?«

Sonderbarerweise schien Borell bei seiner Antwort zu zögern. »Seit mehreren Wochen war er sehr erschöpft, aber dass er Krebs hat, hat er mir erst vor ganz Kurzem gesagt.«

Sebag beschloss, nun wieder zu dem Thema zurückzukehren, das den Juwelier in Rage gebracht hatte. »Ein Zeuge hat ausgesagt, es sei schon einmal vorgekommen, dass Christian den einen oder anderen seiner Schüler beherbergt hat …«

»Das ist mir neu.«

»Wirklich?«

Gilles schlug einen härteren Tonfall an. Weil er seinen Freund schützen wollte, spielte Borell nicht mit offenen Karten.

»Sie sollten uns nicht für blöd halten!«, mahnte Molina.

»Wovon genau reden Sie? Und wer ist dieser Zeuge?«

Die Polizisten schwiegen. Es verbot sich, mehr zu sagen und Borell damit zu helfen, ihnen nur die notwendigen Informationen zu geben. Doch der Juwelier fand die Antwort allein.

»Ah ja … ich verstehe … Artès hat Ihnen davon erzählt … Die Sache war mir vollkommen entfallen. Es ist ein einziges Mal vorgekommen, richtig. Es war wohl eher ein ehemaliger Schüler, er war schon älter. Auf jeden Fall volljährig …«

»Wissen Sie, um wen es sich handelt?«

»Christian hat es mir nicht gesagt. Der junge Mann hatte wohl ein schwieriges Verhältnis zu seinen Eltern.«

Borell beschrieb jemanden, der nicht sehr groß und eher stämmig war. Geradezu breitschultrig.

»Die Gestalt eines Erwachsenen«, erläuterte er erneut. »Mehr weiß ich darüber nicht, ich habe nicht nachgefragt. Ich habe Christian nie etwas gefragt. Das war ein Fehler … Er war mein Freund, und ich habe ihn furchtbar schlecht gekannt …«

Sebag ließ Borell bei seinem Bedauern verweilen. Er hatte zahllose Menschen wie ihn kennengelernt … Freunde, die letztlich nur ein paar schöne Momente ihres Lebens geteilt hatten. Das war zweifellos bereits eine ganze Menge. Er selbst hatte keinen engen Freund. Was es ihn zu sagen drängte, vertraute er Claire an. Oder das hatte er zumindest getan. Seitdem er sie an der Uni kennengelernt hatte, hatte er nie eine andere Vertraute gehabt. Keine andere Freundin und keine andere Geliebte. Doch seit zwei Jahren zog er es vor, gewisse Dinge für sich zu behalten. Nämlich seitdem ihm klar geworden war, dass seine Frau Geheimnisse gehabt hatte, die sie mit einem anderen teilte. Nie zuvor hatte er sich so einsam gefühlt …

»Glauben Sie wirklich, Christian könnte ermordet worden sein, weil er den Juwelenräubern enthüllt hat, was er über die Lieferung wusste, die ich erwartete?«

Die Frage des Juweliers rief Gilles in die Gegenwart zurück. »Schwer zu sagen. Es ist eine Spur. Eine Spur, der wir bisher noch nicht folgen konnten, weil … weil wir nichts von ihr wussten.«

• • •

»Wir haben jetzt also ein mögliches oder sogar wahrscheinliches Motiv für den Mord an Christian Aguilar.«

Der Commissaire hatte diesmal das gesamte Team im Lageraum im dritten Stock des Commissariats versammelt. Wenn eine neue Information das Zeug hatte, die Richtung der Ermittlungen zu ändern, hörte er sich gern die Meinung aller Mitarbeiter an. Nachdem Gilles die beiden an diesem Tag von ihm geführten Gespräche zusammengefasst hatte, zog Castello die ersten Schlussfolgerungen. Sebag schwankte noch, ob er die Begeisterung seines Chefs dämpfen sollte, doch der Commissaire erteilte bereits das Wort.

»Jacques, Sie haben sich mit dem Raubüberfall beschäftigt. Wir hören.«

Molina verzog das Gesicht. Man konnte nicht behaupten, dass er mit seinem Fall vorangekommen war. Er begann mit dem Wagen, den man ausgebrannt bei Sigean gefunden hatte, bemüht, das Ergebnis als einen Fortschritt darzustellen, wo es tatsächlich nur eine Sackgasse war.

»Da im Fahrzeug keine Fingerabdrücke gefunden wurden, habe ich in den Polizeidatenbanken nach den Spezialisten für solche Raubüberfälle geforscht. Dazu lässt sich nicht viel sagen. Die meisten bekannten Täter sind entweder im Knast oder abgetaucht. Abgesehen von einem gewissen Michel Quillan. Kommt aus Narbonne. Fünfundsechzig Jahre, davon beinahe zwanzig hinter Gittern. Er hat immer eine Schwäche für Schmuck gehabt, aber anscheinend hat er sich seit seiner letzten Entlassung vor vier Jahren zur Ruhe gesetzt. Ich habe unsere Kollegen aus dem Département Aude gebeten, sich mit ihm zu treffen und sein Handy zu durchforsten. Bisher habe ich nichts von ihnen gehört.«

»Ich rufe sie morgen an, damit sie sich ein wenig beeilen.«

Castello wandte sich an Ménard: »Sie haben Ihrerseits die Überwachungskamera-Aufnahmen vom Tatort betrachtet? Welchen Eindruck hatten Sie?«

»Den gleichen wie Gilles. Der Mörder stammt höchstwahrscheinlich aus den Reihen der *Sanch*, doch mit Sicherheit kann man es nicht sagen.«

»Schade ... Hoffentlich haben Sie noch keine Schwielen am Hintern, denn morgen müssen Sie sich wieder hinhocken. Diesmal für die Aufnahmen vom Raubüberfall.«

Sebag durfte nicht zulassen, dass der Commissaire die bisher geleistete Arbeit verwarf. Auch ihm hatte die Befriedigung, die kleinen Lügen des Juweliers bloßzulegen, für einige Minuten den Blick auf das Wesentliche verstellt, jedoch nicht länger. Im Auto hatte er seinen Atem beobachtet, auf seinen Herzschlag gelauscht und sich vorgestellt, wie das Blut durch seine Adern floss. Keinerlei Beschleunigung, weder der Atemfrequenz noch des Pulsschlags. Weder ein zu heftiges Luftholen noch ein Kribbeln in den Gliedern.

Nichts, nada, niente!

Die Reaktionen des Körpers verrieten oft Erkenntnisse, die man mit dem Verstand erst verspätet begriff.

Er hob die Hand, und der Commissaire unterbrach sich sofort. Gilles hatte das Wort, doch womit sollte er anfangen? Zwar hatten seine Überlegungen zu Schlussfolgerungen geführt, doch er hatte noch keine Zeit gehabt, sich zurechtzulegen, wie er sie vorbringen sollte. »Vielleicht haben wir letztlich nur eines der Motive vor uns, einen Einzelaspekt einer Angelegenheit, die ein bisschen komplizierter ist.«

Castellos Augenbrauen zogen sich zusammen. Mit dem Zeigefinger rieb er sich die Nasenspitze. Alle Blicke hefteten sich auf Gilles.

»Konzentrieren wir uns noch einmal darauf, was wir inzwischen wissen. Sicher ist, dass es, abgesehen vom Juwelier selbst, sehr wohl eine Person gab, die über die Lieferung der Edelsteine Bescheid wusste, und dass diese Person, Christian Aguilar, etwa zur selben Zeit ermordet wurde, in der der Raubüberfall stattfand. Alles andere … sind nur Vermutungen.«

Die betretene Miene seiner Kollegen, die wachsende Gereiztheit des Commissaire … Gilles hatte keinen guten Einstieg in seine Argumentation gewählt. Dumm gelaufen. Aber nun musste er seinen Gedankengang fortführen. »Erste Vermutung: Aguilar hat mit jemandem darüber gesprochen. Zweite Vermutung: Diese von Aguilar enthüllte Information ist – willentlich oder unwillentlich – bis zu den Juwelenräubern gelangt. Dritte Vermutung, und mit Sicherheit die gewagteste: Die Juwelenräuber haben Aguilar ermordet, um ihre Spur zu verwischen.«

Castello kratzte sich energisch die Nase. »Worauf wollen Sie hinaus? Sagen Sie uns etwa gerade, dass wir die neue Information nicht berücksichtigen sollen?«

»Nein, das sage ich nicht. Nun ja … jedenfalls nicht ganz.«

Gilles spürte, dass etwas Positives von ihm erwartet wurde. Also würde er davon berichten, was ihm bei der Rückkehr ins Commissariat ins Auge gesprungen war. Wie ein Windstoß, eine Plastiktüte, die durch die Luft fliegt, und ein Bild, das plötzlich vor ihm aufsteigt. Boulevard Clemenceau, Freitag, ganz in der Nähe des Juwelierladens. Er hatte gerade Borell befragt und begab sich nun zum Tatort, wo Aguilar ermordet worden war. Zu diesem Zeitpunkt wusste der Juwelier noch nichts von dem Drama, das sich abgespielt hatte, und Sebag wusste noch nichts von der Freundschaft zwischen Borell und Christian. Aber er hatte einen Zusammenhang zwischen diesem blöden Plastikfetzen und sich selbst entdeckt, auch er fühlte sich hin- und hergeweht zwischen zwei Ereignissen, ohne einschätzen zu können, ob sie zusammenhingen oder im Gegensatz zueinander standen.

»Die Freundschaft zwischen Borell und Aguilar und die Tatsache, dass Letzterer als Einziger über die Lieferung der Schmucksteine informiert war … diese beiden Elemente stellen eine unleugbare Verbindung zwischen dem Mord und dem Raubüberfall dar. Letzten Freitag war das Timing absolut perfekt. Die Prozession der *Sanch* hat unsere Kräfte gebündelt – und ebenso die Aufmerksamkeit der städtischen Polizisten im Videoüberwachungszentrum. Alles war auf das alte Zentrum von Perpignan konzentriert, womit unwillentlich die Durchführung eines Überfalls am Boulevard Clemenceau erleichtert wurde.«

Bevor Gilles für die Lagebesprechung in den dritten Stock hinaufgestiegen war, hatte er seine Notizen, die er kürzlich im Videoüberwachungszentrum gemacht hatte, noch einmal durchgelesen.

»Das Problem ist, dass wir in den Minuten, die dem Raubüberfall folgten, durch diesen abgelenkt waren, und zwar diesmal von der Beobachtung der *Sanch*. Zum Zeitpunkt des Mordes suchten die Beamten des Überwachungszentrums auf ihren Bildschirmen nach der Spur des flüchtigen Audi.«

»Ich denke, dass wir Ihnen hier vollständig folgen«, unterbrach ihn Castello. »Aber wieso sollte das der Tatsache widersprechen, dass der Anteil, den Aguilar willentlich oder unwillentlich am Raubüberfall hatte, das Mordmotiv sein könnte?«

In den anderen Gesichtern las Sebag dieselbe Frage.

»Durch das Timing und durch Aguilars Beteiligung sind der Mord und der Raubüberfall miteinander verbunden, doch muss Ersterer nicht der Grund für Letzteren sein. Aguilar ist nicht zwangsläufig getötet worden, um sein Schweigen zu garantieren.«

»Dem kann ich folgen«, räumte Castello ein, »aber er ist ja wohl wegen der von ihm gespielten Rolle getötet worden.«

»Das glaube ich nicht.«

»Und warum dann?«

»Die bisherige Hypothese erklärt nicht alles. Insbesondere lässt sie den erstaunlichen Modus Operandi des Mörders beiseite. Vergessen wir nicht, dass Aguilar mitten im Prozessionszug getötet wurde. Das war unendlich kompliziert und extrem gewagt. Nicht gerade die Methode, mit der Juwelenräuber einen Komplizen oder Informanten aus dem Weg geräumt hätten.«

»Vielleicht wollten sie damit ja Verwirrung stiften«, schlug Ménard vor.

Diese Vorstellung kam Gilles weit hergeholt vor, doch François durfte er nicht frontal angehen: »Ausschließen kann man nichts …«

»Oder sie wollten uns herausfordern oder mit uns spielen. Gewissermaßen um einer ästhetischen Befriedigung willen. Erinnerst du dich, so was hatten wir hier schon mal …«

»In diesem Modus Operandi steckt eine Botschaft, so viel steht fest. Vielleicht auch eine Herausforderung. Aber es ist eine Art von Herausforderung, wie ein Individuum sie erfindet, sie lässt nicht an eine Bande von Kriminellen denken!«

»Und warum wurde der Mord dann Ihrer Meinung nach im Prozessionszug begangen?«, fragte ihn Castello.

Sebag biss sich auf die Unterlippe. Jetzt hatte er sich selbst eine Falle gestellt. Um vorschnellen Schlussfolgerungen vorzugreifen, hatte er sich wieder einmal in die Rolle des Wahrsagers begeben, der seine Vorhersagen zusammenbraut. *Das Gilles-Sebag-Orakel* schmunzelte er in sich hinein, doch dann fragte er sich, was er nur antworten sollte. Im Moment hatte er selbst auch nur Fragen.

»Diese Leute hätten Aguilar zu jedem beliebigen Zeitpunkt ermorden können, auch schon vor dem Raubüberfall«, dachte er laut nach. »Bei ihm zu Hause zum Beispiel. Von dem Moment an, da er ihnen die Information verraten hatte, war er für sie wertlos. Man könnte also vermuten, dass der oder die Mörder eine offene Rechnung beglichen haben. Und zwar nicht nur wegen des Raubüberfalls …«

»Eine offene Rechnung mit der *Sanch?*«

»Die Prozession wurde unterbrochen, und es gibt keinen Zweifel, dass dieser Mord Spuren in der Geschichte der Erzbruderschaft hinterlassen wird. Außerdem vermutet François nach seinem Besuch im Videoüberwachungszentrum genau wie ich, dass der Mörder ein Büßer ist. Der Mörder begleicht eine offene Rechnung, das ist wahrscheinlich, aber vielleicht nicht unmittelbar oder nicht ausschließlich mit der *Sanch*. Ich befürchte, dass es noch zu früh ist, unsere Ermittlungen einzugrenzen.«

Gilles war zufrieden mit dem Verb, das er gefunden hatte. Es besaß mehrere Bedeutungen, und alle passten ihm gut.

»Scheibenkleister! Wir stehen also wieder ganz am Anfang«, so fasste der Commissaire die Lage entnervt zusammen. »Der Mord hat durchaus etwas mit der *Sanch* zu tun …«

Wieso nur neigt das menschliche Gehirn immer zum Vereinfachen und dazu, das Feld der Möglichkeiten zu beschneiden?, fragte sich Sebag.

»Zweifellos, aber nicht ausschließlich. Christian Aguilar war kein so vollkommen unauffälliger Klavierlehrer, wie wir anfangs glaubten. Auch wenn wir ihn vorläufig nicht der Pädophilie bezichtigen können, haben wir den Verdacht, dass er sich von einigen seiner Schüler angezogen fühlte. Sein Bankkonto ist in den letzten Jahren geschmolzen, was einen auf den Gedanken bringt, dass er möglicherweise das Opfer einer Erpressung war …«

»Seine Geldnot könnte auch seine Rolle im Raubüberfall erklären«, fügte Castello hinzu.

»Außerdem haben wir in Aguilars Haus, das früher einmal Charles Trenet gehört hat, ein Versteck mit unveröffentlichten Chansons des Sängers gefunden«, fuhr Sebag fort. »Anzügliche Chansons über Liebe unter Männern. Vorläufig wissen wir nicht, welche Bedeutung und welchen Wert das hat.«

»Sie machen mich rasend, Gilles, mit Ihren Haarspaltereien. Insbesondere wenn Sie damit recht haben.«

Der Commissaire musterte seine Leute einen nach dem anderen, dachte kurz nach und teilte die Aufgaben dann neu zu. Joan Llach würde ins Quartier Saint-Jacques zurückkehren, um erneut Kontakt zu den Gitans aufzunehmen. Bisher hatte sich von dort keiner zurückgemeldet, weder Anton Reyès noch Manuelito, der Ansprechpartner der Stadt, und nicht einmal der Pfarrer. Jacques Molina würde sich auf die Ermittlungen zum Raubüberfall konzentrieren und dabei Hilfe von François Ménard bekommen, sobald dieser mit der Durchsicht der Videoaufnahmen fertig wäre. Julie Sadet und Sebag würden sich dem Leben Aguilars, seinen Schülern und seinen »Geliebten« widmen.

»Und das Haus des Opfers? Wurde es gründlich durchkämmt?«

»Bisher noch nicht. Elsa war mit der Identifikation der Telefonkontakte von Aguilar beschäftigt. Gleich nach der Besprechung gehe ich zu ihr.«

Commissaire Castello legte beide Hände flach auf den Tisch und entließ sie mit einer kühnen Metapher aus der Bildwelt des Marathonlaufs: »Anders als ich gehofft hatte, sind wir noch nicht auf der Zielgeraden eingetroffen, und für einen Sprint ist es noch zu früh. Nun müssen wir vielmehr einen langen Atem beweisen.«

• • •

Gilles schlängelte sich zwischen den weiß gefliesten Labortischen hindurch und kam schließlich beim Schreibtisch der Chefin der Kriminaltechnik an. Elsa hatte sich die Haare schneiden und die Locken glätten lassen. Gilles wagte nicht, ihr zu sagen, dass diese »jungenhafte« Frisur ihr tatsächlich recht gut stand. Eigenartigerweise fand er sogar, dass ihr Gesicht dadurch weiblicher wirkte.

»Du kommst gerade richtig«, empfing sie ihn. Ich habe alle Telefonnummern ihren Besitzern zugeordnet. Zumindest alle, bei denen das möglich war.«

Sie legte einen kleinen Stapel zusammengehefteter Blätter auf seinen Schreibtisch und deutete auf eine Zeile, die mit gelbem Marker gekennzeichnet war.

»Diese Nummer taucht oft auf, aber sie gehört zu einem Wegwerfhandy.«

Sebag wählte die Nummer sofort, doch der Anruf ging ins Leere, was sein Interesse automatisch verstärkte. Kriminelle, die diese Art von Telefon benutzten, warfen ihre Geräte regelmäßig weg. Denn je länger sie sie behielten, desto größer wurde das Risiko, dass die Polizei sie eines Tages identifizierte und anschließend über einen längeren Zeitraum ihre Handyverbindungen und Bewegungen aufzeichnete.

»Du hattest mich gebeten, mir vorrangig eine andere Nummer anzuschauen. Eine Nummer, von der aus jemand am Freitag vor drei Wochen zwischen siebzehn und achtzehn Uhr Aguilar angerufen hat. Das war nicht schwierig. Dein Mordopfer hat sein Handy selten benutzt, und an diesem Nachmittag ging nur ein einziger Anruf ein. Oder genauer gesagt, zwei Anrufe von ein und derselben Nummer.«

Elsa drehte zwei Blätter um und legte den Zeigefinger diesmal auf eine blau markierte Stelle.

»Es handelt sich um einen gewissen Yves Batère. Sagt der Name dir was?«

16

Entgegen jeder Vorsicht hatte Benji in der Hoffnung auf die zu erwartende Beute bereits zweitausend Euro auf den Kopf gehauen. Er hatte seine Ersparnisse geplündert, sein Gör an Ostern mit Geschenken überhäuft, als wäre Weihnachten, und für seine Tussi das Geld mit vollen Händen aus dem Fenster geschmissen. Zum Glück waren sie nach Barcelona gefahren – der fernen Vorstadt Perpignans, haha –, um Party zu machen.

Notgedrungen hatte er dafür sorgen müssen, dass Kamel ihm den Kopf wusch. Der wenigstens benahm sich vernünftig. Uff!

Und morgen würde Batère Besuch von der Polizei bekommen …

Alles ganz normal und vorhersehbar.

Wie von ihm geplant, würde sich das Netz immer enger um ihn zusammenziehen, bis man ihn schließlich darin fing. Zwangsläufig! Dann wäre er an der Reihe, sich mit der Polizei zu unterhalten. Der Gedanke dahinter war, dass sie niemals genug Beweise gegen ihn in der Hand haben würden, um ihn zu belasten.

Er hatte alles aufgeräumt und gesäubert. Auf allen Ebenen. In jeder Hinsicht.

Er stellte seinen Wagen auf dem Parkplatz Dalle Arago ab und ging zu Fuß zu den Halles Vauban. Dort war er mit Bérénice verabredet. Das Leben hatte ihm eine zweite Chance geschenkt, und diesmal würde er sie nicht vergeben.

Erst einmal würden sie ein Glas zusammen trinken, und dann würden ein paar Kumpel zu ihnen stoßen – Geschäftsfreunde, müsste er jetzt eigentlich sagen, haha! Sie würden durch die Kneipen ziehen. Und gegen zwei oder drei Uhr in sein kleines Nest zurückkehren. Sich bis zum frühen Morgen lieben.

Wenn er morgen aufwachte, hätte Batère bereits Besuch von der Polizei bekommen. Batère hätte die Menschen total eingewickelt, wie er es immer mit den Volltrotteln machte, an die er seine beschissenen Immobilien verkaufte, obwohl sie nicht den Vorschriften entsprachen. Ein bisschen bei der Qualität des Betons sparen, bei der Dicke der Dämmung … Nichts besonders Gravierendes oder Verwerfliches, aber am Ende sprangen bei jeder Baustelle mehrere Hunderttausend Euro heraus. Hier machten das alle so. Okay, er selbst hatte eine Weile gebraucht, um zu kapieren, dass man im Leben immer der Gerissenere sein musste.

Inzwischen hatte er die Lektion aber gelernt. Gerissen, entschlossen und nichts bereuen, niemals.

17

Im luxuriösen Büro des Geschäftsführers von Euro-Immo66 lief die Klimaanlage auf vollen Touren. Dabei ließ das große Fenster, das auf den Fluss Têt hinausging, nur schüchterne Strahlen der Frühlingssonne in den Raum. Gilles bedauerte bereits, dass er seine Jacke über die Rücklehne seines Sessels gehängt hatte.

»Die Sache konnte wohl nicht warten?«, meckerte Yves Batère. »Die Beerdigung heute Nachmittag wirft meine Terminplanung auch so schon über den Haufen!«

Die Beerdigung von Christian Aguilar würde am Nachmittag stattfinden, einem Donnerstag, doch den Generalsekretär der *Sanch* schien daran ausschließlich der Zeitaufwand zu interessieren. Und um den Polizisten auch wirklich zu zeigen, dass er zu tun hatte, schaute er nachdrücklich auf seine Armbanduhr.

»Das ist eine Chaumet«, flüsterte Molina Sebag ins Ohr. »Wetten, dass sie über zehntausend wert ist?«

Als Gilles ihn gebeten hatte, ihn zu begleiten, hatte Jacques sich erleichtert dazu bereiterklärt. Alles war besser, als den Tag in Gesellschaft des fidelen François Ménard mit der Durchsicht der städtischen Videoaufzeichnungen zu verbringen.

»Sie haben so viel um die Ohren?«, wunderte sich Jacques. »Ich dachte, der Immobilienmarkt sei in den letzten Jahren ziemlich ruhig.«

»Gerade wenn sich am Markt wenig tut, hat man die meiste Arbeit. Sie können sich nicht vorstellen, wie viele Begehungen, Telefongespräche und was für ein Getue nötig sind, um auch nur eine Einzimmerwohnung an den Mann zu bringen. Man merkt sofort, dass Sie nichts davon verstehen. Schuster, bleib bei deinem Leisten, man kann nicht alles wissen.«

Molina richtete sich im Sessel auf und wollte etwas entgegnen, doch Gilles kam ihm zuvor. Man musste verhindern, dass das Gespräch zu schnell wegen Kleinigkeiten in ein ungutes Fahrwasser geriet. Vielleicht war genau das ja Batères Strategie.

»Ich habe hier die Liste der Anrufe, die Christian Aguilar im Monat vor seinem Tod angenommen hat«, erklärte er und hielt die Zusammenstellung hoch, die Elsa ihm gegeben hatte.

Ein Blick Batères auf die Seiten, dazu ein unmerkliches Zusammenpressen der Lippen. Sebag hatte seine Aufmerksamkeit gewonnen.

»Was können Sie uns über Ihre letzten Telefonkontakte mit Monsieur Aguilar sagen?«

»Ich erinnere mich kaum. Wahrscheinlich ging es um die *Sanch* …«

Der Bauprojektentwickler begann, zwischen seinem Schreibtisch und der Wand auf und ab zu marschieren. Unvermittelt blieb er stehen.

»Ich nehme an, dass es für Sie wichtig ist, sonst hätten Sie mich nicht gestört. Haben Sie eine Vorstellung, wann genau das gewesen sein soll? Dann kann ich auf meinem Handy nachschauen, wenn Sie wollen …«

Er deutete auf sein Telefon, das auf der Schreibtischauflage aus blauem Leder lag, die in den Kirschholzschreibtisch eingelassen war.

»Am Freitag, dem 29. März«, erwiderte Sebag.

Batère begann erneut, sein Revier zu durchschreiten.

»Der 29. März … Der 29. März … ein Freitag …«

Wieder hin und her. Der Kerl hatte Hummeln im Hintern.

»Ich muss zugeben, dass ich mich nicht recht erinnere. Ich führe täglich Dutzende, wenn nicht Hunderte Telefongespräche.«

Er setzte sein Hin und Her fort, um dann wieder plötzlich zu stoppen. »Erinnern Sie sich vielleicht an die Uhrzeit?«

Zuckersüßer Tonfall. Batère versuchte zu erraten, was Sebag wirklich über diesen Anruf wusste.

»Zwischen siebzehn und achtzehn Uhr …«

Die Informationen, die sie von Aguilars Provider erhalten hatten, waren natürlich präziser. Das Gespräch hatte zwölf Minuten und dreiunddreißig Sekunden gedauert.

»Zwischen siebzehn und achtzehn Uhr …«, wiederholte Batère.

Seine borstigen Augenbrauen waren wie zu einer Tilde verzogen, diesem diakritischen Zeichen, das voll Arroganz über dem spanischen »n« thront. Batère beobachtete die beiden Polizisten und schob dann sein spitzes Kinn vor.

»Jawohl, jetzt fällt es mir ein. Ich glaube, dass es tatsächlich um die *Sanch* ging …«

Er brach ab. Musterte erneut seine beiden Gesprächspartner. Sebag bemühte sich, mit keiner Wimper zu zucken, doch Jacques ließ Anzeichen von Ungeduld erkennen.

»Aber nicht nur …«, fügte der Projektentwickler hinzu.

Er wartete einige weitere Sekunden. »Vermutlich haben Sie bei Christian seinen ›kleinen Schatz‹ entdeckt, wie er ihn nannte.«

»Wovon genau sprechen Sie?«

Molina, dem das Gespräch für seinen Geschmack zu langsam vorankam, beschäftigte sich mit der Betrachtung eines Modells, das auf dem großen Schreibtisch stand. Batère ging noch einmal hin und her, bevor er sich entschied. »Christian bewahrte bei sich unveröffentlichte Chansons von Charles Trenet auf …«

Wenn er schwieg, wirkte Batères Mund mit den schmalen Lippen klein, doch sobald er redete, öffnete er sich weit und enthüllte dabei die spitzen Zähne eines Raubtiers.

»Oh, sie sind nichts Besonderes, Texte und Aufnahmen ohne echten künstlerischen Wert, aber ich bilde mir doch ein, dass sie einen gewissen … historischen Wert besitzen.«

Er bemerkte die Neugier, mit der Molina sein Modell betrachtete, und lächelte kurz. Sebag befürchtete, dass er sich einen Ausweg suchen könnte.

»Und?«

Batères Blick kehrte zu ihm zurück. »Und was?«

Sebag spürte, dass sein Gesprächspartner sein Wissen teuer verkaufen und von sich aus nur das ansprechen würde, was die Polizisten bereits wussten.

»Bei dem Telefonat ging es also um diese Texte und Aufnahmen?«

Die dichten Augenbrauen Batères drückten ihr Erstaunen aus und gingen von der spanischen Tilde zum französischen Accent circonflexe über.

»Gerade das habe ich Ihnen eben gesagt oder?«

»Eigentlich nicht.«

»Aber gewiss. Wir haben oft darüber diskutiert, also haben wir wohl auch an jenem Tag darüber gesprochen.«

Sebag nickte. Und wartete ab. Batère verlor sich einige Sekunden in der Bewunderung seines Modells.

»Ich habe den Traum, die Zeugnisse – materielle wie immaterielle – von Trenets Leben in Perpignan zusammenzutragen. Viel zu oft bringt man diesen Künstler mit Narbonne in Verbindung, dabei hat er hier länger gelebt, und in Perpignan ist er auch zum Künstler herangereift und hat sich intellektuell entwickelt, übrigens in der Auseinandersetzung mit katalanischen Autoren. Von hier aus hat er seine ersten Artikel geschrieben. Narbonne war seine Lieblingsstadt, das stimmt, aber Perpignan kam direkt danach. Und darüber wissen die Leute noch nicht einmal hier richtig Bescheid.«

»Und deswegen wollten Sie Aguilar diesen ›kleinen Schatz‹ abkaufen.«

»Nein, ich wollte ihn nicht kaufen. Ich wollte nur, dass er ihn mir anvertraut.«

Sebag blätterte rasch in seinem Notizbuch. ›Christian hat mindestens dreimal wiederholt, dass er kein Händler sei‹, hatte er nach seinem Gespräch mit dem Jugendlichen Florian bezüglich des Telefonats notiert.

»Was hätten Sie denn damit gemacht?«

»Das weiß ich noch nicht. Vielleicht hätte ich einen Herausgeber dafür gefunden. Zum Beispiel als Beigabe zu einem Buch … warum nicht … das Trenets Leben in Perpignan nachzeichnet.«

»Ein Buch, das Sie selbst geschrieben hätten?«

»Oh Gott, nein! Für so etwas habe ich weder Talent noch Zeit. Aber ich kenne hier einige Autoren, die es hätten verfassen können, natürlich nur, falls die Finanzierung stünde. Man hätte auch eine Ausstellung machen können.«

»Ein Museum? Nur für diese Ausstellungsstücke!«

»Natürlich nicht, das wäre nur der Anfang gewesen. Ich habe Ihnen ja gesagt, dass es sich um einen Traum handelte und noch nicht um ein Projekt. Narbonne hat es verstanden, sich das Image von Trenet zunutze zu machen, und Perpignan sollte es genauso halten.«

Nun löste Molina den Blick von dem Modell und mischte sich zum ersten Mal in das Gespräch ein: »Vor einigen Jahren haben wir sein Elternhaus in Narbonne besucht. Meine Frau – besser gesagt, meine Ex-Frau – mochte Charles Trenet sehr …«

»Und der Besuch hat Ihnen gefallen?«

»Meiner Ex-Frau ja. Den Kindern nicht ganz so sehr. Diese Generation kennt Trenet nicht mehr.«

»Und Sie, wie haben Sie es gefunden?«

»Das war ganz einfach. Ich hatte einen Plan …«

Molina ließ zu, dass Batère sich ein paar Sekunden fragte, ob er genauso bescheuert war, wie es den Anschein hatte.

»Einen Stadtplan. Das war nur ein Scherz«, beruhigte er ihn dann. »Ich selbst hab die Fahrt nach Narbonne genutzt, um mir ein Rugby-Match anzuschauen. War übrigens nicht sonderlich gut, die Pro D 2 kommt eben nicht an die Top 14 heran.«

»Da bin ich ganz Ihrer Meinung.«

Gilles ließ die Plauderei über Rugby zu, während er einer Idee nachhing. Ein Haus aus Trenets Kindheit in Narbonne … Und warum dann nicht ein Haus seiner Jugend in Perpignan? Hatte Batère nicht vielleicht eher die Sardane kaufen wollen?

»Könnte es eine bessere Kulisse für ein Trenet gewidmetes Museum geben als sein altes Haus in Perpignan?«

»Ah … das, das wäre großartig …«

Kaum hatte er das gesagt, erstarrte Batères Miene. »Oh, ich sehe schon, worauf Sie hinauswollen. Zu Lebzeiten hätte Christian die Sardane niemals verkauft. Weder an mich noch an sonst jemanden. Aber Sie glauben doch wohl nicht, damit das Motiv für seine Ermordung gefunden zu haben?«

Der Projektentwickler marschierte wieder hinter seinem Schreibtisch auf und ab. Nun mit hastigeren Schritten. Er erstarrte, drehte sich auf dem Absatz um und maß die Polizisten mit Blicken. »Also nein, wirklich, Sie sehen mich als Verbrecher? Das ist an den Haaren herbeigezogen!«

Sein Zorn wirkte echt. Zorn? Eher Empörung. Eine Empfindung, die sich weit schwieriger vorspielen ließ, ohne sie grotesk zu übertreiben.

»In der Prozession lief ich gut fünfzig Meter von Christian entfernt. So, wie ich kein Talent fürs Schreiben habe, habe ich auch kein Talent dafür, einen Freund auf Entfernung zu töten.«

»Bei Büchern gibt es Ghostwriter, die an jemandes Stelle schreiben ...«

Batère brauchte einige Sekunden, um Sebags Gedankengang zu folgen.

»Oh ... oh ...«

Der Projektentwickler hüpfte von einem Bein aufs andere wie ein asthmatischer Hampelmann. Er erinnerte fast an einen Clown, aber wirkte dabei vollkommen natürlich ...

»Sie glauben, ich hätte Christian beseitigen lassen, um seine Texte und sein Haus in die Finger zu bekommen. Das ist wirklich aufs Extremste an den Haaren herbeigezogen!«

»Wir haben einen Zeugen für dieses Gespräch. Vor dem Auflegen hätte Aguilar zu Ihnen gesagt: ›Lieber verreck ich!‹ Und heute ist er ... tot.«

»Seien Sie doch nicht albern, so was sagt man schon mal. Und außerdem ging es nur um diese verdammten Aufnahmen, nicht um das Haus. Ich habe Christian niemals vorgeschlagen, mir die Sardane zu verkaufen. Ich wusste ja schon, was er geantwortet hätte ...«

»Was hätte er denn gesagt?«, mischte Molina sich ein. »Hätte er nicht genau das gesagt: ›Lieber verreck ich!‹?«

»Ich hätte Ihnen niemals von dieser Idee zu Trenet erzählen dürfen. Noch einmal, es handelte sich nur um ein ganz vages Projekt. Zeugnisse zusammenzutragen, die davon erzählen, wie der Chansonnier in Perpignan gelebt hat, war eine Option, eine andere bestand einfach aus dem Weiterverkauf dieser Texte und Aufnahmen. Ich dachte, sie könnten heute einen Marktwert besitzen, von dem Christian sich keine Vorstellung macht.«

»Sie haben ihm also doch vorgeschlagen, sie Ihnen zu verkaufen, und nicht nur, sie Ihnen anzuvertrauen?«

Batère biss sich deutlich sichtbar auf die Unterlippe.

»Sie haben mich in die Falle gelockt, bravo.«

Sebag hatte eher das Gefühl, dass der Projektentwickler sich selbst ein Bein gestellt hatte.

»Wie viel haben Sie ihm angeboten?«

»Zunächst fünftausend Euro, aber am Ende habe ich auf zehntausend erhöht.«

Batère hatte diese Zahlen ohne jedes Zögern genannt. Normalerweise redete man in Frankreich beim Geld länger um den heißen Brei herum. Es sei denn vielleicht, es handelte sich um einen zynischen und ungeschickten Projektentwickler.

»Zehntausend.« Molina pfiff durch die Zähne. »Zum Teufel, sie bedeuteten ihm viel und Ihnen ebenfalls.«

»Zehntausend«, wiederholte seinerseits Sebag. »Für Aguilar, der Geldsorgen hatte, war das ein hübsches Sümmchen.«

»Christian hatte Geldsorgen?«

»Das überrascht Sie?«

»Ja und nein. Wir standen uns nicht nahe. Aber ich dachte, er hätte einen schönen Batzen Geld von seinen Eltern geerbt.«

Seine schmalen Lippen zogen sich in die Breite und entblößten seine Eckzähne. »Hätte ich gewusst, dass er schlecht bei Kasse ist, hätte ich weitergeboten …«

»Wie mein Kollege schon sagte, er hing offensichtlich an den Aufnahmen, sonst hätte er nicht entschieden, sie zu behalten. Wissen Sie, wie sie in seinen Besitz gelangt sind?«

»Christian mochte mich nicht besonders. Ich denke ›Lieber

verreck ich‹ bedeutete vor allem das: lieber verrecken, als sie mir zu verkaufen.«

Sebag empfand es als Ungeschicklichkeit des Projektentwicklers, diese Animosität anzusprechen. Aber vielleicht war ihm gerade nichts Besseres eingefallen, um ihn von seiner Frage abzulenken.

»Wissen Sie, wie er an diese Objekte gekommen ist und seit wann er sie besaß?«

»Keine Ahnung!«

Eine rasche Antwort. Und ein bisschen sehr kategorisch. Batère begann wieder, auf und ab zu gehen.

»Wie schon gesagt, wir standen uns nicht sehr nahe. Wir haben uns in der Oberschule kennengelernt, dort waren wir von der ersten bis zu Abschlussklasse zusammen, aber als Erwachsene haben wir uns aus den Augen verloren. Unsere Berufe und die Welten, in denen wir uns bewegten, waren so verschieden, dass wir uns kaum je begegnet sind. Abgesehen von den Prozessionen der *Sanch*.«

Wieder eine kategorische Antwort, gefolgt von einer detaillierten Erläuterung. Als Entschuldigung oder um die Polizisten abzulenken? Seit dem Beginn des Gesprächs spielte Batère nicht mit offenen Karten und mischte, nicht immer geschickt, Wahres und Erlogenes. Gilles musste nachdenken. Er gab Molina ein Zeichen, das dieser sofort verstand. Jacques näherte sich dem Modell.

»Der Stil gefällt mir. Und derzeit denke ich darüber nach, eine Wohnung zu kaufen. Befindet sich dieses Projekt im Bau?«

»Im Saint-Jacques-Viertel, ja.«

»Ah … Dann suche ich mir lieber etwas anderes. Das Ding wird nicht leicht an den Mann zu bringen sein.«

»Es ist bereits verkauft. Natürlich an einen Sozialwohnungsvermieter.«

»Natürlich.«

Während Molina auf diese Weise für Ablenkung sorgte, nahm Gilles sich wieder die Notizen vor, die er während des Gesprächs gemacht hatte. Was er über die mögliche Verwendung der Aufnahmen und der Texte festgehalten hatte, erschien ihm weit hergeholt: Batère war nicht der Typ, der sich für ein solches Projekt im Gedenken an Trenet engagieren würde. Was also dann? Kaufen, um weiterzuverkaufen? Eine einfache Spekulation. Denkbar war das. Oder doch ein echter Versuch, das Haus zu kaufen? Vielleicht wollte er auch damit spekulieren? Zum Beispiel, um es an die Stadt weiterzuverkaufen, sollte ein solches Projekt der Nutzung des historischen Erbes tatsächlich irgendwo bestehen.

Batère hatte sich in seine Lügen oder Halbwahrheiten verstrickt, sie jedoch erfolgreich damit durcheinandergebracht. Trotz allem sah Gilles kein Motiv für einen Mord. Und die Empörung des Projektentwicklers schien echt zu sein. Merkwürdigerweise hatte er trotzdem nicht den Eindruck, seine Zeit zu verschwenden. Aguilars Leben war überlagert von Ungesagtem und trügerischem Schein, die den Weg zur Wahrheit verdeckten. Diese Schicht mussten sie aufreißen, um zum Kern des Ganzen vorzustoßen.

»Diese alten Immobilien sind ein echter Schandfleck«, erläuterte der Projektentwickler Molina. »Sie haben kein Fundament, und drinnen ist alles verrottet. Die Renovierung würde ein Vermögen kosten, und die Bewohner haben keinen Cent übrig.«

Batère lief inzwischen hinter seinem Schreibtisch ungestüm im Kreis. Man hätte meinen können, aus dieser permanenten Bewegung schöpfte er seine Energie. Sebag dachte an eines dieser Handyspiele, das Séverine und Léo ihm beibringen wollten: Ein kleines bärtiges Männchen sammelte auf seinem Weg ständig Lebenspunkte. Je schneller es rannte, desto mehr Energie gewann es.

»Wenn man sich damit begnügt, die vorhandenen Gebäude zu sanieren, ohne die soziale Zusammensetzung des Viertels zu verändern, wird man Millionen von Euro aus dem Fenster schmeißen. Und in zehn Jahren befindet man sich dann wieder in derselben Lage. Es geht vielmehr darum, Verkehrsachsen zu öffnen, Raum zu schaffen, die Gebäudehöhen zu verringern und Balkons, Terrassen oder Innenhöfe vorzusehen.«

»Super-Mario-Batère« blieb stehen.

»Das Schlüsselwort lautet *Auflockerung*!«

Er schob die Daumen voll Stolz in die Knopflöcher des Revers seiner Weste und zog daran wie an Hosenträgern. »Auflockerung, jawohl, das ist das Gebot der Stunde.«

»Gilt das nur für die Gebäude oder auch für die Gitans?«, fragte Molina hinterlistig.

»Wenn Sie ein Journalist wären, würde ich eine solche Absicht kategorisch abstreiten.«

»Aber ich bin kein Journalist.«

»Eben …«

Die beiden lächelten einmütig wie alte Kameraden. Gilles erschien das der richtige Augenblick, um wieder zur Sache zu kommen.

»Was den ›kleinen Schatz‹ Aguilars angeht, hat man uns berichtet, er habe ihn nach dem Kauf des Hauses durch seine Eltern gefunden«, improvisierte er.

»Möglich … Wie schon gesagt, ich weiß nichts darüber.«

»Wie haben Sie von der Existenz dieser Objekte erfahren?«

»Das weiß ich eigentlich gar nicht mehr so genau … Christian wird mir wohl eines Tages davon erzählt haben.«

»Wann, eines Tages?«

»Wie schon gesagt, ich erinnere mich nicht mehr. Damals hat es mich nicht besonders interessiert.«

»Damals … das klingt so, als wäre es schon lange her.«

»Oh ja, so viel ist sicher, es liegt lange zurück.«

»Er hat die Sachen wie seinen Augapfel gehütet, und trotzdem hat er Ihnen davon erzählt, obwohl Sie kein enges Verhältnis hatten …«

»Ich glaube, dass er vielen Leuten davon erzählt hat.«

»Diesen Eindruck hatten wir nicht …«

Yves Batère zuckte mit den Schultern und richtete sich dabei auf seinen hohen Absätzen auf. Er war schlank und hielt sich gerade. Sein dichtes, gefärbtes Haar zeigte an den Wurzeln ein distinguiertes Weiß. Sebag zögerte, wie er weitermachen sollte. Er hätte ihn gern noch zur Verwicklung Aguilars in den Raubüberfall auf den Juwelierladen Borells befragt, doch diesen Aspekt des Falls wollte er nicht publik machen. Stattdessen wandte er sich dem Privatleben des Klavierlehrers zu. Batère wiederholte immer wieder, dass er nicht viel wisse. Dennoch berichtete er etwas Neues über eine der Freundinnen von Aguilar. Die hochgewachsene, brünette Veronique.

»Ich bin ihnen mindestens zweimal zusammen begegnet. In einem Restaurant und im Theater. Ich war bereits mit Mathilde zusammen, meiner zweiten Ehefrau, aber trotzdem ist es bestimmt zwanzig Jahre her. Ich kannte Véronique ein wenig. Véronique Horts. Sie war Chefsekretärin in einer Baufirma, mit der ich schon seit Jahren zusammenarbeite. Getroffen habe ich sie aber schon lange nicht mehr, entweder sie hat die Position gewechselt oder gleich das Unternehmen.«

Als Sebag Aguilars hypothetische Vorliebe für seine Schüler ansprach, nötigte Batère sich ein Lachen ab. »Welcher Mann, der sich mit Kindern beschäftigt, ist heutzutage denn nicht schon einmal verdächtigt worden? Wurden gegen Christian jemals polizeiliche Ermittlungen angestrengt?«

»Nein«, räumte Gilles ein.

»Gibt es Vorwürfe? Hat sich jemand beschwert?«

»Nicht wirklich.«

»Dann ist das Kapitel für mich erledigt.«

Er richtete sich erneut auf und schob das Kinn nach vorn. Dann fügte er hinzu: »Ich habe ihm früher meinen Sohn zum Klavierunterricht anvertraut. Glauben Sie etwa, wenn ich den geringsten Zweifel gehegt hätte …«

• • •

Der Leichenwagen rollte im Schritttempo zwischen der düsteren Grabhecke und einer Ehrengarde junger Zypressen hindurch. Gut hundert Personen bildeten einen Leichenzug, in dem sich hoch aufragend und mahnend die schwarzen *caparutxes* der *Sanch* abzeichneten. Das Fahrzeug hielt vor einem kleinen Betonbau, einem dieser Gräber mit Bogennische, wie sie auf den Friedhöfen der katalanischen Region häufig zu sehen sind. Molina nannte diese Gräber *casots* und spielte damit auf die Weinberghütten an, deren rote Ziegeldächer oft zwischen Rebstöcken hervorragen und in denen früher Werkzeug aufbewahrt wurde. Oder die Leute hatten dort während der Weinlese übernachtet.

Der Angestellte des Bestatters öffnete das Türgitter, das überraschenderweise nicht knarrte. Im Grab wartete eine offene Nische, in zwei weitere waren Namen in die Marmorfront graviert. Jean-Pierre, 1924–1999, Francine, 1925–2012. Drinnen warteten Aguilars Eltern geduldig auf die Ankunft ihres einzigen Sohns. Das Familiengrab empfing nun seinen letzten Gast. Ein kleines Schild lag bereits bereit, es würde am Ende der Zeremonie draußen angebracht: Dauerhaft geschlossen.

Eine Melodie stieg über den Gräbern auf. Ein Klavier und eine Stimme. Charles Trenet. »Que reste-t-il de nos amours?«

Vier Männer hoben den Sarg aus dem Fahrzeug und setzten

ihn auf zwei Böcken vor der klaffenden Öffnung des Grabs ab. Ein Schwarz-Weiß-Foto des Klavierlehrers wurde auf den Sarg gestellt, und die Freunde zogen daran vorbei, um ihm die letzte Ehre zu erweisen.

Ein Wort, eine Blume, ein Kreuzzeichen oder manchmal eine Träne.

An der Spitze gingen Philippe Borell und seine Frau, gefolgt von den Vorstandsmitgliedern der *Sanch*, darunter auch der Vorsitzende François Marty und Yves Batère. Die *caparutxa* trug er unter dem Arm, und sein Gesicht wirkte düster und beherrscht. Unmittelbar hinter ihnen näherte sich ein junger Mann mit einem gepflegten Dreitagebart. Sebag erinnerte sich daran, ihn am Tatort befragt zu haben. Es handelte sich um den einen Träger, der den *misteri* gleich zu Beginn der Panik losgelassen hatte und geflohen war. Sebags Blick glitt zu den Füßen des jungen Mannes. Er trug noch immer seine maßlos teuren Turnschuhe. Sie waren schwarz und damit passend für alle Gelegenheiten.

In der Menge entdeckte Gilles die schmale Silhouette von Guy Artès. Der Arzt hielt sich zurück und wartete darauf, dass seine Mitbrüder sich entfernten, damit er den Verstorbenen seinerseits ein letztes Mal grüßen konnte. Aguilars Nachbarin war ebenfalls da und schob ihren Mann in einem Rollstuhl. Unmittelbar hinter ihr stützte sich der Jugendliche Florian, vom Gram gebeugt, auf den Arm einer Freundin oder großen Schwester.

Nachdem das Klagelied erklungen war, feierte die zurückhaltende Stimme Trenets die Seele der verstorbenen Dichter. Sebag stellte sich vor, zwischen den Gräbern ertönte eines der in Aguilars Safe wiedergefundenen Chansons: »Der Fingerring«. Zum Glück war Jacques nicht da – er würde mit einem Gelächter herausplatzen, das in diesem Moment so unpassend wäre wie ein lauter Rülpser beim Festessen eines Bischofs.

Gilles musterte die Versammelten. Wie viele Menschen in dieser besseren Gesellschaft von Perpignan hatten die unveröffentlichten Chansons gekannt? Mit wem außer Batère hatte Aguilar noch darüber gesprochen? Mit Borell? Mit seinen längst verstorbenen Eltern? Mit seinen alten Freunden? Mit einigen seiner Schüler?

»Dort hinten steht Véronique.«

In Gedanken vertieft, hatte Sebag den Juwelier nicht kommen hören. Borell deutete unauffällig auf eine elegante Dame, die mit dem Rücken an einem rostigen Eisengitter lehnte.

»Und das dort drüben scheint mir Chantal zu sein.«

Diesmal zeigte er auf eine zierliche Frau, die halb durch Florian verdeckt war.

»Chantal oder Pascale? Gestern waren Sie sich nicht sicher …«

»Chantal. Eben, als ich sie sah, ist es mir wieder eingefallen.«

Gilles trat zu ihr und reichte ihr seine Karte. Die Gesangslehrerin wirkte wenig angetan.

»Falls Sie es eilig haben, können wir uns morgen treffen«, schlug er vor. »Dann allerdings im Commissariat.«

Wenn er den Leuten diese Alternative anbot, löste sich ihr Zögern plötzlich in Luft auf.

»Ich habe mir schon den heutigen Nachmittag freigenommen. Aber lieber erst im Anschluss an die Zeremonie.«

Die andere Freundin von Aguilar wendete Gilles' Karte mehrmals hin und her und schlug ihm dann vor: »Wir können gleich miteinander reden, wenn Sie wollen. Ich hab genug.«

Véronique führte ihn in eine abgelegenere Ecke des Friedhofs. Ein neues Klagelied begleitete sie über die Wege. Sebag konnte sich nicht erinnern, es jemals gehört zu haben. Die Melodie war traurig und der Text dem Anlass angemessen:

Je n'ai pas su sourire
À tel ou tel attrait.
J'étais seul sur les routes
Sans dire ni oui ni non.
Mon âme s'est dissoute.
Poussière était mon nom.

Als ihr der Abstand ausreichend erschien, blieb Véronique vor einem erhöhten Grab stehen. Es war von einem Gitter umschlossen, und der Zugang erfolgte über eine kleine Metallstufe.

»Meine Geschichte mit Christian ist schon so lange her, dass ich Ihnen kaum von großem Nutzen sein werde.«

»Schauen wir einfach …«

»Was wollen Sie wissen?«

»Alles.«

Ihr Blick verlor sich im Nebel ihrer Erinnerungen. »Ich habe Christian 1992 kennengelernt. Gemeinsame Bekannte haben uns einander auf einer Abendgesellschaft vorgestellt. Im Haus, in dem wir eingeladen waren, stand ein Klavier, und er hat darauf gespielt. Er war wirklich ein ausgezeichneter Pianist.«

Sie zupfte eine nicht vorhandene Fluse von ihrem langen, schwarzen Kleid.

»Er hat mir auf Anhieb gefallen. Er hatte Stil und einen sehr zärtlichen Blick. Wir haben uns wiedergesehen.«

Sie erzählte von den ersten Rendezvous. Das Kino im Castillet, eine Orangeade in den nahe gelegenen Cafés oder Spaziergänge am Strand. Die ersten Küsse.

»Ich hatte eine schwierige Trennung hinter mir, und er hat mir Zeit gelassen, mich an ihn zu gewöhnen.«

Christian hatte sie dennoch schnell seinen Eltern vorgestellt. Seine Mutter hatte sie mit offenen Armen aufgenommen.

»Ich habe mich übrigens ein bisschen zu sehr an all das gewöhnt. Letztlich bleibt man sich immer gleich.«

Sie hielt inne und heftete den Blick auf Sebag: »Ich verstehe wirklich nicht, was Sie an dieser albernen Geschichte interessieren könnte.«

Er schenkte ihr sein mitfühlendstes Lächeln. »Wieso albern?«

Sie verflocht die Hände auf der Brust. »Christian war ein wunderbarer Verehrer. Er schenkte mir Blumen, kam überraschend bei mir vorbei, um mich zu einem Konzert einzuladen, organisierte spontane Wochenendausflüge. Wir versäumten keine einzige Ausstellung, ließen kein Museum aus. Er war äußerst kultiviert. Mir war noch nie ein so aufmerksamer Mann begegnet. Aber das reicht am Ende nicht, oder? Mir jedenfalls reichte es nicht …«

Sie stieß einen tiefen Seufzer aus.

»Er schlief oft bei seinen Eltern, und seine Mutter hat sich letztlich als sehr zudringlich erwiesen. Ich wollte mit Christian zusammenziehen, ich dachte, so könnte er das Band zu ihr durchschneiden und … alles würde viel besser.«

Auf ihrer Brust waren die Fingerknöchel ihrer verflochtenen Hände weiß geworden. Er spürte, dass sie einen kleinen Schubs brauchte. »Christian war ein großartiger Verehrer, aber kein sehr eifriger Liebhaber, nicht wahr?«

Sie hob den Kopf und musterte ihn. »Ihre Formulierung gefällt mir.«

Ihre Hände lösten sich.

»Sein … sein Verlangen hat sehr schnell nachgelassen und ist bald vollständig verschwunden. Anfangs dachte ich, es läge an mir – ich habe eine Weile gebraucht, um zu begreifen, dass Christian eigentlich nicht auf Frauen stand. Unsere Freundschaft hätte sich auf eine reine Kameradschaft beschränken sollen, aber er wollte, dass wir ein Paar spielten. An erster Stelle wegen seiner Mutter und dann auch wegen aller anderen.«

»Stand er denn auf Männer?«

Sie musterte ihn, und er erriet, dass er vielleicht die einzige Person vor sich hatte, die die Wahrheit über das Leben Christian Aguilars kannte.

»Hatte er andere Gelüste?«, hakte er nach. »Ein anderes … Begehren? Andere Neigungen …«

Dieser Blick war keine Herausforderung, sondern ein Flehen: Hören Sie mir zu, Sie müssen ihn begreifen …

18

Ein schwarz gekleidetes Paar ging über einen Nachbarweg davon. Mann und Frau marschierten eiligen Schrittes. Sie hatten ihre Pflicht getan, und nun erwarteten sie andere Aufgaben.

»Christian hatte auch Beziehungen mit Männern«, griff Véronique Horts den Faden wieder auf. »Ich glaube, dass ihm das mehr entsprach, aber ganz richtig war es auch nicht für ihn.«

Ein Melodiefetzen wehte über die Gräber heran. Noch immer Trenet.

»Wie soll ich Ihnen das sagen, ohne dass Sie ihn verurteilen? Oder mich …«

Erneut verflochten sich ihre Finger.

»Es gibt kein Wort dafür, was Christian war. Das üblicherweise verwendete Wort bezieht sich auf Verbrecher, die wie Raubtiere wildern. Mit diesen Übeltätern hat Christian nichts gemeinsam. Und doch …«

Ihre Augen blieben auf Sebag geheftet. Eine Träne entkam ihnen und rollte über ihre blasse Wange.

»Christian fühlte sich von jungen Männern angezogen. Das stimmt. Von sehr jungen Männern. Aber … wie soll ich Ihnen das erklären? Diese Anziehung war vor allem ästhetischer Natur.«

Sebag zuckte mit keiner Wimper.

»Er spielte gern den Mentor für männliche Jugendliche. Zweifellos dachte er mit Wehmut an seine eigene Jugend. Er hat mir nie etwas in diesem Sinne anvertraut, aber ich glaube, dass er selbst eine ähnliche Erfahrung mit einem Lehrer gemacht haben muss. Er genoss die Gesellschaft von Jugendlichen, liebte ihre Gesichter, ihr Verhalten, diese Zeit, in der der Schmetterling aus dem Kokon schlüpft.«

Sebag bemühte sich immer noch darum, ungerührt zu schauen, doch er spürte, dass sein Körper sich wider Willen verspannte.

»Die Anziehung war vor allem ästhetischer Natur, dabei bleibe ich, aber es stimmt, dass sie sich nicht darauf beschränkte.«

Sie war in Versuchung, den Blick zu senken, gab diesem Impuls aber nicht nach und hielt ihn weiter auf Sebag geheftet.

»Christian war sanft und zärtlich, er wollte niemandem etwas antun. Er hatte vor allem Lust, diese Kinder zu berühren, ihnen übers Haar zu streichen, sie zum Schmusen in den Arm zu nehmen … Aber er hat sie niemals missbraucht, er hat nie jemanden zu etwas gezwungen. Das hat er mir tausendmal geschworen. Beim Leben seiner Mutter. Ich habe ihm geglaubt, und ich glaube ihm immer noch.«

Kind, Jugendlicher, junger Mann … Sie verwendete diese Wörter, als wären sie synonym.

»Zeit seines Lebens hat er gegen diese Anziehung gekämpft. Wieso, meinen Sie wohl, hat er an dieser archaischen Prozession der *Sanch* teilgenommen? Wieso hat er sich die Fußsohlen versengt, um stärker zu büßen? Er hat niemals ein Kind angerührt, und das nicht nur aus Angst vor dem Rechtssystem. Er wollte ihnen nicht schaden.«

Sie hatte Mühe zu atmen, und bei ihrem leise hervorgebrachten Plädoyer bekam sie kaum Luft. Sebag hielt es für den richtigen Moment, sie noch ein wenig mehr aus dem Gleichgewicht zu bringen.

»Sie haben von einer vor allem ›ästhetischen‹ Anziehung gesprochen, aber sie war auch körperlich, nicht wahr?«

»Ja, aber niemals bei Kindern!«

»Wie können Sie sich da so sicher sein?«

»Das alles hat er mir von sich aus erzählt, ich hatte ihn nicht danach gefragt. Er hat von seinem Begehren gesprochen, von seinem unausgesetzten Kampf. Er empfand große Scham. Ein echter Pädophiler verhält sich nicht so. Ein echter Pädophiler versucht, sein Handeln zu rechtfertigen. Er verbirgt sich hinter einer Art kulturellem Relativismus. Er verweist auf historische Epochen wie im alten Griechenland, wo die Liebe mit jungen Schülern banalisiert wurde …«

»Kennen Sie viele ›echte Pädophile‹?«

»Natürlich nicht! Aber Sie können sich denken, dass ich mich in den letzten Jahren informiert habe.«

»In welchem Alter hört man Ihnen zufolge – oder vielmehr Christian zufolge – auf, ein Kind zu sein?«

Véronique fixierte ihn erneut, und Gilles erriet, dass sie sich auch über den rechtlichen Rahmen informiert hatte: In Frankreich beginnt die sexuelle Selbstbestimmung mit fünfzehn Jahren, vor diesem Zeitpunkt ist die Rechtfertigung, es sei einvernehmlicher Sex gewesen, gesetzlich gesehen nicht möglich. Haben Minderjährige das Alter von fünfzehn Jahren erreicht, ist die Beziehung zwischen ihnen und Erwachsenen nicht mehr illegal, vorausgesetzt allerdings, es besteht kein Abhängigkeitsverhältnis.

»Wir haben nie so unverblümt über diese Frage gesprochen. Aber ich glaube nicht, dass er vielen seiner Schüler nahegekommen ist oder gar eine Beziehung mit ihnen hatte. Auch das werde ich so oft wiederholen, wie Sie wollen: Die Essenz der Beziehungen von Christian zu diesen jungen Menschen war nicht sexuell.«

Unwillkürlich dachte Sebag an einen weiteren Sinn des Wortes Essenz: das Elixier.

»Nicht jünger als sechzehn, dafür würde ich die Hand ins Feuer legen«, präzisierte sie schließlich. »Vielleicht nicht einmal jünger als achtzehn.«

»Und Sie kennen Schüler, denen … denen er nahegestanden haben könnte?«

»Nein. Christian hat seine Welten nicht vermischt, und ich wollte es niemals wissen. Jetzt, bei Ihnen, mache ich mich zu seiner Verteidigerin, aber ich habe mich mit … mit alldem niemals sehr wohlgefühlt. Ich war seine Freundin und versuchte, ihn zu verstehen.«

Sebag wusste nicht recht, ob er tatsächlich eine verständnisvolle Freundin vor sich hatte oder eine ehemalige Verliebte, die noch immer von ihren Gefühlen verblendet war.

»Wenn er sich bemüht hat, diese Neigung einzudämmen, wieso hat er dann nicht die Versuchung beseitigt und aufgehört, Klavierunterricht zu geben?«

»Weil die Musik sein Leben war und das Unterrichten ebenso! Christian war ein ausgezeichneter Klavierspieler, aber nicht gut genug, um als Konzertpianist davon zu leben. Und außerdem …«

Sie unterbrach sich. Schätzte ihn mit einem Blick ein.

»Sie werden das nicht verstehen …«

»Versuchen Sie es trotzdem.«

»Ich glaube, dass Christian in seinem Inneren ein Kind geblieben war und sich nur in Gesellschaft von Geschöpfen wohlfühlte, die ihm ähnelten.«

Bilder von großer Grobheit drängten sich vor Sebags Augen. Ekelhafte Zurschaustellungen, in denen Aguilar körperlich zeigte, dass er nichts von einem Kind hatte. Véronique spürte es.

»Sie verurteilen ihn …«

Sebag widersprach nicht. Er wusste selbst nicht recht, was er wirklich davon hielt, aber das war auch kaum von Belang. Schließlich war er Polizist und kein Richter. Und die Ermittlungen, die ihn beschäftigten, hatten nicht zum Ziel, die Jugend von Perpignan vor einem gefährlichen Päderasten zu schützen.

»Das Einzige, was mich interessiert, ist die Frage, was in seinem Leben und in seinem Handeln jemanden dazu veranlasst haben könnte, ihn zu töten«, erklärte er.

Er dachte über den nächsten Satz nach und wog seine Worte ab. »Für mich bleibt er ein Opfer.«

»Danke …«

»Seine sexuellen Neigungen sind nur *ein* mögliches Motiv.«

Ihr gegenüber erwähnte er vertraulich die anderen Hypothesen. Der Raubüberfall, die finanziellen Sorgen und der »kleine Schatz«. Jedes Mal fiel sie aus allen Wolken.

»Wir hatten uns aus den Augen verloren, viel weiß ich daher nicht. Nach unserer Trennung – falls man es überhaupt so nennen kann – sind wir lange Zeit Freunde geblieben. Wir sind weiter zusammen ausgegangen und haben so getan, als wären wir ein Paar. In dieser Zeit standen wir uns am nächsten, und er hat mir all dies anvertraut. Später habe ich jemand anderen kennengelernt, und wir haben uns ein wenig seltener gesehen. Und dann hat er Chantal kennengelernt, und wir haben uns überhaupt nicht mehr gesehen. Als sie ihn verlassen hatte, haben wir die Freundschaft wiederaufgenommen, die alte Nähe aber nie wiedergefunden.«

Gilles holte sein Büchlein hervor und überflog die Notizen, die er am Vormittag bei seinem Gespräch mit Batère gemacht hatte. Bezüglich der Aufnahmen von Trenet passte etwas nicht zusammen.

»Anscheinend befand diese Kassette sich schon lange in seinem Besitz. Eigenartig, dass er Ihnen nie davon erzählt hat.«

»So eigenartig ist das nicht. Er neigte dazu, alles strikt zu trennen. Wie schon gesagt, er hat mir zum Beispiel nie etwas über seine Jugend enthüllt. Er hat mir manches anvertraut und zweifellos anderen Menschen anderes.«

»Anderen Menschen wie Yves Batère zum Beispiel?«

Die Frage erstaunte sie. »Meines Wissens waren die beiden niemals Freunde.«

»Sie waren zusammen auf der Oberschule.«

»Das stimmt. Aber …«

Sie versuchte, ihren Gedanken genauer zu fassen. »Ich kann mir schlecht vorstellen, dass Christian Batère sein Herz ausgeschüttet hat. Ich hatte immer den Eindruck, dass er ihn ein Stück weit verachtet.«

Auf dem Nachbarweg gingen kleine Gruppen stumm an ihnen vorbei. Die Zeremonie war zu Ende. Sebag dankte Véronique für die Aufrichtigkeit ihrer Zeugenaussage und wandte sich wieder dem Grab der Familie Aguilar zu. Aus den Lautsprechern drang nun ein Lied mit lebhafterem Rhythmus. Es klang wie ein Aufbruchssignal.

Qu'elle est jolie la Sardane
Que l'on danse main dans la main
Au pays de verts platanes
Du pays des tramontanes.

Sein Handy vibrierte in der Jackentasche. Per SMS bat Chantal ihn in ein Café ganz in der Nähe. Auf dem Friedhof wehte ein frühlingshafter Wind. Die Luft war noch frisch, die Sonne brannte jedoch schon. Das Leben ging seinen Gang. Nach dieser letzten Ehre für den Verstorbenen konnte man wieder bunte Kleider anziehen, laut reden, sich amüsieren, lachen, lieben und den Frühling genießen. Der Tod war ganz in der Nähe vorbeigegangen, aber diesmal hatte er uns noch nicht beachtet. Man brach ernster, aber auch gelassener auf, als man gekommen war. Und wer weiß, vielleicht auch glücklicher.

Ce soir combien d'amourettes
Vont éclore dans les cœurs de vingt ans
Combien vont perdre la tête
Pour toi Sardane du pays catalan.

François Marty löste sich aus einer kleinen Gruppe, um mit Sebag zu reden. Seine lange schwarze Kutte kaschierte seinen Bauch nicht wirklich. Sebag begrüßte ihn und deutete dann mit dem Kinn auf die spitze Kapuze, die er unter dem Arm trug.

»Kleiden Sie sich bei der Beerdigung eines Büßers immer so?«

»Normalerweise kommen wir eher in Straßenkleidung, aber Christian hat uns letzthin seinen Wunsch mitgeteilt, dass wir bei seiner Beerdigung die *caparutxa* tragen sollten. ›Im Falle eines Falles‹, hatte er hinzugefügt.«

»Hat diese Bitte Sie nicht überrascht?«

»Ich habe mir gedacht, er sei bestimmt krank und mache sich Sorgen. Also habe ich ihm einige Fragen gestellt, aber er ist mir ausgewichen. Daraufhin habe ich mit einem unserer Mitbrüder gesprochen, der ihn ein wenig besser kannte. Den hat er ebenfalls abblitzen lassen.«

»Warum haben Sie mir nicht gleich bei unserem ersten Gespräch davon berichtet?«

»Ich hielt es nicht für wichtig, erst jetzt wird mir die Bedeutung bewusst. Glauben Sie, dass er von der Gefahr wusste, in der er schwebte?«

»Schwer zu sagen. Jedenfalls war er krank. Ein Gehirntumor, anscheinend inoperabel.«

François Marty nickte. »Die Leute vom Bestattungsunternehmen sagten mir, Christian habe vor einigen Wochen die Einzelheiten der Totenfeier geregelt. Sie war übrigens sehr schön. Der Mord hat viele Menschen aufgewühlt, und auch wenn Christian keine echten Freunde hatte, sind selbst die gekommen, die ihn nur von fern kannten. Eine schöne Totenfeier, ja, abgesehen vielleicht von dem allgegenwärtigen Charles Trenet …«

»Sie mögen ihn nicht?«

»Doch, sicher. Aber sein munterer Rhythmus und die lasziven Texte passen nicht wirklich zu einer Beerdigung.«

Die Sonne streichelte ihre Gesichter. Von jenseits der Friedhofsmauern übertönte der Lärm der Stadt die letzten Klänge des Chansons. War nicht das die Aufgabe einer Beerdigung, fragte sich Sebag. Die Teilnehmer nun, nachdem sie um den Toten geklagt hatten, wieder fröhlich ihres Weges ziehen zu lassen?

»Dieses letzte Chanson über die Sardane war eins zu viel«, setzte Marty seine Kritik fort. »Einigen von uns passiert das praktisch automatisch: Beim ersten Schlag des Tambourins zieht sich das Herz zusammen, und die Füße hüpfen ganz von allein. Ich habe einige alte Damen gesehen, die Mühe hatten, sich zurückzuhalten.«

Er lächelte. »Vielleicht war genau das Christians Absicht …«

Marty fuhr sich mit der Hand unter den engen Hemdkragen. Unter der schwarzen Kutte war ihm warm, sein Gesicht und sein massiger Hals hatten sich bereits gerötet. Gilles begriff, dass das alles nur die Einleitung gewesen war. Der Vorsitzende der *Sanch* hatte beschlossen, die Sache augenzwinkernd anzugehen.

»Ich habe erfahren, dass Sie eine Unterredung mit Yves Batère hatten. Das war bestimmt kein Zuckerschlecken. Unser Generalsekretär hat keinen einfachen Charakter …«

»Das spricht sich ja schnell herum.«

»Was Yves' Charakter betrifft, ist die Information schon seit Langem bekannt«, scherzte Marty. »Könnten wir ein paar Schritte gehen? Dieser Friedhof, Saint-Martin, ist der älteste der Stadt. Manche machen ein Aufhebens um ihn, als wäre es Père Lachaise in Paris, aber sie übertreiben. Darf ich Sie ein wenig herumführen?«

Sie spazierten über die Wege, und hier und da machte Marty einen touristischen Halt: vor einer pyramidenförmigen Stele zu Ehren zweier Generäle, die im Rahmen der Koalitionskriege nach der Französischen Revolution in Spanien Heldentaten vollbracht hatten, und vor dem Grab von Pierre Bardou, der auf der ganzen Welt sein Zigarettenpapier JOB verkaufte. Dann vor der Grabstätte eines gewissen Oun Tal, Dichter und Sänger, der das Katalanische in einer Zeit engagiert verteidigt hatte, als die Lehrer ihren Schülern noch verboten, diese Sprache in der Pause zu sprechen.

»Kommen Sie mit Ihren Ermittlungen voran?«, wagte Marty sich zwischen zwei Stopps vor.

»Sie gehen ihren Gang, sagen wir es einmal so.«

»Meine Mitbrüder haben mich beauftragt, Ihnen zu sagen, dass wir Ihnen vollkommen vertrauen.«

»Vielen Dank.«

»Das ist nicht nur so dahergesagt. Ich habe mich ein wenig über Sie informiert. Alle sind einhellig derselben Meinung …«

Sebag wartete darauf, was diesen Komplimenten folgte.

»Dieser Mord mitten im Verlauf der Prozession hat die Menschen erschüttert. Sie wollen wissen, was dahintersteckt. Zu den Medien ist nichts durchgesickert, aber dennoch kocht die Gerüchteküche über. Einige sagen, ein Pädophilenring sei aufgedeckt worden …«

»Nichts in unseren Ermittlungen deutet auf so etwas hin.«

»Das glaube ich Ihnen gern, aber wenn ein Klavierlehrer in der Öffentlichkeit ermordet wird, sorgt das zwangsläufig für Gesprächsstoff. Es sind auch noch andere Gerüchte im Umlauf: Zum Beispiel, Aguilar sei Komplize des Einbruchs im Juweliergeschäft Borell gewesen.«

Sebag bemühte sich, sich nichts anmerken zu lassen, doch innerlich kochte er. Er war doppelt wütend. Zum einen, weil letztere Information anscheinend bereits durchgesickert war; und zum anderen, weil er sich wie ein Grünschnabel von Marty in die Enge hatte treiben lassen. Der Vorsitzende der *Sanch* hatte ihm als Vorspeise ein groteskes Gerücht serviert, damit er es dementierte. Und gleich im Anschluss hatte er eine weit ernsthaftere Information nachgeschoben. Wenn Sebag sich jetzt auf das Stillschweigen bei laufenden Ermittlungen beriefe, wäre das eine Art Bestätigung. Es gab keine andere Lösung, als es mit einem Ausweichmanöver zu versuchen.

»Ach, diese Gerüchte …«

»Sie dementieren auch das?«

Sebag blieb stehen. »Sie sind zum Fürchten, Monsieur Marty.«

Gilles ging wieder los und verharrte einige Meter weiter erneut vor einem Grabstein, auf dem der Name ihm unbestimmt bekannt vorkam.

»Und der dort, wer ist das?«

François Marty gesellte sich zu ihm. »Sie sind ebenfalls zum Fürchten.«

Nach diesem Austausch von Schmeicheleien nahm Sebag an, dass das Gespräch über die Ermittlungen beendet war. Gewiss, er hatte nicht widersprochen, und der Vorsitzende der *Sanch* konnte seine Information damit als bestätigt ansehen, doch in Sebags

Worten gab es nichts, worauf Marty gegenüber seinen Freunden hätte verweisen können.

»Albert Bausil, 1881–1943«, las Sebag laut vor.

»Ein großartiger Dichter und engagierter Journalist«, erläuterte Marty. »Gründer des *Cri catalan* und dann zu Beginn des 20. Jahrhunderts des *Coq catalan*. Heute werden wir offensichtlich von Charles Trenet verfolgt.«

»Pardon?«

»Zu Beginn der 1920er-Jahre hat Charles Trenet seine ersten Artikel in diesen Zeitungen veröffentlicht. Er war frühreif und damals erst vierzehn oder fünfzehn Jahre alt. Albert Bausil hat ihm einige Grundlagen des Journalismus beigebracht und ihn auch fürs Theater, für Dichtkunst und Wortspiele interessiert. Er war in gewisser Weise sein Mentor.«

»Schau, schau«, sagte Sebag halblaut. »Heute ist der Tag der Mentoren …«

»Ich kann Ihnen nicht folgen.«

»Das macht nichts, Hauptsache, ich selbst verstehe, was ich meine. Ein Mentor kommt selten allein.«

19

Seit er mit dem Joggen hatte aufhören müssen, bemühte Sebag sich, in seinen Alltag Fußmärsche einzubauen. Auf dem Weg zur Sardane blieb er an der Ecke Place de Catalogne und Avenue de la Gare stehen. Dort verkaufte ein Obdachloser Aschenbecher aus Aludosen. Gilles erstand einen, um ihn Molina zu schenken.

»Kennen Sie den Mann, der Bücher verteilt?«

»Den Buchhändler? Ich glaube, dass er heute Nachmittag am Bahnhof ist. Nicolas hat Stammkunden unter den Pendlern, die abends zurückkehren.«

Sebag schlug einen Umweg über das Commissariat ein, um das Buch zu holen, das er im Auto hatte liegen lassen. Anschließend traf er den »Buchhändler« im Schneidersitz auf dem Bahnhofsvorplatz an, er hielt ein Buch in der Hand. Einen Manga-Comic.

»Ihre Interessen sind weit gefächert.«

»Meines Wissens ist das kein Verbrechen, Monsieur l'inspecteur«, entgegnete Nicolas, ohne die Nase aus dem Buch zu nehmen.

»Haben Sie mich an meiner Stimme oder an den Schuhen erkannt?«

Der »Buchhändler« klappte seinen Manga zu und hob den Kopf.

»Elegante, aber nicht allzu teure Schuhe. Bequem. Praktisch.

Der linke ist abgenutzter als der rechte und hat einen kleinen Kratzer auf dem Leder.«

Er ließ Sebag nicht die Zeit, ihn für seine Beobachtungsgabe zu loben. »Wenn die Menschen einem nicht mehr in die Augen sehen, lernt man schnell, sie weiter unten zu beobachten.«

»Und ist es schon lange her, seit Sie … seit Sie Ihr Metier praktizieren?«

»Das ständige Fragen, ist das eine Berufskrankheit?«

»Zweifellos … Aber vielleicht übe ich meinen Beruf auch aus, weil ich mich für Menschen interessiere.«

»Meine Güte … Ein Bulle, der sich für den heiligen Vincent de Paul hält. Sie haben Ihre Berufung verfehlt, mein Guter.«

Sebag reichte ihm das mitgebrachte Buch. Der »Buchhändler« legte *Tango* auf die verschränkten Beine und strich sanft mit der Hand über den Umschlag. Die beiden Tanzschuhpaare entlockten ihm ein Lächeln.

»Heute ist ganz entschieden der Tag der Latschen.«

Er drehte das Buch um und las den Klappentext. »Da steht ein Frauenname drunter. Hat sie Ihnen vorgeschlagen, mir dieses Buch zu geben?«

»Meine Güte … ein Obdachloser mit psychologischem Scharfblick. Sie haben Ihre Berufung verfehlt, mein Lieber.«

Der »Buchhändler« schenkte ihm ein Lächeln. Sebag deutete auf den Manga. »Ich bin mir nicht sicher, ob diese Art Buch beim Betteln hilft.«

»Da haben Sie nicht unrecht, Monsieur l'inspecteur, mit einem Manga wirkt man nicht intellektuell genug. Nichts weckt die Großzügigkeit besser als Poesie. Die ist wirklich top. Leider gibt es auf diesem Gebiet aber ziemlich viel langweiliges Zeug. Und außerdem … die Kulisse hier passt nicht gut dazu.«

Mit einer ausholenden Bewegung deutete er auf den Bahnhofsvorplatz.

»Was auch gut läuft, ist Philosophie. Da ist das Problem allerdings ähnlich wie mit der Poesie. Ich habe aber einen Ausweg gefunden: Biografien von Philosophen! Mein Rekord waren vierundsechzig Euro an einem halben Tag mit einem Buch über Diogenes den Kyniker. Hätte ich eine Tonne dabeigehabt, wäre ich locker auf über hundert Euro gekommen.«

Er kannte die philosophische Schule des Kynismus. Der »Buchhändler« war gebildet.

»Romane sind nicht schlecht, aber man kann nicht alles überall lesen. Ein Bestseller zieht die breite Masse an. Ein Musso, ein Bussi oder sogar eine Nothomb sind genau das Richtige in der Nähe einer Bushaltestelle oder in einer Einkaufsstraße. Im Umkreis einer Schule oder Universität sollte man dagegen nicht zögern, sich für einen Klassiker zu entscheiden: Balzac, Proust, Hugo, die großen Autoren … In anderen Vierteln sind weniger bekannte, weniger geläufige Romane vorzuziehen, Romane, mit denen man die von den Medien breitgetretenen Pfade verlässt.«

Er legte die Hand auf das Buch, das Sebag ihm gegeben hatte. »Das hier dürfte zum Beispiel auf der Place de la République gut wirken, an einem Marktvormittag. Obere Mittelschicht im Stadtzentrum. Super!«

Beim Bremsenkreischen eines in den Bahnhof einfahrenden Zugs hob er kurz den Blick zur großen Uhr auf der Bahnhofsfront. Nun sprach er schneller.

»Essays dagegen sind absolut nicht zu empfehlen. Die Themen sind zu strittig. Und mit manchen davon könnte man fordernd wirken, das macht keinen guten Eindruck. Um Mitgefühl zu erwecken, muss der Obdachlose zwei Klippen umschiffen: Weinerlichkeit und Aufsässigkeit. Er muss sein Schicksal akzeptieren. Selbst die Atheisten oder Agnostiker glauben immer noch an eine Art göttliche Gerechtigkeit: Wenn man zu ihren Füßen am Boden sitzt, dann, weil man es verdient hat. Wenn man das infrage stellt, stellt man sie selbst infrage. Das mag keiner!«

»Wie ich sehe, entnehmen Sie Ihrer Lektüre wichtige Lektionen. Philosoph und Zyniker.«

»Der Vorteil meiner Lage ist, dass ich mir herausnehmen kann, wann immer ich will, frei von der Leber weg zu sprechen.«

Die ersten Passagiere verließen nun den Bahnhof. Mit Aktentaschen oder kleinen Koffern in den Händen, oder mit Rucksäcken auf den Schultern. Ein Regionalzug.

»Und ich sage Ihnen das nicht gern, aber beim Betteln gibt es nichts Schlimmeres, als mit einem Polizisten zusammen gesehen zu werden.«

Sebag nahm zwei Euro aus der Hosentasche und legte sie in das Schälchen, das vor Nicolas stand.

»Erst einmal danke.«

»*Merci pour ce moment*. Ein sehr schlechtes Buch. Lesen Sie lieber das, das ich Ihnen gegeben habe.«

»Ich hatte noch keine Zeit dazu.«

»Das sagen immer die, die sich nicht auf das Abenteuer der Lektüre einlassen wollen.«

»Halten Sie das Lesen für ein Abenteuer?«

»Heutzutage? Absolut.«

Der »Buchhändler« wandte sich einer jungen Frau zu, die sich mit einem Buch in der Hand näherte. Sebag verzog sich und bog in die Avenue de la Gare ein.

Elsa Moulin und ihr Helfer beendeten gerade die Spurensicherung im Haus von Aguilar. Sie erwartete ihn, um ihm einen ersten Bericht zu erstatten. Die Sardane … Der Name eines katalanischen Tanzes. Trenet hatte ihn gesungen und sein Wohnhaus in Perpignan danach benannt. Der *Fou chantant* kehrte in dieser Angelegenheit unaufhörlich wieder. Gegen Ende des Gesprächs hatte François Marty Gilles zum Grab von Charles' Vater geführt, Lucien Trenet, früher Notar in Perpignan und der Sohn von Claudius Trenet (1842–1924), berühmter einheimischer Architekt. Das Grab der Trenets lag nur einige Meter von dem Aguilars entfernt. Das war wirklich …

Beim Gehen dachte er über das Gespräch mit Chantal Lurçat nach. Es hatte ihm keine neuen Erkenntnisse gebracht, da die Dame alles vor sich selbst verleugnete. Ihr zufolge war Aguilar der perfekte Liebhaber gewesen, und zwei Jahre lang hatten sie eine glückliche Beziehung geführt. Die wunderbare Idylle hatte nur deshalb geendet, weil Mutter Aguilar, eine Art Kommandeuse vom Dienst, sich ständig einmischte und ihren Senf zu allem gab. Als Sebag bei persönlichen und sogar intimen Fragen nachgehakt hatte, hatte die Gesangslehrerin das Lob eines sexuell unersättlichen Aguilar gesungen. Im Gegensatz zur Entwicklung bei Véronique Horts hatte sich ihre Liebesgeschichte nicht in eine aufrichtige Freundschaft verwandelt.

»Im Rahmen unserer Arbeit im Konservatorium sind wir uns weiter begegnet, aber das blieb auf den Beruf beschränkt. Ich muss gestehen, ich nahm es ihm übel, dass er seine Mutter vorgezogen hatte.«

Sebag klopfte zweimal an, bevor er die kleine blaue Tür aufschob.

Seit seinem ersten Besuch hatte sich in der Sardane nichts verändert. Das Haus, dessen einer Bewohner zu Lebzeiten berühmt gewesen war, während die Ermordung eines weiteren Stadtgespräch war, wartete nun darauf, seinen nächsten Besitzer kennenzulernen.

Stimmen lockten ihn in den Garten. Hinten, nahe dem kleinen Häuschen, bewegten sich zwei helle Gestalten. Einen Moment glaubte Sebag, es handele sich um zwei verirrte Büßer in Weiß, doch diese Leute trugen keine *caparutxes*, sondern Overalls aus Polypropylen, die sie von Kopf bis Fuß umhüllten. Elsa Moulin schob sich die Maske unters Kinn, um ihm zwei Wangenküsse zu geben.

»Wie du vermutet hast, wurde im Haupthaus gewischt und geputzt. An den Stellen, wo normalerweise Fingerabdrücke zurückbleiben, war absolut nichts zu finden: an den Türgriffen, den Schubladengriffen oder den Wasserhähnen zum Beispiel. Wie du ebenfalls bereits angemerkt hattest, wurden anscheinend Sachen entfernt, und einige offene Schubladen …«

Sie unterbrach sich. »Aber bist du dir sicher, dass nicht vielleicht Molina die Sachen angefasst hat?«

»Ich weiß, dass er sich dir gegenüber manchmal ein bisschen schwerfällig gibt, aber täusch dich nicht: Er ist ein Profi.«

»Ich habe einen Fingerabdruck von ihm auf der Taste einer Wasserspülung gefunden.«

Gilles konnte ein Lächeln nicht unterdrücken. »Es stimmt, er hinterlässt dir gern jedes Mal ein kleines Zeichen. Sagen wir einmal, dass er eure Professionalität testen wollte.«

»Das wird man sagen, ja. Ich werde es also in meinem Bericht erwähnen: Falls es ein Test ist, muss ich zeigen, dass wir ihn glänzend bestanden haben.«

Einem Koffer, der am Boden stand, entnahm sie ein Plastiktütchen, in dem ein Schlüsselbund mit zwei Schlüsseln lag. »Das hier haben wir im Garten gefunden, zwischen zwei ineinander gestellten leeren Blumentöpfen versteckt. Der eine ist für die Tür des Haupthauses, der andere öffnet die Tür des Häuschens. Auf beiden wurden alle Fingerabdrücke sorgfältig weggewischt …«

»Vermutlich wurde also dieser Schlüssel benutzt, als die Person kam, die nach dem Mord hier sauber gemacht hat.«

»Allerdings muss diese Person durch den Garten gekommen sein …«

Sie deutete auf die Gittertür, die das Grundstück nach hinten abschloss. Sebag öffnete sie und trat auf die schmale Gasse hinaus, die hinter dem Grundstück verlief. Dieser Ort hätte charmant oder sogar romantisch sein können, wenn zwischen den hohen, von Graffiti überzogenen Mauern nicht zweifelhafte Ausdünstungen waberten. Noch frische Hundehaufen übersäten den Betonweg, und aus einem Gitter im Boden stieg der Gestank von Schmutzwasser auf. Zwischen den Hochwasserereignissen diente die *Agouille* vor allem als Abwasserkanal.

Über dem Türgitter war ein Sichtschutz aus Bambus angebracht, um zudringliche Blicke abzuwehren.

»Entweder hatte der Mann mit dem Wischtuch einen eigenen Schlüssel«, dachte Sebag laut nach, oder … »Versuch mal, die Hand zwischen den Bambus und den Metallrahmen zu schieben.«

Elsa stellte sich auf die Zehenspitzen, und ihre durch Latexhandschuhe geschützten Hände glitten über den rostigen Stahl. Mitten in der Bewegung hielt sie inne und zog langsam etwas heraus. Dann hielt sie einen kleinen Schlüssel vor sich hoch.

»Das Eindringen bei Aguilar erfolgte also in zwei Etappen«, fasste Gilles zusammen. »Erst brauchte man diesen Schlüssel, um sich Zutritt zum Garten zu verschaffen, und dann die anderen, die im Blumentopf lagen.«

»Praktisch für die Person, die sich um die Pflanzen gekümmert hat.«

»Die Pflanzen?«

Elsa entnahm ihrem kleinen Koffer ein zweites Plastiktütchen.

Darin lag ein verwelktes Blatt, dessen Bestandteile noch erkennbar waren.

»Auch im Garten wurde für Ordnung gesorgt. Meiner Meinung nach standen dort ein Dutzend Cannabispflanzen. Hat Aguilar Haschisch geraucht?«

»Meines Wissens nicht.«

»Die Wurzeln wurden vor mehreren Wochen ausgerissen. Man kann annehmen, dass der … Gärtner das zeitgleich mit der Putzaktion im Häuschen gemacht hat, die länger zurückliegt als die im Haupthaus. Auf den Möbeln lag Staub, es gab jedoch keinerlei Fingerabdrücke. Hat das Opfer jemanden beherbergt?«

»Manchmal Schüler. Jedenfalls … haben Zeugen vor sieben Jahren einen hier gesehen.«

Elsa verzog das Gesicht.

»Ja, ich weiß, die Spur ist dürftig«, räumte Sebag ein. »Je länger die Ermittlungen laufen, desto weniger bekomme ich ein Gefühl für die ganze Sache. Als wäre alles ungewöhnlich kompliziert.«

»Was willst du damit sagen?«

»Wenn ich das nur wüsste!«

Ins Commissariat zurückgekehrt, nahm Sebag sich die Verbindungsnachweise von Aguilars Handy vor. Er hatte sich noch nicht die Zeit genommen, sie genauer anzuschauen. Jeder Telefonnummer entsprachen ein Name und eine Beziehung. Die meisten Anrufe stammten von Schülern oder Schülereltern. Private Anrufe gab es kaum. Hin und wieder tauchte der Name Borell auf und dreimal der von Batère. Mit der unbekannten Nummer hatte es sieben Kontakte gegeben, vier Anrufe waren eingegangen und dreimal hatte Aguilar selbst angerufen. Zu wem konnte diese Nummer gehören? Einem jungen Geliebten, einem eventuellen Erpresser oder einem der Kriminellen, denen der Klavierlehrer die

Information über die Lieferung der Edelsteine weitergegeben hatte? Man könnte sich auch vorstellen, dass eine einzige Person in allen drei Beziehungen zu ihm gestanden hatte. Die zudem ein Mörder war …

Hier war ganz entschieden überhaupt nichts sicher. Es war, als watete er bei den Ermittlungen durch Treibsand.

Fidèle, fidèle je suis resté fidèle

Ein Refrain von Trenet ging ihm durch den Kopf. Er suchte das Chanson im Internet, um sich den Text genauer anzuhören.

Fidèle, fidèle je suis resté fidèle
À des lieux et des amis très doux
Un drôle d'Albert et sa soeur en dentelles
Un Castillet tout neuf, un Canigou.

Einem witzigen Albert hieß es in dem Lied. Könnte es sich um Albert Bausil handeln, Trenets Mentor? Über den zuständigen Verlag kontaktierte er den Autor einer Biografie des Sängers, der glücklicherweise sofort abnahm.

»Künstlerisch gesehen ist Trenet in Perpignan geboren, und sein spiritueller Vater ist Albert Bausil«, erläuterte der. »Dieses Chanson ist tatsächlich eine Hommage an ihn. Bausil hat Trenet zum Schreiben und auch zum Malen ermutigt. Auf diesem Feld war Trenet genauso begabt.«

»Das Chanson spricht von ›sehr geliebten Freunden‹.«

Am anderen Gerät hörte er ein Lächeln.

»Damals herrschte eine seltsame Haltung … Einerseits war die Moral extrem ausgeprägt, andererseits gab es eine scheinheilige

Gleichgültigkeit, solange man nur das Notwendige unternahm, um seine Neigungen zu verstecken.«

»Und das heißt?«

»Albert Bausil umgab sich gern mit männlichen Jugendlichen, und seit Trenets vierzehntem Lebensjahr war dieser sein Favorit. In meinem Buch spreche ich von intellektueller, sinnlicher und – zögern wir nicht, es auszusprechen – sexueller Komplizenschaft.«

»Mit vierzehn?«

»Bausil war ein Freund von Trenets Vater, und tatsächlich begann Charles in diesem Alter, den katalanischen Dichter zu besuchen. Ihre intellektuelle Nähe stellte sich quasi sofort ein, aber es lässt sich nicht ergründen, wann genau sie ein anderes Gepräge angenommen hat. Ich weiß nur, dass ich in meinem Buch Briefe von Trenet veröffentlich habe, die geschrieben wurden, als er bereits ein wenig älter war. Expliziter geht es nicht, denn darin vergleicht er das Glied seines Freundes mit dem eines ihm bekannten Abtes. Wie schon gesagt, es war eine eigenartige Zeit … Angesichts des kleinen Hofstaats, der den katalanischen Dichter umgab, stellten die Leute sich zwangsläufig Fragen, doch sie erwarteten keine Antworten. Heuchelei pur …«

Sebag hörte nur noch mit halbem Ohr zu. Es gab eine erstaunliche Ähnlichkeit zwischen dem Verhalten Albert Bausils gegenüber seinen jungen Dichtern – darunter an erster Stelle Charles Trenet – und der Haltung, die Aguilar möglicherweise gegenüber einigen seiner Schüler eingenommen hatte. Einmal vom sexuellen Aspekt ganz abgesehen, wenn man bereit war, den Versicherungen Véronique Horts' zu glauben. Kam die Begeisterung des Klavierlehrers für den *Fou chantant* von dieser Seelenverwandtschaft? Aus dieser Übereinstimmung der Neigungen mit mehr als siebzig Jahren Abstand?

Siebzig Jahre … Eine Ewigkeit.

Oder aber es fehlte ein Glied in der Kette.

»Über Trenets Liebesleben sind ja tausend Gerüchte im Umlauf. Wie war es denn wirklich?«

Der Frage folgte ein langes Schweigen.

»Ein heikles und kompliziertes Thema. In den Dreißigerjahren hat man ihm einige Geliebte nachgesagt, doch die hatte er vielleicht nur zum Vorzeigen. Tatsächlich dürfte die einzige Frau, die er wirklich geliebt hat, seine Mutter gewesen sein.«

»Und Männer? Junge Männer …«

Erneute Stille.

»Trenet liebte die Jugend, so viel ist sicher.«

Der Biograf erwähnte die Affäre, von der Ménard bereits berichtet hatte: die Verurteilung des Sängers in den Sechzigerjahren für das Beherbergen eines Zwanzigjährigen und die anschließende Einstellung des Verfahrens.

»Diese Geschichte hat zahlreiche böse Gerüchte auf den Plan gerufen. In jener Zeit machte man als braver Spießer nicht immer einen Unterschied zwischen Homosexualität und Pädophilie. Trenet umgab sich gern mit jungen Männern. Vielleicht schuf er sich damit die Atmosphäre, die er bei Albert Bausil erlebt hatte. In seinem Haus in Aix-en-Provence lud er häufig zu Festen ein. Das gab Anlass zu Gerede …«

»Und in Perpignan?«

»Ich habe niemals etwas dergleichen gehört, aber warum nicht? Er hat sich dort allerdings seltener aufgehalten als in der Provence.«

Sebag stellte noch einige Fragen und legte dann auf. Vielleicht hatte er hier das fehlende Glied in der Kette gefunden und konnte sich jetzt – warum nicht – zusammenreimen, wo der »kleine Schatz« Aguilars herkam. Den Rest des Nachmittags verbrachte er damit, seine Kollegen anzurufen, um zu hören, was sie herausgefunden hatten. Llach hatte das Quartier Saint-Jacques abgeklappert, es war ihm jedoch nicht gelungen, die Identität der kleinen Gitans zu ermitteln.

»Dabei weiß jeder Bescheid. Der Pfarrer hat mir sogar gestanden, dass er ihnen persönlich die Leviten gelesen hat. Aber er wird ihre Namen genauso wenig preisgeben wie irgendjemand anders. Dieser Weg ist eine Sackgasse!«

Gleich bei den ersten Worten von Julie Sadet empfand Sebag Erschöpfung. Sie hatte mit weiteren Schülereltern telefoniert, aber nichts Konkretes erfahren. Bestenfalls war sie auf vage Eindrücke und Zögern gestoßen.

Das einzige befriedigende Ergebnis, aber auch das war nur relativ: Julie hatte die dritte Freundin von Aguilar identifiziert, von der Borell berichtet hatte. Nathalie Cardonel, Leiterin eines Friseursalons in der Nähe des Postamts von Toulouges, war vor fünf Jahren bei einem Autounfall gestorben.

»So oder so hätte sie uns bestimmt nichts Neues verraten«, beruhigte sich Sebag.

Anschließend landete er auf Ménards Anrufbeantworter und wollte gerade Jacques anrufen, als dieser das Büro betrat.

»Die Spur zum ehemaligen Schmuckräuber aus dem Département Aude ist ziemlich erkaltet. Während des Osterwochenendes hat Michel Quillan Verwandte in der Bretagne besucht. Es lässt sich natürlich nicht ausschließen, dass er den Raubüberfall in Auftrag gegeben hat, doch vorläufig haben unsere Kollegen im Aude bei seinen Bewegungen und in seiner Kommunikation nichts Auffälliges festgestellt. Soweit ihre Mittel es zulassen, halten sie ihn dennoch weiter unter Beobachtung.«

»Heute werden alle Spuren kalt ...«

»Außerdem habe ich einige potenzielle Hehler kontaktiert. Ich habe ihnen gesagt, wir hätten sie im Auge und es sei in ihrem eigenen Interesse, uns Bescheid zu geben, sollte jemand versuchen, ihnen Rohedelsteine zu verkaufen. Die Netze sind ausgeworfen, nun muss man sie treiben lassen.«

»Gibt es etwas Neues von François?«

»Nichts. Er ist bestimmt noch im Videoüberwachungszentrum und zieht sich die fünfte Staffel von *Raubüberfall auf katalanische Art* rein. Du kennst ihn ja, er ist äußerst gewissenhaft.«

Hinter *äußerst* hatte Molina eine bedeutungsschwangere Pause gemacht.

»Übrigens soll ich dich von Elsa grüßen«, fiel es Sebag ein. »Ich soll dir sagen, dass deine Fingerabdrücke immer noch von bester Qualität sind.«

»Ah ja … Ich hatte schon überlegt, ich hätte sie vielleicht besser auf eine Bierflasche drücken sollen, die im Kühlschrank stand.«

»Nein, glaub mir, die Wasserspülung war perfekt.«

20

Die Palmwedel zitterten im leichten Morgenwind. Der Baum reckte noch seine jungen Triebe zum Himmel. Keinerlei Anzeichen einer Krankheit. Dennoch war sein Schicksal besiegelt. In der Siedlung der Sebags waren letzthin ein Dutzend Palmen gefällt worden.

Gilles saß auf der Terrasse und trank einen Kaffee. Seinen dritten. Der Tag war noch nicht angebrochen.

Seit zehn Jahren suchte der Rote Palmrüssler die Palmen des Départements heim. Die Larven des ursprünglich aus Südostasien stammenden Käfers zerfraßen das Herz der Bäume. Sie verschlangen die jungen Triebe und die Blattansätze. Wenn die ersten Palmwedel schlaff herabhingen, war es bereits zu spät, und der Palme blieben nur noch einige wenige Wochen Lebenszeit. Der Baum musste unter Einhaltung eines strengen Protokolls von einem Profi gefällt werden, damit der Käfer nicht in andere Palmen entschlüpfte. Die Rechnung war entsprechend gesalzen, und viele Besitzer zogen es vor, selbst Hand anzulegen. Natürlich schade für die Palmen der Nachbarn …

Sebag schloss die Augen, um seinen Kaffee besser zu genießen. Er hatte sich für einen Arabica aus Peru entschieden. Ausgewogen mit einem leichten Hauch Säure und einer Note von roten Früchten.

Die Nacht war zu kurz gewesen. Nach einem netten Abend im Kreis der Familie hatte er mit dem Einschlafen keinerlei Probleme gehabt, aber gegen vier Uhr morgens war der Fall Aguilar zurückgekehrt und ließ seine Nerven vibrieren.

Trotz seines anfänglichen Widerstrebens sagte er sich jetzt, dass es Zeit wurde, Szenarien zu entwerfen und den Versuch zu unternehmen, die Ermittlungen kohärenter zu gestalten, um das weitere Vorgehen besser planen zu können. Das Problem war, dass er diesen Fall noch so sehr von allen Seiten angehen konnte, er fand trotzdem keine Hypothese, die alle Ermittlungsrichtungen zusammenführte. Vielleicht suchte er eine Verbindung, die nur in seinen Träumen existierte.

Ein weiteres Mal ging er Punkt für Punkt alle Elemente durch.

Den Anfang hatte ein Raubüberfall gemacht, dicht gefolgt von einem Mord. Die – annähernde – Gleichzeitigkeit der Taten und die Tatsache, dass das Opfer die einzige Person gewesen war, die über die Lieferung der Edelsteine Bescheid wusste, ließen kaum einen Zweifel an der Verbindung zwischen den beiden Verbrechen. Anfangs hatte er diese Annahme noch mit Vorsicht betrachtet, doch mit der Zeit war er mit zunehmender Sicherheit davon ausgegangen.

Das änderte jedoch nichts an seiner Überzeugung, dass diese Verbindung nicht an sich schon einen Mord mitten in einer religiösen Prozession erklären konnte. Außerdem riskierte man mit einem Mord lebenslang, also zwanzig Jahre, während ein Raubüberfall einem weniger als zehn Jahre Gefängnis einbrachte. Lohnte es sich da wirklich, die Spur auf diese Weise zu verwischen? Es war ungefähr so, als würde man in einer Bäckerei Feuer legen, um den Diebstahl von drei Croissants zu kaschieren.

Er verweilte kurz bei diesem albernen Vergleich. Übertrieben, aber amüsant. Wie man es auch formulierte, es war jedenfalls offensichtlich, dass die Mörder den Einsatz auf zynische Weise erhöht hätten, wäre das wirklich das Mordmotiv gewesen.

Der Bambus im Garten zitterte in der Morgenbrise. Sebag zog den Kragen seines Bademantels enger zusammen. Hinter der Terrasse wehten tote Blätter sanft über die Plane, mit der der Pool abgedeckt war.

Was könnte Aguilar veranlasst haben, mit der Information herauszurücken?

Jede noch so unvollständige Antwort zog einen Rattenschwanz an neuen Fragen nach sich. So war es immer. Normalerweise kamen sie nur in kleinen Schritten voran. Mit ihrer Arbeit erhellten sie leider niemals alle dunklen Winkel und deckten niemals alle Wahrheiten auf. Es kam nur selten vor, dass am Ende des Falls alle Puzzleteile gefunden waren. Oft fehlte irgendetwas. Ein Stück vom Foto, eine unvollständige Ecke. Das Entscheidende war, dass man das Gesamtbild ausreichend klar zeichnen konnte, damit es nicht zu einem Fehlurteil kam …

In einer Garagengasse wurde eine Autotür zugeschlagen. In der Nummer 5 ihrer Straße begann ein Busfahrer jeden Morgen um sechs seinen Dienst.

Sebag trank einen Schluck Kaffee. Wo war er gewesen, bevor seine Gedanken abschweiften? Ah ja … Warum mochte Aguilar den Tätern Datum und Uhrzeit der Edelsteinlieferung genannt haben, die sein Freund der Juwelier erwartete?

Vielleicht um einen Erpresser zu bezahlen … Diese bereits formulierte Hypothese wirkte am plausibelsten. Doch war sie die einzige? Aguilar hätte auch den Wunsch hegen können, sich an Borell zu rächen, doch aus welchem Grund? Der Juwelier war sein Freund, nichts in den Ermittlungen deutete auf etwas anderes hin. Gab es ein weiteres mögliches Motiv? Nein, er konnte wirklich keines finden.

Er würde also zur Erpressung zurückkehren, die auch die katastrophale Finanzlage des Klavierlehrers erklären konnte. Er schrieb das Wort in Großbuchstaben in sein Notizbuch.

So weit gekommen, fragte man sich zwangsläufig nach dem Grund für die Forderung, und das führte notwendigerweise zu Aguilars Leben und seiner Einstellung zur Sittlichkeit. Das naheliegendste Porträt des Erpressers stellte einen ehemaligen Schüler dar, den Aguilar sexuell belästigt oder sogar vergewaltigt hatte. Diese Annahme widersprach den Beteuerungen von Véronique Horts, aber durfte man die Erklärungen dieser Dame vorbehaltlos glauben? Gewiss nicht! Wenn man von der Idee ausging, dass Aguilar pervers gewesen wäre, könnte man sich ohne Weiteres vorstellen, dass er seiner Freundin etwas vorgemacht hätte. Zweifellos hätte ihm das sogar ein unaussprechliches Vergnügen bereitet.

Aber war Aguilar ein so machiavellistisch denkender Psychopath gewesen?

Sebag deutete das Leben des kleinen Klavierlehrers unter diesem Blickwinkel immer wieder neu, doch es gelang ihm nicht, ihn in diesem Licht zu sehen. Nicht, weil er automatisch an die Reinheit seiner Leidenschaft für »junge Männer« glaubte, sondern eher, weil ihm die Schuhe viel zu groß erschienen.

Im gemeinsamen Schlafzimmer klingelte der Wecker. Gleich würde Claire mit einem leisen Stöhnen aufwachen. Auf die Seite gedreht, würde sie seinen Körper mit dem Bein suchen, dann mit dem Arm. Sobald sie merkte, dass er nicht da war, würde sie sich aufrichten.

Wer könnte Christian Aguilar wohl erpressen? Zweifellos mussten sie unter früheren Schülern in der Vergangenheit suchen. Das war Julies Aufgabe, und sie würde sie perfekt erledigen.

Wäre es dagegen andererseits nützlich, Nachforschungen über Charles Trenets Leben in Perpignan anzustellen? Könnte diese Vergangenheit eine zumindest ferne Verbindung zum Raubüberfall und zum Mord haben? Hatten Trenets unveröffentlichte Chansons, unabhängig von ihrem Wert und der Bedeutung, die manche ihnen beimaßen, etwas mit dem Fall zu tun? Von einem Geheimnis konnte man vielleicht nicht reden, aber Heimlichtuerei gab es in jedem Fall um diese Aufnahmen. Angefangen mit der Frage, wie sie in Aguilars Besitz gelangt waren. Mit seiner Versicherung, von nichts zu wissen und sich die Frage auch niemals gestellt zu haben, hatte Batère bei diesem Thema alles andere als überzeugend gewirkt.

Eigenartig …

Gilles beschloss, dass dieser Punkt noch geklärt werden musste, bevor er dieses Kapitel der Ermittlungen endgültig abschloss.

Hinter ihm glitt die Terrassentür auf. Jemand näherte sich barfuß. Er rutschte auf dem Gartenstuhl zurück und drückte in Erwartung der Liebkosung den Rücken gegen die Lehne. Eine Hand legte sich auf seine Schulter, eine andere auf sein Haar. Claire beugte sich über ihn und drückte ihre Lippen auf seine. Sie waren weich und schlafwarm.

Als Claire sich wieder aufgerichtet hatte, strich sie mit den Fingern über das Buch von Barjavel, das neben der Kaffeetasse lag. »Hoffentlich hast du deine Schlaflosigkeit nicht deiner neuen Leidenschaft für Science-Fiction zu verdanken.«

Gilles hatte am Vorabend mit dem Roman angefangen. Erste fesselnde Seiten, die ihn aber dennoch nicht am Einschlummern gehindert hatten. Als er gegen vier Uhr aufgewacht war, war er mit dem Buch auf die Terrasse gegangen, aber seine beruflichen Sorgen hatten ihn daran gehindert, sich wieder in die Lektüre zu vertiefen.

»Du weißt genau, dass mir nur die Arbeit schlaflose Nächte bereitet!«

Ein Schatten huschte über Claires Augen. Es war nicht immer so gewesen, dass nur die Arbeit Gilles mitten in der Nacht weckte und bewirkte, dass ihm Gedanken durch den überhitzten Kopf kreisten. Aber diese Phase hatten sie zum Glück hinter sich gelassen. Sie war vergessen. Zumindest hoffte sie das von ganzem Herzen.

»Hast du schon gefrühstückt?«

»Nein, nur Kaffee getrunken.«

»Frühstückst du mit mir?«

»Ich schließe meinen Gedankengang noch ab. Dann beende ich die Verbrecherjagd und komme.«

»Ich geb dir fünf Minuten.«

»So viel brauch ich gar nicht.«

Bezüglich des Raubüberfalls auf den Juwelierladen hatte Ménards Zähigkeit sich ausgezahlt. François hatte ihn gestern Abend angerufen, um ihm Bericht zu erstatten. Nachdem er Stunde um Stunde Videos gesichtet hatte, war er auf die Spur des Audis gestoßen, der fünfundvierzig Sekunden vor dem Raubüberfall aufgetaucht war. Und zwar aus einer unauffälligen Seitenstraße ohne Überwachungskameras, wo der Wagen zweifellos darauf gewartet hatte, dass man ihm grünes Licht gab. Es war Ménard jedoch nicht gelungen, die Anfahrt des Audis zu dieser Stelle zu verfolgen.

Auch im Anschluss an den Raubüberfall hatte François einige neue Bilder des Wagens entdeckt. Beim Verlassen von Perpignan war er dreimal von Überwachungskameras erfasst worden. Es war jedoch unmöglich gewesen, ein ausreichend klares Bild von Fahrer und Mitfahrern zu erhalten. Man sah nur zwei Silhouetten vorn im Auto, mehr nicht.

Im Haus vermischte sich inzwischen Stimmengewirr mit dem Klirren von Schalen und Tassen auf dem Tisch. Nun waren auch die Kinder aufgestanden. Er nahm seine leere Tasse und ging nach drinnen. Die fünf Minuten waren verstrichen.

•••

»Ich erinnere mich an einen sehr angenehmen jungen Mann.«

Die alte Dame zog ihren Hund an der Leine, der eifrig am Riesenhaufen eines seiner Artgenossen schnüffelte. Vor seiner Rückkehr ins Commissariat hatte Sebag entschieden, eine kleine Runde um die Sardane zu machen. Als Erstes hatte er die Anwohner der Fußgängergasse hinter Aguilars Haus befragt. Erfolglos. Die Grundstücke hatten ihren Zugang zu anderen Straßen, und aus den Häusern hatte man keine Sicht auf die Gasse. Die meisten Anwohner kannten Aguilar nicht einmal und hatten erst aus der Lokalzeitung von seiner Ermordung erfahren.

Doch die erste Hundebesitzerin, bei der Gilles nachhakte, erinnerte sich, von Zeit zu Zeit einem jungen Mann begegnet zu sein.

»Zwar trug er die Mode der jungen Leute von heute, aber trotzdem war er recht gut gekleidet. Und er war höflich, hat mich immer gegrüßt.«

Mit einem mütterlichen Blick musterte sie das dunkle, krause Wollknäuel, das sich gerade auf das Hinterteil gesetzt hatte. Man könnte es für ein schwarzes Schaf halten, das seit zehn Jahren nicht mehr geschoren worden war.

»Und außerdem hatte er oft ein nettes Wort für Ganache übrig.«

Als er seinen Namen hörte, streckte der Hund die lange, rosige Zunge heraus und legte den Fellbausch schief, der sein Kopf sein musste. Das lange Haar erinnerte beinahe an Dreadlocks. Wer auf die Idee kam, seinen Hund Ganache zu nennen, musste eine große Kuchenliebhaberin sein.

»Der junge Mann hat ihn Bob Marley genannt. Das war witzig, oder?«

»Ganache ist auch gut.«

»Ganache, wieso Ganache? Nein, er heißt Kalasch ... Kalasch wie ... Kalaschnikow.«

Die alte Dame mochte achtzig Jahre auf dem Buckel haben. Sie hielt sich noch gerade, begann aber doch bereits zu schrumpfen. Wie war sie nur auf die idiotische Idee gekommen, ihren Köter so zu nennen? Spaßeshalber stellte Gilles sie sich als ehemalige Fallschirmjägerin eines französischen Kommandos oder als leidenschaftliche Anhängerin einer bewaffneten Bewegung der Ultralinken nach dem Mai 68 vor. Doch das haute nicht hin. Die Erklärung lag anderswo: »Das ist dann wohl nicht Ihr Hund ...«

»Tatsächlich gehört er meinem Enkel. Nach ihrer Scheidung haben seine Eltern das Haus verkauft, und ich habe Kalasch aufgenommen. Und außerdem auch ein bisschen meinen Enkel. Jetzt muss ich ihn nicht mehr darum bitten, seine Großmutter zu besuchen ...«

Sie schob die runzlige Hand ins schwarze Fell des Tiers. »Ganache wäre ein besserer Name, das ist wahr ...«

»Und den Namen des jungen Mannes, kennen Sie den?«

»Ach, wo denken Sie hin ... Wir sind uns höchstens ein Dutzend Mal begegnet. Er hat doch hoffentlich nichts ausgefressen?«

»Meines Wissens nicht. Aber er könnte uns zweifellos bei einer Ermittlung helfen.«

Die alte Dame war bereit, ihn detailliert zu beschreiben. Ein etwa zwanzigjähriger Mann, vielleicht einen Meter siebzig groß, eher sportlich. Er trug einen Bart, der nur einige Tage alt war, aber gepflegt.

»Ein bisschen so, als trüge er die Zeichnung eines Bartes auf den Wangen«, erläuterte sie. »Und dann die Augen … kastanienbraun, aber sehr sanft.«

Anschließend begab Sebag sich in die Straße, aus der der Audi unmittelbar vor dem Raubüberfall gekommen war. Auf der einen Seite säumten zwei Autostellplätze aufgegebene Geschäfte, auf der anderen Seite befand sich ein Parkplatz mit gut zwanzig Stellplätzen. Hinter dem Parkplatz floss die Têt, ein Küstenfluss, der Perpignan durchquerte. Das Sträßchen lag ruhig und unauffällig da. Sebag seufzte. Er musste schon wieder eine Runde drehen und auf Klingelknöpfe drücken.

In einer Wohnung im ersten Stock erinnerte sich eine junge Mutter an etwas, das am Karfreitag vorgefallen war.

»Ein Mann hat sich mit einer Gruppe von jungen Aussteigern gestritten, die oft die einzige Bank des Parkplatzes belegen. Er hat sich auf ein dickes, weißes Auto gestützt, aber mit so was kenn ich mich nicht aus. Ich weiß nicht, ob das Ihr Audi war.«

Sebag zeigte ihr ein Foto auf seinem Handy.

»Möglich …«

»Und der Mann, wie sah er aus?«

»Klein und dunkelhäutig, mehr kann ich nicht sagen. Eher der spanische als der arabische Typ.«

»Und die Aussteiger, kennen Sie die?«

»Ein bisschen … Im Viertel gab es eine Unterschriftenaktion gegen sie, weil sie beim Betteln ziemlich aufdringlich sind. Und dann haben sie auch noch zwei große Hunde, eher vom gefährlichen Typ. Ich selbst hab nicht unterschrieben, weil die Typen mich in Ruhe lassen und weil ich glaube, dass die Stadt nur eines unternehmen wird, nämlich die Bank abmontieren. Das haben sie nämlich in der ganzen Stadt gemacht. Die Bank ist die letzte im Viertel, es wäre schade für die alten Leutchen.«

»Sind sie oft da, diese ›Aussteiger‹?«

»Praktisch jeden Tag. Oft kommen sie am späten Vormittag.«

Sebag schaute auf sein Handy. Halb elf. Er hatte noch Zeit, einen Kaffee zu trinken. Auf der anderen Seite der Têt kannte er ein portugiesisches Bistro, in dem ein ausgezeichneter angolanischer Espresso serviert wurde, lecker und mit ausgeprägtem Charakter, voll vom Geschmack Afrikas. Als er die Joffre-Brücke überquerte, bemerkte er im Flussbett einen Mann, der seine Wäsche wusch. Er blieb stehen und beugte sich über die Brüstung. Der »Buchhändler« trug eine Unterhose und rieb seine Jeans auf einem Stein. Der Obdachlose blickte zu Gilles auf und grüßte ihn, dann machte er mit seiner Waschaktion weiter.

Sebag kippte schnell hintereinander zwei Kaffee herunter und kehrte zum Parkplatz zurück. Er hatte Glück. Die Gruppe von Aussteigern war an ihrem Treffpunkt. Drei Männer, zwei Frauen, zwei Hunde und um sie herum ein Wall aus vollen Bierdosen. Gilles sprach das Thema direkt an.

»Letzten Freitag haben Sie sich hier mit dem Fahrer eines Wagens gestritten …«

»Hat er sich beschwert?«, unterbrach ihn eine der jungen Frauen.

Ein Silberring durchbohrte ihre rechte Augenbraue, ein weiterer hing an ihrer Nasenscheidewand.

»Nein. Nach Ihrer Auseinandersetzung war er mit Freunden verabredet, um einen Juwelierladen zu überfallen.«

Um eine Auskunft zu bekommen, zielte Sebag auf die Feindseligkeit zwischen dem Fahrer des Audis und den Aussteigern, doch die junge Frau machte seine Hoffnung zunichte.

»Wir haben niemanden gesehen.«

Sie musterte ihre Begleiter einen nach dem anderen und fügte dann hinzu: »Wir haben nicht wirklich Zoff mit ihm gehabt. Ein bisschen Ärger, okay, aber nicht lang. Er ist ziemlich schnell abgezogen.«

»War er allein?«

»Ich rede nur im Beisein meines Anwalts«, platzte ein großer Blonder lachend heraus.

Einer der Hunde bellte. Der andere, gedrungen und kurzbeinig, zog die Lefzen so weit zurück, dass seine Reißzähne drohend glänzten. Sebag betrachtete die Tiere.

»Was ist das für eine Rasse?«

Der große Blonde, eindeutig betrunken, wiederholte seinen Scherz über den Anwalt, und statt seiner antwortete ein anderer junger Mann, ein Rothaariger: »Der da ist ein Tosa und der andere ein Amstaff.«

Sebag hatte keine Ahnung von Hunden, aber die Namen der Rassen und das Gesetz kannte er. »Sie müssen Maulkörbe tragen.«

Die junge Frau zog die Nase hoch und spuckte aus: »Genau das ist der Scheißdreck mit euch Bullen. Da sitzt man und unterhält sich ganz freundlich, aber gleich kommt ihr mit Drohungen.«

Der Rothaarige kramte in seinem Rucksack, holte zwei Maulkörbe heraus und streifte sie den Hunden über.

»Sie machen den Bewohnern des Viertels Angst«, entgegnete Sebag. Finden Sie das wirklich ›freundlich‹? Vermutlich haben Sie Ihre Papiere dabei …«

»Scheißen Sie uns jetzt an, weil wir Ihnen nicht die richtige Antwort auf Ihre Frage gegeben haben?«, empörte sich die junge Frau.

»Sie haben mir gesagt, dass Sie niemanden gesehen haben. Das habe ich nicht für eine verkehrte Antwort gehalten, aber wenn Sie es sagen …«

Der große Blonde prustete erneut los. Ein fettes Lachen.

»Scheiße, der Kerl hat dich in der Falle, Émilie …«

»Schnauze!«

»Ruf einen Anwalt!«

»Halt die Klappe! Du bist hier nicht in einer Fernsehserie, du Idiot!«

Sebag wartete das Ende des Wortwechsels ab und schlug dann vor: »Wollen Sie Ihre Aussage ändern?«

»Meine Aussage?«

»Ich ermittele bezüglich eines bewaffneten Raubüberfalls, ein Verbrechen, das vor dem Schwurgericht verhandelt wird. Ich habe Ihnen Fragen über einen der Verdächtigen gestellt, Sie haben mir geantwortet, und ich muss jetzt das alles in einem schriftlichen Bericht festhalten. Deshalb muss ich Ihre Identität feststellen. Würden Sie mir bitte Ihre Papiere zeigen?«

Er holte sein Notizbuch heraus und legte es auf eine Motorhaube. Nach einem gewissen Zögern reichte Émilie ihm ihren Ausweis. Sebag notierte die Daten und bemerkte dabei den Blick, den die junge Frau ihren Begleitern zuwarf. Ohne ein Wort zu sagen, forderte sie sie auf, ihrem Beispiel zu folgen.

Nachdem Sebag sein Notizbuch wieder zugeklappt hatte, behielt er die Ausweise noch in der Hand. Émilie, Gregory, Gabriel und Dylan, junge Menschen zwischen zwanzig und fünfundzwanzig, die ein wenig aus der Bahn geraten waren und ihre Ratlosigkeit hinter einer Schutzwand aus Aggressivität verbargen. Jetzt, da alle einen Vornamen hatten, wirkte die Gruppe menschlicher. Vielleicht müssten diese jungen Menschen sich den Bewohnern des Viertels einfach nur einem nach dem anderen vorstellen. Manchmal war so wenig nötig, um einen Streit beizulegen. Und ebenfalls nur ganz wenig, damit er eskalierte.

Doch Sebag war weder Psychologe noch Sozialarbeiter, sondern Polizist, und ihm war klar, dass die jungen Leute jedes Mitgefühl seinerseits als Schwäche auslegen würden.

»Ich rate Ihnen, in ein anderes Viertel umzuziehen und den Hunden ihre Maulkörbe anzulassen. Wir werden Sie im Auge behalten.«

Er reichte der jungen Frau seine Karte. »Und falls Ihr Gedächtnis zurückkehrt, lassen Sie den Anwalt beiseite, und wählen Sie lieber meine Nummer. Es ist wichtig. Diese Leute sind gefährlich.«

Auf dem Weg zum Commissariat schaute Sebag im Laden von Philippe Borell vorbei. Der Juwelier beriet gerade eine Kundin, die eine Brosche mit Perpignan-Granat für ihre Schwiegermutter suchte. Die Frau war sehr unentschlossen und entschied sich schließlich dafür, noch einmal nachzudenken.

»Was kann ich für Sie tun, Lieutenant?«, fragte Borell nach dem Aufbruch der Kundin. »Ein Schmuckstück für Ihre Frau oder eine Auskunft für Ihre Ermittlungen?«

»Ich habe nur eine kurze Frage.«

»Zum Perpignan-Granat? Ein mythisch aufgeladener Stein, aber ich sage Ihnen lieber gleich, dass heutzutage keiner mehr aus dem katalanischen Boden geholt wird. Die Besonderheit ist nun im Wesentlichen die Größe und unser Wissen über den richtigen Schliff …«

Mit seinem Geplauder kaschierte er seine Beunruhigung nur ungenügend.

»Mir geht es gerade um einen ganz anderen Schatz, und über den würde ich gern mit Ihnen reden. Nämlich genauer gesagt über das, was Christian Aguilar seinen ›kleinen Schatz‹ nannte. Wer wusste Ihrer Meinung nach darüber Bescheid?«

»Ich und ein kleiner Kreis von Freunden. Oder von ehemaligen Freunden.«

»Von Jugendfreunden?«

»So kann man es ausdrücken.«

»Die Kassetten und die Texte befanden sich also schon lange im Besitz von Christian Aguilar. Ich dachte, sie wären in seine Hände gelangt, als seine Eltern das Haus kauften.«

»Wer hat Ihnen das gesagt?«

»Niemand, aber bei Gesprächen wurde es angedeutet. Von Leuten, die nach ihrer eigenen Aussage nichts über den Ursprung dieses ›kleinen Schatzes‹ wissen. Aber Sie sind bestimmt eingeweiht, Sie waren schließlich sein engster Freund.«

Philippe Borell nickte. Doch mit seiner Antwort ließ er sich Zeit. Als fiele es ihm schwer, dem Polizisten sein Wissen anzuvertrauen. Oder als fürchtete er, in Untiefen zu geraten.

»Charles selbst hat sie ihm überlassen.«

»Charles?«

»Charles Trenet natürlich.«

21

Der Juwelier verriegelte die Ladentür und drehte das Schild von *Offen* auf *Geschlossen.*

»Charles Trenet verbrachte nur wenige Tage im Jahr in Perpignan, doch er hatte dort Freunde, die er dann gern um sich versammelte. Er lud oft zu Partys ein.«

»Der kleine Kreis, von dem Sie gesprochen haben?«

»Genau.«

»Wer gehörte dazu?«

»Christian, ich und einige andere …«

»Wer?«

»Ich weiß nicht, ob alle begeistert wären, wenn ich hier ihre Namen nenne.«

Sebag spielte den Erstaunten: »Warum denn nicht? Die meisten Leute finden es doch eher schmeichelhaft, zum Kreis eines Stars gehört zu haben. Es sei denn, die Natur dieser Beziehungen sei so gewesen, dass man … nicht darüber redet.«

Ein Tick ließ Borells rechtes Auge zucken und zog die Narbe auf seinem Wangenknochen in die Breite. Nach einigen Sekunden antwortete der Juwelier ausweichend: »Die Jugend ist das Alter, in dem man Erfahrungen sammelt und Dummheiten begeht.«

Sebag schaute in sein Notizbuch und stieß auf die Formulierung, die Trenets Biograf bezüglich dessen Beziehung zu Albert

Bausil verwendet hatte. »Könnte man sagen, dass es sich um eine intellektuelle, sinnliche und … sexuelle Komplizenschaft handelte?«

Der Tick, der Borells rechtes Auge zucken ließ, wurde stärker.

»Auf manche hätte das sicherlich zugetroffen. Aber nicht auf alle.«

»Auf Christian?«

»Ja.«

»Und auf Sie selbst ebenfalls?«

Borell fixierte ihn, ohne zu antworten.

»Zu welcher Zeit war das?«, hakte Gilles weiter nach.

»Ende der Siebzigerjahre.«

»Sie waren damals sehr jung …«

»Wir waren alle volljährig. Falls Sie es nicht wissen sollten, 1974 wurde die sexuelle Mündigkeit für homosexuelle Beziehungen auf achtzehn Jahre herabgesetzt.«

Mit Verspätung bemerkte Borell, wie ungeschickt sein Plädoyer gewesen war. Zum Ausgleich fühlte er sich genötigt, die langen Abende in der Sardane zu beschreiben. Die fröhlichen Stunden am Pool, der Alkohol, die warmen Sommernächte, die Erregung durch die schönen Verse und das Fieber der Musik …

»Das waren Momente großer Gemeinschaftlichkeit. Manchmal kam es zu Zärtlichkeiten und selbst mehr, aber lassen Sie Ihre Fantasie nicht mit sich durchgehen: Es handelte sich nicht um wilde Orgien, eher um Freundschaft, die ein bisschen zu weit ging. Es war nach 1968, und die Moral war freizügiger geworden.«

Sein Blick verlor sich in seinen Erinnerungen.

»Und außerdem war Charles ein Genie, wir waren fasziniert von seinem Charme.«

Trotz dieser Versicherung dachte Sebag unwillkürlich, dass diese Abende sich um einen Mann gedreht hatten, der damals um die fünfzig war und dessen verführerische Wirkung auf die jungen Männer nicht nur seinem Talent zu verdanken war, sondern zweifellos auch seinem Ruhm und seiner Großzügigkeit. Der Alkohol floss in Strömen, und vielleicht waren auch Drogen im Spiel gewesen.

»Wir sangen in diesen Nächten und komponierten auch. Alle gemeinsam. Charles setzte sich ans Klavier, manchmal auch Christian, und wir improvisierten. Eines Tages ist jemand mit einem Kassettenrekorder aufgetaucht, und wir haben Aufnahmen gemacht. Die Kassetten sind in der Sardane geblieben, und als Charles Christians Eltern das Haus verkauft hat, hat er sie Christian geschenkt. Eine Art Abschiedsgeschenk.«

Borell breitete die Hände aus und lächelte: »Nun, ich glaube, jetzt wissen Sie alles darüber, was Christian seinen ›kleinen Schatz‹ nannte.«

Sebag machte sich demonstrativ Notizen, um zu zeigen, welche Bedeutung er diesem Bericht beimaß. Dann deutete er mit dem Stift auf den Juwelier. »Aber ich weiß immer noch nichts darüber, aus welchen Menschen dieser Kreis bestand.«

Das rechte Auge des Juweliers erschauerte erneut von dem Tick. Sein Lächeln wurde starr.

»Da an diesen Abenden Ihnen zufolge nichts Verwerfliches war, verstehe ich das Problem nicht«, sagte Gilles.

»Aber heute liegt die Achtundsechzigerbewegung weit zurück, Lieutenant. Die Freunde von damals sind alt geworden und führen inzwischen ein ganz anderes Leben …«

»Sie haben einen Ruf zu verlieren?«

»So könnte man es sagen.«

»Yves Batère zum Beispiel?«

»Wir drehen uns im Kreis … Der größte Teil der betreffenden Personen würde es nicht schätzen, ihre ehemaligen Busenfreundschaften ans Tageslicht gezerrt zu sehen. Gerade in einer kleinen Provinzstadt wie Perpignan.«

»Und ganz besonders in einer Welt, deren Honoratioren sich Jahr für Jahr in einer religiösen Prozession zur Schau stellen.«

»Was mich betrifft, so nehme ich nicht mehr daran teil. Ich rufe Ihnen jedoch in Erinnerung, dass man sich während der *Sanch* nicht zur Schau stellt. Die Büßer tragen die *caparutxa*.«

»Auch wenn die Zuschauer auf der Straße niemanden erkennen, weiß doch jeder genau, wer teilnimmt und wer nicht. Und in diesem katholischen Milieu würde eine solche Vergangenheit sich schlecht machen, nicht wahr?«

»Endlich fangen Sie an zu verstehen ... Meine Frau zum Beispiel weiß nichts von diesen alten Geschichten, und ich möchte nicht, dass sie davon erfährt. Umso mehr, als sie nichts mit dem Mord an Christian und dem Raubüberfall auf meinen Laden zu tun hat.«

»Wie soll man sich da so sicher sein, wenn man noch nicht verstanden hat, worum genau es sich handelt?«

»Ich garantiere es Ihnen. Sie verschwenden Ihre Zeit.«

Sebag zeigte sich verwundert über diese Beteuerung. »Es gibt noch dunkle Bereiche in Aguilars Leben, und die müssen wir erhellen, bevor wir uns sicher sein können. Sie selbst und einige von Ihren Freunden haben dieses Kapitel abgeschlossen, das hatte Christian jedoch nicht. Für ihn handelte es sich nicht einfach nur um ein paar Erfahrungen. Bausil, Trenet und Aguilar, drei Männer, drei Generationen und dieselbe Neigung zur Jugend, ohne dass man festlegen könnte, in welchem Alter diese Jugend für sie begann und die Kindheit endete.«

»Drei Männer, die Sie mit einem einzigen Satz beschmutzen ...«

»Ich beschmutze niemanden, ich versuche, die Grenzen zu definieren. Gerade der Eifer, mit dem jeder von Mündigkeit spricht, sei sie bürgerlich oder sexuell, veranlasst mich, tiefer zu bohren. Eine sexuelle Beziehung mit einer minderjährigen Person unter fünfzehn Jahren ist auch ohne Anwendung von Zwang strafbar. Danach bleibt sie weiterhin strafbar, wenn ein Abhängigkeitsverhältnis bestand. Ich erinnere Sie daran, dass Aguilar ihr Lehrer war.«

»Klavierlehrer …«, wiegelte Borell ab. »Und von den Eltern der Schüler bezahlt. Sein Unterricht fand in der Freizeit statt und war nicht verpflichtend. Aguilars Autorität war sehr relativ.«

Der Juwelier verstummte. Auch hier musste er wieder zu dem Schluss kommen, dass sein Plädoyer ungeschickt war.

»Christian war kein Pädophiler, hören Sie auf, ihn als solchen zu betrachten. Sollte er jemals … intime Beziehungen zu einem Schüler unterhalten haben, handelte es sich zweifellos um eine gegenseitige Verführung. Christian war kein geiler alter Bock, der systematisch alle Kinder befummelt hat, die in seine Nähe kamen.«

Sebag fragte sich, wie die Eltern des jungen Florian wohl reagiert hätten, hätten sie erfahren, dass ihr fünfzehnjähriger Sohn seine Sexualität mit einem alten Lehrer entdeckt hatte, einem über Sechzigjährigen, dem sie ihr Vertrauen geschenkt hatten? Ein Schauer lief ihm den Rücken hinunter. Wie hätte er selbst wohl reagiert, wäre seinem Sohn so etwas widerfahren, seinem Léo? Seine Fäuste ballten sich. Er kannte die Antwort.

»Haben Sie Kinder, Borell? Haben Sie einen Sohn?«

Der Juwelier lächelte. Er hatte verstanden.

»Sind wir nicht Opfer von Vorurteilen, die sich weiterhin zäh halten, Lieutenant? Die Achtundsechzigerbewegung liegt lange zurück, das hatte ich ja gesagt, und heute glaubt man allzu oft, Homosexualität werde von einer großen Mehrheit akzeptiert, doch das stimmt nicht. Tief in uns stecken immer noch Unbehagen und

Vorbehalte. Insbesondere gegenüber der Homosexualität von Männern. Sie wird allzu schnell mit Pädophilie in einen Topf geworfen. Nach der Ehe für alle wird die Gesellschaft bald die Adoption von Kindern durch lesbische Paare akzeptieren, doch für schwule Paare wird es länger dauern. Liegt das nur an der Befürchtung, dass zwei Männer ein Kind weniger gut betreuen könnten? Sie wissen genau, dass das nicht stimmt! Unter dieser Frage liegt viel Unausgesprochenes verborgen.«

Borell ließ Gilles Zeit, über diesen Gedanken nachzudenken, und nahm dann den Faden wieder auf: »Wenn eine Klavierlehrerin, eine Frau, eine Beziehung mit Ihrem Sohn gehabt hätte, hätten Sie sie dann wegen Pädophilie verklagt? Das glaube ich nicht. Ich glaube eher, dass Sie das Verhalten der betreffenden Dame zwar für zweifelhaft gehalten hätten, Ihnen eine solche sexuelle Initiation Ihres Sohns aber eher als Glücksfall erschienen wäre. Haben Sie selbst als Jugendlicher niemals davon geträumt, eine Ihrer Lehrerinnen rumzukriegen?«

Sofort kam Gilles die Erinnerung an eine Technik-Lehrerin. Sie war gar nicht einmal besonders hübsch gewesen, hatte aber vorwitzige Brüste gehabt, die stets so wirkten, als würden sie gleich die Knöpfe ihrer Bluse sprengen. Wie alle seine Kameraden hatte Gilles sich in der neunten Klasse darum geprügelt, ganz vorn zu sitzen, um vielleicht durch einen aufklaffenden Spalt einen Blick auf einen milchnassen Nippel zu erhaschen. Ah … Tag und Nacht hatte er davon geträumt, die Liebe zwischen diesen unglaublichen Brüsten zu entdecken.

Mit einer Grimasse vertrieb er das dümmliche Lächeln von seinen Lippen.

•••

»Der Platz Ihres Kollegen ist noch warm. Setzen Sie sich doch bitte.«

In ihrer tadellosen Uniform öffnete ihm die Brigadier-Chefin Josiane Masson die Tür des städtischen Videoüberwachungszentrums.

»Ihr Lieutenant Ménard ist ausgesprochen gewissenhaft.«

Er spürte ihre Reserviertheit.

»Ich verspreche Ihnen, weniger penibel zu sein.«

»Das wollte ich eigentlich nicht sagen. Jedenfalls ... nicht ganz so.«

Sebag setzte sich an den Videosichtungsplatz. Er wollte François' Arbeit nicht überprüfen. Sondern einfach nur die Bilder des Dramas mit einigen Tagen Ermittlungserfahrung noch einmal betrachten.

Drei weitere Male sah er sich den Panikausbruch an. Die gezündeten Kracher, das Losrennen der Menge, die Angst in den Gesichtern der Menschen, die umgekippten Tische und dann, außerhalb des Sichtfelds der Kamera, die eine Person, die nicht mehr aufsteht. Der Menschenauflauf um sie herum. Er verfolgte, wie Dr. Artès sich um die Verletzten kümmerte, und beobachtete, wie Llach und Ménard am Tatort ankamen. Die Einleitung der polizeilichen Maßnahmen.

Ihm fiel nichts Neues ins Auge.

Er stand auf und zapfte sich einen Kaffee aus der Espressomaschine.

Kehrte zum Tisch zurück.

Auf dem Bildschirm lief das Video weiter. Mit der Tasse am Mund entdeckte Sebag eine bekannte Silhouette. Pass mal auf, dass du dich künftig gerader hältst, ermahnte er sich selbst. Die über dem Bildschirm tickende Uhr zeigte an, dass er nur sechzehn Minuten nach dem Mord am Tatort eingetroffen war. Gute Leistung.

Angesichts des für die *Sanch* eingesetzten Polizeiaufgebots war das das Mindeste.

Oh, verflixt!

Er hielt das Video an, spulte ein Stück zurück und zoomte. Als er die Ermittlungsleitung übernommen hatte, hatte er François Ménards Verärgerung gespürt, das Ausmaß seines Frusts aber unterschätzt. Die Geste auf dem Bildschirm sprach für sich. Sobald Sebag Ménard den Rücken gekehrt hatte, hatte der ihm einen riesigen Stinkefinger gezeigt.

Kurz dachte er darüber nach, das Foto in seinem Büro aufzuhängen, verzichtete aber schließlich auf einen Screenshot.

Er ließ das Video weiterlaufen. Gilles folgte dem Beginn der Ermittlungen, wie die Kamera sie festgehalten hatte. Er konzentrierte sich auf die Körpersprache der Befragten, suchte nach Anzeichen von Unruhe oder Anspannung, die er vor Ort vielleicht nicht wahrgenommen hatte. Bei der Gruppe junger Mädchen fiel ihm nichts auf, und auch nichts Besonderes bei der Gruppe der festgehaltenen Büßer. Die Schultern von Daniel, dem Mann mit dem Spitzbart, hingen betrübt herab.

Die Kamera, die lange Zeit fixiert gewesen war, nahm nun die Schwenks wieder auf. Bis zu diesem Moment war offensichtlich jemand vom Bedienpersonal der Szene unmittelbar gefolgt und hatte nun das Interesse verloren. Vielleicht, um der Rückkehr des Zugs in die Église Saint-Jacques oder irgendeinem anderen Vorfall in der Stadt beizuwohnen. Vielleicht war er aber auch einfach nur auf die Toilette gegangen.

Sebag hielt das Bild erneut an. Er zoomte zwei Büßer heran, die ein Stück hinter den anderen standen. Zwei junge Männer in der Kutte aus Sackleinen, die *caparutxes* zu ihren Füßen. Auf dem Bildschirm unterschieden ihre Schuhe sich durch nichts von denen anderer Büßer, doch sie hatten sich Gilles eingeprägt. Zwei Paar Luxusturnschuhe, wie Léo sie sich zum Geburtstag wünschte. Der kleinere der beiden jungen Männer hatte die Hand auf die Schulter des anderen gelegt. Hin und wieder flüsterte er ihm etwas ins Ohr. Wahrscheinlich um ihn zu beruhigen. Es war der junge Mann, der zu Beginn der Massenpanik den *misteri* losgelassen hatte, und ebenderselbe, den Gilles während der Beerdigung von Aguilar ziemlich weit vorn gesehen hatte.

Sebag zoomte die beiden noch näher heran. Das Bild verlor an Schärfe, doch die Bewegungen der Köpfe blieben sichtbar. Bewegungen, die auf ihn selbst ausgerichtet waren. Einige Sekunden hierhin, einige Sekunden dahin. Die beiden jungen Männer sorgten sich wegen des Fortgangs der Ermittlungen. Sebag sah auf dem Bildschirm, wie er sich den beiden näherte, um sie zu befragen. Die Hand des Kleineren löste sich von der Schulter seines Freundes.

Schau an!

Sebag registrierte die Einzelheiten seines Gesichts und seiner Silhouette. Nicht besonders groß, höchstens ein Meter fünfundsiebzig, aber stämmig. Ein kurzer, gepflegter Bart. Er entsprach in allen Punkten dem von Kalaschs Frauchen geschilderten Porträt. So hatte die liebenswerte Omi den jungen Mann beschrieben, dem sie in der Gasse hinter der Sardane begegnete war. Gilles vertiefte sich in seine Notizen, die er während der Ermittlungen gemacht hatte. Er klappte die Seiten mit den ersten Befragungen auf. Dort hatte er die Namen der beiden jungen Männer festgehalten. Hoppla! Der junge Mann hieß Guillem Batère. Er war der Sohn des Bauprojektentwicklers … Am Tag des Mords hatte Gilles die Verbindung zwischen den beiden Männern nicht erkannt, weil er den Vater mit seiner bissigen Art erst einige Minuten später in der Église Saint-Jacques kennengelernt hatte …

Aber alles schien zu passen.

Hatte Yves Batère nicht letzthin erzählt, er hätte seinen Sohn

Aguilars Obhut anvertraut? Dieser Guillem könnte durchaus der junge Mann sein, den Christian Aguilar eine Zeit lang bei sich aufgenommen hatte …

22

Er beobachtete, wie Bérénice sich amüsierte. Sie war schön, intelligent und besaß das natürliche Selbstbewusstsein jener jungen Menschen, die in Luxus und Sicherheit aufgewachsen sind. Der künftigen Erben. Der Söhne und Töchter von und zu. Einen Rock von Dior oder ein Kostüm von Gucci trug sie mit Stil. Die Gucci-Familie liebte die Natur. So wie den Geruch des Scheißhauses, hahahaha …! An Bérénices Schulter baumelte immer eine Handtasche von Lancel, Fendi oder Vuitton, passend zur Farbe ihrer Klamotten.

Er hatte geglaubt, sie zu lieben, doch da hatte er sich etwas vorgemacht. Tatsächlich bewunderte er sie. Oder noch genauer gesagt, er beneidete sie. Er hätte den feinen Unterschied nicht erklären können, spürte aber, dass es absolut nicht dasselbe war.

Sie beruhigte ihn. Sie war seine Chance. Er würde alles tun, um sie glücklich zu machen. Selbst wenn ihre Selbstsicherheit manchmal an eine Selbstgefälligkeit grenzte, die ihm auf die Nerven ging.

Er musterte den eleganten Schwung ihres Körpers. Ihr glattes Gesicht, ihr spitzes Kinn und ihren weißen Hals. Weiter unten zeichneten sich ihre stolzen Brüste unter einer weißen Bluse ab – ganz brav, was du nicht sagst, hahaha! Im Ausschnitt entdeckte er die obersten Spitzen eines hautfarbenen Seiden-BHs. Er selbst hatte ihr diesen Luxusfummel geschenkt. Ein Vermögen! Dreimal so teuer wie eine Runde mit einer bulgarischen Hure in einem Bordell von La Jonquère. Als er unter seinem Daumen zu spüren meinte, wie die glatte Seide sich mit der heißen Haut vereinigte, überlief ihn ein Schauer. Brrr.

Nein, er liebte Bérénice nicht. Aber vorläufig erregte sie ihn unglaublich. Und das war ein ausgezeichneter Anfang.

Hatte er jemals wirklich geliebt? Er war sich nicht sicher. Er hatte manchmal Zuneigung empfunden, Zärtlichkeit, Begehren, aber Liebe … Was war das eigentlich, die Liebe? Der *Schuft* hatte versucht, es ihm zu erklären. Auf seine Art. Douce France hatte längst nicht alles verstanden. Hahahaha!

Aber wozu konnte die Liebe denn dienen?

Und was war sie schon im Vergleich zu jener ungeheuerlichen Empfindung, die ihn vor ein paar Tagen erfasst hatte?

Niemals könnte er das Gefühl erklären, als die Klinge zwischen den Rippen eindrang. Niemals dürfte er von dem Schauer sprechen, der ihn überkam, als er sah, wie das Leben in diesen Augen erlosch. Und vor allem musste er für immer darüber schweigen, was er seit dieser Heldentat empfand. Gottverdammte Scheiße! Einen Menschen mitten im Prozessionszug der *Sanch* ermorden, gleichzeitig einen Raubüberfall durchziehen und sich anschließend nicht schnappen lassen … Kein Alkohol und keine Droge hatten ihn jemals so sehr berauscht.

Wie gelang es ihm nur, diesen wahnsinnigen Adrenalinstoß noch einmal zu spüren? Die Frage ließ ihm keine Ruhe. Noch einmal töten? Er war kein Mörder.

Unter dem Tisch versetzte Bérénice ihm einen kleinen Tritt. Er begriff, dass er wie ein Idiot grinste und dem Gespräch nicht mehr folgte. Ihre Freunde waren wirklich echte Langweiler! Diese künftigen Erben, Jura- oder Wirtschaftsstudenten, verachteten ihn, weil er sein Studium abgebrochen hatte. Kleine Blödmänner, die glaubten, alles zu wissen, aber noch gar nicht angefangen hatten zu leben. Er allein kannte sich an diesem Tisch mit dem Leben aus.

Douce France hatte sich verändert, er war zusammen mit dem *Schuft* gestorben.

Ihm schwindelte. Und das lag nicht am Wein.

23

Nachname: Batère.

Vorname: Guillem. Katalanisch geschrieben, mit zwei *l*, und nicht mit *h* wie im Okzitanischen. In manchen Familien des Roussillon nahm man es mit der kulturellen Identität genau.

Alter: vierundzwanzig Jahre.

Beruf: Unternehmer. Sebag schrieb in Rot »Multi-« vor »Unternehmer«. Denn laut dem, was er im Netz gefunden hatte, hatte der junge Guillem seinen Arbeitsplatz mehrmals gewechselt und sich immer wieder selbstständig gemacht. Erst war er Immobilienmakler in einer Agentur gewesen, die seinem Vater gehörte, dann hatte er eine Saison lang in Canet an der Küste ein Restaurant geführt, anschließend in Perpignan einen Laden für Handy-Accessoires geleitet und eine weitere Saison in Argelès an der Küste einen Souvenirladen für Touristen gemanagt. Danach war er nach Perpignan zurückgekehrt, um ein Geschäft zu eröffnen, das auf E-Zigaretten spezialisiert war.

Diese mehrfachen Unternehmensgründungen waren kein gutes Zeichen: Der Sohnemann hatte das Geschick seines Vaters nicht geerbt. Das Handelsgericht in Perpignan bestätigte Sebag, dass Guillem immer Schulden hinterlassen hatte. Allerdings war es ihm jedes Mal gelungen, sie letzten Endes zu begleichen.

War Papa ihm zu Hilfe geeilt, oder hatte der Sohnemann anderswo einen »großzügigen Wohltäter« gefunden? Zum Beispiel seinen ehemaligen Klavierlehrer, dem er die Daumenschrauben angelegt hätte? Die Hypothese war verführerisch. Doch wie sollte man die Tatsache erklären, dass das Opfer seinen Quälgeist eine Zeit lang bei sich aufgenommen hatte? Nun, diese Beherbergung könnte Teil der Erpressung sein. Originell, aber nicht unwahrscheinlich.

Der Lebenslauf von Guillem Batère machte ihn zum Hauptverdächtigen einer eventuellen Erpressung. Aber war er auch der Mörder?

Gilles schnalzte mit der Zunge. Er hätte gern einen Kaffee getrunken, doch er hatte sich immer dagegen gewehrt, im Büro eine Kaffeemaschine aufzustellen, die diesen Namen verdiente. Er wollte nicht jede Minute, die er in diesen vier Wänden verbrachte, gegen die Versuchung kämpfen.

Er stand auf und kramte in den Schubladen seines Kollegen. Dort stieß er auf ein kleines Fläschchen Pastis und schenkte sich einen Schluck in einen Plastikbecher ein, den er mit Wasser aus dem Wasserspender im Flur auffüllte.

Ein Schluck Alkohol mangels Kaffee. Den Teufel mit Beelzebub austreiben, besagt das Sprichwort. Oder ein Laster durch ein anderes ersetzen. Er trank einen ersten Schluck und entschied, dass das Schicksal es gut mit ihm gemeint hatte. Der Pastis war wie ein Vorgeschmack aufs Wochenende, auf friedliche Abende am Rand des Pools und auf Dolcefarniente. Kaffee dagegen konnte manchmal nach schwierigen Vormittagen schmecken, nach Bürostaub und der schlechten Laune der Kollegen.

Er nahm sein Notizbuch wieder zur Hand und schrieb hinein. Neben Guillem Batère notierte er »Mörder« und setzte mehrere Fragezeichen dahinter. Dann legte er zwei Spalten an, eine für Kontra und eine für Pro.

In die erste kam folgende Überlegung: Ein Erpresser tötet nicht die Gans, die goldene Eier legt. Dem stellte er eine Einschränkung gegenüber: Es sei denn, die Gans hat aufgehört zu legen. Aguilar hatte kaum noch Ersparnisse gehabt. Hatte sein Kontostand über sein Schicksal entschieden?

In der Spalte »Pro« notierte er in Großbuchstaben: »Rachsucht«. Ein anderes Motiv konnte er nicht erkennen, doch das hier war mehr als ausreichend.

In die Spalte »Kontra« schrieb er, auch hier in Großbuchstaben: »Die Aufnahmen der Überwachungskameras zeigen, dass GB nicht der Mörder sein kann.« Nachdem Gilles den Sohn von Batère identifiziert hatte, hatte er sich diese Aufnahmen tatsächlich noch einmal genau angesehen. Gut zwei Stunden hatte er damit zugebracht, mithilfe mehrerer Kameras zu rekonstruieren, wann Guillem Batère sich während der Ereignisse wo aufgehalten hatte. Trotz der Lücken, die den automatischen Kameraschwenks geschuldet waren, konnte er sehen, wie der junge Mann den *misteri* losgelassen hatte, zu dessen Trägern er gehörte, wie er zum Castillet gerannt und in einen Innenhof geflüchtet war, in den noch weitere Büßer gekommen waren. Kurz darauf waren sie wieder herausgetreten, diesmal mit unverhüllten Gesichtern.

Natürlich könnte man sich vorstellen, dass ein Austausch stattgefunden hätte. Dass schon vor dem Beginn der Prozession ein Komplize in der durch die *caparutxes* verliehenen Anonymität Guillems Platz beim *misteri* eingenommen hätte, während er selbst in der Nähe seines künftigen Opfers mitgezogen wäre. Nach dem Mord hätten sie sich in dem Innenhof wiedergetroffen und hast-du-nicht-gesehen alles rückgängig gemacht. Das Szenario war denkbar, vorläufig aber nur eine Hypothese, die noch durch nichts gestützt wurde. Weder Guillem Batères Umriss noch seine Haltung unterschieden ihn von irgendeinem der anderen Büßer, und das galt insbesondere auch für den Freund, neben dem er stand, als Sebag ihn befragt hatte. Natürlich hatte er versucht, ihre Schuhe unter die Lupe zu nehmen, doch der Blick von oben, den die Kameras ihm boten, war nicht gerade die beste Perspektive.

Diese Schuhe … maßlos teure Turnschuhe.

Von Beginn der Ermittlungen an war Sebag von der Hypothese ausgegangen, dass der Mörder eine Rechnung mit der *Sanch* offen haben musste, sonst hätte er nicht die Karfreitagsprozession als Kulisse für sein Verbrechen gewählt. Welchen Groll könnte Guillem Batère gegen die Erzbruderschaft hegen? Sebag hatte nicht die geringste Ahnung, doch eines war gewiss: Ein Kerl, der mit Latschen zum Preis von vierhundert Euro im Zug der Büßer mitmarschierte, bewies mit Sicherheit keine religiöse Demut.

• • •

Beim Verlassen des Commissariats entdeckte Sebag auf dem Bürgersteig gegenüber eine vertraute Silhouette. Nicolas, der »Buchhändler«, ging mit hängenden Schultern vorbei, aber dennoch zügig, trotz der schweren Tasche, die er schleppte. Oder vielleicht gerade wegen der Tasche. Weil sie schwer war und er lieber schnell ging, um sie nicht so lange tragen zu müssen.

Der Tag neigte sich dem Ende entgegen, und die Straßen leerten sich. Wohin würde der »Buchhändler« sich diese Nacht wohl flüchten? Unter welches Vordach oder in welches Obdachlosenheim? Würde er den Kopf auf einen Bücherstapel legen, um darauf zu träumen? Sebag war schon längst an der Stelle vorbei, an der er sein Auto geparkt hatte, als ihm bewusst wurde, dass er dem Obdachlosen folgte.

Nachdem Nicolas die Avenue de Grande-Bretagne entlanggegangen war, überquerte er sie und bog in eine Seitengasse ein.

Gilles hielt sich zurück. Er kannte die Ecke. Eile war nicht vonnöten. Der Hohlweg, den der »Buchhändler« eingeschlagen hatte, führte nur zu einer Eisenbahnbrücke. Ein Gehweg neben dem Gleis gestattete Fußgängern dort, die Têt zu überqueren.

Sebag zählte bis zehn und bog seinerseits in die Gasse ein, in der es nach Urin und Bier stank. Oder besser gesagt, nach Bier und nach Urin, wenn man sich an die Reihenfolge des Geschehens halten wollte. Vorsichtig stieg er die Treppe der Brücke hinauf und kam gerade rechtzeitig oben an, um den Umriss des Obdachlosen auf der anderen Seite verschwinden zu sehen.

Er eilte hinüber und beugte sich über die Brüstung. Auf dem Uferpfad, der dem Fluss zurück zur Stadt folgte, sah er niemanden. Also ging der »Buchhändler« in die entgegengesetzte Richtung.

Sebag stieg die Treppe hastig hinunter. Unter der Brücke schaute er mit dem Rücken zur Stadt nach vorn. Bingo! Der »Buchhändler« entfernte sich tatsächlich auf dem Pfad, aber nun langsameren Schrittes. Als näherte er sich seinem Ziel. Sebag zog sich ein Stück zurück. Der Weg verlief zwar durch hohes Gras, führte aber immer geradeaus und bot keinerlei Sichtschutz. Während Sebag ein weiteres Mal bis zehn zählte, fragte er sich, was er da eigentlich trieb und warum er seine Zeit auf diese Weise verschwendete, statt nach Hause zurückzukehren. Er hatte zwar den Becher Pastis geleert, aber ein kleiner Schwips entschuldigte seine Zudringlichkeit nicht.

Ein erneuter kurzer Blick auf den Pfad. Niemand zu sehen. Er setzte sich in Bewegung und marschierte hundert Meter. Noch immer niemand. Er ging weiter. Links von ihm verbarg ein undurchdringliches Bambusdickicht den Blick auf den Fluss, dessen Rauschen er hörte. Rechts von ihm beschützte eine hohe Mauer aus alten Steinen ein Feld mit Gewächshäusern vor den Launen der Têt. Fetzen schwarzer Folie, wie sie in der Landwirtschaft verwendet wird, hingen in den Bäumen. Hier feierte der Fluss jedes Mal Halloween, wenn der benachbarte Bauer sein Land bearbeitete.

Sebag marschierte bis zur nächsten Brücke, fand die Spur des »Buchhändlers« aber nicht wieder. Jetzt hatte er genug Zeit verschwendet und kehrte um. Da sich allmählich die Nacht herabsenkte, erschien ihm der Rückweg düsterer, doch er hütete sich, schneller zu gehen. Es wäre blöd, wenn er jetzt stolperte und sich verletzte, wo seine Rückenschmerzen sich doch gerade besserten.

Einige Meter vor der Stelle, an der er den Obdachlosen zuletzt gesehen hatte, fiel ihm ein weißer Zettel auf, der an einem Brombeerstrauch hing. Ein Kassenzettel mit dem heutigen Datum. Fünf Euro vierundzwanzig Cent. Für eine Konservendose Linsen, ein Töpfchen Milchreis und eine Flasche billigen Wein. Sebag hob den Kopf. Über das Rauschen der Têt hinweg vernahm er Radiomusik.

Irgendwo im Bambusdschungel genehmigte sich der gestürzte König Nicolas ein Festmahl.

Gilles fühlte sich, als hätte er ein Loch im Bauch. Er stellte sich vor, wie der Obdachlose auf einem alten Schlafsack saß und seine kalten Linsen aus der Konservendose mampfte. Und zwischen zwei Mundvoll einen Schluck Fusel trank, um die Nacht ohne Albträume zu überstehen.

Gemütlich unter der Bettdecke, das Bein an das von Claire geschmiegt, las Gilles an diesem Abend gut dreißig Seiten des Romans von René Barjavel. Als ihm die Augen vor Müdigkeit zufallen wollten, klappte er das Buch zu und legte als Lesezeichen einen Supermarktbon hinein, auf dem etwas verschmierte Erde war.

24

Gilles Sebag empfing Guillem Batère in einem der drei winzigen Büros, die die Eingangshalle des Commissariats säumten, und bat ihn, sich zu setzen. Dreitagebart, der jeden Morgen geschnitten wurde, über den Schläfen millimeterkurz rasierte Stoppeln, während ein Haarwust den oberen Teil des Kopfs zierte: Der junge Mann zeigte sich modebewusst. Über seiner Jeans trug er ein tailliertes lachsfarbenes Hemd, das den geschmeidigen Schwung seiner Schultern und seiner Brustmuskeln perfekt betonte. Beim Hinsetzen warf er eine blaue Leinenweste über die Rücklehne des Stuhls, und nun wartete er lässig wie ein Mannequin auf den Beginn des Gesprächs.

Sebag las erneut Blatt um Blatt der Akte, die er vor sich liegen hatte. Er hatte sie am Wochenende erstellt und alles zusammengetragen, was er über Guillem Batère wusste. Insbesondere über seine »Geschäfte«. Denn auch wenn das Vorstrafenregister des jungen Mannes sauber war, hatte Sebag doch den besonders interessanten Bericht einer polizeilichen Vernehmung vor sich, die vor einigen Jahren von Franck Sergis, einem seiner Kollegen, geführt worden war.

Gilles kannte die Akte auswendig, und so beobachtete er vor allem seinen »Klienten« aus dem Augenwinkel. Der junge Mann wirkte zu ruhig und zu geduldig. Sebag hatte ihn unter dem Vorwand herbeizitiert, dass er ein ehemaliger Schüler des Klavierlehrers war. Eine Kleinigkeit, eine Formalität, die ein Zeuge normalerweise so schnell wie möglich abhaken möchte. Batère wirkte jedoch kein bisschen ungeduldig. Er wartete konzentriert und atmete tief. Wie ein Boxer vor dem Angriff.

Sebag versuchte, ihn zu überraschen: »Wie lange haben Sie bei Christian Aguilar gewohnt?«

Die dichten Brauen des jungen Mannes zogen sich zusammen. »Ich habe nie bei ihm gewohnt.«

Guillem versuchte nun seinerseits, ihn zu überraschen. Ihn glauben zu machen, dass er lügen würde. Doch Gilles hatte eine leichte Veränderung des Tonfalls am Ende des Satzes herausgehört, die vermuten ließ, dass noch eine Präzisierung folgen würde. Er kam ihm zuvor:

»Das Häuschen hinten im Garten der Sardane, das gehört ebenfalls Aguilar.«

Guillem lächelte, und er entspannte sich. »Aber es gibt einen kleinen Unterschied, da werden Sie mir zustimmen. Christian hat mir in einer Zeit, als ich es brauchte, aus der Patsche geholfen und mich vorübergehend in diesem Häuschen untergebracht. Ihre Frage klang so, als hätten wir vielleicht zusammengelebt.«

»Ist diese Vorstellung Ihnen unangenehm?«

»Sie ist vor allen Dingen falsch.«

»Aber so unangenehm ist sie Ihnen nicht … Welcher Art war Ihre Beziehung zu Aguilar?«

»Er war mein Klavierlehrer, und wir sind Freunde geworden.«

»Freunde oder Liebende?«

»Das ist eine sehr persönliche Frage …«

Guillems Augenbrauen hoben sich. »Wir waren Freunde«, antwortete er, in seinem Blick lag jedoch eine Herausforderung, die das Gegenteil ausdrückte.

Sebag notierte diese Antwort umständlich in seinem Notizbuch. Er tat so, als hätte sie ihn zufriedengestellt.

»Kehren wir bitte noch einmal zu meiner ersten Frage zurück. Sie haben darauf letztlich nicht geantwortet.«

»Ah ja … Stimmt. Ich habe dort einige Monate gelebt, als ich noch jünger war. Sechzehn oder siebzehn. Wissen Sie, wenn die Eltern sich scheiden lassen, hat man zwei Zuhause. Und wenn sie dann erneut heiraten, hat man keins mehr …«

Sebag nickte. Es war also tatsächlich Guillems Silhouette, die Guy Artès eines Abends hinten in Aguilars Garten erblickt hatte. Doch der junge Mann hatte auch zu anderen Zeiten in dem Haus gewohnt: Die alte Dame, Besitzerin des Hundes Kalasch, hatte ihn ausdrücklich auf einem Foto wiedererkannt.

»Ich bin von Zeit zu Zeit dorthin zurückgekehrt«, fügte Batère nach kurzem Zögern hinzu. »Christian hatte einen Schlüssel für die Tür versteckt, die hinten auf die Gasse hinausgeht. Ich konnte dort ein und aus gehen, ohne ihn zu stören.«

Sebag hatte während des Wochenendes ebenfalls in Erfahrung gebracht, dass der junge Mann seit sechs Jahren zwei Wohnungen in Perpignan besaß. Er sprach ihn darauf an. Nun begriff Guillem, dass das Gespräch sorgfältig vorbereitet worden war, doch Sebag konnte nicht erkennen, ob ihn das beunruhigte oder ob er sich eher geschmeichelt fühlte.

»Da Sie gut informiert sind, ist Ihnen gewiss nicht entgangen, dass ich in geschäftlichen Dingen nicht immer Glück hatte. Um meine Schulden abzuzahlen, war ich manchmal gezwungen, die Wohnung, in der ich lebte, unterzuvermieten. Bei solchen Gelegenheiten bin ich wieder in das Häuschen zurückgekehrt.«

»Und heute, wo wohnen Sie jetzt?«

Einen Teil der Antworten auf die Fragen, die er stellte, kannte Sebag bereits. Eine Taktik, die er gern anwandte. Antwortete sein

Gesprächspartner wahrheitsgemäß, konnte er studieren, wie er sich dabei verhielt: Sein Tonfall, seine Wortwahl oder die Tiefe seiner Atemzüge. Wenn sein Gegenüber aber log, lernte er seine Macken kennen, seine Ticks, die Veränderung in seinem Atemfluss oder die Art, wie sein Körper sich verkrampfte oder sich im Gegenteil plötzlich entspannte.

»Eine der beiden Wohnungen konnte ich wieder beziehen. Zum Glück laufen meine Geschäfte inzwischen besser. Ich werde bald zwei weitere Dampfershops eröffnen …«

»Wie ist es Ihnen gelungen, diese beiden Wohnungen zu erwerben, während Ihre Geschäfte ja nicht gut gingen?«

Guillem fixierte Sebag einige Sekunden. Er fragte sich, wie viel der Polizist wirklich wusste. Das war das andere Ziel von Sebags Taktik: den Gegner zum Zweifeln zu bringen.

»Mein Vater hat uns den Schritt ins Leben erleichtert. Er hat meiner Schwester und mir jeweils zwei Wohnungen geschenkt. Die eine, um darin zu leben, die andere, um sie zu vermieten.«

Er lachte hämisch. »Er ist ein überzeugter Gegner des garantierten Grundeinkommens, aber dennoch hat ausgerechnet er uns in gewisser Weise damit ausgestattet. Ich lebe in einer Zweizimmerwohnung mit Balkon und vermiete eine Dreizimmerwohnung mit Terrasse. Man kann schlechter aufgestellt sein.«

»Aber es reicht nicht, um davon zu leben?«

»Hm, nein … Daher meine Bemühungen im Tourismus und als Einzelhändler. Mit sehr gemischtem Erfolg, wie ich zugeben muss.«

Guillem schlug die Beine übereinander. Dann wischte er eine winzige Staubfluse von seinem rechten Knie. »Ich könnte auf die saftigen Steuern und den komplizierten Papierkram verweisen, den man uns aufzwingt, aber daran liegt es nicht allein. Ich bin zu selten persönlich anwesend, das ist mein Fehler. Ich habe die Betriebe immer aus der Ferne geleitet. Tatsächlich habe ich mich nie zu geregelten Arbeitszeiten zwingen können. Die sind so öde …«

Über seine vollen Lippen glitt ein geringschätziges Lächeln, das ihm selbst galt. Es war eine Mischung aus Arroganz und einem negativen Selbstbild.

»Die Kinder der Reichen, Sie wissen ja …«

»Nein, weiß ich nicht. Erklären Sie es mir.«

»Wir kommen vom Thema ab.«

»Nicht unbedingt.«

»Ein wenig trotzdem.«

»Na schön, kehren wir zum Thema zurück … Als Sie in finanziellen Schwierigkeiten steckten, hat Christian Aguilar Ihnen da auch noch auf andere Weise geholfen als nur damit, Sie zu beherbergen?«

»Er hat mir Geld geliehen.«

Er hatte keine Sekunde gezögert. Das wäre aber zu erwarten gewesen. Aus Schamgefühl oder aus Stolz.

»Wie viel?«

»Ein paar Tausend Euro hier, ein paar Tausend Euro da … Ich habe ihm das Geld zurückgezahlt, wann immer ich es konnte.«

»Sie haben ihm alles zurückgezahlt?«

»Nein. Insgesamt schuldete ich ihm noch ungefähr zehntausend Euro.«

»Das ist ein hübsches Sümmchen …«

»Aber dafür bringt man niemanden um.«

»Ich habe Sie nicht beschuldigt …«

Sebag ließ den Satz in der Schwebe. Es stand Batère frei, ein »noch nicht« zu verstehen.

»Gibt es Schuldscheine für diese Kredite?«

»Nein, es handelte sich um eine Notfallhilfe, um Schulden unter Freunden.«

»Weshalb man sich auch sehr gut vorstellen könnte, dass die Summe in Wirklichkeit höher war.«

»Hoch genug, um ein Mordmotiv abzugeben, meinen Sie das?«

Diese Möglichkeit schien den jungen Mann nicht weiter aufzuregen.

»Noch einmal, ich beschuldige Sie nicht … Zum Zeitpunkt seines Todes hatte Christian Aguilar kein Geld mehr auf dem Konto. Wir waren der Meinung, er könnte Opfer eines Erpressers geworden sein, aber vielleicht hatte er das alles tatsächlich Ihnen gegeben. Es sei denn, diese beiden Erklärungen wären in Wirklichkeit nur eine einzige …«

»Sie glauben, ich hätte ihn gezwungen, mir das Geld zu leihen? Unter welchem Vorwand?«

Sebag antwortete mit einer neuen Frage: »Sie waren mündig, als Sie … Freunde geworden sind?«

Die Lider des jungen Mannes senkten sich. Der Glanz seiner Pupillen wurde stärker. »Diese Frage hatten wir bereits angesprochen, und ich meine, sie beantwortet zu haben.«

Sebag deutete auf einen Satz in seinem Büchlein. »Sie hatten nur gesagt, Sie seien Freunde gewesen und keine Liebenden. Doch vom Beginn dieser Freundschaft haben Sie noch nichts berichtet.«

Guillem schlug die Beine übereinander und verschränkte die Arme vor der Brust.

»Der Ausdruck ›mündig‹ ist extrem zweideutig.«

»Und Ihre Beziehung war es nicht?«

Der junge Mann wollte protestieren, verzichtete dann aber darauf. Jedes seiner Worte abwägend, erzählte er von einem Christian Aguilar, der seinen Schülern sehr nahe gewesen war und sich angehört hatte, was ihnen Sorgen machte und sie bewegte. Daraus war Freundschaft entstanden, als er Guillem angeboten hatte, ihn bei sich wohnen zu lassen, um die Spannungen bei den Batères zu mildern. Guillems Mutter lebte damals schon mit ihrem neuen Lebensgefährten im Département Savoie, und Guillems Aufenthalt bei seinem Vater war für beide Seiten quälend geworden.

»Ich glaube, dass ich nicht der Einzige bin, den Christian einmal bei sich aufgenommen hat. Ich sage Ihnen nichts Neues, wenn ich darauf hinweise, dass die Adoleszenz eine schwierige Phase ist.«

Guillem wich allen Fragen über die sexuelle Orientierung seines Freundes aus, empörte sich aber niemals offen über Gilles' Unterstellungen. Sebag unternahm einen letzten Versuch, indem er so tat, als wechselte er das Thema: »Sie kennen Philippe Borell?«

Der Körper des jungen Mannes spannte sich fast unmerklich an.

»Den Juwelier vom Boulevard Clemenceau? Natürlich, er war Christians Freund.«

»Aber Sie kennen ihn … persönlich?«

»Nein. Christian hat mir von ihm erzählt, das ist alles. Er mochte ihn, er war ein Jugendfreund.«

»Im Gegenzug hat Christian Borell aber niemals von Ihnen erzählt. Finden Sie das normal?«

»Er wird seine Gründe gehabt haben.«

»Sie werden mich nicht daran hindern zu glauben, es könnte daran gelegen haben, dass er sich für die Beziehung zu Ihnen schämte.«

Guillem zuckte mit den Schultern. Gilles kam es so vor, als unterdrückte er ein Lächeln. Er notierte sich diesen Eindruck und wechselte diesmal wirklich das Thema.

»Als Sie Geldsorgen hatten, wieso haben Sie sich da an einen Freund gewandt und nicht an Ihren Vater?«

»Eben weil es ein Freund war!«

Seine Brauen hatten sich erneut herabgesenkt. Wie zum Schutz.

»Ihren Vater betrachten Sie nicht als Freund?«, hakte Sebag nach.

Die Vorstellung erschien dem jungen Guillem abwegig.

»Aber nein, weil … weil er mein Vater ist. Sehen Sie Ihren eigenen Vater vielleicht als Kumpel?«

Auf sich selbst bezogen, erschien die Frage Sebag tatsächlich lächerlich. Seine Beziehung zu dem Mann, den er seit Jahren nur noch Gérard nannte, war immer unerfreulich gewesen. »Nicht wirklich«, räumte er ein. »Aber ich wäre sehr glücklich, wenn mein Sohn mich eines Tages als Freund ansehen würde. Ich möchte damit sagen, als jemanden, der außerdem noch ein Freund ist. Eine Person, mit der man offen reden und die man um einen Gefallen bitten kann.«

»Gebe Gott, dass es mit meinen Kindern einmal so kommt …«

Guillem öffnete die übereinandergeschlagenen Beine und rutschte auf dem Stuhl nach vorn. »Mein Vater hat mir mit diesen beiden Wohnungen bereits sehr geholfen. Jetzt ist es an mir, ohne ihn zurechtzukommen. Das denkt er jedenfalls, und ich denke es ebenfalls.«

Sebag hätte gern mehr über Guillems Verhältnis zu seinem Vater erfahren, doch diese Art von Fragen stellte man einem Verdächtigen und nicht einem einfachen Zeugen. Und vorläufig gab nichts ihm das Recht, seinen »Klienten« der ersteren Kategorie zuzuweisen.

Der Akte, die er vor sich gelegt hatte, entnahm er den Prozessionsplan, wie er durch die Ermittlungen erstellt worden war. Er bat Guillem, genauer zu schildern, wo er sich im Moment des Mords und der Panik aufgehalten hatte und wie sein Verhalten damals ausgesehen hatte. Batère Sohn wiederholte alles, was er schon am Tag des Mordes zu Protokoll gegeben hatte. Den Sturz des *misteri*, seine Flucht zum Castillet, wo er sich in einem Innenhof versteckt hatte. Der junge Mann bedauerte diese »nicht unterdrückbare, plötzliche Angst«, die ihn überkommen hatte und die er sich auch fast zehn Tage später immer noch nicht erklären konnte. Richtige Worte, mit veränderter, zerknirschter Stimme geäußert. Aber Sebag vermisste die Mischung aus Stolz und Selbstabwertung, die das Markenzeichen des jungen Mannes war.

»Nehmen Sie jedes Jahr an der *Sanch* teil?«

»Beinahe. Und zwar seit meiner Kindheit. In der Familie Batère geht man ab dem Alter von acht Jahren in der Prozession mit.«

»Aus Tradition oder aus Überzeugung?«

»Eine Mischung aus beidem, das macht ja gerade den Erfolg der *Sanch* aus.«

Gilles musterte ihn ein paar Sekunden. Er dachte an die maßlos teuren Turnschuhe, die der junge Mann auf der Prozession getragen hatte.

»Für manche ist es auch eine Gewohnheit oder sogar einfach nur Anpassung an die Gepflogenheiten.«

Guillem hielt seinem Blick stand und nickte dann. »Was mich betrifft, liegt das nicht völlig daneben … Sie haben mich durchschaut. Tatsächlich habe ich mir niemals die Frage nach meinen Überzeugungen gestellt. Ich nehme weiterhin an der *Sanch* teil, weil es mir eine Entscheidung abverlangen würde, damit aufzuhören.«

Er wollte noch etwas hinzufügen, überlegte es sich aber anders. »Haben wir uns nicht vom Thema entfernt?«

»Ich entferne mich niemals wirklich davon, müssen Sie wissen.«

Sebag hatte das Gefühl, dass Guillem die Warnung, die in diesem Satz mitschwang, sehr wohl verstand.

»Kehren wir also zur Frage der Schlüssel zurück. Im Garten lag ein zweiter Schlüsselbund. Wussten Sie davon?«

»Die Schlüssel im Blumentopf? Ja, sicher. Christian hatte sie dort deponiert, um ins Haus zu kommen, falls er seine einmal verliert. Das war ihm schon mal passiert.«

Sebag sprach nicht über seine Erkenntnis, dass der Schlüssel dazu genutzt worden war, nach Aguilars Tod ins Haus einzudringen, um die Spuren zu verwischen.

»Wer kannte dieses Versteck sonst noch?«

»Keine Ahnung … Monsieur Borell zweifellos. Und andere Personen, die Christian vielleicht eine Zeit lang bei sich hat wohnen lassen.«

»Personen, deren Existenz Sie annehmen, über die Sie aber nichts wissen.«

»Genau.«

Guillem lehnte sich auf dem Stuhl zurück und schaute sich zum ersten Mal im Raum um. An den verblichenen gelben Wänden hingen Plakate. Eine Liste der Notfallrufnummern, Vorbeugemaßnahmen für weibliche Gewaltopfer und Werbung für den Polizistenberuf. Als Gilles den jungen Mann angerufen hatte, um einen Termin für das Gespräch zu vereinbaren, hatte er angenommen, es werde bei Guillem zu Hause oder in seinem Geschäft stattfinden. Doch unter dem Vorwand, gegen Ende des Nachmittags bereits einen Termin in der Nähe zu haben, hatte Guillem vorgeschlagen, selbst ins Polizeigebäude zu kommen. Sebag hatte mit Bedauern zugestimmt, denn die Umgebung, die eine Person sich selbst geschaffen hatte, war immer eine kostbare Informationsquelle. Er wiederum wollte den jungen Mann nicht in seinem eigenen Büro, seiner von ihm geschaffenen Umgebung, empfangen. Er wollte nicht, dass er die Fotos von Claire und den Kindern neben dem Telefon sah oder die Rugbyplakate seines Kollegen Molina.

Instinktiv hatte er gespürt, dass zwischen dem jungen Batère und ihm ein seltsames Spiel gespielt würde.

»Wer hat sich um die Haschischplantage bei Aguilar gekümmert?«

Die direkte Frage brachte Guillem nicht aus der Fassung. Er hob die Hände. »Ich bekenne mich lieber gleich schuldig, Monsieur l'Inspecteur. Ich habe die Pflanzen gesät. Es waren nur vier oder fünf. Kaum genug für meinen eigenen Verbrauch.«

»Das sagen Sie ...«

»In der Tat ... Aber Sie können nicht das Gegenteil beweisen.«

»Diese Sache weist jedenfalls darauf hin, dass Sie sich nicht wieder gefangen haben.«

»Mich wieder gefangen?«

Sebag entnahm der Akte einige maschinenbeschriebene Seiten, die er zu Guillem hinüberschob. Der warf nicht einmal einen Blick darauf. Er wusste, dass auf dem letzten Blatt des Vernehmungsprotokolls rechts unten seine Unterschrift neben der von Lieutenant Sergis stand.

»Dieses Vernehmungsprotokoll habe ich in unserem Archiv gefunden. Vor etwas weniger als drei Jahren wurden Sie wegen illegalen Handels mit Zigaretten aus Spanien beschuldigt. Sie haben sie in den Kneipen von Perpignan schwarz verkauft. Bei dem Verhör damals haben Sie es zugegeben.«

Guillem verschränkte die Arme vor der Brust. Die Geste betonte seine Schultern und die im Fitnessstudio gestählte Brustmuskulatur. »Christians Hilfe reichte nicht aus, um meine Schulden zu begleichen. Ihre Kollegen haben meine Identität festgestellt und mich vernommen, und so habe ich zugegeben, einige Male zwischen Perpignan und La Jonquère gependelt zu sein.«

Da der Preis einer Stange Zigaretten in Spanien beinahe vierzig Prozent niedriger lag als in Frankreich, blühte der Schmuggel im

Département Pyrénées-Orientales. Man schätzte, dass in Perpignan jede zweite gerauchte Zigarette auf der anderen Seite der Grenze gekauft worden war. Der Schmuggel fand in allen nur denkbaren Formen statt: vom einfachen Freundschaftsdienst bis zu organisierten Drogenkurieren.

»Und Sie sind mit einer einfachen Geldbuße davongekommen.«

»Richtig …«

»Mehr haben Sie dazu nicht zu sagen?«

Guillem öffnete die verschränkten Arme und legte die Hände auf die Oberschenkel. »Wenn Sie mehr wissen, wozu dient dann dieses kleine Spiel?«

»Vielleicht hilft es mir, Ihre Ehrlichkeit einzuschätzen …«

Einige Sekunden lieferten sich ihre Blicke einen Wettstreit. Dank Franck Sergis wusste Gilles, dass das damals erstellte Verhörprotokoll nur eine Teilwahrheit enthielt. Guillem seufzte tief.

»Ich gehörte einem Schmugglerring an und hätte eigentlich eine härtere Strafe bekommen müssen, doch mein Vater hat seine Beziehungen spielen lassen. Er hat verhindert, dass ich vor Gericht gestellt wurde und eine Vorstrafe bekam.«

»Letztlich ist Papa doch da, wenn man ihn braucht.«

Guillem verwahrte sich. »Die Gerichtsverhandlung wäre öffentlich gewesen, und es hätte eine Kurznotiz in der Presse gegeben. Denken Sie doch nur … Der Sohn des größten Immobilienprojektentwicklers des Départements … Diese Art Aufmerksamkeit hätte ihm gar nicht gefallen.«

»Er hat seine Beziehungen eher um seiner selbst willen spielen lassen als um Ihretwillen?«

»Wir hatten ein gemeinsames Interesse, sagen wir es so …«

Sebag merkte nichts an und wartete auf nähere Erläuterungen. Doch Guillem fügte nichts mehr hinzu. Nach allem, was Sergis Sebag jedoch mitgeteilt hatte, reichten die Beziehungen von Yves

Batère nicht aus. Dem Druck des Staatsanwalts zum Trotz hatte Commissaire Castello verlangt, dass der Sohnemann vor Gericht musste. Da hatte Guillem Namen und Orte genannt. Ein Lager im Saint-Charles-Viertel. Eine gemeinsam mit der Zollbehörde organisierte Razzia hatte zur Verhaftung von sechs Schwarzhändlern sowie zur Sicherstellung von mehreren Faustfeuerwaffen und dreitausend Zigarettenstangen geführt. Sebag war an der Operation beteiligt gewesen. Durch seine Kaltblütigkeit war am Ende ein Blutbad vermieden worden.

Angesichts des Schweigens des Polizisten ergriff Guillem Batère schließlich wieder das Wort: »Ich hoffe, dass diese kleinen Vergehen mich in Ihren Augen nicht zum idealen Verdächtigen für den Mord an Christian machen.«

Sebag beobachtete ihn lächelnd. Vielleicht war Guillem nicht der Erpresser, als den er ihn gesehen hatte, aber er blieb dennoch Favorit für die Rolle des Mittelsmannes zwischen dem Klavierlehrer und den Juwelenräubern. Übrigens war Sebag nicht entgangen, dass der junge Mann bei der Erwähnung Borells kurz erstarrt war. Was die Rolle des Mörders anging, war der Lieutenant nicht weit davon entfernt, sie dem jungen Mann zuzuschreiben. Dennoch musste er das Gespräch beenden, ohne das Geringste gegen ihn in der Hand zu haben. Nicht einmal ein echtes Motiv.

Sebag schob das Vernehmungsprotokoll in die Aktenmappe zurück.

»Haben Sie dieser alten Angelegenheit oder der, die uns heute beschäftigt, noch etwas hinzuzufügen? Sie haben keine Vermutung, wer Ihren Freund getötet haben könnte?«

Guillem nahm wieder eine entspanntere Haltung ein. Er fasste die Frage als Eingeständnis von Ohnmacht auf. Was Gilles durchaus nicht störte.

»Ich gestehe, dass ich nicht die geringste Ahnung habe. Ich

habe mich mehrmals gefragt, ob das Ziel nicht vielleicht eher die *Sanch* war als Christian … Aber vermutlich sind Sie dieser Spur ebenfalls gefolgt.«

»Selbstverständlich ist die Antiterroreinheit mit dieser Frage beschäftigt. Bisher hat sich niemand zu der Tat bekannt …«

Er erläuterte ihm nicht, dass das Ministerium die entsprechende Vermutung schließlich verworfen hatte.

»Wir von unserer Seite ermitteln ausschließlich zur Situation vor Ort.«

»Also ist es vielleicht ein einsamer Wolf. So sagt man doch, oder? Oder irgendein Verrückter ohne politische oder religiöse Motivation.«

»In der gegenwärtigen Phase der Ermittlungen schließen wir keine Hypothese aus.«

Gilles klappte die Akte zu, steckte sie unter den Arm und stand auf. Dann begleitete er Guillem bis zur Vortreppe des Commissariats.

Draußen hatte der Himmel sich bedrohlich zusammengezogen. Wegen Überflutungsgefahr hatte Météo-France für das Département die Warnstufe Orange ausgegeben. Der im Département zu erwartende Frühlingsregen würde von einer Sturmflut begleitet sein. Vom Meer kommend, würde der Wind verhindern, dass die vom Regen angeschwollenen Flüsse ungehindert ins Mittelmeer abflossen, und so standen wahrscheinlich einige Überschwemmungen bevor.

Während er noch den düsteren Himmel bewunderte, dachte Gilles plötzlich an den »Buchhändler«. Sein Zufluchtsort beim Flussbett der Têt würde zweifellos noch vor Einbruch der Nacht überschwemmt werden. War der Obdachlose über die Warnung informiert, und kannte er sich mit den örtlichen Wetterbedingungen ausreichend aus, um die erforderlichen Maßnahmen zu treffen? Sebag hatte in seiner Aussprache keinerlei Dialektfärbung erkannt. Zweifellos gehörte er zu jenen Unglücklichen, die hofften, dass das Elend im Süden besser erträglich war.

Bevor er sich mit seinen Kollegen im Restaurant traf, um während der Mittagspause eine Bestandsaufnahme zu machen, hatte er noch ein wenig Zeit. Ihm war eine Idee gekommen, wie er dem »Buchhändler« eine Zuflucht vor dem Wetter bieten könnte. Ein bisschen riskant und nicht ganz regelkonform, aber was soll's! Er fuhr zu Hause vorbei, um ein Betttuch zu holen, und parkte dann dicht beim Bett der Têt.

25

An der Stelle, an der er die Supermarktquittung gefunden hatte, bemerkte Gilles eine Handvoll Bambushalme, die ein wenig welk aussahen. Er untersuchte sie weiter unten. Dort, wo die Wurzeln sein sollten, hatte jemand mit einem Blätterbüschel kaschiert, dass sie ausgerissen waren. Gilles packte einen Stängel, zog daran und öffnete so einen Eingang in dem dichten Rohrgestrüpp.

Der holprige Pfad führte zum Ufer der Têt. Nach etwa fünfzehn Metern öffnete er sich auf einen kleinen Sandstrand. Dort stand ein billiges Zelt von der Sorte, die man zwar in drei Minuten aufbaut, für deren Abbau man aber zwei Stunden benötigt. Gegenüber vom Zelteingang befand sich eine Feuerstelle, die von Kieselsteinen begrenzt wurde. Über der noch heißen Glut lag ein Gitter. Und auf dem Gitter stand ein Blechnapf mit angekohltem Boden. Gilles fand es beruhigend, dass der »Buchhändler« seine Dose mit Linsen nicht kalt gegessen hatte.

Er näherte sich einem großen Koffer, der neben dem Zelt stand. Ein abgenutzter Hartschalenkoffer, robust, aber uralt. Er versuchte, ihn zu heben. Er war schwer und dürfte von einem eventuellen Hochwasser nicht weggetragen werden, doch war er dicht genug, um der Witterung zu trotzen? Alle anderen Besitztümer des »Buchhändlers« würden dem steigenden Wasser jedenfalls nicht standhalten.

Gilles kauerte sich vor dem Koffer nieder. Er war mit einer stabilen Kette verschlossen. Im selben Moment, in dem er die Hand darauflegte, spürte er eine Schwingung in der Luft und eine Bewegung hinter sich. Er ließ sich rückwärts fallen, rollte über den Rücken ab und sprang mit einem Satz auf. Die Fäuste erhoben, bereit zum Zuschlagen.

Der »Buchhändler« hatte keine Zeit zu reagieren. Er stand wie erstarrt da und schwang einen Knüppel über dem Kopf.

Die beiden Männer beobachteten einander einige Sekunden. So lange, bis ihr Atem wieder ruhiger ging und der Adrenalinstoß nachließ. Dann senkte Sebag die Fäuste. Nicolas seinerseits warf erzürnt seinen Knüppel zu Boden.

»Was treiben Sie hier?«

»Sie hatten mir die Aufgabe gestellt, Sie wiederzufinden ...

»Da habe ich nicht von hier gesprochen, sondern von der Straße! Hier ist ... ist Privatgelände!«

»Oh, Mist ... ich habe das Schild nicht gelesen. Ich bin zerknirscht.«

Der »Buchhändler« war nicht zum Scherzen aufgelegt. »Verdammter Bulle!«

»Bleiben Sie bitte höflich.«

Nicolas wandte sich Sebag voll zu. »Sonst was!«

»Sonst überlasse ich Sie Ihrem Schicksal, und es ist mir egal, wenn das bevorstehende Hochwasser Ihre Bücher bis ins Meer schwemmt!«

»Was geht denn Sie das an?«

»Ich mag Barjavel sehr, und ich würde gern bald das nächste Buch von Ihnen leihen.«

Sebag betrachtete das Schnellaufbauzelt. Durch den Eingang sah man einen alten Schlafsack, einen kleinen Radioapparat und zwei oder drei Kleidungsstücke zum Wechseln. »Und das alles kaufen Sie sich nach dem Unwetter neu?«

»Ich habe ein abgelegenes Versteck gefunden.«

»Im Trockenen?«

»Mehr oder weniger …«

»Im Warmen?«

»Nicht gerade.«

Nicolas stopfte seine Sachen in eine große Supermarkttüte. Danach legte er das Zelt zusammen. Er war begabt. Nach kaum einer Minute war er fertig. Dann stellte er sich wieder vor Sebag. Er wusste, dass der Polizist einen Vorschlag hatte, und wartete ab. Gilles lächelte.

»Wie wäre es mit einem Dach über dem Kopf?«

Sebag fand einen Parkplatz in einer Seitenstraße der Avenue de la Gare. Er stieg aus und öffnete den Kofferraum.

»Sie wissen jetzt, wo Sie den Schlüssel finden. Hier ist ein Bettlaken für die Couch.«

Der »Buchhändler« steckte das Laken in eine der beiden Supermarkttüten, die er bereits gut mit Büchern gefüllt hatte. Die ersten Tropfen fielen. Sebag schob seine Visitenkarte in eine der Tüten.

»Sie müssen zwei- oder dreimal pendeln, um alles in Sicherheit zu bringen. Trödeln Sie nicht. Mehr kann ich nicht für Sie tun.«

»Das ist schon sehr viel … Was ist das für ein Häuschen?«

»Es ist besser, wenn Sie gar nichts wissen. Sollte jemand Sie finden, sagen Sie, Sie wären zufällig auf den Schlüssel gestoßen und hätten Zuflucht gesucht. Kein Wort mehr und kein Wort weniger.«

»Sie können auf mich zählen.«

»Sollte man Sie im Häuschen entdecken, werde ich sagen, dass ich Sie nicht kenne.«

»Man könnte meinen, wir sind in einer alten Fernsehserie der Sechzigerjahre: ›Ihre Aufgabe, wenn Sie sie annehmen …‹«

»Ja, das trifft es ganz gut.«

Nicolas hob die beiden Tüten hoch. »Das eben tut mir furchtbar leid. Ich hatte Sie nicht erkannt. Zum Glück haben Sie gute Reflexe.«

»Hätten Sie mich geschlagen?«

»Ich denke schon. Das wäre nicht der erste Versuch gewesen, meine Sachen zu stehlen. Da waren drei Kerle, Typ Kampfsoldat. Zum Glück sind ein paar Jugendliche vorbeigekommen. Deren Hunde haben die Drecksäcke vertrieben.«

»Sie besitzen so viel, was man stehlen könnte?«

»Für manche Arschlöcher hat man immer genug. Und außerdem wollten sie vielleicht auch ein bisschen Spaß haben. Es gibt Menschen, die amüsieren sich damit, einen armen Kerl plattzumachen!«

Der »Buchhändler« überquerte die Straße und bog in den Fußweg ein. Sebag wollte schon ins Auto steigen, da sah er, wie der Obdachlose die Tüten abstellte und zu ihm zurückkehrte.

»Darf ich Ihnen eine Frage stellen?«

»Nein. Aber ich kann Ihnen eine Antwort geben: Ich mache das, weil ich eine geheizte Wohnung, Arbeit, eine Frau und zwei wundervolle Kinder habe.«

»Darum ging es mir gar nicht«, scherzte der »Buchhändler«. »Ich wollte Sie nur fragen, ob Sie mir noch zehn Euro obendrauf geben könnten.«

• • •

Gilles stieß zu seinen Kollegen, die bereits im Carlit saßen. Das Restaurant roch gut nach Knoblauch, Kräutern und Holzfeuer.

»Ich habe schon für dich bestellt«, verkündete Jacques. »Heute gibt es *cargolada.*«

Gilles setzte sich zwischen Julie Sadet und François Ménard. Letzterer machte ein angeekeltes Gesicht.

»Ich weiß nicht, ob ich das Schauspiel ertrage.«

Die *cargolada* war ein typisch katalanisches Gericht. Kleine graue Schnecken, die über der Glut geröstet wurden. Das Rezept war einfach: eine Prise Pfeffer und Salz, Schweineschmalz und Kräuter. Während das Ganze garte, schob man ein wenig ausgelassenen Speck in die Schneckenhäuser.

»Wenn ihr sie wenigstens vorher reinigen würdet. So aber köcheln sie in ihrem eigenen Schleim, es ist einfach widerlich.«

Im Gegensatz zur Praxis in anderen Regionen ließen die Katalanen die Schnecken ihren Schleim nicht ausschwitzen, sie begnügten sich vielmehr damit, sie drei Wochen in einem Büschel Thymian fasten zu lassen. Der Schleim gehörte mit zum Rezept, er war sogar ein Hinweis für das Gelingen. Der *cargol* war genau richtig, wenn sich an der Öffnung des Schneckenhauses gelber Schaum festsetzte.

»Mein lieber kleiner François«, begann Molina mit schulmeisterhafter Stimme, »ich will dir etwas in Erinnerung rufen, was du eigentlich schon über mich wissen solltest. Selbst wenn ich kein hundertzehnprozentiger Hurra-Katalane bin wie unser Freund Joan, der heute ja wegen einer Gewerkschaftssitzung bei Tisch fehlt, bin ich dennoch bei gewissen Kapiteln unserer Kultur ein wenig empfindlich: Man kritisiert weder das Futter noch den Fusel.«

»Essen und Wein, das ist ein bisschen wenig als Kulturgut.«

»Wenn ihr in der Picardie wenigstens das hättet, wärest du vielleicht dortgeblieben. Essen und trinken, für mich reicht das. Apropos, was trinken wir eigentlich?«

Er hob die Hand, und der Wirt Rafel tauchte sofort auf.

»*Que vols?*« (Was möchtest du?)

»Was schlägst du uns heute zu deinen *cargols* vor?«

»Gerade habe ich einen Oncle Bob erhalten, ihr könnt mir sagen, was ihr davon haltet. Es ist ein Naturwein mit wenig Tanin und niedrigem Alkoholgehalt, ein hiesiger Grenache, dessen Struktur und Feinheit aber an Burgund denken lassen …«

Molina musterte die Runde. François würde den Wein nicht anrühren, Julie ein Glas trinken, Gilles vielleicht zwei.

»In Ordnung, Raf, mach die Flasche auf.«

Als die Bestellung aufgegeben war, wandte Julie sich Gilles zu: »Also, den jungen Batère, wie hast du ihn gefunden?«

»Interessant.«

Er bemühte sich, einfach und ehrlich von seinem Gespräch mit Guillem zu berichten. Ohne allerdings auf Objektivität abzuzielen. Seine Kollegen erwarteten nicht nur präzise Informationen von ihm, sondern auch seine Einschätzung.

»Guillem Batère ist ein sehr selbstbewusster junger Mann. Er hat so gut wie nie die Beherrschung verloren. Manchmal hatte ich sogar kurz das Gefühl, dass er sich amüsiert. Als er mich belogen hat, ist er trotzdem gelassen geblieben. Er hat mir zum Beispiel verheimlicht, dass er bei der Sache mit dem Zigarettenschmuggel seine Kompagnons verpfiffen hat, und ich glaube, dass er mich auch bezüglich der Natur seiner Beziehung zu Aguilar belogen hat. Aber er hat ohne Angst und Stress geredet. Kurz gesagt, er hat sich verhalten, als wäre er unschuldig.«

»Aber du glaubst trotzdem nicht, dass er es ist …«, erriet Ménard.

»Oh nein, gerade deswegen nicht! Nur die Schuldigen reden mit der Polizei, als wären sie unschuldig!«

Molina, der gerade den Wein kostete, hätte sich fast verschluckt. Ménard machte große Augen.

»Kannst du deinen Gedanken näher erläutern?«

»Wenn man in einem Mordfall von der Polizei vernommen wird, dem Opfer nahestand und in Verdacht geraten könnte, hat man zwangsläufig Angst vor einem Irrtum. Und bei jeder Antwort versucht man, den Polizisten, der einem gegenübersitzt, zu überzeugen, dass man völlig zu Unrecht da ist. Selbst wenn man es nicht offen sagt, muss alles im Tonfall und den Gesten in diese Richtung weisen.«

»Das ist eine Karikatur …«

»Zweifellos ein bisschen übertrieben«, räumte Gilles ein.

Es war niemals einfach, ein vages Gefühl in deutliche Worte zu fassen. Gilles hätte gern hinzugefügt, dass er bei seiner Erläuterung absichtlich dick aufgetragen hatte, um sich verständlich zu machen, doch er befürchtete, dass François sich über so eine Bemerkung ärgern könnte.

»Ich fand, dass Batère für einen Unschuldigen zu kühl, zu heiter und zu gleichmütig war.«

»Vielleicht psychopathische Tendenzen …«, schlug Julie vor.

»Falls er schuldig ist …«, schränkte Ménard ein.

»Aber das ist er … zumindest in dem Sinne, dass er der Mittelsmann zwischen den Juwelenräubern und Aguilar war. Das schreien seine Vergangenheit und sein Profil geradezu heraus.«

»Diesen Punkt sehe ich genau wie du«, stimmte Molina zu.

Nachdem er sich so die Aufmerksamkeit seiner Kollegen gesichert hatte, nahm Jacques sich die Zeit, den Wein, den Rafel ihnen serviert hatte, erneut zu kosten. Gleich darauf schnalzte er zufrieden mit der Zunge: »Wunderbar.«

Am Vormittag hatte er sich über die ehemaligen Komplizen von Guillem Batère beim Zigarettenschmuggel informiert. Er holte ein zerknittertes Blatt hervor und legte es auf eine Ecke der Tischdecke, die bereits mit Krümeln des Brots übersät war, das er in Erwartung des Hauptgerichts verdrückt hatte. Er ließ die sechs Männer Revue passieren, die bei der Razzia im Zigarettenlager festgenommen worden waren. Der Prozess hatte vor einem Jahr stattgefunden, und alle waren zu mehr oder weniger langen Haftstrafen verurteilt worden. Alle waren inzwischen schon wieder frei. Sebag notierte sich den Namen von Benjamin Pailleron. Der junge Mann war ihm etwas schuldig.

Molina verweilte seinerseits bei einem anderen Namen. »Anouar Saïd ist vor achtunddreißig Jahren im Quartier du Mirail in Toulouse geboren. Er war einer der Chefs des Rings und ist zu einer Haftstrafe verurteilt worden. Letzten Herbst ist er aus dem Knast freigekommen. Im Vorstrafenregister dieses Schlaubergers finden sich noch andere Haftstrafen: achtzehn Monate für einen Autodiebstahl als Achtzehnjähriger und sieben Jahre für einen Raubüberfall auf eine Tankstelle in Niort.«

Das darauf folgende Schweigen bewies das allgemeine Interesse.

»Nach allem, was man zuletzt hört, genießt er gerade die Natur auf den Kanaren. Mehr weiß ich im Moment nicht über ihn.«

Rafel stellte einen Caesarsalat vor Julie und vor Ménard ein Kalbsschnitzel mit Rahmsauce.

»Das macht also tatsächlich Guillem Batère zu unserem Hauptverdächtigen für die Rolle des Mittelsmanns«, schlussfolgerte Sebag. »Was seine Rolle als Erpresser angeht, muss man noch sehen. Er redet von Krediten …«

»Und was soll er dir sonst wohl sagen?«, wunderte sich Molina. »Er hat vermutet, dass wir das Konto von Aguilar unter die Lupe genommen haben, und hat diese Geschichte erfunden.«

»Das ist möglich …«

Sebag schob seinen Stuhl zurück, um Rafel zu gestatten, eine

Etagere auf den Tisch zu stellen. Auf jeder der drei Platten zischten um die fünfzig Schnecken.

»Bäh«, stöhnte Ménard.

»Noch ein einziges Wort, François, und ich stecke dir in jedes Nasenloch eine.«

Jacques griff zu einer winzigen zweizinkigen Gabel und zog den ersten *cargol* aus seinem Haus. Mit einem wohligen Seufzer schob er ihn in den Mund.

»Darf ich mal probieren?«, fragte Julie.

Gilles spießte eine Schnecke auf und reichte ihr das Gäbelchen. Sie kaute vorsichtig.

»Wenn ich nicht wüsste, was das ist, könnte ich es gut finden.«

»Bei dir ist noch nicht Hopfen und Malz verloren …«, lobte Molina.

Julie spülte den Mund mit einem Schluck Wein aus. Sie hatte sich den Vormittag über mit Guillems Lebensführung befasst.

»Erpressung oder Kredit, dazu kann ich nichts sagen, aber mit Gewissheit lässt sich festhalten, dass Batère über seine Verhältnisse lebt. Zumindest was seine offiziell angegebenen Verhältnisse angeht. In den letzten Jahren hat er sich immer ein Gehalt von unter zweitausend Euro ausgezahlt, dazu kamen noch die Mieteinnahmen aus der Dreizimmerwohnung. Das sind sechshundertfünfzig Euro minus Nebenkosten.«

Julie hatte ein ausgezeichnetes Zahlengedächtnis und sprach ohne Notizen.

»Trotzdem besitzt er ein Motorrad – eine Yamaha 500 – und ein BMW Sportcoupé. Letzteres hat er zwar gebraucht gekauft, aber neu ist es um die fünfzigtausend Euro wert.«

»Oh, là, là!«, entfuhr es Jacques.

»Und wenn man sich die Fotos anschaut, die er in den sozialen Netzwerken postet, sieht man, dass er sich nur mit edlen Klamotten nach der neuesten Mode kleidet. Ein Blick auf sein Facebook-Konto hat mir außerdem gezeigt, dass er im vergangenen Jahr zweimal ins Ausland verreist ist: nach Ibiza und nach New York. Seine zahlreichen Ausflüge nach Barcelona erwähne ich gar nicht.«

»Vielleicht schenkt sein Vater ihm Geld«, erwog Ménard.

»So läuft es in dieser Familie nicht«, entgegnete Gilles. »Man kann dagegen nicht ausschließen, dass er weiterhin dealt. Mit Zigaretten, Cannabis und ... zweifellos mit Informationen wie die über die Lieferung von Edelsteinen an einen Juwelierladen in Perpignan. Im Zusammenhang damit stellt sich noch eine weitere Frage: Hat Aguilar diese Information wissentlich preisgegeben?«

»Du meinst, es könnte Vertraulichkeiten unter der Bettdecke gegeben haben ...«, kicherte Jacques, dessen Lippen vom Saft seiner letzten Schnecken glänzten.

Bei diesem Schauspiel wischte Gilles sich reflexhaft den eigenen Mund ab.

»Ideal wäre es, wenn wir sein Bankkonto unter die Lupe nehmen könnten«, nahm Julie den Faden auf. »Aber dazu bräuchten wir die Genehmigung des Staatsanwalts, und angesichts der Beziehungen des Vaters erscheint mir das verfrüht.«

Alle stimmten ihrer vorsichtigen Herangehensweise zu.

Von einer Windböe getrieben, prasselte eine Salve Regentropfen gegen das Fenster des Restaurants. Das Unwetter war jetzt angekommen, nun würde es mehrere Stunden regnen. Gilles hoffte, dass der »Buchhändler« genug Zeit gehabt hatte, alle seine Sachen im Häuschen in Sicherheit zu bringen.

»Bleibt noch die grundlegende Frage«, mischte Ménard sich ein. »Hat Guillem Batère Christian Aguilar ermordet? Und vor allem, hat er tatsächlich ein Motiv? Wir haben an die Rache eines Menschen gedacht, der als Kind von seinem Klavierlehrer vergewaltigt worden ist ... Er dagegen hat eher von Freundschaft gesprochen.«

Molina zuckte mit den breiten Schultern.

»Das ist dasselbe wie mit der Erpressung … Du glaubst doch nicht, dass der Kerl dich auf seine Spur führt. Selbst wenn er Hass empfunden hätte, hätte er es nicht gesagt. Man sollte ihn auch nicht für einen Idioten halten.«

Sebag legte das Gäbelchen auf seinen Teller.

»Dieser junge Kerl hat mich mit seiner kühlen Gelassenheit wirklich überrascht. Und auch mit seiner Gleichgültigkeit gegenüber seiner Umgebung. Julie hat eine Tendenz zur Psychopathie angesprochen, und das könnte gut dazu passen. Er hat schlüssig auf meine Fragen geantwortet, aber alles ist mir allzu beherrscht und berechnend vorgekommen. Seine Antworten waren fast immer ohne Emotion und nicht spontan.«

Er hielt kurz inne und fuhr dann in seiner Überlegung fort. Er fand selbst, dass er ein bisschen schnell zu Werke ging.

»Unter den Mördern, die ich im Verlauf meines Berufslebens festgenommen habe, kenne ich nur wenige, die einen Mord vor so vielen Menschen fertiggebracht hätten. Und doch … Und doch halte ich ihn dazu für fähig. Ich glaube sogar, dass es eine Herausforderung wäre, die ihn gereizt haben könnte.«

»Fähig heißt nicht schuldig«, widersprach Ménard.

Gilles erwiderte nichts. Ihm war sehr wohl bewusst, dass mit der Argumentation, die er gerade vorgebracht hatte, schon viele Justizirrtümer begangen worden waren. Wenn die Polizei nicht vorankommt, neigt sie dazu, Profil und Vergangenheit eines Verdächtigen als einzigen Beweis zu akzeptieren. Und doch …

Ménard ließ nicht locker. »Ich rufe dir in Erinnerung, dass er während der Prozession ein *misteri* getragen hat … Mir ist nicht klar, wie er den Klavierlehrer da hätte erstechen können.«

»Das ist tatsächlich ein großartiges Alibi …«

Seit seinem Gespräch mit Guillem hatte Gilles viel über diese

Frage nachgedacht. Julie, die sich einen neuen *cargol* von der Etagere genommen hatte, hielt vor dem Herunterschlucken inne. »Du meinst ein Alibi, wie nur ein Mörder es sich verschaffen würde?«

»Das ist doch Wahnsinn«, ereiferte sich Ménard.

Sebag schwieg. Er wollte sehen, ob Jacques und Julie sich dieselben Hypothesen zurechtlegten wie er.

»Man könnte sich vorstellen, dass zwei Büßer miteinander getauscht hätten«, schlug Molina vor. »Wenn sie die *caparutxa* tragen, kann man sie nicht mehr unterscheiden. Historisch gesehen war das übrigens der Zweck der Verhüllung.«

»Das würde einen Komplizen voraussetzen. Jemanden, der ungefähr dieselbe Größe und denselben Körperbau hat wie Guillem.«

»Und vor allem die gleichen Schuhe! Nur an den Schuhen lassen sich die Büßer unterscheiden.«

Ménard betrachtete seine Kollegen fassungslos. Sebag schob sich eine weitere Schnecke in den Mund. Er war zufrieden.

»Als ich Guillem Batère nach dem Mord befragt habe, befand er sich in Begleitung eines Freundes. Ein junger Mann wie er selbst. Vielleicht ein bisschen größer, aber von ähnlicher Statur. Und vor allem …«

Sebag hatte noch keinen Wein getrunken und kostete. Ja, der war tatsächlich fabelhaft. »Und vor allem trugen beide die gleichen Schuhe. Schwarze, maßlos teure Turnschuhe, die mir für eine Prozession unangemessen erschienen.«

Am Tisch wurde es relativ still. Alle dachten nach. Jacques, während er die letzten Schnecken verdrückte, Julie, die die Sintflut auf der Straße betrachtete, und Ménard, der mit der Gabel Furchen in die Reste der Rahmsauce seines Schnitzels zog.

»Das ist alles schön und gut, aber wir brauchen Beweise!«

»Mehr aber auch nicht!«, gab Molina zurück, der mit vollem Bauch immer optimistischer war.

Sebag legte beide Hände flach auf den Tisch.

»Ich weiß, dass es ein bisschen an den Haaren herbeigezogen wirkt. Okay, Guillems Gelassenheit macht ihn noch nicht zum psychopathischen Mörder, aber ich kann ihn mir, ehrlich gesagt, eher in dieser Rolle vorstellen als in der Rolle eines Kerls, der in Panik gerät und flieht, weil er angeblich das Knallen von zwei Krachern mit einem terroristischen Angriff verwechselt hat.«

»Dann hätte er seine Panik also deiner Meinung nach nur vorgetäuscht. Aber warum?«

»Nicht er hätte das in diesem Fall vorgetäuscht«, stellte Julie richtig, »sondern sein eventueller Komplize.«

»Und der hat sich dann in einen Innenhof geflüchtet, in dem Guillem zu ihm gestoßen ist«, erklärte Gilles. »Anschließend sind sie zusammen herausgekommen, die *caparutxa* unter dem Arm. Ende der Tauschaktion.«

»Das haut perfekt hin«, begeisterte sich Jacques und hob die Hand, um eine Käseplatte zu bestellen.

Gilles schloss die Beweisführung mit einem Lächeln:

»Ich würde nicht darauf wetten, dass Guillem Batère ein Mörder ist. Dagegen würde ich ohne Weiteres mein Gehalt darauf setzen, dass er nicht der Typ ist, der wegen einer Kleinigkeit in Panik gerät. Er ist ein junger Mann, der weiß, was er tut.«

26

Sebag rieb sich die Augen. Unter seinen Lidern meldete sich ein beginnender Kopfschmerz. Er musste demnächst mal zum Augenarzt, seine Sicht verschlechterte sich. Das Alter … Dass er Probleme hatte, war ihm aufgefallen, seit er wieder zu lesen begonnen hatte. Abends im Bett, die Müdigkeit, das schlechte Licht … Und jetzt die verdammten Bildschirme.

Seit einer Stunde ging er erneut die Aufnahmen der Überwachungskamera durch. Diesmal hatte er die städtische Polizei gebeten, sie ihm auf einer CD zu speichern. Das war letztlich einfacher. Er hatte bis zum Gehtnichtmehr den Weg verfolgt, den Guillem angeblich während des Geschehens zurückgelegt hatte. Hatte die Aufnahme im Vorwärtslauf, im Rückwärtslauf, im normalen Tempo, im Schnelllauf, in Zeitlupe und sogar als Standbild betrachtet. Der junge Batère und sein Freund hatten sehr ähnliche Umrisse, und ihre Turnschuhe schienen identisch zu sein. Diese Ähnlichkeiten unterstützten zwar die Hypothese eines Tauschs, waren aber kein Beweis für ihre Richtigkeit.

Und was diesen Freund betraf … Es handelte sich um einen gewissen Maxime Reynald, der unmittelbar nach der *Sanch* nach Australien geflogen war, um es bei den Antipoden mit einer Karriere im Dreizehnerrugby zu versuchen. Vorläufig war eine Befragung also unmöglich. So ein Zufall …

Aber wahrscheinlich spielte der Zufall in dieser Angelegenheit nicht die geringste Rolle.

Jetzt wartete Sebag auf die Negative einer Hobbyfotografin. Corinne Sorgues bereitete eine Ausstellung über die *Sanch* vor, und sie hatte sie dieses Jahr aus nächster Nähe verfolgt. Einige Monate zuvor hatte Sebag ihr einen Dienst erwiesen, als er half, einen Fall von Motorrollerdiebstahl, in den ihr junger Neffe sich hatte verwickeln lassen, gütlich beizulegen. Sie hatte sich bereit erklärt, ihm alle Fotos zu schicken, selbst die misslungenen. Vielleicht würde er in dieser Sammlung bessere Bildeinstellungen finden, bessere Sichtwinkel, einen anderen Blick … Und wer weiß, vielleicht auch eine Inspiration.

Von der Erzbruderschaft waren dieses Jahr noch viele weitere Journalisten akkreditiert worden, doch er hatte darauf verzichtet, sie um Hilfe zu bitten. Dafür kannte er sich zu gut mit Journalisten aus: Er wusste, dass sie Einspruch erheben würden, dass sie von Berufsethos sprechen und ausdrücklich darauf beharren würden, dass sie keine Hilfskräfte der Polizei seien. Er konnte das durchaus nachvollziehen: Wenn die Journalisten anfingen, der Polizei ihre Aufnahmen zu überlassen, würde ihre Arbeit in gewissen Stadtvierteln bald zur Hölle.

Sebag erhob sich von seinem Schreibtisch. Noch immer trommelte der Regen auf die Straße und die Dächer nieder. Er müsste sich ohnehin bald nach draußen wagen, um heimzufahren, warum also nicht sofort?

Er hatte die Adresse von Benjamin Pailleron gefunden. Ein Mietshaus im Bas-Vernet. Nach seiner Entlassung aus dem Gefängnis lebte der Junge wieder bei seiner Mutter.

• • •

Das Treppenhaus roch nach Schimmel und nach Kohl. Gilles klopfte an eine Tür im dritten Stock: Unter den Türspion hatte ein fantasieloser Scherzbold »fick deine Mutter« ins Holz geritzt. Eine Jugendliche von etwa zwölf Jahren machte Sebag auf. Auf ihrer Hüfte saß ein Kleinkind von zwei Jahren.

»Ist dein Bruder da?«

»Welcher?«

Sie schob das Kind höher. »Der da?«, fragte sie kichernd.

»Wieso? Dealt er schon?«

»Okay, ich verstehe.«

Sie wandte sich ins Innere der Wohnung. »Ben … Die Bullen. Für dich …«

Sie blickte betont auf die Fußmatte und entfernte sich ein paar Schritte, damit er hereinkommen konnte. Vor dem Eintreten trat Sebag sich sorgfältig die Schuhe ab.

Er fand Benjamin in einem Zimmer am Ende des Flurs vor. Er lümmelte auf einem schmalen Bett, auf seinem Bauch lag eine Spielekonsole. An den Wänden hingen Poster in schreienden Farben von Sängerinnen, die Sebag nicht kannte, und Filmen, die er nie gesehen hatte.

»Störe ich?«

»Natürlich …«

Sebag setzte sich auf den Stuhl vor einen Schreibtisch, der zu allem gedient hatte, nur nicht zum Hausaufgabenmachen.

»Du erinnerst dich an mich?«

»Natürlich …«

Der junge Mann hatte den Blick nicht von seinem Spiel gewandt. Sebag spürte das wilde Verlangen, ihm die Konsole aus den Händen zu reißen und sie an die Wand zu werfen.

»Du gewinnst?«

»Selbst wenn man gut is', am Ende is' man doch ein Stück weit der Loser.«

»Wie im Leben, wenn man Dummheiten macht!«

Benjamin drückte auf die Pausentaste und sah Sebag an. Er war bleich und hatte struppiges Haar.

»Beim Leben von meiner Mutter, ich hab nix gemacht.«

»Das wünsche ich dir.«

»Wieso sind Sie da? Um mich zu grillen? Wenn 'n Bulle 'nem Typ wie mir Schiss machen will, hagelt es Fragen ...«

»Du bist nicht so dumm, wie du aussiehst.«

»Ich hab nich' gesagt, dass ich antworte.«

»Dann vergiss das Kompliment, das ich dir gemacht habe. Guillem Batère, kennst du den?«

Einem kurzen Zittern der Wimpern entnahm Sebag die Antwort. Ein Ja.

»Was woll'n Sie von ihm?«

»Hör mal, Ben, das ist doch nicht dein erstes Gespräch mit einem Polizisten. Warum antwortest du mir dann mit Gegenfragen? Du weißt genau, dass wir das gar nicht mögen.«

»Hab ich wohl vergessen. Ist lang her. Ich hab für meine Dummheiten bezahlt.«

Kurze Sätze, eine Sprechweise, die durch die starke Betonung der Konsonanten und einen Rhythmus gekennzeichnet war, der an Rap erinnerte ... Benjamin Pailleron sprach mit jenem Schurkenakzent, der die Hochhaussiedlungen Frankreichs verbindet, von Marseille bis Lille und von Straßburg bis Bordeaux.

»Ich dagegen finde, dass es noch gar nicht so lange her ist. Auf jeden Fall kürzer, als wenn man dir den Prozess dafür gemacht hätte, dass du die Waffe gegen einen Polizisten erhoben hast. Und das hättest du verdient gehabt.«

»Ich hab sie nicht erhoben ...«

»Das entspricht keineswegs der Meinung meiner Kollegen und noch weniger der Meinung meiner Vorgesetzten. Doch zum Glück konnte ich sie überreden, einen armen Jungen, der vielleicht eine Chance verdient hatte, nicht zu hart ranzunehmen.«

Vor drei Jahren hätte die Razzia von Zoll und Polizei im Lager der Zigarettenschmuggler um ein Haar übel geendet. Benjamin, damals gerade einmal achtzehn Jahre, war unvermittelt aus dem umstellten Lagerschuppen aufgetaucht. Eine Waffe in der Hand. Er hatte die Polizisten, die ihm gegenüberstanden, nicht wirklich bedroht, doch es dauerte lange, bis er bereit war, die Knarre zu senken. Sebags ganze Überzeugungskraft war nötig gewesen, um ihn dazu zu bringen, seine Pistole auf den Boden zu legen.

»Jetzt soll ich die Rechnung bezahlen. Für die fünf Minuten Nachsicht. Is' das so?«

»Es wäre mir lieber, du würdest die Sache anders sehen, aber wenn du möchtest, kann man es so ausdrücken. Also … Guillem Batère?«

»Die Sache war vor Gericht. Wenn ich Ihnen sag, dass Batère im Business war, passiert nichts mehr, oder?«

»Nein.«

»Okay, dann sag ich es Ihnen: Er war im Business.«

»Was hat er gemacht?«

»Verwaltung vom Lagerbestand, Eingänge, Ausgänge. Er hatte auch 'n Zwischenlager. Er hatte n' Versteck.«

»Wo?«

»Im Bahnhofsviertel. Genau hab ich es nie gewusst, aber es lag gut. Perfekt zum Verkloppen von Ware in der Innenstadt.«

Das Häuschen von Aguilar hatte also nicht nur dazu gedient, Guillem zu beherbergen.

»Die Verwaltung des Lagerbestands? Das ist keine Kleinigkeit … Stand er den Chefs des Schmugglerrings nahe?«

»Der Schmugglerring«, wiederholte Benjamin. »Quatsch … Klar, ihr Bullen und Richter fandet das Wort cool. Das klingt verdammt gefährlich für eine Bande von Kumpels, die ein bisschen Kies machen wollten, ohne vor Langweile abzukratzen.«

»Sag mal, Benjamin, vielleicht solltest du die Geschichte nicht neu erfinden. Die Pistole in deiner Hand, war das, um mit deinen Kumpels Räuber und Gendarm zu spielen?«

Benjamin legte den Zeigefinger unter die Nasenlöcher und schniefte geräuschvoll. »Stimmt, am Ende ham wir uns selbst zu ernst genommen.«

Der junge Mann deutete auf die Konsole, die noch immer auf seinem Bauch stand.

»Ich hab das *game* gewechselt, das is' vernünftiger. Die Scheiße is' nur, dass nix dabei rumkommt!«

»Du hast keinen Job gefunden?«

»Ach Quatsch … Ohne Abschluss und mit 'ner Vorstrafe. Das hängt mir total nach.«

»Hast du wenigstens gesucht?«

»Ein bisschen.«

»Ein bisschen, na klar … Und bei den Vorstellungsgesprächen hast du so geredet: »Eh, Alter, stell mich ein, schieb mir Schotter rüber«, äffte Gilles den Akzent der Hochhaussiedlungen nach.

»He, M'sieur, das ist Rassismus!«

»Nein, sondern Coaching. Und zudem noch gratis.«

»Ich bin nicht mal bis zum Vorstellungsgespräch gekommen. Schon meine Adresse hat ihnen Angst gemacht. Wenn sie da noch meine Vorstrafe gesehen hätten …«

Benjamin hatte die Gelegenheit genutzt, das Thema zu wechseln. Es wurde Zeit, das Gespräch wieder zu fokussieren.

»Und Batère, was treibt der heute so?«

»Dem sein Akzent ist kein Problem, der spricht astreines Französisch … Seit dem Knast hab ich ihn nicht mehr geseh'n. Er ist brav geworden, denk ich. Der braucht weder zu schuften noch zu schmuggeln. Hat ja seinen Papa! Der und ich, wir sin' nicht auf derselben Seite der Têt geboren.«

In Perpignan trennt der Fluss die Innenstadt von den Unterschichtvierteln Bas-Vernet und Haut-Vernet. Eine wahre innerstädtische Grenze.

»Und Anouar Saïd, auf welcher Seite ist der geboren?«

Der junge Mann lachte glucksend: »Anouar kommt nicht aus Perpignan. Wie sein Vorname verrät, kommt er aus … Toulouse.«

»Und was treibt er so?«

»Als er aus dem Knast raus is' – seit fünf oder sechs Monaten, glaub ich – is' er auch raus aus Frankreich. Er is' nich' über die Têt rüber, sondern über die Pyrenäen. Falls er noch Dummheiten macht, macht er die auf … Spanisch.«

»Und er ist nie nach Perpignan zurückgekehrt?«

»Ich jedenfalls hab ihn nich' geseh'n. Ich schwör!«

Sebag notierte die nuancierte Formulierung. Dann ließ er den Blick nachdrücklich auf den Geräten im Zimmer verweilen. Der Laptop, der auf dem Schreibtisch stand und gerade Musik streamte, die Lautsprecherbox eines Markenherstellers, die auf stumm gestellt war, die Turnschuhe von Nike auf dem PVC-Boden, die Spielkonsole und das iPhone 8, das neben dem jungen Mann lag.

»Jetzt sag mir nicht, deine Mutter hat dir das alles geschenkt?«

Als ihr Sohn festgenommen wurde, arbeitete Nadine Pailleron als Kassiererin in einem Supermarkt. Wider Willen in Teilzeit, und was fehlte, besserte sie durch Putzen auf. Eine mutige Frau, aber eine überforderte Mutter. Außerdem eine Liebende, die von jedem Liebhaber verlassen worden war, von drei verschiedenen Vätern, die ihr jeder einen Balg zurückgelassen hatten. Ihretwegen bereute Sebag es kein bisschen, dass er Benjamin eine Chance gegeben hatte, selbst falls sich herausstellen sollte, dass er sie nicht genutzt hatte.

»Der Rechner gehört meiner Schwester Maëlle«, erklärte Ben. »Die Box hat ein Freund mir geliehen, und das Telefon, genau, das hat meine Mutter mir …«

»Und die Latschen?«

»Ich hab im Gefängnis gearbeitet …«

Sebag schenkte ihm ein wissendes Lächeln. »Wir werden dich genau im Auge behalten, Benjamin, sehr, sehr genau. Vor drei Jahren waren wir eher cool mit dir. Um deiner Mutter willen glaube ich heute, dass wir dich davor bewahren müssen, rückfällig zu werden. Wenn es nicht schon zu spät ist …«

»Ich bin clean.«

»Ich werde in deinem Leben wühlen, und wenn es was zu finden gibt, werde ich es finden.«

Benjamin richtete sich halb auf dem Kopfkissen auf. »Ich bin clean, das hab ich Ihnen schon gesagt«, wiederholte er gekränkt.

»Und warum erzählst du mir dann nicht alles, was du über Anouar weißt?«

»Ich bin clean, aber das heißt nich', dass ich meine alten Kumpel verpfeif, Scheiße noch mal!«

»Gibt es denn was zu verpfeifen?«

Benjamin verzog das Gesicht: »Das hab ich nur so gesagt. Man muss nich' alles wörtlich nehmen.«

»Doch, genau das ist meine Spezialität. Du hast Anouar nicht mehr gesehen, aber du weißt, dass er nach Perpignan zurückgekehrt ist, stimmt's?«

Der junge Mann studierte seine Strümpfe.

»Richtig? Er ist zurückgekehrt?«, hakte Sebag nach.

Keine Antwort. Die Strümpfe an seinen Füßen schienen ihn brennend zu interessieren. Vielleicht versuchte er, die Maschen zu zählen.

»Er ist am Osterwochenende zurückgekehrt …«, fuhr Sebag fort.

Benjamin konnte ein Zittern seiner zusammengepressten Lippen nicht verbergen.

»Und gleich im Anschluss ist er wieder nach Spanien zurückgereist, stimmt's?«›

Immer noch keine Antwort.

»Ich rede mit dir, Benjamin.«

»Wenn Sie es schon wissen, warum fragen Sie dann?«

»Weil ich möchte, dass du es mir bestätigst. Und damit du mir sagst, warum er zurückgekommen ist. Das Business?«

»Vielleicht …«

»Welches Business? Die Kippen, oder … Oder der Raubüberfall auf den Juwelierladen Borell am Boulevard Clemenceau?«

Panisches Flackern in Benjamins Augen.

»Ich weiß nix davon, verfickt noch mal!«

Sebag spürte, dass er sehr wohl einige Informationen bekommen würde … Aber es würde eine schwere Geburt werden.

»Du bist hoffentlich nicht darin verwickelt?«

Benjamin richtete sich weiter auf. »Sie ham ja 'n Knall.«

»Ich denke nicht, nein. Okay, weißt du, was wir machen werden? Wir warten, bis deine Mutter von der Arbeit kommt, und dann stell ich meine Fragen noch einmal, vor ihr. Das wird ihr bestimmt Freude bereiten.«

Der junge Mann setzte sich aufs Bett, die angezogenen Beine an die Brust gedrückt.

»Sie wollen, dass sie wieder flennen muss?«

»Wenn sie geweint hat, dann nicht meinetwegen. Weißt du, was wir machen, während wir auf sie warten?«

Erneut ließ er den Blick über alle Geräte gleiten, auf die er Benjamin bereits hingewiesen hatte.

»Du zeigst mir alle Rechnungen, okay?«

»Sehr witzig … Was nicht geliehen is', hab ich Kumpels von mir abgekauft.«

»Du betätigst dich inzwischen in der Hehlerei? War deine Haftstrafe nicht zum Teil zur Bewährung ausgesetzt? Wie lange? Zwölf Monate, glaube ich …«

Benjamin murmelte etwas, und Sebag musste ihn auffordern, es noch einmal lauter zu wiederholen.

»Ich bin keine Petze …«

»Das weiß ich.«

Gilles schaute auf die Uhr seines Handys. »Um wie viel Uhr kommt deine Mutter zurück?«

»Ich weiß nichts Genaues, das sind nur Gerüchte …«

»Super! Wenn du mir nur von Gerüchten und nicht von erwiesenen Tatsachen berichtest, verpfeifst du ja niemanden. Wir plaudern nett miteinander, das ist alles.«

»Sie nerven mich total, fuck! Lassen Sie mich in Ruh.«

Er hatte zu schreien begonnen. Die Tür ging auf, und in der Öffnung tauchte das Gesicht der jüngeren Schwester auf. »Flippt nich' aus, Nolan will einschlafen …«

Sebag wandte sich ihr zu. »Du kannst deinen Laptop mitnehmen, Maëlle.«

Das Mädchen betrachtete ihn über den Schreibtisch seines Bruders hinweg. »Welchen Laptop? Meiner ist in Nolans Zimmer, ich lass Musik laufen, damit er besser einschläft.«

»Hau ab, du blöde Tante!«, schimpfte Benjamin.

Maëlle ließ sich das nicht zweimal sagen. Sebag musterte den großen Bruder mit einem spöttischen Lächeln.

»Verloren! Fangen wir mit der Rechnung des Laptops an, oder erzählst du mir ein bisschen von den Gerüchten, die über Anouar in Umlauf sind?«

Benjamin verbarg sein Gesicht zwischen den Knien. Ein Dutzend Sekunden. Dann tauchte es wieder auf, die Augen waren feucht. »Es gibt so ein Gerede, dass er am Überfall beteiligt war …«

»Es gab zwei Täter. Was sagen die Gerüchte darüber?«

»Der Fahrer war Spanier. Seinen Namen kenn ich nich'!«

»Keine Sorge, Ben. Und was sagen die Gerüchte über den anderen?«

Der junge Mann schniefte, wischte sich mit den Fingern die Nase ab und fuhr sich dann mit der Hand durchs struppige Haar. »Dass es sich um Lucas handelt. Lucas Monclar.«

Der Name war Sebag nicht unbekannt. »Der kommt ebenfalls aus Perpignan, oder? Und er war gleichfalls am Zigarettenschmuggel beteiligt?«

»Ja.«

Sebag forderte ihn auf, ihm Saïd und Monclar zu beschreiben, und verglich das mit den Notizen, die er bei Borells Aussage gemacht hatte. Anouar Saïd war der größere der beiden, und er hatte was zu sagen. Dann war also Lucas Monclar derjenige, der den Juwelier geschlagen hatte, und ebenfalls derjenige, der einen Schal um den Hals getragen hatte.

»Hat er irgendwas am Hals, dieser Lucas, eine Tätowierung oder eine Narbe?«

»Einen Wolfskopf, ja.«

Sebag notierte dieses wichtige Detail und unterstrich es.

»Wo sind sie derzeit?«

»In Spanien.«

»Monclar ebenfalls?«

»Ja.«

Dieses mit einem Atemzug herausgestoßene »Ja« verbarg etwas.

»Dass Anouar da unten ist, verstehe ich, aber wieso Monclar?«

Benjamin schniefte. »Er hat's nich' geschafft, sich an den Plan zu halten. Er hat mit Geld um sich geschmissen. Anouar hat ihm befohlen, Perpignan zu verlassen.«

Eine schlechte Nachricht. Das würde die weiteren Ermittlungen möglicherweise verkomplizieren.

»Gibt es sonst noch Gerüchte? Über die beiden? Über Batère?«

»Was is' mit Batère? Sind Sie von ihm besessen, oder was?«

»Er hat nichts mit dem Raubüberfall zu tun?«

»Soweit ich weiß, nich'! Er ist doch jetzt brav, oder? Der hat alles, was es für Erfolg braucht, warum sollt' er sich die Hände schmutzig machen?«

»Das weiß der Geier ... Das sind also alle Gerüchte?«

»Nich' ganz. Es gibt noch eins. Nämlich wenn meine Mutter ihren Bus nich' verpasst hat, is' sie in zehn Minuten da.«

Sebag lächelte ihn an.

»Okay, Benjamin ... Ich gehe jetzt ... Aber noch ein Letztes. Ich habe eine gute und eine schlechte Nachricht für dich. Mit welcher soll ich anfangen?«

»Mir scheißegal.«

»Sehr schön. Die erste Nachricht ist, dass ich dich mag und mich um deine Zukunft sorge. Und die zweite, dass wir dich genau im Auge behalten werden, damit du nicht rückfällig wirst.«

»Aber das sind zwei schlechte Nachrichten!«

»Na ja, da ich der Meinung bin, dass es zwei gute sind, ergibt sich im Durchschnitt eine gute und eine schlechte. Siehst du, ich hatte recht.

27

Heiß, heiß, heiß ...

Das Fitnessstudio hallte vom dumpfen Poltern seiner Schritte auf dem Laufband wider. Zwölf Kilometer die Stunde.

Heiß, heiß, heiß ...

Sogar kochend heiß!

Dieser Schauder von Kälte! Nichts würde jemals dem köstlichen Gefühl gleichkommen, das er empfunden hatte. Räuber und Gendarm spielen, großartig! In seinem Alter! War das vernünftig?

Nein, nein, tausendmal nein, und gerade das war das Geile daran. Haha!

Er streckte die Hand nach dem Gerät aus und drückte auf die Plustaste. Der Zähler stieg auf dreizehn. Er passte seinen Schritt und seinen Atem an, zumindest das brauchte er, um Druck abzubauen. Er musste seinen Körper ermatten und seinen Geist leeren, um wenigstens einen Anschein von Gelassenheit wiederzufinden.

Etwas so Mächtiges hatte er davor erst ein einziges Mal erlebt, doch daran wollte er sich nicht mehr erinnern. Das Messer, das eindringt, das Leben, das schwindet, und er selbst als Herr der Welt. Selber schuld, der arme *Schuft*. Er hatte es absolut verdient. Haha!

Bérénice näherte sich seinem Höllengerät. Sie hatte gerade zwanzig Minuten auf dem Tretrad hinter sich, doch nichts in ihrem

Gesicht verriet die Anstrengung. Sie ließ es jedoch ruhig angehen. Ständig musste sie eine SMS verschicken oder jemanden anrufen. Ihr Tanktop war allerdings leicht verschwitzt und klebte auf der Haut.

Er trank einen Schluck und stellte das Gerät noch schneller ein. Fünfzehn Kilometer pro Stunde.

»Spar dir ein bisschen Kraft auf … für mich«, flüsterte ihm seine Freundin zu.

Statt mit Worten antwortete er mit den Augen. *Keine Sorge … du kommst schon auf deine Kosten, Schätzchen.*

»Versprechungen, alles nur Versprechungen …«, kokettierte Bérénice und entfernte sich in einen anderen Saal, wo sie Beine-Bauch-Po erwartete. Als ob sie es nötig hätte, ihre Pomuskeln zu trainieren, dachte er, während er ihre elegante Rückansicht begehrlich musterte. Der Halunke in ihm erregte die Dame von Welt, das war ihm bewusst, und er spielte damit.

Außerdem war ihm klar, dass es besser war, ihr einiges zu verschweigen. Seine Vergangenheit, seine Freundschaften, seine Taten. Es gefiel ihr, dass er ein Halunke war, aber zu viel Halunke dann doch auch wieder nicht. Ein bisschen mannstoll gut und schön, aber lieber nicht zu sehr. Haha!

Manchmal war er in Versuchung, beim Liebemachen alles vor ihr auszuplaudern. Das würde sie unglaublich anmachen, da war er sich sicher. Nur würde sie nach ihrem Mega-Super-Orgasmus wieder das brave Mädchen aus guter Familie sein und ihn entsorgen wie einen alten Slip. Zweifellos würde sie sogar zur Polizei gehen und ihn anzeigen.

Natürlich würde er ihr niemals irgendwas erzählen. Er würde ihr seine wahre Natur für immer verschweigen. Eine Natur, die er Tag für Tag immer mehr entdeckte. Ein Wesen, das ihn ein wenig erstaunte. Und ein wenig erschreckte.

28

Sebag las die Lokalzeitung und trank einen Kaffee, während Rafel auf der Türschwelle seines Restaurants eine Zigarette rauchte und beobachtete, wie der Regen über die Straße lief.

»He, Jaume!«, rief er zwei Gestalten zu, die sich über den Bürgersteig schleppten. »*Com vas?* (Wie geht's?) Was machst du da im Regen? Komm rein und wärm dich auf.«

Er trat zur Seite, um einen alten Mann hereinzulassen, der fast in seiner schmutzigen Regenjacke versank und von einem ebenso altersschwachen Hund begleitet wurde.

»Was darf ich dir bringen?«

»Ein Glas Rotwein.«

»Willst du nicht lieber was Warmes?«

Der Alte riss begehrlich die Augen auf. »Einen Glühwein?«

Seit Jaume, ein Kindheitsfreund von Rafels Vater, langsam dement wurde, lebte er bei seinem Sohn. Da er sich mit seiner Schwiegertochter nicht gut verstand, riss er gelegentlich aus. Ein oder zwei Nächte fern dem trauten Heim mit seinem Hund. Anfangs hatte der Sohn immer die Polizei verständigt, doch schließlich hatten sich alle an seine Ausflüge gewöhnt.

»Du hast doch nicht etwa auf der Straße geschlafen?«

Jaume schüttelte den Kopf so überzeugend wie ein kleiner Faulpelz, der vor der Schultafel erwischt wird, dass er nicht gelernt hat. Er zog seine Regenjacke aus und hängte sie zum Abtropfen an die Garderobe neben der Tür. Rafel brachte ihm ein Geschirrhandtuch, mit dem der Alte seinen Hund abtrocknete. Der Anblick erinnerte Sebag an die jungen Aussteiger, mit denen er kürzlich zu tun gehabt hatte. Wohin hatten sie sich wohl mit ihren Hunden geflüchtet? In ein Obdachlosenheim, in ein besetztes Haus oder in den dürftigen Schutz einer Toreinfahrt? Hoffentlich nicht unter eine Brücke. Bei Unwettern waren die in Perpignan die gefährlichsten Zufluchtsorte.

Beim nächsten Schluck Kaffee überkam ihn das Gefühl, etwas übersehen zu haben. Die Hunde, die Aussteiger. Womit musste er sie in Verbindung bringen? Ein Bild schob sich vor seine Augen. Gestern am Flussufer. Nicolas erklärte, warum er ihn hatte schlagen wollen. Er erzählte, dass man versucht habe, ihn zu bestehlen. Drei Typen, drei Neonazis. Nein! Er hatte nur gesagt: »Typ Kampfsoldat.« Und was hatte er dann noch hinzugefügt? Dass junge Leute vorbeigekommen seien, die ihm geholfen hätten. Ihre Hunde hätten die »Drecksäcke« vertrieben.

Handelte es sich dabei möglicherweise um die jungen Menschen, die er kürzlich befragt hatte? Das war durchaus plausibel. Perpignan war eine kleine Stadt, und der Ort, an dem er sie getroffen hatte, war nur gut zwanzig Meter vom Fluss entfernt, an dem er kurz zuvor Nicolas beim Waschen gesehen hatte.

Einen Versuch wäre es wert.

Beim Aufbrechen grüßte er Jaume und seinen Hund, die schweigend das Essen verdrückten, das Rafel ihnen in aller Eile zubereitet hatte. Knochen für den Hund und ein paar Scheiben *pa amb tomàquet* für den Alten – in Olivenöl getränktes Brot, das mit Tomatenpüree bestrichen war.

Er betrat die Gasse hinter der Sardane und fand den Schlüssel über dem Gartentor. Er öffnete es und klopfte an ein regennasses Fenster.

»Polizei, aufmachen«, scherzte er und fügte dann hinzu: »Keine Sorge, Nicolas, ich bin's nur.«

Er hörte Schritte, die sich über die Fliesen näherten. Der »Buchhändler« öffnete ihm im Hemd. Sebag sah ihn jetzt zum ersten Mal ohne Mantel aus der Nähe und bemerkte, wie erschreckend mager er war. Er reichte ihm die Tüte mit Croissants, die er unterwegs gekauft hatte.

Nicolas bedankte sich, schielte dabei aber auf Sebags Schuhe und seine nassen Hosenbeine.

»Keine Sorge, ich bin nicht so nass, dass Sie Überschuhe anziehen müssten.«

Nicolas legte die Croissanttüte auf eine umgedrehte Kiste, die mal als Tisch und mal als Stuhl diente. Dann hockte er sich davor.

Sebag setzte sich im Schneidersitz ihm gegenüber. Mit drei Bissen verschlang der »Buchhändler« ein komplettes Croissant. Es war ein Vergnügen, seinen Appetit zu sehen. Sebag leitete das Gespräch mit dem aktuellen Wetterbericht ein. Noch regnete es, aber die Tramontane würde sich im Verlauf des Tages regen, die Wolken vom Himmel fegen und alles trocknen.

»Es dauert noch mindestens achtundvierzig Stunden, bis die Ufer der Têt wieder … bewohnbar werden. Bis dahin können Sie hierbleiben.«

Anschließend erwähnte Gilles das Buch, das der »Buchhändler« ihm geliehen hatte. *Ravage*, ein guter Titel und eine ungeheuerliche Geschichte über den Zusammenbruch der Zivilisation. Zur Zeit der französischen Besetzung durch die Deutschen geschrieben, spielte es im Jahr 2052 und war unglaublich aktuell. Nachdem so das Kapitel Literatur eröffnet war, erwies Nicolas sich als gesprächig. Er hielt einen langen Vortrag über das visionäre Genie René

Barjavels und begeisterte sich für seinen Stil zwischen Traum und Philosophie.

»Mögen Sie die Literatur im Allgemeinen oder nur Barjavel?«, fragte ihn Sebag.

»Alle gute Literatur …«

»Sie waren Lehrer?«

»Buchhändler.«

»Ah … Und ich dachte, das sei ein Beiname, den man Ihnen verpasst hätte. Wo hatten Sie Ihr Geschäft?«

»Anderswo …«

Die Antwort klang endgültig. Ein Punkt. Doch Gilles tat so, als hätte er drei Pünktchen gehört.

»Das ist ein schöner Beruf. Texte weitergeben, Worte weitergeben. Es ist lange her, seit ich zuletzt in einer Buchhandlung war.«

»Da sind Sie leider nicht der Einzige …«

»Sie sind pleitegegangen?«

Nicolas legte sein drittes, bereits angebissenes Croissant weg und schenkte sich ein Glas Rotwein ein. »Sie lassen niemals locker, oder? Immer im Dienst! Das haben Sie im Blut.«

Gilles hatte es vermasselt. Sein Einfühlungsvermögen hatte ihn zu diesem literarischen Geplauder verleitet, das der Buchhändler jetzt als niederträchtiges Manöver interpretierte. Die Fortsetzung würde noch schlimmer werden, aber er musste es trotzdem wagen.

»Der Polizist in mir möchte Sie um einen Gefallen bitten.«

Die Lippen des Buchhändlers verzogen sich zu einem triumphierenden Lächeln. Diese Bitte bestätigte seine Vorurteile. Gilles erzählte dennoch von dem Überfall und vom Fahrer des Audis, der in der Seitenstraße gewartet und sich mit den jungen Leuten gestritten hatte. Ohne Einzelheiten zu nennen, erwähnte er die Verbindung zwischen dem Raubüberfall und dem Mord in der Prozession.

»Die jungen Leute verschweigen mir etwas.«

Nicolas schwieg. Das einzig Positive war, dass er nicht abstritt, die Aussteiger zu kennen. Es musste sich also tatsächlich um dieselbe Gruppe handeln.

»Ich fände es toll, wenn Sie mit ihnen reden würden ... wenn Sie sie dazu überreden würden, als Zeugen auszusagen ...«

Der Buchhändler sagte noch immer nichts.

»Auf Sie werden sie eher hören als auf mich ... Ich glaube, dass ich die Täter kenne, aber ich brauche Zeugen.«

Nicolas deutete mit einer unbestimmten Geste auf die Wände, die sie umgaben. »Das dürfte dann wohl der Preis für die Miete sein.«

Sebag seufzte. Wie sollte man jemanden überzeugen, der nicht die Absicht hatte, einem zu glauben? Und waren die Vorbehalte des Buchhändlers gegen die Polizei wirklich so unbegründet? Auch Benjamin Pailleron hatte ihm vorgeworfen, ihm nun die Rechnung für seine »Güte« zu präsentieren.

»Das ist nicht nötig ... Ich bin ein Risiko eingegangen, als ich Sie hierher ins Häuschen geschickt habe.«

»Nicht wenn es Sie bei Ihren Ermittlungen weiterbringt.«

Sebag zuckte mit den Schultern.

»Das ist alles?«, schnaubte der Buchhändler. »Sie verteidigen sich nicht einmal richtig?«

»Es wird mir nicht gelingen, Sie von meiner Aufrichtigkeit zu überzeugen. Von der Aufrichtigkeit eines Bullen ...«

Nicolas leerte sein volles Glas Rotwein. Der säuerliche Geruch des billigen Gesöffs breitete sich im Zimmer aus.

»Sie hätten es zumindest versuchen können ...«

Der Buchhändler betrachtete ihn mit dem traurigen Blick eines geprügelten Hundes. Ein unentschlossener Bartwuchs überzog seine hohlen Wangen. Was war diesem feinen, kultivierten Menschen zugestoßen, dass er jetzt seine müden Knochen durch die schmutzigen Straßen Perpignans schleppte? Gilles beschloss, alles auf eine Karte zu setzen. Der Buchhändler verzehrte sich in einem stummen Zorn gegen die Welt und vor allem gegen sich selbst. Der musste einen Ausdruck finden.

»Das wäre von vornherein vergeblich gewesen. Ihnen gefällt der Gedanke, dass ich nur aus Eigeninteresse handele. Ich habe Ihnen einen Dienst erwiesen, und das nehmen Sie mir übel.«

Die beiden Männer maßen sich mit Blicken. Sebags Mitgefühl verstimmte Nicolas. Seine tief ins Gesicht gegrabenen Falten und hängenden Schultern verrieten seine absolute Erschöpfung und riefen ein Mitleid hervor, das er ablehnte.

»Meine Hilfe ist Ihnen unangenehm«, machte Gilles weiter, »denn sie sagt Ihnen, dass eine andere Zukunft möglich ist. Und das macht Ihnen Angst.«

Die Augen des Buchhändlers begannen zu lodern. Er legte die Hand ans Glas, und Sebag berührte seinen Arm, um ihn daran zu hindern, noch mehr zu trinken. Da schleuderte Nicolas das Glas quer durchs Zimmer und stand auf.

»Hauen Sie ab! Ich brauche Sie nicht … Wenn ich hierhergekommen bin, dann wegen meiner Bücher. Nur wegen meiner Bücher.«

»Glauben Sie das wirklich?«

• • •

Den Kopf gegen das Fenster seines Büros gelehnt, ließ Sebag die Gedanken schweifen, den spärlichen Verkehr auf der Avenue de

Grande-Bretagne vor Augen. Autos, ein paar Busse und hier und da ein Fußgänger. Draußen goss es noch immer in Strömen.

Nach seiner Begegnung mit dem Buchhändler hatte er erneut mit seinen Kollegen eine Lagebesprechung abgehalten und die Aufgaben neu verteilt. Molina rief all ihre Spitzel in den Vierteln zur Mitarbeit auf – und dazu auch die der anderen Abteilungen: des Drogendezernats und der Sitte. So wollte er an Informationen über Anouar Saïd und Lucas Monclar kommen und etwas über den Blitzbesuch des einen in Perpignan und die rasche Abreise des anderen nach Barcelona erfahren. Erneut warfen sie ihre Netze aus. Und nun hieß es warten.

Ménard seinerseits hatte sich bis zur Erschöpfung die Aufnahmen der Überwachungskameras reingezogen, war aber zu keiner anderen Schlussfolgerung als Gilles gelangt: Ein Personentausch war zwar nicht ausgeschlossen, aber auch nicht erwiesen.

Sebag seinerseits hatte den Vormittag auf den Fluren des Gerichtsgebäudes verbracht. Gegen elf Uhr war es ihm gelungen, den Staatsanwalt zwischen Tür und Angel abzufangen und ihm das Versprechen abzunehmen, dass ein internationales Rechtshilfeersuchen gestellt würde, um die spanische und katalanische Polizei zu veranlassen, den Aufenthaltsort der beiden Verdächtigen festzustellen. Unterdessen hoffte man, genug belastendes Material zusammenzubekommen, um einen europäischen Haftbefehl zu erwirken. Parallel dazu würde Joan Llach einen Besuch bei seinen Vettern in Barcelona damit verbinden, einen seiner Freunde bei den Mossos d'Esquadra, der Polizei Kataloniens, zu treffen. Internationale Kooperation war gut, aber nichts konnte den direkten Kontakt ersetzen: Freundschaften und den inoffiziellen Informationsaustausch der Dienststellen.

Er hörte, wie die Bürotür hinter ihm aufging. Dann ertönte

Jacques' Stimme: »Oh, Entschuldigung, ich wollte dich nicht wecken …«

Sebag drehte sich langsam um und reagierte mit einem Lächeln auf die billige Neckerei.

»Monclar hat in Perpignan eine Freundin und mit ihr zusammen ein Kind. Sie wohnen in der Cité Diaz, und anscheinend ist er ganz hin und weg von seinem Töchterchen. Mit der Maman sieht es komplizierter aus. Sie hat irgendwann eine Meldung wegen häuslicher Gewalt gemacht, ist aber nicht bis zu einer Anzeige gegangen. Sie arbeitet in einer Bäckerei im Viertel. Es wäre sicher gut, ihr Telefon abzuhören.«

»Heute Nachmittag rufe ich den Staatsanwalt noch einmal an. Vorläufig möchte ich mich aber erst noch mal mit dem Herrn Papa der Familie Batère unterhalten. Kommst du mit?«

»Gern, aber ein bisschen später. Gleich ist Mittag …«

»Wunderbar. Vielleicht hat er ja Hunger. Es scheint Leute zu geben, die gereizt werden, wenn sie Hunger haben.«

»Zweifellos eine Legende«, maulte Molina.

• • •

»Warum haben Sie uns die Wahrheit über die Aufnahmen von Christian Aguilar verschwiegen?«

Im Auto hatte Molina Sebag gefragt, ob dieser Besuch wirklich sinnvoll war, und Gilles konnte ihm keine Antwort geben. Als er jedoch sah, wie Batère unvermittelt aufhörte, auf den Fersen zu wippen, und ihm einen finsteren Blick zuwarf, verstand er, was er hier machte.

»Entschuldigung?«

»Und warum haben Sie uns nicht die ganze Wahrheit über Ihre frühere Beziehung zu Charles Trenet gesagt?«

»Ich verstehe den Sinn Ihrer Frage nicht.«

»Oh doch.«

Wieder einmal wartete der Immobilienentwickler, bis ihm keine Ausflucht mehr blieb. Sebag spielte mit. Er hielt die Trümpfe in der Hand.

»In Perpignan hatte Charles Trenet einen Kreis junger Männer um sich geschart. Sie gehörten dazu ...«

»Wer hat Ihnen das gesagt?«

»Wir wissen es aus sicherer Quelle. Wollen Sie es abstreiten?«

Batère verkniff missbilligend die schmalen Lippen und spie dann die ewig gleiche Antwort heraus: »Was hat das mit Ihren Ermittlungen zu tun?«

»Dieser Teil Ihrer Vergangenheit ist Ihnen also derart unangenehm?«

»Ich habe nicht die Gewohnheit, jedem, der dahergelaufen kommt, meine Lebensgeschichte zu erzählen.«

Molina trat von einem Bein aufs andere. Jeder, der *dahergelaufen* kam! Für wen hielt der Kerl sich eigentlich? Sebag ließ ihm keine Zeit, den Mund aufzumachen: »Sie bestätigen also, dass Charles Trenet in Ihrer Vergangenheit eine Rolle gespielt hat?«

Statt einer Antwort schenkte Batère ihm ein unterkühltes Lächeln. Gilles legte eine Karte auf den Tisch:

»Sie haben recht, wahrscheinlich handelt es sich nur um einen nebensächlichen Aspekt unserer Ermittlungen. Ideal wäre es, wenn wir das schnell abhaken könnten, um uns gleich einem wichtigeren Thema zuzuwenden: Wir möchten nämlich außerdem noch mit Ihnen über Ihren Sohn sprechen.«

»Wieso über meinen Sohn? Was hat denn der mit der Sache zu tun?«

»Über ihn sprechen wir gleich. Jetzt erst einmal Trenet ...«

Batère wippte noch zweimal auf den Fersen und sagte dann

leise: »Kann ich auf Ihre Verschwiegenheit zählen? Ich bin schließlich verheiratet, bin Familienvater und in Perpignan bekannt …«

»Ist es denn eine solche Schande?«, wurde Molina ungeduldig.

Erneutes Wippen auf den Fersen. Diesmal ruhiger, zaghafter.

»Ich gehöre zum Vorstand der *Sanch*, und einige würden das nicht verstehen. Außerdem …«

Seine Wangen röteten sich leicht. Vielleicht zum ersten Mal seit seiner Jugend. »Wir waren so jung …«

Batère gab sich endlich geschlagen und begann, hinter seinem Schreibtisch auf und ab zu gehen. Mit wenigen Sätzen berichtete er von den Jahren auf der Oberschule, seiner Freundschaft mit Charles, seiner Bewunderung, ja Faszination, den Abenden und den … Spielen. Er verwendete niemals etwas anderes als diesen Ausdruck und verschwieg alle Einzelheiten, ließ aber dennoch die Vorstellung von … kitzligeren Beziehungen durchblicken.

Sobald er mit seinem Bericht fertig war, fragte er: »Und jetzt also mein Sohn?«

Sebag wich nicht länger aus. »Könnte Guillem nicht eine ähnliche Art von Beziehung mit Aguilar geführt haben?«

Zorn, Empörung, Überraschung. All diese Gefühle vermischten sich in Batères Gesicht.

»Guillem wird heiraten … er ist sehr verliebt in Sophie …«

»Sie selbst haben ebenfalls geheiratet.«

Batère klappte den Mund auf, doch kein Laut drang heraus.

»Wir suchen ein Motiv für den Mord in Aguilars Leben«, erklärte Sebag. »Wir ermitteln in seinen Beziehungen. Insbesondere wenn sie … ›kitzliger‹ Natur waren.«

Molina wandte sich erstaunt Gilles zu. Welcher Teufel ritt denn den? Die Stimmung war friedlicher geworden, und nun, als wollte er sich prügeln, hatte Sebag die Spannungen wieder angefacht.

»Muss ich daraus schließen, dass Sie meinen Sohn in Verdacht haben?«

Der Bauentwickler wippte erneut auf den Absätzen. Feindselig.

»Wir haben ihn noch nicht von unserer Liste gestrichen.«

»Ihrer Liste? Welcher Liste! Einer Liste von Verdächtigen?«

»Die Wahl der Worte überlasse ich Ihnen.«

Batère deutete drohend mit dem Zeigefinger auf ihn: »Sie befinden sich auf gefährlichem Terrain. Lassen Sie meinen Sohn in Ruhe!«

»Sonst? Lassen Sie mal wieder Ihre Beziehungen spielen? Wie vor drei Jahren …«

»Ich habe einen langen Arm.«

Sebag lehnte sich auf dem Stuhl zurück. »Das weiß ich, ja.«

Nach diesem scheinbaren Zurückweichen schoss Sebag einen Pfeil ab. »Statt uns zu bedrohen, hätten Sie versuchen können, uns von seiner Unschuld zu überzeugen.«

Batère wippte immer noch. Vollkommen mechanisch. Der Pfeil hatte getroffen.

»Aber das haben Sie nicht gemacht, weil Sie Ihren Sohn so schlecht kennen. Bestimmt wissen Sie nicht einmal, dass Aguilar ihm geholfen hat, als er finanziell in der Klemme steckte. Hat Guillem Ihnen überhaupt jemals von seinen Sorgen erzählt? Wahrscheinlich nicht. Er hat sich an seinen Freund gewendet. Vielleicht ein Ersatzvater …«

Jacques staunte über die Heftigkeit seines Kollegen. Da sprach nicht der Vater aus ihm. Sondern der Sohn.

»Das verbitte ich mir!«, stieß Batère hervor. »Ich habe meinem Sohn geholfen. Ich habe ihm Wohnungen geschenkt. Danach war es seine Angelegenheit, im Leben zurechtzukommen. Er ist schließlich erwachsen. Ich weiß nicht, wie Sie Ihre Kinder erziehen, aber ich denke, dass ein Vater seinen Nachwuchs nicht ewig an die Hand nehmen sollte.«

»Sie haben also nichts von Guillems finanziellen Problemen gewusst?«

»Mein Sohn hat sie mir gegenüber nicht erwähnt. Er wusste nämlich schon, welche Antwort ich ihm geben würde. Dass er jemand anderen angepumpt hat, überrascht mich nicht besonders.«

»Und es erstaunt Sie auch nicht, dass er sich an Christian Aguilar gewendet hat?«

»Der war sein Klavierlehrer, von etwas anderem weiß ich nicht.«

Sebag ließ ein Schweigen entstehen und nickte dann Jacques zu, zum Zeichen, dass er das Gespräch übernehmen sollte. Molina nahm seinen wohlwollendsten Tonfall an. Eine Rolle, die ihm nicht gerade zufiel.

»Da Sie ja Aguilars Vergangenheit kannten, wieso haben Sie ihm dann Ihren Sohn für Klavierstunden anvertraut?«

»Seine Mutter wollte, dass er Musik macht, und sie hat auch das Instrument und den Lehrer ausgewählt. Christian hatte einen guten Ruf. Was konnte ich gegen ihn einwenden? Ich wollte ihr ja nicht alles erzählen … Und Christian schien ein normales Leben zu führen. Ich hatte ihn mit Freundinnen gesehen … Hätte ich auch nur im Entferntesten geahnt …«

»Sie haben niemals Befürchtungen gehegt?«

»Ich würde lügen, wenn ich das sagte. Hin und wieder habe ich meinem Sohn Fragen gestellt, aber nichts an seinen Antworten hat mir jemals Anlass zur Sorge gegeben.«

»Gespräche zwischen Ihnen waren wohl nicht einfach?«

Batère wippte jetzt wieder natürlicher. »Er hat seiner Mutter immer nähergestanden.«

Als ihm klar wurde, wie dieser Satz klang, schnitt er eine Grimasse: »Ziehen Sie keine voreiligen Schlüsse. Nicht alle Söhne, die sich bei Familienstreitigkeiten auf die Seite ihrer Mutter schlagen, entwickeln automatisch eine … intensive Freundschaft zu ihrem Klavierlehrer.«

Yves Batère ließ sich auf seinem Chefsessel nieder. Jawohl, hier saß der Chef. Er legte die Hände auf den Schreibtisch. Verlor sich kurz in der Betrachtung seiner manikürten Fingernägel.

»Hat Guillem Ihnen selbst von … von dieser … Freundschaft erzählt?«

Es war das erste Mal, dass er den Vornamen seines Sohnes verwendete, um sich auf ihn zu beziehen.

»Von Freundschaft … von etwas anderem hat er niemals gesprochen. Aber den Rest hat er nicht besonders energisch abgestritten.«

»Den Rest …«

Auf Batères Gesicht entstand eine überraschende Grimasse des Abscheus. Langsam hob er den Blick zu den Polizisten.

»Darf ich Sie fragen, ob Sie ernsthafte Anschuldigungen gegen Guillem haben?«

»Hier gilt das Ermittlungsgeheimnis.«

Die wie eine Tilde gewellten Brauen des Bauentwicklers wurden hart. In seinen schwarzen Augen stand eine Herausforderung: »Das werde ich auch ohne Ihre Hilfe erfahren.«

Sebag ließ sich die Drohung auf der Zunge zergehen. Mit dem Gespräch verfolgte er zwei Ziele: Batère zu reizen und mehr über die Beziehung zwischen dem Bauentwickler und seinem Sohn zu erfahren. Von einem war er nämlich zunehmend überzeugt: Sollte Guillem der Mörder sein, so könnte die konfliktreiche Beziehung zu seinem Vater den Modus Operandi teilweise erklären.

»Seit wann nimmt Guillem an der *Sanch* teil?«

Batères Blick verfinsterte sich noch mehr. Ihm war vollkommen bewusst, dass diese Frage keineswegs harmlos war. »Sie antworten nicht auf meine Fragen, ich aber muss auf die Ihren antworten …«

»So läuft es normalerweise bei einer polizeilichen Vernehmung.«

»Eine Vernehmung …«

»Ein Gespräch, wenn Ihnen das besser gefällt.«

»Die Wörter sind nicht austauschbar.«

»Ich kann beides unterschreiben. Also, zurück zu Guillem und der *Sanch*.«

»Er nimmt seit frühester Kindheit jedes Jahr daran teil. Nichts verpflichtet ihn dazu, er macht es also, weil es ihm gefällt. Er hat genau verstanden, dass diese Prozession das Zentrum unseres Glaubens und Ausdruck unserer katalanischen Identität ist.«

»Sie haben ihn nie dazu gezwungen.«

»Nicht, dass ich wüsste. Bei den Batères wird die Teilnahme an der *Sanch* über die Generationen vom Vater an den Sohn weitergegeben. Meine Tochter hat sich in den letzten Jahren davon zurückgezogen. Daran können Sie sehen, dass ich niemanden zu etwas zwinge.«

»Ist es nicht eher so, dass deren Teilnahme Ihnen weniger wichtig ist als die Ihres Sohns?«

»Behandeln Sie mich nur auch noch als miesen Macho, wenn Sie schon einmal dabei sind! Sie haben wirklich bescheuerte Fragen.«

»Möglich.«

Sebag stand unvermittelt auf, gefolgt von Molina mit ein wenig Verspätung.

»Ich habe meine Antworten erhalten und bedanke mich.«

Überrascht drückte Batère ihm die gereichte Hand. Gilles erwartete nicht, dass er seine Drohungen wiederholen würde. Sie wussten, dass ab jetzt ein Damoklesschwert über ihrem Haupt schwebte.

»Bist du verrückt, oder was?«, fuhr Jacques ihn an, sobald sie das Gebäude von Euro-Immo66 verlassen hatten. »Bestimmt ist er jetzt schon dabei, jeden in seinem Netzwerk anzurufen, der uns unter Druck setzen könnte.«

»Der Typ gefällt mir nicht.«

»Als Rechtfertigung ist das ein bisschen wenig.«

Jacques öffnete die Autotür. Auf der anderen Seite legte Gilles die Hand aufs Dach.

»Auf die eine oder andere Weise ist sein Sohn in die Sache verwickelt. Dass Batère also überall in Perpignan Alarm schlägt, stört mich nicht im Geringsten. Denn wenn wir seinen Sohn erst mal wegen Mord in den Knast gesteckt haben, sind seine Freunde stinksauer, dass sie sich seinetwegen die Hände schmutzig gemacht haben, und Batère ist dann im ganzen Département verbrannt!«

»Du hast gesagt: ›Wenn wir ihn in den Knast gesteckt haben …‹ Du weißt also, wo wir die Teilchen finden, die uns noch fehlen?«

»Sagen wir mal, dass ich ein paar Ideen habe.«

»Mehr nicht?«

»Das ist doch schon mal ein guter Anfang, oder?«

»Ich hätte mir mehr erträumt.«

29

Sebag hatte noch kaum zu Mittag gegessen, da klingelte auch schon sein Handy. Hector Kazatsky, der Staatsanwalt. Gilles nahm ab, während er in Gesellschaft Ménards und Molinas die Straße zwischen dem Carlit und dem Commissariat überquerte.

»Was ist das für eine Geheimniskrämerei, Lieutenant Sebag?«

»Wovon sprechen Sie?«

»Sie lauern mir den ganzen Vormittag über in meinem Büro auf, um sich mit mir über einige vage Verdächtigungen gegen zwei Personen zu unterhalten, die in Spanien wohnen, und gleichzeitig sagen Sie mir nichts über die Anschuldigungen, die Sie gegen den jungen Guillem Batère erheben … Haben Sie da nicht die Prioritäten verwechselt?«

»Ich wusste nichts von Ihrer Freundschaft mit seinem Vater …«

»Aber wovon reden Sie? Die Beziehungen, die ich eventuell zu Yves Batère unterhalte, haben nichts damit zu tun.«

»Ein wenig wohl doch … Wenn Sie jetzt mit mir telefonieren, dann, weil er Sie unmittelbar nach unserem Aufbruch angerufen hat.«

Der Staatsanwalt gab einige Geräusche von sich, die wohl Empörung ausdrücken sollten, und nahm dann den Faden wieder auf: »Sie müssen mich über den Fortgang der Ermittlungen auf dem

Laufenden halten. Wie habe ich denn dagestanden? Ich bin aus allen Wolken gefallen …«

Sebag hatte den Lautsprecher eingeschaltet, und während seine Kollegen mit ihm am Fuß der Treppe zum Commissariat standen, entging ihnen kein Wort der Unterhaltung. »Die Sache ist die, Monsieur le Procureur …«

Sebag betrachtete seine Kollegen, um sich zu vergewissern, dass sie auch gut zuhörten. Er hatte mit diesem Anruf gerechnet und war vorbereitet.

»Ich wollte eben gerade nicht, dass Sie in eine Zwickmühle geraten.«

»Ich verstehe nicht recht …«

»Wir haben gegen Guillem Batère einiges ernsthaft Belastendes gefunden«, bluffte er. »Und ich wollte Sie in keine unhaltbare Lage bringen: Entweder Ihren Freund zu belügen oder das Ermittlungsgeheimnis zu verraten.«

Ein Schweigen … Kurz, aber tief.

»Was liegt denn Belastendes vor?«

Er klang schon etwas weniger aufgebracht.

»Er stand dem Opfer nahe.«

»Das ist alles?«

»Sie standen sich sehr, sehr nahe …«

»Aber äh … in welchem Sinne nahe?«

Inzwischen klang er deutlich besorgt.

»Der Altersunterschied betrug vierzig Jahre, und sie waren *anscheinend* seit mehreren Jahren intim. Christian Aguilar war Guillems Klavierlehrer.«

»Drücken Sie sich klarer aus, Lieutenant. Das Opfer war pädophil und wäre aus Rachsucht getötet worden? Und zwar von …«

Er wagte es nicht, erneut den Namen Guillem Batère auszusprechen.

»Es ist noch zu früh, um das zu sagen.«

»Es ist also nur eine Hypothese …«

»Wie ich es Ihnen heute Vormittag gesagt habe, glauben wir, dass der Mord und der Raubüberfall miteinander in Beziehung stehen. Guillem Batère kannte die Personen, deren Namen ich Ihnen genannt habe. Sie waren in denselben Fall von Zigarettenschmuggel verstrickt. Vielleicht erinnern Sie sich ja …«

»Vage …«

»Was du nicht sagst!«, kicherte Molina zu laut.

»Entschuldigung?«

Sebag schirmte das Handy mit der Hand ab.

»Tut mir leid, Monsieur le Procureur, ich stehe auf der Straße, und gerade sind Leute an mir vorbeigegangen. Es handelte sich um eine Sache, die schon einige Jahre zurückliegt. Guillem Batère war in einen Fall von Zigarettenschmuggel verwickelt, und dank solcher Telefongespräche wie dem von heute war es seinem Vater gelungen, die Einleitung eines Ermittlungsverfahrens zu verhindern.«

Er machte eine Pause, um den Moment zu genießen. Der Staatsanwalt schwieg.

»Sollte allgemein bekannt werden, dass Guillem Batère damals mit … mit Milde behandelt wurde und dass die Beziehungen, die er beim Schmuggel geknüpft hat, ihm bei der Durchführung eines Mordes und eines Raubüberfalls geholfen haben, können Sie sich den Skandal vorstellen …«

Erneutes Schweigen auf der anderen Seite. Molina lachte sich schief und krumm. Ménard dagegen wirkte fassungslos.

»Da wir vorläufig nur Vermutungen haben, habe ich es vorgezogen, Sie nicht unnötig zu beunruhigen.«

Das Schweigen dauerte noch einige Sekunden, und dann gab

der Staatsanwalt mit düsterer Stimme eine Ermutigung von sich: »Tun Sie Ihr Bestes, Lieutenant. Sie haben mein volles Vertrauen.«

Gilles nutzte die Gelegenheit, um ihm von Lucas Monclar zu berichten und ihren Wunsch anzubringen, dessen Freundin abhören zu lassen. Der Staatsanwalt genehmigte alles.

Als Sebag aufgelegt hatte, versetzte Molina ihm einen Schlag auf den Rücken. »Gottverdammte Scheiße! Je älter du wirst, desto besser wirst du. Du hast ihm ganz schön Bammel gemacht.«

»Bist du nicht doch ein bisschen hart rangegangen?«, fragte Ménard besorgt. »Um auf diese Art mit ihm zu reden, musst du wohl neue …«

Diesmal versetzte Molina ihm einen Schlag auf die Schulter. Dabei zwinkerte er Sebag zu. »Natürlich weiß Gilles, worauf es hinausläuft. Aber du kennst ihn ja, er hat gern seine kleinen Geheimnisse, und er wird sie dir genauso wenig verraten wie mir. Wir sollten ihm vertrauen …«

Grinsend wandte Jacques ihnen den Rücken zu und kehrte ins Commissariat zurück. Sebag fragte sich, über wen sein Kollege sich nun wirklich amüsierte.

• • •

Gilles brachte einen Teil seines Nachmittags mit der erneuten aufmerksamen Lektüre aller zum Fall gehörigen Akten zu. Raubüberfall und Mord. Der Autopsiebericht, die Vernehmungsprotokolle und die Zusammenfassung der Spurensicherung. Leider fand er das Gesuchte nicht: das kleine, bisher seiner Aufmerksamkeit entgangene Detail, das ihm – endlich ans Tageslicht gekommen –, gestattet hätte, den entscheidenden Schritt zu machen.

Außerdem hauchte er einigen schon erkalteten Spuren neues Leben ein. Insbesondere rief er seine Kontaktleute in Saint-Jacques noch einmal an. Erfolglos. Die Gemeinschaft der Gitans würde ihre Gören bis zum Ende beschützen.

Aus Verzweiflung verdarb er sich dann die Augen mit den Fotos von der Prozession. Alles, was er im Netz finden konnte, sowie die Bilder der mit ihm befreundeten Fotografin. Er nahm die Fotos heraus, auf denen er meinte, Guillem Batère und seinen Gefolgsmann zu erkennen, und versuchte sich sodann am »Spiel der zehn Unterschiede«, fand aber keinen einzigen. Die beiden jungen Männer hatten eine sehr ähnliche Statur. Selbst ihre Turnschuhe kamen ihm genau gleich vor. Und da einer der beiden einen *misteri* trug, verzichtete er darauf, bedeutsame Unterschiede in ihrem Gang oder ihrer Körperhaltung zu finden.

An diesem Nachmittag piepte sein Handy mehrmals. Eine SMS von Claire, die ihn bat, auf dem Rückweg ein Brot zu besorgen, und eine andere von Séverine, die wissen wollte, ob er sie auf der Rückfahrt bei einer Freundin in Perpignan abholen könne. Doch trotz aller Hoffnungen keinerlei Hinweis – weder eine Textnachricht noch ein Anruf –, dass der Buchhändler aktiv geworden war.

Dennoch blieb er optimistisch. Etwas, das er nicht recht einordnen konnte, war mit Nicolas geschehen. Sebag hatte das Gefühl, dass es sich nicht nur um gegenseitige Sympathie handelte, sondern dass an einem anderen Ort und unter anderen Umständen eine Freundschaftsgeschichte zwischen ihnen hätte entstehen können. Eine »Freundschaftsgeschichte«. Bei diesem Ausdruck verweilte er. Konnte es Freundschaft auf den ersten Blick geben, so wie es Liebe auf den ersten Blick gab? Es gab ja tatsächlich dieses Gefühl, dass das Gespräch mit einer bestimmten Person niemals mühselig wurde, dass man einander beinahe immer etwas zu sagen hatte und Schweigen, falls es doch einmal für kurze Zeit entstand, niemals peinlich war.

Er hoffte inständig, dass der Buchhändler sich bei den jungen

Aussteigern für ihn verwenden würde. Nicht nur wegen des Fortgangs von Sebags Ermittlungen, sondern auch um seiner selbst, des Buchhändlers, willen. Genau wie für diese jungen Leute wäre es für Nicolas wichtig, einmal aktiv zu handeln und jemandem zu helfen. Das würde ihm einen neuen Glauben an sich selbst und an seine Zukunft schenken. Nicolas pfiff auf dem letzten Loch, klammerte sich aber an seinen Stolz und lehnte jedes Mitgefühl ab.

Gegen achtzehn Uhr klopfte jemand kräftig an die Tür und machte sie gleich danach selbst auf. Commissaire Castello betrat den Raum und setzte sich an Molinas leeren Schreibtisch. Bedrückt betrachtete er die Rugbyplakate, die Jacques an die Wand gepinnt hatte.

»Sie wissen, warum ich hier bin?«

»Um mit mir über das letzte Spiel der USA Perpignan zu sprechen?«

Castello räusperte sich.

»Seit heute Mittag bekomme ich einen Anruf nach dem anderen. Der Staatsanwalt, zwei Beigeordnete, ein Département-Rat und der parlamentarische Mitarbeiter eines Senators.«

»Eine denkwürdige Erfolgsbilanz.«

»Nicht wahr ... Und die ganze illustre Versammlung redet mit mir über eine einzige Person. Einen gewissen Guillem Batère. Den kennen Sie wohl, oder?«

Sebag bejahte.

»Ich nicht!«, beschwerte sich der Commissaire.

Gilles erklärte ihm die Sache in allen Einzelheiten, und Castello kratzte sich kein einziges Mal an der Nasenspitze. Das war ein gutes Zeichen.

»Interessant«, bemerkte er am Ende der Erläuterungen. »Wenn auch noch nicht besonders belastbar.«

»Das stimmt.«

Der Finger des Commissaire legte sich an die Nase, doch er begnügte sich damit, gegen den Nasenflügel zu klopfen.

»Es gibt da allerdings noch etwas, was sich mir nicht recht erschließt.«

»Der Grund, aus dem ich heute Morgen Yves Batère aufgesucht habe? Das war reiner Instinkt …«

Castello musterte ihn einige Sekunden und nickte dann. Der Instinkt … Für Castello ein Schlüsselbegriff. Ein Joker, den auszuspielen Sebag niemals zögerte.

»Ich hatte seine Einmischungen satt und hab die Löwen aus der Höhle gelockt. Sie werden ganz schlecht aussehen, wenn wir das Ermittlungsverfahren gegen Guillem Batère eröffnen. Sei es für die Mitwirkung am Raubüberfall oder für etwas noch Schwerwiegenderes …«

»Die Löwen aus der Höhle locken …«, griff Castello den Faden auf. »Eine gute Idee. Allerdings braucht man im Anschluss auch genug Kugeln.«

Diesmal war Sebag derjenige, der zustimmend nickte: »Ich suche sie, Commissaire, ich suche sie. Und ich werde sie finden.«

30

Oh Scheiße! Niemals hätte er akzeptieren dürfen, dass der mitmachte. Dieser Idiot von Benji! Aber Kamel hatte darauf bestanden, er wollte ihm eine Chance geben.

Eine Chance ... So ein Quatsch! Der Typ war ein Psychopath, ein Autist. Er brauchte immer etwas Besonderes, um zu spüren, dass er lebte, und er wollte nach Frankreich zurückkehren, um seiner Leidenschaft zu frönen, seinem Laster, seiner Dummheit.

Als ob er nicht noch ein paar Tage warten könnte oder vielleicht ein paar Wochen. Als ob sich südlich der Pyrenäen kein geeigneter Ort finden ließe!

Er drehte den Knopf seines Autoradios, eines Bang & Olufsen 3D Sound Systems. Sofort erfüllten die Violinen des Orchesters von Prag den Innenraum des Wagens. Zwölf Lautsprecher, eine bemerkenswerte Klarheit und ein außergewöhnlich transparenter Klang. Der Stau, der die Straße verstopfte, entschwand in weite Ferne. Er kannte keinen besseren Platz, um Musik zu genießen, als das intime Innere seines Sportcoupés. Er ließ das Lenkrad los, um zu dirigieren. *Apollo et Hyacinthus.* Mozarts erste Oper. Damals war der Komponist erst elf. Elf Jahre ... haha! Der *Schuft* wäre begeistert gewesen.

Mit dem Fuß kitzelte er das Gaspedal. Der Motor heulte ungeduldig auf.

Auch er selbst spürte ein zunehmendes Bedürfnis nach starken Empfindungen. Verdammt! Er hatte Geschmack daran gefunden. Jedes Mal, wenn er daran zurückdachte, beschleunigte sich sein Puls, sein Atem ging heftiger, und seine Handflächen wurden feucht. Seine Kaltblütigkeit hatte ihn erstaunt. Er war nicht schwach geworden, hatte nicht versagt. Alle hatten das Feuer gesehen und keiner den Rauch. Welches Talent, wie meisterhaft!

Nichts würde jemals an das heranreichen, was er an diesem Tag empfunden hatte.

Die Ampel stand noch auf Rot, doch vom Heulen des 230-PS-Monsters verschreckt, beeilten sich die Menschen vor ihm auf dem Fußgängerüberweg. Sein Sportcoupé schaffte eine Beschleunigung von hundert Stundenkilometern in unter sechs Sekunden. Ein Gefühl der Macht, aber derart läppisch …

Benji hatte allen Grund, sich an den Plan zu halten. Er sollte wie der Blitz nach Südkatalonien verschwinden, damit man ihn vergaß. Mit seiner Verrücktheit schuf Benji ein unkalkulierbares Risiko für ihn, und dieser Angstschauder hatte absolut nichts Angenehmes.

Scheiße noch mal, der Idiot! Ja, der würde gut daran tun, die Füße still zu halten, dieser Benji. Sonst würde er mit dem auch mal Party machen. Er würde ihm seinen verdammten Schal um den Hals wickeln und kräftig zuziehen. Er stellte sich die aus den Höhlen quellenden Augen des Drecksacks vor, aus denen Tränen der Angst flossen. Benji würde den Mund weit aufreißen, ohne dass jedoch Sauerstoff einströmte, und nur noch ein gurgelndes Röcheln von sich geben. Sein langsam einsetzender Todeskampf würde an den der Forellen erinnern, die er in den Lacs de Cerdagne mit seinem Großvater gefangen hatte. Niemals schlug er sie mit dem Kopf gegen einen Stein, wie sein Opa es ihm empfahl. Er hatte immer geglaubt, Grund dafür sei sein Widerstreben gegen diesen Akt abschließender Gewalt gewesen. Haha! Inzwischen begriff er, dass dahinter nichts als die Faszination für die lächerlichen Todeszuckungen gesteckt hatte.

Die Ampel sprang auf Grün um. Mit der rechten Hand, die in einem Lederhandschuh steckte, umfasste er den Schaltknüppel. Sein linker Fuß gab die Kupplung frei, während der rechte aufs Gaspedal drückte. Mit quietschenden Reifen schoss der Wagen los, kam aber nur hundert Meter weit, bevor eine neue Ampel ihn aufhielt. Wieder ein Fußgängerüberweg.

Diese Welt der Idioten wurde ganz entschieden zu klein für ihn.

31

Yves Batère hatte Gilles die ganze Nacht verspottet. Und unter dem bestürzten Blick des Commissaire hatte der Staatsanwalt mitgelacht. Von einem neuen Sebag hatte Jacques am Vorabend gesprochen. Hm … nein, eigentlich nicht.

Welcher Teufel hatte ihn also geritten? Er hatte sich einen Spaß daraus gemacht, alle Welt zu provozieren, stand jetzt jedoch überhaupt nicht mehr dahinter. Was für schreckliche Träume hatten ihn die ganze Nacht verfolgt. Eine endlose Folge von Albträumen, immer von denselben Protagonisten bevölkert. Ein schlechter Episodenfilm. Gilles wachte erschöpft auf und brauchte drei Tassen starken Kaffee, um richtig zu sich zu kommen.

Er nahm eine kalte Dusche und schmiegte sich dann im Bett an den heißen Körper der schlafenden Claire.

»Was soll das?«, stöhnte sie mit schwerer Zunge.

»Sagen wir mal, ich bin ein neumodischer Wecker. Es ist Zeit.«

Claire drehte sich um, rutschte aber näher und schmiegte sich an ihn.

»Ich hab gemerkt, wie du dich die ganze Nacht herumgewälzt hast … Deine Ermittlungen?«

»Ja, genau. Immer nur die Arbeit …«

Er trank einen vierten Kaffee, während er sich fertig machte. Schwarze Jeans mit blauem Hemd und dazu die Lederjacke. Ein

Kuss für Claire, ein Küsschen auf Séverines zarte Wange, mit Léo abklatschen, und weg war er.

Im Commissariat suchte er im Internet Fotos von Anouar Saïd, Lucas Monclar und von Wolfstätowierungen. Anschließend sammelte er dort Fotos von einem Typus, der den beiden Verdächtigen ähnelte. Marokkaner mit relativ heller Haut und Menschen von der nördlichen Küste des Mittelmeers, alle mit blond gefärbtem Haar und blauen Augen. Er druckte sie aus und machte sich dann auf die Suche nach den jungen Leuten mit den Hunden. Er hatte keine Nachricht vom Buchhändler erhalten, durfte aber nicht länger zögern.

Er fand sie problemlos. Derselbe Parkplatz und ungefähr die gleiche Uhrzeit. Man kann halt als Aussteiger leben und trotzdem seinen Gewohnheiten so treu sein wie ein Rentner.

»Ach, da ist ja Jack Bauer wieder«, sagte der große Blonde mit glucksendem Lachen in Anspielung auf den Anti-Terror-Experten aus der Fernsehserie.

Sebag reichte ihnen die Hand, und die jungen Leute drückten sie ohne Begeisterung, doch keiner wagte, die Geste zu verweigern. Ohne Aufforderung nahm Gregory, der Rotschopf, zwei Maulkörbe aus seinem Rucksack und legte sie den Hunden an. Das Gespräch begann eher gut.

»Ich möchte Ihnen gern ein paar Fotos zeigen.«

Sebag wollte Émilie den kleinen Papierstapel reichen, doch die junge Frau presste die Arme flach an den Körper. Dylan, ein kleiner Brünetter, der das letzte Mal kein Wort gesagt hatte, trat einen Schritt vor.

»Wir sind zu nichts verpflichtet.«

»Das stimmt, aber Sie sind meine einzigen Zeugen. Ich erinnere Sie daran, dass es sich außerdem noch um einen Mord handelt.«

Die jungen Leute berieten sich stumm mit Blicken. Oder genauer gesagt, Gregory und Gabriel, der große Blonde, schielten einer nach dem anderen zu Émilie und Dylan, den beiden Anführern.

»Der Buchhändler hat gesagt, dass er nett ist«, wagte Gregory sich vor und streichelte dabei den Hals des American Staffordshire Terriers.

»Hast du jemals einen netten Bullen gesehen?«, entgegnete Dylan.

Der große Blonde brach in Lachen aus.

»Es wäre schade, sich einen entgehen zu lassen«, erklärte Émilie und griff nach den ausgedruckten Fotos.

Sie blätterte sie rasch durch, hielt hin und wieder inne und kehrte mindestens zweimal nach hinten zurück. Dann reichte sie den Stapel an den Rotschopf Gregory weiter, der Sebags Bitte nachkam. Auch er zögerte bei manchen Bildern. Der Papierstapel ging zu Dylan.

»Was schiebst du uns rüber?«

»Wenn ich euch auch nur einen einzigen Euro geben würde, würde eure Zeugenaussage wertlos: Ein Rechtsanwalt würde behaupten, ich hätte euch gekauft.«

»Netter Bulle, so ein Scheiß!«

Er reichte die Fotos an Gabriel weiter. Der große Blonde ging sie seinerseits durch. Kichernd sortierte er zwei heraus. Die von Saïd und von Monclar. Dann ein drittes, das das Tattoo eines Wolfskopfs zeigte. Dasselbe, das Lucas am Hals trug. Alle stimmten zu. Dylan eingeschlossen.

»Ich darf euch aber auf einen Kaffee einladen«, schlug Sebag vor. »Dort können wir eure Zeugenaussage schriftlich festhalten.«

Er führte die jungen Leute und die Hunde in eine Kneipe. Der Wirt wollte sie zunächst nicht hereinlassen, ließ sich aber schließlich von dem Polizeiausweis überzeugen, den Gilles ihm unter die Nase hielt, und war nun doch bereit, sie zu bedienen. Die Hunde legten sich brav unter den Tisch und dösten während der Erstellung des Gesprächsprotokolls ein.

»Wir bleiben noch eine Weile im Warmen«, sagte Émilie, als Sebag aufstand. »Wenn wir schon mal irgendwo reingelassen werden …«

Gilles bezahlte an der Theke unauffällig eine weitere Runde Kaffee.

»Wenn sie sich nur ab und zu mal waschen würden«, beklagte sich der Wirt. »Vor allem ihre Hunde stinken.«

Sebag brach auf, und unter dem Vorwand, eine zu rauchen, folgte ihm Émilie.

»Nicolas hält viel von Ihnen«, sagte sie und drehte sich dabei eine Kippe. »Es geht ihm nicht gut. Wenn Sie etwas für ihn tun könnten … Er ist nicht dafür geschaffen, auf der Straße zu leben.«

»Und du, du bist dafür geschaffen?«

Sie zuckte mit den Schultern. Der Ring an ihrer Nase erbebte. Ein silberner Reif, der in ihrer Nasenscheidewand steckte und unter den Nasenlöchern in zwei kleine Kügelchen auslief. Undenkbar, dass sie so etwas hübsch fand …

»Nicolas hatte in Bordeaux eine Buchhandlung, eine Frau und zwei Kinder«, erklärte sie. »Das hat er uns einmal an einem Abend erzählt, an dem er zu viel getrunken hatte.«

Sie steckte ihre Zigarette an. Der Tabak und das Papier entflammten sich knisternd.

»Sein Laden lief nicht gut, und eines Abends ist er nicht nach Hause zurückgekehrt. Das ist jetzt ein Jahr her. Nach meiner Meinung hält er so wie jetzt kein Jahr mehr durch.«

Sebag nickte. »Und hast du eine Idee, was ich tun soll?«

Das Mädchen zuckte mit den Schultern. »Keine Ahnung, Sie sind der Bulle!«

Wieso konnte sie nicht das Wort »Polizist« verwenden? Und musste sie »Bulle« so abfällig aussprechen? Obwohl ihr ihre Bitte so wichtig war, zog Émilie beim Sprechen eine Grimasse.

»Ja, genau, ich bin Bulle und kein Sozialarbeiter.«

Sie sah ihn mit großen enttäuschten Augen an.

»Der Polizist wird sich erkundigen«, beruhigte Gilles sie. »Und der Mensch wird über die Frage nachdenken …«

Sie rieb den Ring unter ihrer Nase. Als zögerte sie weiterzureden. Nachdem sie an ihrer Kippe gezogen hatte, gab sie sich einen Ruck: »Ich weiß, dass Sie etwas für ihn tun werden, Sie sind nicht ganz so wie die anderen! Wissen Sie übrigens, warum wir bereit waren, mit Ihnen zu reden?«

»Weil Nicolas euch dazu überredet hat?«

»Nicht nur deshalb. Sondern auch weil … weil Sie uns gesiezt haben …«

Sebag rief sich das gerade geführte Gespräch in Erinnerung und runzelte die Stirn: »Aber eben habe ich dich geduzt …«

»Ja, aber das, das war etwas anderes, das war … freundschaftlich. Am Anfang haben Sie uns jedenfalls gesiezt, während uns sonst alle Welt duzt. Wir sind jung, wir sind obdachlos, also sagen alle ›du‹ zu uns. Die Bewohner des Viertels, die Händler, die Passanten, selbst die, die uns ein bisschen Kies geben, und natürlich auch die Kumpels von der Bullerei!«

»Kannst du mir einen Gefallen tun, Émilie?«

Die junge Frau war überrascht, stimmte aber zu.

»Kannst du ›Polizist‹ sagen statt ›Bulle‹, und zwar so, dass ich nicht das Gefühl bekomme, du willst mir gleich ins Gesicht spucken?«

»Es ist ein Spiel. Versuch's mal …«

»Das wird aber scheißschwierig! Polizist.«

»Nicht schlecht. Und jetzt noch lächeln?«

Sie schaute sich in alle Richtungen um. »Wenn jemand mich sieht, stehe ich ganz mies …«

»Keine Sorge, ich steck ihn in den Knast, damit er dich nicht verpfeifen kann.«

Jetzt war das Lächeln da. Sie wiederholte: »Polizist.«

»Großartig.«

Wie seinem Sohn am Morgen streckte er ihr die Faust zum Faustgruß hin, und Émilie gab ihm mit ihrer zierlichen Hand einen »Check«.

Zurück im Büro rief Sebag mit dem Festnetztelefon den Staatsanwalt an. Dank der Zeugenaussage der jungen Leute konnten sie ein internationales Rechtshilfeersuchen stellen, um die Verhaftung von Saïd und Monclar in Spanien zu erwirken. Doch er hatte keine Zeit mehr, die Nummer des Justizgebäudes zu wählen.

»Ah, da bist du ja, super«, empfing ihn Molina, kaum dass er die Tür geöffnet hatte. »Es gibt Neuigkeiten: Monclar ist nach Frankreich zurückgekehrt!«

»Nach Perpignan?«

»Beinahe! Hast du Lust, in der Schlucht des Tarn Bungee-Jumping zu machen?«

32

An der Ausfahrt des Dörfchens Les Vignes versperrte ein Fahrzeug der Gendarmerie die Straße.

»Es wurde aber auch Zeit«, empfing sie der Brigadier-Chef Lacoste, der bei der Sperre das Kommando hatte, als Sebag und Molina sich vorstellten. »Die Anlage schließt in wenigen Minuten.«

»Das hier ist halt nicht gerade unsere Nachbarschaft«, rechtfertigte sich Jacques. »Beinahe zwei Stunden, um nach Millau zu kommen, und danach eine Kurve nach der anderen. Hier ist der Arsch der Welt.«

»Wenn Sie es sagen …«, antwortete der Beamte pikiert. »In Erwartung Ihres Eintreffens haben wir die Landstraße zu beiden Seiten der Anlage abgesperrt. Die Straße verläuft zwischen dem Tarn und der Steilwand, Ihr Verdächtiger kann also nicht entkommen. Jetzt gehen wir hin, wenn Sie wollen. Ich habe dort unten einen Mann in Zivil postiert, und ihm zufolge macht der Kerl gleich einen letzten Sprung.«

Sebag lobte ihn für seine durchdachte Vorgehensweise und lud ihn ein, mit ihnen zusammen hinaufzusteigen. Unterwegs fuhr Brigadier-Chef Lacoste mit seinen Erklärungen fort. Ein kurzes Absprungbrett, das ganz oben auf hundertsieben Meter Höhe aus der Steilwand herausragte, bildete das Zentrum der Anlage. Es war die höchste Bungee-Jumping-Anlage in ganz Südfrankreich. Der ultimative Kick!

»Man geht dorthin einen Pfad hinauf. Etwa zwanzig Minuten Fußmarsch. Sobald der Kerl sich auf den Weg macht, gibt mein Gendarm uns Bescheid. Nach dem Sprung wird man den Mann langsam und vorsichtig zum Ufer hinunterlassen. Das ist die übliche Vorgehensweise. Danach können wir ihn uns einfach pflücken. Mit den Füßen ist er am Sprungseil festgebunden – es ist ein Kinderspiel.«

»Die Sache sieht gut aus«, freute sich Jacques. »Das passt alles wunderbar.«

Dem Brigadier-Chef bereitete es ein diebisches Vergnügen, seinen Optimismus zu dämpfen. »Ihr Verdächtiger befindet sich in Begleitung seiner Frau und seiner kleinen Tochter. Wir müssen mit Fingerspitzengefühl vorgehen …«

»Wir wussten, dass er nicht allein sein würde«, erklärte Sebag. »Wir haben das Festnetztelefon seiner Lebensgefährtin abgehört und so von seinem Kommen erfahren. Die beiden haben sich hier verabredet.«

Das Funkgerät des Brigadier-Chefs knisterte. Der Gendarm vor Ort benachrichtigte seinen Chef, dass Monclar mit dem Aufstieg begonnen hatte. Sie parkten auf einem kleinen Parkplatz, auf dem bereits ein Dutzend Autos standen. Ein Mann um die vierzig stellte sich ihnen vor. Er deutete auf Monclars Lebensgefährtin, eine kleine, schmale Brünette, die ein Baby auf dem Arm trug.

Sie stiegen erst aus, als die junge Frau ihr Töchterchen in den Kinderwagen setzte und ihre Handykamera in Richtung der Steilwand hielt. Zwei Wagen der Gendarmerie rollten unauffällig vor die Einfahrt und Ausfahrt des Parkplatzes.

Hundert Meter über ihnen stand ein Mann am Rand eines aberwitzigen Sprungbretts. Gilles hörte das Echo eines Countdowns und spürte, wie seine Knie weich wurden. Man musste schon verrückt sein, um sich so ins Leere zu stürzen. Monclar hob die Arme und sprang in die Luft, ohne auch nur das Ende des Countdowns abzuwarten. Sein lauter Schrei brach sich an den Bergwänden. Mit dem Kopf nach unten, die Arme vor der Brust verschränkt, raste er in einem wahnsinnigen Tempo auf den Boden zu. Ein Dutzend Meter, bevor er dort aufprallte, dehnte sich das elastische Band, und Monclar schoss wieder in die Luft hinauf. Für einen Moment glaubte Sebag sogar, er würde wie blöd gegen das Sprungbrett knallen. Aber nein, alles war berechnet. Das idiotische Jo-Jo-Hüpfen dauerte einige Sekunden. Hinter Monclar zeichnete das Gummiseil wirre Muster in den Himmel.

Der Brigadier-Chef trat zu der jungen Mutter und forderte sie auf, ihr Handy einzustecken. Mit gut sichtbaren Polizeiarmbinden stellten Sebag und Molina sich neben die Sprungbetreuer. Sie holten Handschellen heraus und legten sie Monclar an, als dieser noch einen Meter über dem Boden schwebte. Vom Adrenalin berauscht, grinste der Perpignaner wie blöd, als Sebag ihm seine Festnahme verkündete.

Im zweiten Stock des Commissariats herrschte Stille. Es war 23:35 Uhr. Zu Hause hatten Claire und Séverine vermutlich zwei Folgen ihrer Lieblingsserie geschaut und lagen jetzt schon im Bett. Léo schwitzte wahrscheinlich noch Blut und Wasser über seiner Hausaufgabe in Philosophie. Damit würde er ohne jeden Zweifel einen Teil der Nacht verbringen. Selbst schuld! Er fing immer erst auf den letzten Drücker an. Das Thema lautete: »Ist Wahrheit etwas Definitives?« Gilles betrachtete Lucas Monclar, der mit Handschellen an eine Stuhllehne gefesselt war. Sebag hatte eine Meinung zu der Frage, aber es wäre sicherlich eher seine persönliche Ansicht als ein argumentativ begründeter Gedankengang.

Auf der Rückfahrt von Lozère hatten sie geschwiegen. Nachdem sein Adrenalinrausch verflogen war, hatte Monclar natürlich einige Fragen gestellt, war aber auf eine Mauer des Schweigens gestoßen und rasch verstummt. Schließlich war er eingeschlafen.

In Perpignan hatten Sebag und Molina bei Lucas zu Hause haltgemacht, um seine Wohnung zu durchsuchen. In einer Schublade hatten sie ein hübsches Bündel Geldscheine gefunden – eintausendzweihundert Euro – und in der Schmuckdose der jungen Frau waren sie neben einigen wertlosen Anhängern auf einen ungeschliffenen, wunderschön grünen Stein gestoßen. Sie hatten Philippe Borell ein Foto davon geschickt, aber noch keine Antwort erhalten.

Molina nahmen dem Verhafteten die Handschellen ab. Monclar rieb sich die Handgelenke und richtete sich, bereit zur Konfrontation, im Sitzen auf. Er würde enttäuscht sein. Die Polizisten hatten andere Pläne.

Sebag begann mit dem üblichen Abfragen der persönlichen Angaben. Lucas Monclar, achtundzwanzig Jahre, wohnhaft in der Rue des Jardins Saint-Louis in Perpignan, mit Jade Sauvet liiert und Vater einer kleinen Zoé, eines Mädchens von neun Monaten. Anschließend sprach er Monclars Vorstrafenregister an: zehn Monate, neun davon ohne Bewährung, für Zigarettenschmuggel, und außerdem die Meldung wegen häuslicher Gewalt, die seine Freundin vor sechs Monaten gemacht hatte.

»Wir hatten uns gestritten, und sie wollte sich rächen. Mehr war da nicht.«

»Sie hatten sie nicht geschlagen?«

»Sie spinnen doch, ich hau keine Tussis!«

Lucas Monclar betrachtete ihn von unten, den Blick der stahlblauen Augen von dichten Brauen abgeschirmt, die über der Nase zusammengewachsen waren. Die Visage eines Kleinganoven. Sebag konnte sich gut vorstellen, dass er den Frust über ungelöste Probleme an seiner Freundin abreagierte. Er wirkte jähzornig und gewalttätig. Fertig mit der Welt und dem Leben.

»Okay, wunderbar«, sagte Sebag und schaltete den Computer aus.

Molina legte dem Beschuldigten wieder die Handschellen an. Der wunderte sich: »Das ist alles?«

»Vorläufig ja.«

Molina führte Monclar in eine Gewahrsamszelle. Dort würde er ihn zwei oder drei Stunden schmoren lassen, ihn dann wieder herausholen und eine weitere Folge belangloser Fragen stellen. Früh am Morgen würde er schlafen gehen, und Sebag würde ihn ablösen.

Gilles empfand die Stille in seinem Haus in Saint-Estève als sanfter und herzlicher als die im Commissariat. Eine persönliche Wahrheit und unendlich subjektiv. Konnte man in diesem Fall überhaupt von Wahrheit sprechen? Gewiss nicht, wenn Gilles es als Einziger so empfände. Aber wenn sich herausstellte, dass dieser Eindruck von anderen geteilt wurde, würde er dann nicht alle Voraussetzungen einer Wahrheit erfüllen?

Unter der Tür seines Sohns drang Licht heraus. Er kratzte am Holz, bevor er sie öffnete. Léo wandte sich ihm mit konzentrierter Miene zu.

»Was ist die Wahrheit, Papa?«

»Gerade darüber habe ich eben nachgedacht.«

»Wirklich? Du kannst mir helfen? Ich habe meine Hausaufgabe mit einer Definition der Wahrheit angefangen. Aber schon die liegt überhaupt nicht auf der Hand!«

»Meine Arbeit besteht darin, sie zu finden, und nicht darin, sie zu definieren.«

»Aber wie kannst du sie finden, wenn du sie nicht definiert hast?«

Wenn sein Sohn schon einmal ein tiefsinniges Thema mit ihm erörterte, konnte Gilles sich nicht drücken. Er setzte sich auf die Bettkante.

»Ich ermittele gerade in einem Mord. Die Wahrheit finden, das heißt hier ganz einfach, den Mörder finden …«

Er glaubte, einen einfachen Gedankengang entwickeln zu können, indem er von einer konkreten Tatsache ausging.

»Ich sammele objektive Fakten – Fingerabdrücke oder DNA-Spuren zum Beispiel –, kleine Wahrheiten, die mich zur großen Wahrheit führen sollen. Bei manchen Ermittlungen reicht das schon. Aber nicht immer …«

Beim Sprechen wurde ihm bewusst, dass die Wirklichkeit komplizierter war.

»Ich nehme außerdem auch Zeugenaussagen auf … Jeder vertraut mir gewissermaßen seine Sicht der Wahrheit an.«

Er wusste nicht, wohin seine Überlegungen ihn führen würden. Hoffentlich nicht in eine Sackgasse. Umso mehr, als Léo ihm im Moment seine ganze Aufmerksamkeit schenkte.

»Von all dem gehe ich aus und stelle dann Hypothesen auf. Meine Kenntnis der Wahrheit kann sich während der Ermittlungsarbeit verändern.«

Er hob den Finger. Er spürte, dass er sich einer wichtigen Sache näherte.

»Die Wahrheit ist eindeutig, sie verändert sich nie. Dagegen kann sich die Kenntnis wandeln, die wir von ihr haben. Eine ›einzige, unwandelbare Wirklichkeit‹, ja, das könnte eine gute Definition der Wahrheit sein. Doch die wahre philosophische Frage hinter allem wäre dann die Überlegung, was in unserem Leben wir wirklich als Wahrheit betrachten können. Tatsächlich nur sehr wenig. Zu wenig …«

Zu sehen, wie sein Sohn seine Erläuterungen mitschrieb, inspirierte ihn.

»Aber im Leben genauso wie bei Ermittlungen müssen wir davon ausgehen, dass eine gewisse Anzahl von Tatsachen oder Urteilen der Wahrheit entsprechen, denn niemand kann aus lauter Ungewissheiten Schlüsse ziehen. Noch übrigens mit lauter Ungewissheiten leben. Man könnte vielleicht sogar sagen, dass es sich bei einem gewissen Teil unserer Werte, darunter auch die, auf die sich unser Recht und unsere Justiz gründen, nur um relative Werte handelt – Dogmen –, die in unserer jetzigen Zeit als richtig vorausgesetzt werden.«

Er legte eine rhetorische Pause ein, da ihm bewusst war, hier eine Tür zu öffnen, hinter der sich eine ganze Horde finsterer Individuen drängte, Fundamentalisten, Streiter gegen die Menschenrechte oder Pädophile. Darunter vielleicht auch gewisse Klavierlehrer!

»Aber damit wir weiter in einer zivilisierten Gesellschaft leben können, muss jeder diese relativen Wahrheiten ebenso bedingungslos respektieren, als handelte es sich um absolute Wahrheiten. Vollkommene. Kurz gesagt, Léo?«

»Definitive?«

»Genau. Zwischen dem Dogmatismus und dem Relativismus gibt es einen notwendigen und kostbaren Raum für den Zweifel und damit auch die Toleranz.«

»Das ist schön, Papa«, lachte Léo.

»Wir haben das Thema nicht verfehlt?«

»Ich glaube nicht.«

»Na, dann ist ja alles super.«

Gilles stand auf.

»Aber jedenfalls noch ein guter Rat: Vermeide in deiner Hausaufgabe jeden Hinweis auf polizeiliche Ermittlungsarbeiten. Ich bin nicht sicher, ob das deinem Philosophielehrer gefallen würde.«

»Bestimmt nicht!«

»Und dann such lieber zwei oder drei Zitate von Philosophen, um deinen Gedankengang zu untermauern, als dich auf deinen Vater zu beziehen, ›Gilles Sebag, Polizist in Perpignan‹.«

»Keine Sorge, Papa. Danke für deine Hilfe.«

Gilles trat zu ihm. Sein Beistand war ja wohl einen Kuss wert. Ausnahmsweise einmal ließ Léo es zu.

• • •

Sebag ließ Philippe Borell in eines der kleinen Büros treten, die die Eingangshalle säumten. Der Juwelier hatte ihn um sieben Uhr früh angerufen, und sie waren übereingekommen, sich möglichst schnell zu treffen. Gilles nahm den Stein aus einem kleinen Plastiktütchen. Borell betrachtete ihn mit einer Lupe. Zwanzig Sekunden später gab er sein Urteil ab: »Ein Smaragd aus Kolumbien. Drei Karat. Von intensivem Grün und hervorragender Reinheit.«

Er legte den Smaragd auf den Tisch und daneben die Quittung der Steine, die man ihm geliefert hatte. Mit dem Zeigefinger deutete er auf eine Zeile. »Er hat einen Wert von fünftausendzweihundertdreiundzwanzig Euro.«

»Ah ja, schau an … Es gibt also nicht den geringsten Zweifel für Sie. Der Stein hat zu der Lieferung gehört, die Ihnen gestohlen wurde.«

»Absolut. Darf ich Sie fragen, wo Sie ihn gefunden haben?«

»In der Wohnung eines Verdächtigen. Eines Verdächtigen, der seit Ihrer Bestätigung mehr ist als nur das.«

»Er … er hat geredet?«

»Noch nicht.«

Borell machte einen Schritt zur Tür. Blieb stehen. Drehte sich wieder zu Sebag um.

»Sie wissen also nicht … in Bezug auf Christian … ob wirklich er die Information weitergegeben hat.«

»Ich bin mir nicht einmal sicher, ob unser Verdächtiger es weiß. Er ist nur ein Helfer. Und übrigens dumm genug, sich mit einem Stein in der Wohnung erwischen zu lassen.«

• • •

»Hoffentlich fragen Sie mich nicht schon wieder nach meinem Namen?«

Lucas Monclar verbarg seine Gereiztheit nicht, hatte aber seine Arroganz verloren. Jacques hatte ihn zweimal aus seiner Zelle geholt, um ihm immer dieselben Fragen zu stellen. Der junge Delinquent ließ sich von diesem Manöver nicht täuschen, die gestörte Nachtruhe hatte seine Unruhe jedoch trotzdem gesteigert.

»Was kannst du uns über diesen Smaragd sagen, den wir bei dir gefunden haben?«

»Diesen was? Ich dachte, es wäre einfach nur ein hübscher Kieselstein …«

Monclar hatte die ganze Nacht Zeit gehabt, um seine Verteidigung vorzubereiten und sich seinen Text vorzusagen, doch er war weder ein guter Drehbuchschreiber noch ein guter Schauspieler.

»Woher hast du diesen Kieselstein?«

»Von einem Freund.«

»Und wie heißt der?«

»Ich verpfeife niemanden.«

»Darum geht es doch gar nicht, das Ding ist ja nur ein Kieselstein.«

»Aber wenn Sie mich damit nerven, muss es was anderes sein. Ein Smaragd, wie Sie gesagt haben.«

»Überrascht dich das?«

»Eigentlich schon …«

»Ist er nett, dein Freund, oder ist er ein Depp?«

»Eher nett, wieso?«

»Weil ich schon Typen erlebt habe, die jemandem einfache Kieselsteine als kostbare Edelsteine angedreht haben, aber das Gegenteil niemals! Ich würde ihn gern kennenlernen.«

»Ich glaube nicht, dass er dazu Lust hätte.«

»Das wundert mich jetzt aber …«

Sebag spielte kurz mit den Handschellen und sah dann zu Monclar. »Tatsächlich, Lucas, habe ich das Gefühl, dass der einzige Depp in dieser Geschichte du selbst bist! Einen Smaragd aus einem Einbruch behalten, an dem man beteiligt war! Schauen wir mal …«

»Ich bin kein Juwelenräuber. Ein einziger Stein reicht nicht, um das zu beweisen.«

Sebag schenkte ihm ein Lächeln der Sorte »mitleidige Herablassung«.

»Wenn ich nichts als den Stein hätte, würde das schon genügen, um dich wegen Hehlerei anzuklagen. Und angesichts deiner Vorstrafen würde das eine sofortige Rückkehr ins Gefängnis bedeuten, ohne auch nur vorher über das Feld ›ein Küsschen für Zoé‹ zu gehen. Aber ich habe mehr als das, Lucas, ich habe mehr als das.«

Monclar brachte ein mühsames Lachen zustande: »Und nachdem Sie diese Drohung ausgestoßen haben, stecken Sie mich gleich wieder in die Zelle. Nicht sehr einfallsreich, Ihre Taktik!«

Sebag beugte sich zur Seite, um auf den Hals von Monclar zu schielen.

»Schönes Tattoo. Ein Wolf, nicht wahr?«

»Ihnen bleibt aber auch gar nichts verborgen!«

»Gerade das Tattoo ist schwer zu verbergen.«

Lucas konnte sich nicht zurückhalten und fuhr sich mit der Hand zum Hals.

»Man kann einen Schal umbinden«, bemerkte Sebag lächelnd. »Wenn die Maske nicht reicht, um es vollkommen zu verdecken.«

Er schüttelte den Kopf und verzog das Gesicht, als wäre er über die Dummheit seines Verdächtigen bekümmert.

»Die Maske konntest du nicht auf der Straße aufsetzen, sonst hättet ihr sofort die Aufmerksamkeit auf euch gezogen, aber den Schal, Lucas, den hättest du schon früher umbinden können. Dass dir das nicht eingefallen ist, erstaunt mich vielleicht nicht besonders, aber dass Anouar nicht auf dich aufgepasst hat, das verwundert mich schon.«

»Ich verstehe nicht, wovon Sie sprechen.«

Sebag nahm eine Mappe von der Schreibtischecke und klappte sie auf. Er zog einen dicken Stapel Blätter heraus.

»Ich habe hier vier Zeugenaussagen.«

Monclar verzog die Augen zu Schlitzen, und seine Lippen wurden hart.

»Alle vier Zeugen sagen aus, dich am Karfreitag gegen 16:15 Uhr in Begleitung eines Mannes, den sie als Anouar Saïd identifiziert haben, in einem in Spanien zugelassenen weißen Audi gesehen zu haben. Fahrer des Wagens war ein dritter Mann, ein vorläufig nicht identifizierter Spanier.«

»Man weiß doch, was die wert sind, solche Zeugenaussagen …«

»Das mag schon sein. Aber im Allgemeinen sind die Geschworenen für so was empfänglich.«

»Allerdings müssten diese Typen glaubwürdig sein …«

Entnervt und erschöpft, wie er war, beging Monclar beinah einen Fehler. Man musste nur noch ein bisschen nachhelfen.

»Warum sollten sie das denn nicht sein? Die Bewohner des Viertels …«

»Bewohner des Viertels? Von wegen.«

»Sie wohnen nicht in dem Viertel? Du kennst sie also?«

»Nein, überhaupt nicht. Ich habe keine Ahnung, von wem Sie sprechen.«

Monclar war der ersten, ein wenig plumpen Falle ausgewichen. Aber vielleicht tappte er ja in die zweite.

»Wie kannst du dann also behaupten, dass sie nicht glaubwürdig sind?«

»Weil ich solche Typen wie die, die in dem Viertel rumhängen, sehr gut kenne.«

Volltreffer!

»Aber von welchem Viertel sprichst du, Lucas? Ich kann mich nicht erinnern, dir gesagt zu haben, wo die Zeugen dich gesehen haben wollen.«

Monclar versuchte, seinen Fehler ungeschehen zu machen: »Sie nerven mich mit einem Raubüberfall am Boulevard Clemenceau. Vermutlich war es also in derselben Gegend.«

Sebag begann, auf seiner Klaviatur zu spielen. »Es sieht gar nicht gut für dich aus, Lucas. Bewaffneter Raubüberfall, Körperverletzung, Hehlerei …«

Er tat so, als dächte er nach.

»Na schön, lassen wir die Hehlerei fallen. Die wird am Ergebnis ohnehin nicht mehr viel ändern. Da sind deine Vorstrafe und die Gewalttätigkeit gegenüber deiner Lebensgefährtin. Dein Profil wird den Geschworenen sehr gefallen. Du wirst für zehn bis fünfzehn Jahre einfahren. Arme Zoé …«

Er hielt im Schreiben inne.

»Arme Zoé? Vielleicht auch nicht … Für sie ist es zweifellos besser, ohne einen Typen wie dich aufzuwachsen!«

Monclar durchbohrte ihn mit seinem Blick. Er ballte die Fäuste auf den Beinen.

»Übrigens haben wir bei dir keinen Schlagring gefunden«, fuhr Sebag fort. »Was hast du damit gemacht?«

»Ich habe nie einen gehabt.«

»Okay, okay. Und hast du auch ein gutes Alibi?«

»Ich war mit meiner Frau zu Hause. Wir haben eine Serie geschaut. Die achte Staffel von *Walking Dead*.«

»Ist dir nichts Besseres eingefallen? Zum Beispiel eine kleine Runde Belote mit Anouar Saïd und Guillem Batère?«

»Was hat der Blödmann Batère mit der Sache zu tun?«

Sebag griff nach einem Stift und notierte einige Worte am Rand eines Blattes. Als er Saïd angesprochen hatte, hatte Monclar mit keiner Wimper gezuckt, doch die Erwähnung Batères schien ihn zu erstaunen.

»Du kennst Guillem, oder?«

»Von fern …«

»Er war damals am Zigarettenschmuggel beteiligt.«

»Das sagen Sie.«

»Das war nicht als Frage gemeint. Hast du dich nie gewundert, dass er nicht ebenfalls eingelocht worden ist?«

»Manchmal gibt es Glückspilze …«

»Oder Leute mit Beziehungen.«

»Was wollen Sie damit sagen?«

»Du hast mich sehr gut verstanden. Er ist derjenige, der euch verraten hat.«

»Ach Scheiße, der Idiot!«

Monclar schlug sich mit der Faust aufs Knie. Dann plötzlich entspannte er sich, und seine Stirn legte sich in Falten: »Das sagen Sie nur, damit ich mit irgendwas über Batère rausrücke! Na klar … Aber ich falle nicht darauf rein. Jedenfalls hab ich keine Ahnung, was Batère so treibt. Und mit diesem Raubüberfall hab ich ebenfalls nichts zu schaffen.«

Sebag legte den Kopf schief. »Du glaubst nicht, dass der letzte Satz gereicht hätte, wenn du wirklich nicht in die Sache verwickelt gewesen wärst?«

»Seit fünf Minuten versuchen Sie, mich vollkommen wirr zu machen. Jedenfalls haben Sie Ihr Urteil längst gefällt. Monclar ist schuldig. Punkt. Aber leider muss ich Ihnen sagen, dass ich kein Geständnis unterschreibe und nichts preisgebe. Ich schwärze niemanden an.«

Er richtete sich auf seinem Stuhl auf: »Sie können mich in die Zelle zurückbringen, jetzt ist Essenszeit. Wissen Sie, was es heute Mittag gibt?«

»Bestimmt Hähnchen … Stimmt, es ist Essenszeit.«

Er legte eine Handschelle um Monclars Handgelenk, führte die Kette zwischen den Stäben der Stuhllehne hindurch und schloss die zweite Schelle um das andere Handgelenk.

»Ich werde im Restaurant erwartet. Guten Appetit.«

Gilles aß in Gesellschaft Elsa Moulins im Carlit. Die Chefin der Kriminaltechniker hatte Monclars Mobiltelefon untersucht, das während seiner Festnahme konfisziert worden war.

Das Wegwerfhandy war am Samstag, dem 21. April, in Betrieb genommen worden, also am Tag nach Karfreitag. Das legte den Gedanken nahe, dass Monclar den Vorgänger des Geräts unmittelbar nach dem Juwelenraub weggeworfen hatte, damit man im Fall seiner Festnahme nicht nachvollziehen könnte, wo er sich aufgehalten hatte. Nach den GPS-Daten zu schließen, war Monclar bis Mittwoch in Perpignan und Umgebung geblieben. Anschließend war er nach Spanien aufgebrochen. Ohne ein internationales Rechtshilfeersuchen in Barcelona war es unmöglich, sein dortiges Bewegungsprofil zu erstellen.

»Monclar ist ein erstes Mal nach Frankreich zurückgekehrt, aber nur für einige Tage, und dann wieder nach Spanien aufgebrochen. Danach ist er erst gestern ein weiteres Mal zurückgekommen, um in die Schlucht des Tarn zu fahren.«

Monclar hatte sein Handy ausgiebig benutzt. Die Menge der Anrufe und SMS war der reinste Urwald, aber dennoch war es Elsa gelungen, einen interessanten Gesprächspartner herauszupicken. Im Kontaktverzeichnis war er unter dem Namen Kamel eingetragen.

»Nach den gewechselten SMS zu schließen, müssen sie sich mehrmals in Barcelona getroffen haben. In seinen Nachrichten ermahnt Kamel ihn immer wieder, sich vorsichtig und unauffällig zu verhalten. Ich habe sogar eine besonders deutliche SMS gefunden, die zu der Zeit verschickt wurde, als Monclar zum ersten Mal in Perpignan war.«

Sie legte ein Blatt zwischen Sebags und ihren Teller. Ein Abschnitt war gelb markiert. »Hör auf mit dem Scheiß, sonst vermasselst du noch alles. Komm nach Barcelona zurück.«

Sebag nickte nachdenklich. Wer war also dieser Kamel? Einfach nur ein Deckname für Anouar, oder aber ein Komplize, den sie noch nicht identifiziert hatten? Zum Beispiel der Fahrer des Audis? Das würde bedeuten, dass jener nicht nur eine unwichtige Nebenrolle gespielt hätte.

»Während der fraglichen Zeit ist Kamel im spanischen Netz geblieben. Sonst weiß ich nichts über seine Bewegungen.«

Vor seinem Aufbruch zur Schlucht des Tarn hatte Sebag dem Staatsanwalt die Zeugenaussagen der jungen Aussteiger geschickt, und der Richter hatte für Anouar Saïd einen europäischen Haftbefehl ausgestellt. Vorläufig hatten sie darauf noch keine Reaktion erhalten.

»Im Handy von Monclar gibt es nichts, was auf Guillem Batère verweist?«

»Ich habe nichts gefunden, weder seinen Namen noch seine Handynummer noch auch nur eine SMS, die den Gedanken an einen Decknamen nahelegen würde.«

Sebag dachte an das Erstaunen, mit dem Lucas auf Batères Erwähnung reagiert hatte.

»Ich glaube, dass Batère sich abgeschottet hat. Meiner Meinung nach misstraute er Monclar, und das nicht zu Unrecht.«

»Wir bräuchten also das Handy von Anouar …«

»In der Tat. Schon weil dann die Voraussetzung erfüllt wäre, dass unsere spanischen Kollegen ihn festgenommen hätten!«

Diese Hoffnung, die er äußerte, als Rafel ihnen das Hauptgericht servierte – Kaninchen mit dicken Bohnen – erfüllte sich, noch bevor sie mit dem Kaffee fertig waren. Ein Anruf von Joan Llach, der noch immer bei seinem Vetter in Barcelona in Urlaub war. Die Mossos d'Esquadra hatten Anouar beim Verlassen seines Hotels festgenommen.

»Ich kann in zwei Stunden bei dir sein«, schlug Sebag vor. »Ich trinke meinen Kaffee noch aus und mache mich dann auf den Weg.«

33

Anouar Saïd bekam die Zähne nicht auseinander. Seine pechschwarzen Augen fixierten einen nach dem anderen jeden seiner Gegner: Gilles Sebag, Joan Llach und den *intendent* Alex Marès, Leiter der Mossos d'Esquadra von Barcelona. Hin und wieder glättete er mit zwei Fingern seinen dichten, aber sauber ausrasierten Bart.

Seit einer Viertelstunde stellte Gilles gelassen seine Fragen, erhielt aber keine Antworten. Hin und wieder bemerkte er Variationen in dem finsteren Blick, unbewusste Reaktionen, die zu deuten er sich jedoch nicht anmaßte.

Und doch …

Als er von Lucas Monclars Festnahme in Frankreich berichtete, hatten Anouars Pupillen sich ganz leicht zusammengezogen. Und als er die Entdeckung des Smaragds in einer Schmuckschachtel ansprach, färbte seine Iris sich einen Moment lang bräunlich.

Je älter Gilles wurde, desto mehr schärften sich seine Sinne. Manchmal hatte er das Gefühl, nicht Wahrnehmbares unterscheiden zu können. Flüchtige, subtile Empfindungen, denen er nicht voll vertrauen durfte. Es bestand immer das Risiko, sich selbst an der Nase herumzuführen und Wunsch mit Wirklichkeit zu verwechseln. Seine Intuition gestattete ihm, Fragmente der Wahrheit zu erkennen, die für andere unsichtbar blieben, doch das waren niemals definitive Wahrheiten …

Sebag nahm das Protokoll des Geständnisses, das Guillem Batère nach seiner Verhaftung wegen Zigarettenschmuggels abgelegt hatte, legte es Saïd hin und ging zum Fenster, um das lebhafte Treiben vor dem Polizeigebäude der Mossos zu bewundern.

In einem Französisch, das von katalanischen Brocken durchsetzt war, hielt der *intendent* Alex Marès ihm einen kleinen Vortrag für Touristen: »Die *plaça de Catalunya* ist *oun* Zentrum *neuràlgic* …«

Er wandte sich an Joan: »*Com es diu en francès?*«

»Neuralgisch.«

»*Graciès. Oun* Zentrum neuralgisch von Stadt. *Aqui* gibt es immer viel Leben. *Aqui* mündet auch die berühmte *Rambla de Barcelona* …«

Er deutete mit dem Zeigefinger auf eine Ecke des Platzes.

»*Hier,* auf der anderen Seite von *fonts* …«

Gilles erriet, dass er von den beiden prachtvollen Springbrunnen sprach, die den Platz zierten.

»*Aqui 's oun lloc de cafés i de restaurants* …«

Während der *intendent* stockend mit seiner Schilderung fortfuhr, wendete Sebag leicht den Kopf. Er sah Anouars Silhouette in der Scheibe gespiegelt, wie er sich über seine Lektüre gebeugt hatte. Sebag kehrte zu ihm zurück.

»Wussten Sie, dass er Sie denunziert hat?«

Endlich machte Anouar den Mund auf: »Das ist eine alte Geschichte. Dieses Kapitel habe ich abgeschlossen.«

»Ich weiß. Inzwischen haben Sie auf Juwelenraub umgesattelt.«

»Da irren Sie sich. Tut mir leid. Ich verwahre mich gegen eine Auslieferung und möchte einen Rechtsanwalt sprechen.«

»Raub und Mord …«

Abgesehen von einer Veränderung des Lichts in seinen Augen blieb Anouar Saïd ungerührt. Allzu bemüht, sich zu beherrschen, beging er Fehler. Der Mord wurde zum ersten Mal angesprochen, und er hätte ein Mindestmaß an Überraschung zeigen müssen.

»Ich weiß absolut nicht, wovon Sie reden. Ich habe Ihnen nichts zu sagen.«

Sebag zögerte einige Sekunden, hielt es dann aber nicht für klug, mit dem Mord an Christian Aguilar weiterzumachen. Die drei Polizisten verließen den Raum und traten in den Gang.

»Sie haben ihm gewiss seine persönlichen Gegenstände abgenommen?«, fragte Gilles.

Llach übersetzte. Alex Marès führte sie in einen Nachbarraum, wo er eine Kiste öffnete. Darin lagen wild durcheinander ein Feuerzeug mit der Aufschrift *I love Barcelona,* eine Schachtel Camel, eine lederne Brieftasche, ein iPhone 8 und ein altes Tastenhandy. Gilles versuchte, die beiden Telefone zu öffnen, doch sie waren mit einer PIN geschützt.

»Vielleicht nennt Saïd uns ja die PIN, wenn wir ihn nett darum bitten?«, scherzte Llach.

Da sie sich nicht auf dem eigenen Hoheitsgebiet befanden, durften die französischen Polizisten nicht versuchen, die Passwörter zu knacken.

»Ich habe eine Idee, wie wir an sie herankommen könnten, aber die ist nicht gerade regelkonform. Glaubst du, dass unser Kollege sie akzeptieren würde?«

Als Gilles Sebag und Joan Llach in den Verhörraum zurückkehrten, stand der *intendent* Marès Saïd bereits gegenüber, er lehnte gegen einen Schreibtisch. Obgleich er mit seinem Handy beschäftigt war, trat er zur Seite, um den französischen Polizisten seinen Platz zu überlassen. Er stellte sich neben den Beschuldigten und vertiefte sich sofort wieder in die Betrachtung seines Displays.

Sebag reichte dem Beschuldigten seine beiden Handys.

»Sie wollten Ihren Anwalt anrufen?«

Saïd ließ das alte Handy liegen und griff nach dem iPhone. Er neigte es so, dass die Polizisten die PIN beim Eintippen nicht sehen konnten. Dann führte er das Gerät zum Ohr.

»Wäre ein wenig Vertraulichkeit möglich?«

»Wenn Ihr Anwalt hier eintrifft, selbstverständlich, aber für ein Telefonat ist das nicht unerlässlich.«

Saïd bestand nicht auf seinem Wunsch, sein Gesprächspartner hatte bereits abgenommen. Sie wechselten einige Sätze, mehr nicht.

»Mein Anwalt befindet sich in Perpignan. Heute Abend ist er hier.«

Sebag sagte sich, dass nur Geschäftsleute und Ganoven eine so gute Beziehung zu einem Anwalt hatten, dass er sofort alles stehen und liegen ließ, um ihnen zu Hilfe zu eilen. Und Saïd war kein Geschäftsmann.

»Wir warten.«

Anschließend gab er dem *intendent* Marès ein Zeichen, und der löste sich aus seiner Versenkung und rief einen Polizisten, um Saïd in seine Zelle zurückzuführen. Sobald der Beschuldigte den Raum verlassen hatte, setzte der Mosso-Polizist sich an seinen Schreibtisch und verband sein persönliches Handy mit dem Computer.

»*Funciona?*«, fragte Llach.

»*Espero que si.*« (Hoffentlich ja.)

Alex Marès lud das heimlich aufgenommene Video auf den PC. Die drei Polizisten warteten gut zehn Sekunden, dann lief es über den Bildschirm. Man erkannte darauf ganz deutlich, wie Saïd seinen PIN-Code eingab.

»Er hat sich reinlegen lassen«, bestätigte Llach auf Französisch und dann auf Katalanisch.

»Vier, acht, fünf, sieben«, zählte Sebag auf.

Lach tippte die Ziffernfolge in Saïds Display ein, und das leuchtete sofort auf.

»Schade, dass er das hier verwendet hat. Auf dem Wegwerfhandy gibt es bestimmt mehr Geheimnisse.«

Sebag griff nach dem alten Handy.

»Monclar hat sein Handy unmittelbar nach dem Raubüberfall gewechselt, und Saïd hat es gewiss genauso gemacht. Wenn sie das öfter machen, kann ich mir kaum vorstellen, dass er jedes Mal die PIN wechselt. Was hatten wir gesagt? Vier, acht, fünf, sieben.«

Nun leuchtete auch das Display des kleinen Handys auf.

»Los geht's. Jeder nimmt eins, und in einer halben Stunde tauschen wir uns aus.«

Sebag setzte sich. Als Erstes ging er die Anruferliste durch. Wie bei Monclars Handy fing er mit dem Tag nach Karfreitag an. Er ließ die Liste rasch durchlaufen.

Der Name Benji tauchte häufig auf, und das beunruhigte ihn. War es denkbar, dass Benjamin Pailleron engeren Kontakt zu Saïd pflegte, als er zugegeben hatte? Sebag hätte die SMS gern gelesen, aber alle waren gelöscht worden. Saïd war klug und sorgte systematisch für Ordnung.

Mit seinem persönlichen Handy rief Sebag die unter dem Namen Benji gespeicherte Nummer an. Eine anonyme, metallisch klingende Stimme antwortete: »Dies ist der Anrufbeantworter der Nummer 06 …« Es ließ sich unmöglich erkennen, um wen es sich handelte.

Auch ein weiterer Name tauchte immer wieder im Anrufverzeichnis auf. Oder eher ein Spitzname.

»Fidèle …«, las er laut vor. *Der Treue*. Er begann zu summen. Der *intendent* Marès beäugte ihn neugierig. Llach seinerseits schaute nur einmal kurz auf. Er war an die Grillen seines Kollegen gewöhnt. Sebag scrollte, um Einzelheiten über den Austausch Saïds mit diesem

Handypartner zu finden. Seit Karfreitag waren es gut zehn Gespräche.

Trenet besang in seinem Chanson die unverbrüchliche Treue zu seinem ewigen Freund, seinem Liebhaber in jungen Jahren. Fidèle … Die Vermutung, der Spitzname könne den jungen Geliebten eines Klavierlehrers bezeichnen, der den *Fou chantant,* den singenden Narren, verehrt hatte, war nicht abwegig …

Guillem Batère, ein treuer Mörder …

Er dachte nicht mehr länger nach. Auf Saïds Handy wählte er die Nummer.

»Hallo, ja? Was ist los?«

Guillems Stimme … Darauf hätte Sebag seinen Kopf verwettet. Er schwieg. Als sein Gegenüber keine Antwort erhielt, brach er die Verbindung rasch ab. Sebag nahm sein eigenes Handy und rief sofort Elsa Moulin an:

»Ich gebe dir jetzt eine Nummer. Ich brauche schnellstmöglich den Besitzer und seine Ortung.«

»Was verstehst du unter ›schnellstmöglich‹?«

»Sagen wir, ich hätte die Antwort gern in … drei Minuten.«

»Du weißt, dass das unmöglich ist.«

»Wenn man nicht mal mehr träumen darf …«

Außerdem gab er Elsa die Nummer von Batères »offiziellem« Handy.

»Das zweite sollst du gleichfalls orten, und dann die Standortdaten mit dem des ersten abgleichen. Ich habe so das Gefühl, dass sie den Standort immer zur selben Zeit wechseln. Wenn uns der Beweis gelänge, dass sie derselben Person gehören, wäre das ein riesiger Fortschritt für unsere Ermittlungen. Kann ich diese beiden Informationen in denselben drei Minuten bekommen?«

»Weißt du, wie viel Uhr es ist?«

»Schon spät, weiß ich. Aber wenn du mir die Informationen in drei Minuten verschaffst, kannst du früher heimfahren.«

»Darf ich mal etwas Derbes sagen?«

»Tu dir keinen Zwang an«, sagte Gilles großzügig, legte aber auf, bevor sie die Zeit für einen Kraftausdruck fand.

Er steckte sein eigenes Handy in die Hosentasche und legte das von Saïd in die Kiste zurück, in der der Beschuldigte seine Sachen deponieren musste. Statt des Handys nahm er nun das Zigarettenpäckchen heraus. Er erinnerte sich an einen Tick, den Anouar während der Vernehmung mehrmals gezeigt hatte. Zeigefinger und Mittelfinger V-förmig an den Bart gelegt. Die nervöse Geste eines Rauchers. Zweifellos verzehrte Anouar sich in seiner Zelle nach einem Zigarettchen. Und zwar nicht nach jedem beliebigen.

»Rauchst du immer noch Marlboro?«, fragte er Llach. Joan reichte ihm sein Päckchen, und anschließend ließ Gilles sich von Marès zu Saïds Zelle führen.

Anouar lag auf einer Betonliege, den Kopf auf eine zusammengerollte Decke gebettet. In der Ecke verströmte eine von Urinstein vergilbte Kloschüssel eine scharfe Ausdünstung.

Anouar erhob sich und setzte sich auf die Liege, ein Notbett im doppelten Sinn des Wortes.

»Sie hoffen ja wohl nicht, mir damit ein Geständnis zu entlocken?«

»Nein. Wir qualmen einfach nur eine miteinander.«

Er bot ihm Joans Päckchen an. Saïd verzog das Gesicht, streckte aber dennoch die Hand danach aus.

»Zweifellos würden Sie Ihre Camel vorziehen?«, schlug Gilles vor und hielt Saïd diesmal sein eigenes Päckchen hin.

»Oh ja, unbedingt. Es ist blöd, aber ich habe meine Gewohnheiten.«

»Wir alle haben unsere kleinen Schwächen, unsere Marotten.

Wie die, Spitznamen zu wählen, wenn man einen Coup plant. Was spielen Sie mit Batère? Résistance?«

Anouar schloss die Augen. Er wirkte vollkommen ins Vergnügen des Rauchens versunken. Doch Sebag wusste, dass ihm kein Einziges seiner Worte entging.

»Ihr seid ein nettes kleines Team, Benji, Fidèle und … Kamel.«

Anouar öffnete ein Auge.

»Ich bin mir allerdings nicht sicher, ob die Spitznamen wirklich gut gewählt sind«, fuhr Sebag fort. »Ich muss zugeben, dass ich Benji noch nicht verstanden habe. Was Fidèle betrifft … Für einen Kerl, der euch bereits einmal verraten hat, und der sich vielleicht ein weiteres Mal ohne den kleinsten Kratzer aus der Affäre zieht …«

Saïd schloss erneut die Augen und zog an seiner Zigarette. Tabakduft erfüllte die Zelle. Sebag steckte sich eine Zigarette aus Joans Päckchen an. Die Gesten des anderen imitieren, um eine Atmosphäre der Übereinstimmung zu schaffen.

»Guillem Batère ist der Dreh- und Angelpunkt beider Vorfälle, sowohl des Mords als auch des Raubüberfalls. Ich glaube sogar, dass er der Anstifter ist, der Dirigent. Er hat euch zusammengetrommelt und nicht umgekehrt. Das Problem ist nur, dass ich wenig gegen ihn in der Hand habe. Sein Vater wird ihm die besten Anwälte der Stadt beschaffen, und die werden meine Ermittlungsakte problemlos zerpflücken. Umso mehr, als er im Gegensatz zu euch keine Vorstrafe hat. Monclar und Sie selbst werden dagegen mehr als zehn Jahre bekommen …«

Schweigend rauchte er zwei Züge seiner Zigarette. Er ließ Saïd Zeit, sich genau vorzustellen, was aus seinen Worten folgte. Dann fuhr er fort: »Ich weiß, dass Sie niemanden verpfeifen.«

Ein weiterer tiefer Zug an der Zigarette.

»Aber ich möchte Ihnen etwas vorschlagen, um Batère in die Falle zu locken.«

Er lächelte. Saïd hielt noch immer die Augen geschlossen, Gilles wusste jedoch, dass sein Lächeln aus der Stimme herauszuhören sein würde.

»Juristisch gesehen ist es ein bisschen grenzwertig. Aber ich glaube nicht, dass Sie das stört …«

• • •

Die Tonspur und das Bild stimmten absolut nicht überein. Gilles hörte hinter sich das Geräusch der Dusche im Bad, während er sich wieder mal die Augen mit den Bildern der Prozession verdarb, die über seinen Computerbildschirm zogen. Amateurfotos oder städtische Überwachungskameras, immer dieselben Aufnahmen in Schleife.

Als er nach Hause zurückgekehrt war, hatten Claire und die Kinder gerade den Tisch abgeräumt. Séverine hatte ihm den Rest des Kartoffelgratins serviert, Claire hatte ein wenig Salat angemacht, und Léo hatte eine Flasche Wasser aus dem Kühlschrank geholt. Claire saß nun neben ihm.

»Und wie war's in Barcelona?«

Nachdem sie so blöd gewesen waren, jahrelang nur von Barcelona zu träumen, gestatteten sich Gilles und Claire seit zwei Jahren ab und zu ein Wochenende in der katalanischen Großstadt. Mal mit der Familie, mal als Paar. Seit der Inbetriebnahme der TGV-Strecke brauchten sie mit dem Zug keine anderthalb Stunden ins Stadtzentrum.

»Ich hatte keine Zeit, spazieren zu gehen, weißt du.«

Nach diesen Worten führte er eine Gabel Gratin zum Mund. »Und nicht einmal die Zeit, eine leckere Paella zu genießen.«

»Beklag dich nur … Ich musste heute Abend um einen Rest Essen für dich kämpfen. Sonst hätte Léo alles verschlungen.«

Seit er mit seiner Mahlzeit fertig war, bemühte Gilles sich, in den Bildern der *Sanch* einen Beweis – oder zumindest ein Anzeichen dafür – zu finden, dass Guillem Batère und sein Freund Maxime Reynald miteinander getauscht hatten.

In seiner Zelle im Gebäude der Mossos war Anouar Saïd, alias Kamel, nicht auf Sebags Vorschlag eingegangen. Er hatte weitergeraucht, schweigend und mit geschlossenen Augen. Nachdem er die Kippe in die Kloschüssel geworfen hatte, hatte er sich bedankt. In diesem Moment hatte Gilles beschlossen, nach Hause zurückzukehren und Llach und dem *intendent* Marès die Auseinandersetzung mit dem Rechtsanwalt zu überlassen. Seine Überzeugung stand fest: Anouar und Kamel waren ein und dieselbe Person, und das Gleiche galt für Fidèle und Guillem. Was Benji betraf, so verwarf er die Hypothese, es könne sich um Benjamin Pailleron handeln. Aus einem Grund, den er noch nicht kannte, musste dieser Spitzname sich auf Lucas Monclar beziehen.

Elsa Moulin hatte ihre Sache gut gemacht. Noch im Verlauf des Abends hatte sie Gilles die Auskünfte gegeben, die er haben wollte. Wie vorherzusehen, war Fidèles Handy nirgends angemeldet, und sein Besitzer ließ sich nicht identifizieren. Die Standortdaten waren dagegen sehr aussagekräftig, da dieses Handy systematisch mit derselben Funkzelle verbunden war wie das von Guillem Batère. Oder besser gesagt, verbunden *gewesen* war. Denn seit dem Anruf, den Sebag vom Polizeigebäude der Mossos in Barcelona getätigt hatte, gab Fidèles Handy kein Signal mehr ab.

Ein offizieller Beweis war das nicht, aber Gilles hatte damit zumindest eine berechtigte Vermutung. Dennoch brauchte er mehr, um Guillem Batère in Gewahrsam zu nehmen.

Mit nacktem Oberkörper und in Boxershorts machte Léo den

Kühlschrank auf, um sich ein Glas Milch zu holen. Er trank es in einem Zug aus, schenkte sich ein weiteres ein und setzte sich neben seinen Vater. Ein weißer Milchbart überzog den leichten Flaum, der seit einigen Monaten seine Oberlippe zierte.

»War das Gratin gut, Papa?«

»Köstlich. Danke, dass du mir was übrig gelassen hast.«

»Ich hatte nicht wirklich die Wahl …«

Die Bilder zogen weiter über den Computer, doch Gilles betrachtete nur noch seinen Sohn. Unter den immer erwachseneren Zügen suchte er weiterhin das Kind, den verschmusten kleinen Jungen, der zu jeder Tageszeit kommen konnte, um den Kopf an die Brust seines Vaters zu legen. Die Verwandlung war langsam geschehen, aber unaufhaltsam. Ein Werk der Natur. Gnadenlos. In seine Gedanken vertieft, bemerkte Gilles nicht sofort, dass Léo die Augen aufgerissen hatte. Fasziniert von dem, was er auf dem Computerbildschirm entdeckt hatte.

»Mensch, diese Sneaker!«, rief er aus und beugte sich über den Bildschirm, auf dem sechs Männer ein *misteri* trugen. »Supercool. Ich würde sagen Vuitton.«

Gilles vergrößerte das Bild. Der Junge wirkte noch konzentrierter als kürzlich am Abend, als er an seiner Philosophiehausaufgabe gesessen hatte. Etwas schien ihn zu verwirren.

»So ein Betrug!«, sagte er schließlich und ließ sich auf seinem Stuhl zurückfallen. »Ermittelst du derzeit wegen Produktpiraterie?«

Sebag beugte sich seinerseits zum Bildschirm vor und fragte: »Was willst du damit sagen? Dass das hier ein Nachahmerprodukt ist?«

»Falsche Vuittons, genau. Aber total gute Nachahmungen. Ich denke, in La Jaonquère wird man fast hundert Euro dafür löhnen müssen. Aber das ist nur ein Fünftel des Preises vom echten Paar.«

Gilles schnappte nach Atem – als er Léo hörte, war ihm fast die Luft weggeblieben. War es möglich, dass sein Sohn mit einem einzigen Blick die Schwachstelle aufgedeckt hatte, die er selbst bisher vergeblich gesucht hatte? Er ließ fieberhaft ein Dutzend Fotos vorbeilaufen und verharrte dann beim Bild von Guillaume Batère und seinem Freund, das einige Minuten nach dem Mord am Fuß der Statue von Maillol aufgenommen worden war. Er vergrößerte das Bild so lange, bis man nur noch die Schuhe sah.

»Kannst du mir sagen, ob du einen Unterschied zwischen diesen beiden Paar Turnschuhen entdeckst?«

Léo klebte fast mit der Nase am Bildschirm. Das Bild hatte enorm an Schärfe verloren, doch das schien ihn nicht besonders zu stören. Er legte den Zeigefinger auf Guillems Füße.

»Siehst du das schwarz-graue Schachbrettmuster?«

Gilles beugte sich seinerseits zum Bildschirm vor.

»Äh … Tiefschwarz und dunkelgrau. Und?«

»Es ist unauffällig, sicher, genau deshalb ist er ja so cool … Das Muster ist aus Nylon, und wenn du genau hinschaust, siehst du, dass der Faden in den schwarzen Kästchen horizontal verläuft und in den grauen vertikal.«

Gilles beugte sich noch tiefer vor. Aber aus der Nähe sah er auch nicht besser.

»Wenn ich eine Lupe hätte …«

»Oder vielleicht eine Brille … Du musst mal zum Augenarzt!«

»Mach ich. Erzähl du mir also, was du siehst.«

Léo strich mit dem Zeigefinger über Maximes Füße.

»Bei diesen Schuhen da verläuft der Faden in den grauen Kästchen nicht vertikal, sondern diagonal.«

»Was du nicht sagst … Das heißt also dir zufolge, dass diese Schuhe dieselben sind, die man an den Füßen des Mannes sieht, der in der Prozession den *misteri* trägt?«

Gilles hielt ein weiteres Mal den Atem an.

»Definitiv.«

»Gottverdammt noch mal!«

Gilles betrachtete seinen Sohn mit einer neuen Bewunderung. Der servierte ihm gerade den Beweis auf dem Silbertablett, dass Guillem Batère und sein Freund tatsächlich getauscht hatten.

»Was macht ihr für einen Radau? Was ist los?«

Weder der Vater noch der Sohn hatten gesehen, wie Claire sich näherte. Sie stand besorgt vor ihnen. Sie war barfuß, hatte sich aber einen Morgenmantel über die Schultern geworfen.

»Nichts Schlimmes, ganz im Gegenteil. Dein Sohn hat sich gerade sein Geburtstagsgeschenk verdient.«

Er hielt Léo die Handfläche hin.

»Cool«, antwortete der Sohn, die Augen erstaunt aufgerissen. Er klatschte seinen Vater ab.

»Wenn man allerdings dieses Modell hier vermeiden könnte, wäre mir das ganz recht«, fasste Gilles sich genauer. »Das habe ich mir inzwischen oft genug angesehen.«

»Kein Problem. Ich mag sowieso bunte Sneaker lieber. Keine Sorge, ich habe welche gesehen, die beinahe genauso teuer sind …«

»Cool, mein Junge, super. Gönn dir was …«

34

Irgendwas war schiefgelaufen.

Wann, was oder wo? Das wusste er vorläufig noch nicht.

Der Anruf, den er von Kamels Telefon erhalten hatte, hatte ihn beunruhigt, aber trotzdem hatte er nicht damit gerechnet, dass die Polizei gleich am nächsten Morgen um acht Uhr bei ihm aufschlagen würde.

Sie waren in größerer Zahl gekommen und bemühten sich nicht, sich unauffällig zu verhalten. Alle Nachbarn mussten inzwischen Bescheid wissen. Die alte Klatschtante im Erdgeschoss hatte bestimmt bereits Batère informiert. Falls der Dummkopf auf die blöde Idee kommen sollte, sich einzumischen, wäre es diesmal vergebens. Denn die Bullen schienen gefunden zu haben, was sie suchten. Im Schuhschrank hatten sie unter den gut dreißig Schuhen, die er besaß, nur ein einziges Paar ausgesucht.

Verdammt! Nun begriff er, dass sein Plan eine Achillesferse hatte, und dieser Schwachpunkt steckte in einem Paar Sneaker. Haha!

Die Haussuchung ging allerdings immer noch weiter. Vier Bullen wimmelten in der Wohnung herum. Ein alter Tölpel, Typ Cromagnonmensch, ein großer Stummer, der so wirkte, als entschuldigte er sich für seine Anwesenheit, und eine junge Blonde, unübersehbar ziemlich gut gebaut. Diese drei rissen sich den Arsch auf, öffneten Schränke und Schubladen, suchten unter dem Bett und unter den Möbeln, während der Vierte ihn keinen Moment aus den Augen ließ. Das war der Typ, der ihn kürzlich im Commissariat verhört hatte. Der Kerl hatte was von einem Abbé Pierre ohne Bart, und das nervte ihn total. Die Sorte: »Erzähl mir alles, ich kann dich verstehen, ehrlich.«

Verstehen, Scheiße noch mal, ja … Wer konnte das verstehen? Er verstand es ja nicht einmal selbst richtig.

Die Sache wurde allmählich ziemlich brenzlig. Er war zu ehrgeizig gewesen. Ein weiteres Mal wandte das Schicksal sich gegen ihn. Er hätte allein zu Werke gehen sollen. Sein Wunsch, auf zwei Hochzeiten gleichzeitig zu tanzen, war schuld an seiner Niederlage. Er hatte Komplizen mit ins Boot holen müssen. Idioten und Dummköpfe. Wahrscheinlich hatten sie das Schlamassel Benji zu verdanken, aber Kamel war auch nicht gerade der Schlauste gewesen. Er hatte sich mit seinem Telefon schnappen lassen, und die Bullen hatten die Spur mühelos zurückverfolgt.

Adieu, teure Bérénice, ich glaube kaum, dass du mich im Knast besuchst.

Aber du brauchst nicht mit stolzgeschwellter Brust herumzulaufen, Lieutenant Scherzkeks. Auf dich wartet noch eine Überraschung. Okay, vielleicht ist sie nicht gerade ein Ass, aber sie wird dir bestimmt trotzdem gefallen.

35

Auf Gilles' Schreibtisch thronten zwei Paar beinah identische Sneaker vor Guillem. Das eine Paar war während der Haussuchung konfisziert worden, das andere hatte Julie von Maxime Reynalds Eltern mitgenommen.

»Erkennen Sie diese Schuhe?«, fragte Jacques.

Nach der Haussuchung war Guillem Batère den Polizisten aufs Commissariat gefolgt. Sein Status war immer noch der eines Verdächtigen, der nur kurz festgehalten werden durfte. Sie hatten vier Stunden, danach waren sie verpflichtet, ihn entweder in Gewahrsam zu nehmen oder ihn gehen zu lassen. Sebag hatte Molina gebeten, das Gespräch zu führen.

»Eines der beiden Paare erkenne ich. Sie haben es bei mir gefunden, es gehört mir.«

»Würden Sie uns bitte das richtige zeigen?«

Batère beugte sich auf dem Stuhl vor und legte die Hand auf das Paar mit dem senkrechten Fadenlauf in den grauen Kästchen des Schachbrettmusters.

»Und das andere, kennen Sie das auch?«

Guillem verzog das Gesicht, er zögerte. Die Polizisten hatten ihm nicht gesagt, wo die Schuhe herkamen.

»Ich glaube, dass mein Freund Maxime solche Sneaker hat.«

»Es sind tatsächlich seine. Welche Unterschiede erkennen Sie zwischen den beiden Paaren?«

»Das eine kommt aus einer Boutique in Perpignan und hat ein kleines Vermögen gekostet; das andere war wesentlich billiger und wurde in La Jonquère gekauft.«

»Von diesem Unterschied habe ich nicht gesprochen ...«

Batère nahm die Schuhe seines Freundes in die Hand. Er strich mit dem Zeigefinger über die Kästchen des Schachbrettmusters, um zu zeigen, was sie von dem anderen Paar unterschied.

»Die Fälschung ist gut gemacht, täuscht aber nur die, die sich gern hinters Licht führen lassen wollen.«

»Uns hat sie trotzdem lange getäuscht ...«

Batère deutete ein Lächeln an und stellte die Schuhe wieder hin.

»War das denn so wichtig?«, fragte er mit gespielter Naivität.

»Dieser Unterschied erlaubt uns die Schlussfolgerung, dass Sie uns in einem wichtigen, wenn nicht entscheidenden Punkt belogen haben ...«

Molina ließ den Satz in der Schwebe, doch Batère verdarb ihm die Pointe.

»Sie haben daraus gefolgert, dass Maxime und ich in der Prozession der *Sanch* nicht die Plätze eingenommen haben, die wir Ihnen geschildert hatten.«

Sein Mund verzog sich zu einer arroganten Schnute. In diesem Moment bemerkte Sebag eine verstörende Ähnlichkeit Guillems mit seinem Vater.

»Normalerweise trage ich den *misteri*, aber dieses Jahr war ich erschöpft«, erklärte Batère. »Eine zu kurze Nacht mit zu viel Alkohol, dazu schlimmer Muskelkater, weil ich mich am Vorabend beim Bodybuilding überanstrengt hatte, da wollte ich nicht zwei Stunden lang das Gewicht des *misteri* auf den Schultern haben. Daher habe ich Maxime gebeten, meinen Platz einzunehmen.«

»Und wieso haben Sie uns das nicht gesagt?«

»Weil Maxime blöderweise in Panik geraten ist und den *misteri* hat fallen lassen. Ich wollte nicht, dass er die Verantwortung dafür übernehmen muss, wo er mir doch nur einen Gefallen getan hat. Wenn ich in diesem Moment begriffen hätte, dass dieses Detail für Ihre Ermittlungen wichtig ist, hätte ich es natürlich erwähnt.«

»Seitdem hätten Sie genug Zeit dazu gehabt!«

»Ja, aber als mir klar wurde, wie wichtig Ihnen diese Frage ist, habe ich ebenfalls gespürt, dass Sie dieser Lüge möglicherweise eine ganz neue Bedeutung verleihen würden. Da Sie mich als jemanden identifiziert hatten, der dem Opfer nahestand, hätten Sie mich verdächtigt. Genau so ist es jetzt ja auch.«

»Dieser Tausch hat Ihnen tatsächlich ein verdammt gutes Alibi verschafft.«

»Ich kann Sie nicht daran hindern, die Dinge so zu sehen …«

»Und wie sollten wir sie sehen?«

»Ich habe Sie davon abgehalten, einer falschen Fährte zu folgen.«

»War es tatsächlich eine falsche Fährte?«

»Christian Aguilar war mein Freund, und ich habe ihm nichts getan. Meine Lüge hat verhindert, dass wir alle unnötig Zeit verlieren.«

»Das ist gründlich schiefgegangen!«

»Das sehe ich natürlich ein …«

Wider Willen musste Sebag den jungen Batère bewundern. Nicht einen Moment hatte er die geringste Beunruhigung erkennen lassen.

»Sie behaupten also, es sei purer Zufall, dass Ihr Freund an diesem Tag Schuhe trug, die fast genauso aussahen wie Ihre eigenen?«, fragte Gilles.

»Ich habe ihn nicht gebeten, sie anzuziehen, falls Sie darauf hinauswollen. Ich hatte ursprünglich nicht die Absicht, ihm einen Rollentausch vorzuschlagen. Erst als ich den *misteri* sah, der uns in der Église Saint-Jacques erwartete, ist mir diese Idee gekommen.«

»Wieso haben Sie den Tausch heimlich durchgeführt?«

»Heimlich?«

Gilles stellte seine Fragen häufig mit Auslassungen. So musste der Verdächtige Fantasie beweisen, um sie zu verstehen. Und diese Fantasie wurde zwangsläufig von seinen Befürchtungen und Lügen beeinflusst. Sebag holte den Prozessionsplan, den Julie noch am Tag des Mordes erstellt hatte, aus der Akte Aguilar.

»Keiner hat den Tausch bemerkt, und alle haben ausgesagt, dass Sie zu den Trägern gehörten. Ist das ebenfalls Zufall?«

Batère lächelte breit.

»Tatsächlich haben wir in gewisser Weise dafür gesorgt, dass keiner diesen … Tausch bemerkte, wie Sie es nennen.«

Er holte tief Luft und fuhr dann fort: »Wir haben uns von den anderen entfernt, um die *caparutxes* anzulegen, und als wir dann wieder zum Zug gestoßen sind, konnte uns niemand auseinanderhalten. Warum wir das so gemacht haben? Ganz einfach, weil es eine Ehre ist, einen *misteri* zu tragen. Da soll man nicht eigenmächtig den Platz tauschen. Es hätte meinem Vater bestimmt nicht gepasst, dass ich diese Position abgebe.«

»Sie sorgen sich dermaßen um die Meinung Ihres Vaters?«

»Das kommt schon vor …«

»Trotzdem haben Sie hingenommen, dass man Ihnen die Verantwortung für den Sturz des *misteri* zuschrieb. Das hat Ihrem Vater gewiss auch nicht gefallen.«

»Das stimmt … Aber das war ich Maxime schuldig.«

»Sie haben Ehrgefühl«, scherzte Molina.

»Ist das ironisch gemeint?«

»Das müssen Sie selbst beurteilen …«

Guillem betrachtete kurz seine flach auf die Knie gelegten Hände.

»Außerdem ging es mir um Bérénices Meinung. Sie sollte nicht wissen, dass ich am Vorabend ein bisschen zu viel getrunken hatte.«

Sebag überflog kurz seine Notizen. »Bérénice?«

Guillem ließ ein glucksendes Lachen ertönen. »Oh ja, Entschuldigung. Sophie Casteil. Meine Verlobte.«

Sebag wartete auf weitere Erläuterungen.

»Sophie! Für ein Mädchen von dieser Klasse ist das kein Name …«, amüsierte sich Batère. »Ich habe sie auf Bérénice umgetauft, das ist schicker, oder?«

Er schien sehr stolz auf sich zu sein. Sebag fing den Ball im Flug auf. »Sie geben Leuten oft Spitznamen?«

Sofort war Batère wieder ernst. Das war keine harmlose Frage.

»Das kommt schon vor …«

»Kamel, Benji, Fidèle … und jetzt Bérénice. Bei diesen Ermittlungen wimmelt es von Spitznamen.«

Batères Atem verlangsamte für einige Sekunden. Bisher war nur vom Mord an Aguilar die Rede gewesen und nicht vom Raubüberfall.

»Ihnen ist klar, dass ich nichts von dem verstehe, was Sie sagen?«

Der Kommentar kam mit leichter Verspätung.

»Wo haben Sie Ihr zweites Mobiltelefon versteckt?«, fragte Sebag unvermittelt.

Batère runzelte die Stirn. Erstaunen pur. Er legte ein iPhone auf den Schreibtisch, neben die Schuhe.

»Ich habe nur das hier.«

Gilles breitete die von Elsa gelieferten Verbindungsnachweise darüber aus, die er vor dem Gespräch sorgfältig unter die Lupe genommen hatte. Er begann damit, dass er auf die Übereinstimmung der Bewegungen von Batères iPhone und dem Handy Fidèles hinwies. Eine quasi perfekte Übereinstimmung während einer ganzen Woche.

»Quasi …«, relativierte Batère.

»Tatsächlich hat das Mobiltelefon, das wir einmal X nennen wollen, sich bei drei Gelegenheiten nicht gleichzeitig mit dem Ihren fortbewegt. Ausnahmen, die Sie nicht entlasten. Ganz im Gegenteil. Bei keiner dieser drei Gelegenheiten hat das Mobiltelefon X sich von der Stelle gerührt. Es ist, als hätten Sie es irgendwo zurückgelassen. Eine dieser drei Gelegenheiten entspricht zum Beispiel haargenau den zwei Stunden, die Sie kürzlich mit mir im Commissariat verbracht haben. Wenn Sie meine Meinung hören wollen, ist die Wahrscheinlichkeit, dass das purer Zufall sein könnte, kleiner als eins zu einer Milliarde.«

»Sie sind ja ein Experte der Wahrscheinlichkeitsrechnung …«

Nach dieser ironischen Bemerkung senkte Guillem Batère die Augen und verlor sich erneut in der Betrachtung seiner Hände. Dann hob er plötzlich den Kopf und erklärte in einem Tonfall, als wäre ihm plötzlich eine Erkenntnis gekommen: »Vielleicht ist es wirklich kein Zufall …«

Jacques erstarrte, er war in die Falle getappt. Gilles dagegen hatte Batères Lippen leicht beben gesehen. Auch die aufrechte Haltung, die der junge Mann im Sitzen einnahm, ließ eher eine Herausforderung als ein Geständnis erwarten.

»Und wenn ich Opfer einer Verschwörung geworden wäre …?«

»Pardon?«, stieß Molina hervor.

Batère verzog die vollen Lippen zu einem bescheidenen Lächeln. »Wie Sie wissen, habe ich mich vor einigen Jahren gegenüber den Leuten, die wie ich Zigaretten geschmuggelt haben, nicht sehr korrekt verhalten. Und ebendiesen Leuten werfen Sie heute anscheinend einen Raubüberfall vor. Man könnte sich vorstellen, dass sie versucht haben, mir zu schaden.«

»Indem sie das Telefon X, von Ihnen unbemerkt, unter Ihre Sachen geschoben haben?«, fragte Jacques mit spöttischem Lachen.

»Indem sie mir mit diesem Handy gefolgt sind ...«

»Das ist ein bisschen an den Haaren herbeigezogen, oder?«

»Umso raffinierter wäre die Falle ...«

»Als mein Kollege dieses Handy angerufen hat, hat er Ihre Stimme erkannt.«

»Ach ja? Und was soll ich angeblich gesagt haben?«

Jacques warf Gilles einen Blick zu. Als der sich nicht rührte, fuhr er fort: »Sie haben gefragt: ›Hallo, was ist los?‹«

»Das ist ein bisschen sehr kurz, um eine Stimme zu erkennen.«

»So kurz auch wieder nicht.«

»Jedenfalls ein bisschen an den Haaren herbeigezogen«, entgegnete Batère nun seinerseits.

Molina suchte in den Seiten der vor ihm ausgebreiteten Akte nach einer Idee, um weiterzumachen. Und er fand sie. Er sprach die Kette von Verbindungsgliedern an, die vom Juwelier ausgehend auf dem Weg über Aguilar und seinen ehemaligen Schüler zu den Juwelenräubern führte. Doch es handelte sich nur um Mutmaßungen, um Hypothesen ... Batères Anwälte würden sie als Fantasiegespinste der Polizei zerpflücken. Wer konnte wissen, ob sie nicht sogar die Objektivität der Ermittlungen infrage stellen würden? Vielleicht hätten die Polizisten ja das Bedürfnis empfunden, mit Batère ebendieselben alten Rechnungen zu begleichen ...?

Die Verteidigung des jungen Mannes stand weiterhin auf sicheren Füßen.

Mit Monclar hatten sie ein schwaches Glied in der Kette gefunden, und Sebag hatte gehofft, dass Maxime Reynald sich als ein weiteres erweisen würde. Gilles hatte das Bild eines hektischen jungen Mannes vor Augen. Auf den Aufnahmen der städtischen Überwachungskameras sah man, dass Batère ihn mit Argusaugen überwachte.

Das Problem war, dass der neue Spieler von Melbourne Storm erst ab der nächsten Woche wieder erreichbar sein würde. Mit seiner Mannschaft absolvierte er ein Härtetraining im australischen Busch, um sich für den Ligabeginn im Dreizehnerrugby vorzubereiten. Würde er anschließend bereit sein, sich am Telefon befragen zu lassen? Nichts war weniger sicher als das. Andernfalls müssten sie ein erneutes internationales Rechtshilfeersuchen anstrengen. Zwangsläufig ein langwieriger Prozess. Außerdem würde wohl selbst ein schwaches Glied in der Kette einer polizeilichen Vernehmung widerstehen, wenn die Beamten fünfzehntausend Kilometer entfernt waren.

Sebags Handy vibrierte. Llach rief an. In der Hoffnung, dass der Vorschlag, den Sebag Saïd am Vorabend gemacht hatte, etwas Neues ergeben haben könnte, ging Gilles nach draußen.

Leider eine Niete!

Aber der Anruf war trotzdem interessant.

»In dem Zimmer, das Monclar in Barcelona bewohnt hat, haben die Mossos einen Schlagring gefunden. Ich schicke dir ein Foto. Ein richtig wuchtiges Ding. Der Juwelier muss ganz schöne Blessuren davongetragen haben.«

»Eigentlich nicht so sehr …«

»Ah, gut. Dann hat Monclar sich zurückgehalten. Gewissermaßen ein kleiner freundschaftlicher Klaps … Unsere Kollegen haben eine DNA-Probe genommen. Die schicke ich dir ebenfalls.«

»Schick sie direkt an Elsa. Ich bin beschäftigt. Und tu mir bitte noch einen anderen Gefallen. Geh noch mal zu Saïd, und sag ihm, wir hätten nicht viel gegen Batère in der Hand und wären wohl bald gezwungen, ihn laufen zu lassen. Informiere ihn auch über den Schlagring … Nach diesem Fund werden sie beide ins Kittchen wandern. Nur sie beide …«

»Der ist nicht der Typ, der seine Kameraden verpfeift …«

»Es gibt verpfeifen und verpfeifen …«

Mit diesen sibyllinischen Worten legte Sebag auf. Dann beschloss er, die Pause zu verlängern. Er begab sich ins Büro von Julie Sadet, die er mit einer Mission am Rande der Ermittlungen beauftragt hatte. Und die hatte sie perfekt ausgeführt. Aufgrund der Informationen, die sie erhalten hatte, rief er jemanden an, und das Ergebnis war Balsam für seine Seele.

Als er in sein Büro zurückkehrte, warf Molina ihm einen finsteren Blick zu. Eine Veränderung hatte sich in die Vernehmung eingeschlichen: Guillem Batère versuchte nicht mehr, die Polizisten von seiner Unschuld zu überzeugen. Wenn er sich immer noch bemühte, ihnen präzise zu antworten, dann vor allem, um der Aussagekraft ihrer Ergebnisse zu widersprechen. So wie bei dieser Story von der Verschwörung. Sie war absurd, aber wenn ein talentierter Anwalt sie bewusst einsetzte, könnte sie einen Untersuchungsrichter davon abhalten, die Einleitung eines Ermittlungsverfahrens abzusegnen.

War dieses Verhalten von Batère ein Hinweis auf seine Schuld? Bei sich war Gilles davon überzeugt. Ein Unschuldiger hätte sich aufgeregt oder empört oder wäre vielleicht sogar in Panik geraten.

In diesem Moment, genau im richtigen Augenblick, piepte sein Handy. Eine SMS von Llach. »Saïd ist einverstanden.« Endlich eine Hoffnung. Er antwortete Joan, dass sie so weit seien. Dann deutete er auf Batères iPhone, das noch immer auf dem Schreibtisch lag.

»Ist es eingeschaltet?«

»Im Flugmodus.«

»Schalten Sie den bitte aus, gleich erhalten Sie einen Anruf.«

Batère gehorchte überrascht, und sie warteten. Als Jacques Sebag einen fragenden Blick zuwarf, antwortete dieser mit einem Zwinkern. Er hatte ihn über den Vorschlag informiert, den er Saïd am Vorabend gemacht hatte.

Die Minuten vergingen. Guillem zwang sich zur Ruhe, hatte aber Mühe, seine zunehmende Anspannung zu verbergen.

Das Handy klingelte. Sebag erkannte den Jingle einer international bekannten Fernsehserie. Batère erbleichte. Das hatte nichts mit dem Thema der Serie, aber viel mit der Identität des Anrufers zu tun, dem er diesen Klingelton zuordnete. Der junge Mann führte wortlos das Handy zum Ohr.

Den Inhalt der Rede seines Gesprächspartners entnahm Sebag Batères Gesicht. Saïd kündigte an, dass er diesmal nicht allein im Knast landen und dass er alles verraten würde. Batère konnte ihm nichts entgegnen. Das kleinste Argument, mit dem er versuchen würde, Anouar seine Entscheidung auszureden, würde wie ein Geständnis klingen.

»Das ist eine Verschwörung«, sagte er nur, mit einem Blick auf Sebag. Doch Saïds Worte waren wohl klar und eindeutig. Zweifellos zählte er die Beweise auf, die er für Batères Verwicklung in den Raubüberfall und den Mord hatte. Nur der junge Mann konnte sie hören, die Polizisten würden niemals etwas von ihrem Inhalt erfahren. Denn diesen Vorschlag hatte Sebag Saïd gemacht: Sollte es ihm gelingen, Batère zu einem Geständnis zu bewegen, müsste er nicht offiziell gegen seinen Komplizen aussagen, um ihn hinter Gitter zu bringen. Niemand außer Saïd und Batère würde jemals etwas von seinen Druckmitteln erfahren.

Und Gilles' Pokerspiel funktionierte sogar besser als erhofft.

Noch mehrmals formten Batères Lippen das Wort »Verschwörung«, doch kein Laut drang heraus. Als Saïd aufgelegt hatte, hob der junge Mann den Kopf und sah Gilles an: »Ich werde Ihnen alles sagen. Aber es ist nicht so, wie Sie denken. Wirklich nicht.«

36

Von den Polizisten ungläubig beäugt, führte Guillem Batère sie zum Haus der Familie Casteil, »dreihundert Quadratmeter« im Stadtzentrum, um einen Innenhof gruppiert, in dem üppige Pflanzen und Zwergpalmen wuchsen. In Sophies Ankleidekammer – genauso groß wie das Apartment eines Studenten mit staatlichem Stipendium – hob Batère einen Stapel Kleidung auf, die ihm gehörte, und brachte einen USB-Stick zum Vorschein.

»Das Video, von dem ich Ihnen berichtet habe, ist darauf.«

Sie kehrten ins Commissariat zurück, um es anzuschauen. Auf dem Bildschirm erschien das Bild von Christian Aguilar. Er hielt die Kamera, wahrscheinlich die seines Handys, in der ausgestreckten Hand, und nahm sich selbst auf. Der Klavierlehrer saß auf dem Klavierhocker, das Instrument hinter sich, und sprach von seiner Krankheit, vom »Tumor, der sein Gehirn auffraß«, von seinem Überdruss und seinem Wunsch, einem »von vornherein verlorenen Kampf« ein Ende zu setzen. Er wies darauf hin, dass er seinen Freund Guillem gebeten habe, ihm mit allen Mitteln zu helfen, die ihm notwendig erschienen. Anschließend stellte er klar: »Wenn Sie sich dieses Video anschauen, muss Guillem festgenommen worden sein. Ich bitte Sie, alle nur denkbare Milde walten zu lassen. Er hat aus Mitleid gehandelt und aus …«

Seine Stimme brach, und seine lange Rede endete mit einem letzten verschämten Wort: »Aus … Freundschaft.«

Die Aufnahme endete mit einem einfachen »Lebt wohl«, dann machte sie einem leeren Bildschirm Platz. Batère saß mit verlorenem Blick wie festgewachsen auf seinem Stuhl. Molina, der das Video über Sebags Schulter hinweg verfolgt hatte, kehrte zu seinem Bürosessel zurück.

»Bravo, das ist clever! Aber wer sagt uns, dass dieses Video nicht unter Zwang aufgezeichnet worden ist?«

Guillem rührte sich nicht. Die Stimme seines »Freundes« noch einmal zu hören, hatte ihn erschüttert. Er, der sich bis jetzt keinerlei Gefühle hatte anmerken lassen, schien selbst am meisten von der Intensität seiner Emotionen überrascht.

Als wäre ihm plötzlich klar geworden, dass all das kein Spiel war. Dass Christian tot war, und dass er ihn getötet hatte.

Sebag dachte an einen alten italienischen Film, den er einmal mit Claire gesehen hatte. *Der Unverstandene* von Luigi Comencini, wenn er sich recht erinnerte. Die Geschichte eines etwa zehnjährigen Jungen, den der Vater nicht verstand, weil sein Sohn beim Tod der Mutter keinerlei Gefühle zeigte. Der Junge hatte mehrere Tage gebraucht, um seinen Kummer zu empfinden und seine neue Einsamkeit wahrzunehmen. Eines Morgens, als er aus der Dusche stieg, hatte er »Maman« gerufen, und da erst hatte er plötzlich begriffen, dass sie ihm das vergessene Handtuch nicht bringen würde, dass sie nicht da war und nicht mehr da sein würde. Dass sie niemals wiederkommen würde.

»Nichts beweist, dass Sie ihm seinen Text nicht diktiert haben«, beharrte Jacques.

Als der junge Batère sich immer noch nicht rührte, warf Molina seinem Kollegen einen fragenden Blick zu. Sollte er im selben Tonfall fortfahren? Gilles beschloss, Batères Emotionen nicht als unglaubwürdig zu verwerfen, sondern sie zu nutzen: »Es ist eine merkwürdige Freundschaftsgeste, aber ich will sie Ihnen gern glauben …« Eine stumme Träne rann Guillems Wange hinunter.

»Doch auch wenn diese Aufnahme Ihre Verantwortung mildert, wird sie Ihnen eine Verurteilung nicht ersparen. Sie hätten sich für einen anderen Modus Operandi entscheiden müssen …«

Er ließ seinen Worten Zeit zu wirken. Als er bei Batère ein Beben bemerkte, fuhr er fort: »Ihren Freund mitten im Prozessionszug zu ermorden, das ist schon …«

Guillem hob langsam den Kopf. Ein noch schüchternes Lächeln erschien auf seinen vollen Lippen. Stolz und Prahlerei lagen bei ihm nah beieinander.

»Die Kaltblütigkeit, die Sie unter Beweis gestellt haben, wird sich zu Ihren Ungunsten auswirken«, fuhr Gilles fort.

Guillem Batère wischte die Träne weg und öffnete die Lippen. Seine ersten Worte kamen stockend, doch sehr bald folgten ganze Sätze.

Christian Aguilar hatte extreme Angst vor dem Tod, um den er gebeten hatte. Er hatte sich eine Überraschung gewünscht. Zum Beispiel wollte er gern im Schlaf getötet werden. Doch diesen Vorschlag hatte Guillem sofort verworfen: Wenn jemand darum bat, ihn in einer bestimmten Situation zu überraschen, wurde die Überraschung gerade durch die Bitte unmöglich.

Und in diesem Moment war ihm der Einfall mit dieser abenteuerlichen Herausforderung gekommen. Aguilar hatte sich nie verziehen, dass er Gefallen an jungen Männern fand, und suchte jedes Jahr in der *Sanch* eine nie zu erlangende Vergebung. Die Prozession stellte die einzigen Stunden in seinem Leben dar, in denen seine gequälte Seele ein wenig Ruhe fand. Beten und Leiden, darin sah er ein Gegenmittel, eine Hoffnung, und im gemeinschaftlich vollzogenen Ausdruck seines Glaubens suchte er die Kraft, die ihm im

Leben fehlte. Diese Atempause dauerte stets nur wenige Stunden. Guillem hatte nicht lange gezögert: Genau in dieser Phase musste er zuschlagen. Dann würde die für kurze Zeit besänftigte Seele seines Freundes leichter den Weg zum Heil finden.

Der erstaunte Sebag hörte ihm schweigend zu. Der junge Mann sprach wie im Beichtstuhl. Glaubte er wirklich, dass seine Worte ihn reinwaschen würden? Eine Prozession von Worten auf dem Weg der Wahrheit …

Guillem berichtete im Detail, wie er alles geplant und aufeinander abgestimmt hatte. Mord und Raubüberfall. Ja, er sprach den Juwelenraub von sich aus an, ohne dass die Polizisten ihm irgendwelche Fragen stellen mussten. Sebag begnügte sich damit, sich als guter Zuhörer zu zeigen, manchmal durch einen verständnisvollen Laut und manchmal durch einen passenden Ausruf. Hin und wieder warf er außerdem Jacques einen strengen Blick zu, damit der sich alle Scherze und dummen Bemerkungen verkniff, die den Redefluss vielleicht gestört hätten.

Das Schwierigste für Batère war gewesen, seinen Freund Maxime mit ins Boot zu holen. Er hatte ihn lange im Voraus vorbereitet, indem er ihm von Christians Leiden und seinen Ängsten erzählte. Er hatte ihm gesagt, eines Tages werde er seine Unterstützung brauchen, zumindest seine moralische Unterstützung, um Christian diesen letzten Freundschaftsdienst erweisen zu können.

Er hatte ihm auch vom Raubüberfall erzählt und mit ihm einen Erkundungsgang gemacht. Damit verfolgte er einzig das Ziel, ihn so weichzuklopfen, dass ein Rückzieher unmöglich wäre, wenn er ihm den ganzen Plan enthüllte. Das tat er nicht vor dem Tag der *Sanch*. Maxime hatte protestiert – er hatte Angst –, doch um seine letzten Skrupel zu beseitigen, hatte Batère verkündet, dass er die versprochene Summe verdreifachen würde. Reynald brauchte Geld, um seinen Aufenthalt in Australien zu finanzieren. Sein Club hatte ihn tatsächlich nur als Joker eingestellt und bezahlte ihn pro Einsatz. Im Wesentlichen mit einer Prämie für jedes Spiel, an dem er aktiv teilnahm, was für einen Spieler, der meistens auf der Ersatzbank saß, auf eine Art unberechenbaren Mindestlohn hinauslief.

Guillem entspannte sich beim Sprechen. Die Worte befreiten ihn. Alle Emotionen waren verschwunden, und es blieb nur noch das unübersehbare Vergnügen, von einer Tat zu erzählen, die er auch als eine herausragende Leistung zu empfinden schien.

Als Guillem vom Raubüberfall berichtete, fiel es ihm schwerer, Worte zu finden. Zweifellos, weil in diesen Teil seines Werks noch andere Personen verstrickt waren. Er erläuterte jedoch, dass er die Information tatsächlich von seinem alten Freund erhalten hatte. Wie ein letztes Geschenk. Nach Mittätern hatte Batère nicht lange suchen müssen. Seine alten Komplizen waren gerade aus dem Gefängnis entlassen worden und brauchten dringend Geld. Er verschaffte ihnen eine Gelegenheit, die Gold wert war.

Oder genauer gesagt, Edelsteine, haha!

Anouar Saïd alias Kamel hatte die Kinder aus Saint-Jacques durch Vermittlung von Dealern problemlos gefunden. Es gab zahllose fehlgeleitete Jungen, die für eine Handvoll Euro zu einem Streich bereit waren, denn mit dem Geld konnten sie sich Zigaretten oder Haschisch kaufen. Oder vielleicht sogar eine Dosis Crack – harte Drogen richteten im Viertel schlimme Verwüstungen an. Natürlich hatte man den Kindern nicht verraten, wozu die Panik diente, die sie auslösen würden. Die Schwere der Tat würde sie im Anschluss nur umso nachhaltiger zum Stillschweigen bewegen.

Sebag hörte fasziniert zu. Nicht durch den Bericht an sich gefesselt, sondern durch die Art, wie Guillem ihn vortrug. In einem immer lockereren Tonfall. Ja, von der Tat zu reden, war befreiend für ihn, aber wovon befreite es ihn? Nicht von der Last der Schuldgefühle, denn er empfand keine. Gilles brauchte eine ganze Weile, bis er das verstand. Er ließ Guillem dennoch über ein Detail zu Ende berichten, das ihn interessierte. Nämlich die Frage, wo der Spitzname Benji herkam, der ihn lange in die Irre geführt und sogar dazu verleitet hatte, den armen Benjamin Pailleron der Lüge zu verdächtigen. Die Lösung war ganz einfach, nur musste man wissen, dass Benji eine etwas verwaschene Aussprache fürs Bungee-Springen war.

Anschließend gab Sebag seine Einschätzung ab: »Man könnte sagen, dass alles für Sie ganz einfach war. Vielleicht zu einfach …«

Guillem heftete den Blick in seinen. Wartete auf das, was folgen würde. Sebag hatte den Eindruck, dass in ihm eine Kälte und Gewalttätigkeit herrschten, zu denen er sich nicht im Geringsten bekannte.

»Man könnte meinen, dass Sie daran Gefallen gefunden haben. Und zwar viel zu sehr.«

• • •

Während Jacques Batère in eine Gewahrsamszelle brachte, verfasste Sebag das Gesprächsprotokoll. Er hatte mit dem Untersuchungsrichter telefoniert und einen Termin für den späten Nachmittag bekommen. Gegen Guillem würden Ermittlungen wegen Mordverdachts eingeleitet werden. Der Richter würde vorläufig nicht wagen, noch weitere Anklagepunkte abzusegnen.

Nach seinem Redeschwall war der junge Mann verstummt. Zwei neue Tränen hatten sich in dem angedeuteten Bart verloren, den er niemals hatte wachsen lassen. Hatte er sich so der Mode gefügt oder unbewusst das Bild eines Heranwachsenden vermittelt, der sich als Erwachsener verkleidet?

Die Ermittlungen, die Gilles gern weiterverfolgt hätte, gehörten nun leider nicht mehr in seinen Zuständigkeitsbereich. Sein Beruf war es, die Wahrheit bezüglich der Tatsachen festzustellen, nicht die Wahrheit über die Seelen, die auf eine ganz andere Weise komplex und niemals definitiv war. Das psychiatrische Gutachten, das der Richter erstellen lassen würde, würde vielleicht gestatten, sich ihr anzunähern. Vorausgesetzt, Guillem war bereit, seine Verleugnungshaltung aufzugeben, und hörte auf, von Freundschaft zu reden; und ebenso vorausgesetzt, der Rat eines Rechtsanwaltes verleitete ihn nicht dazu, eine Gegenposition einzunehmen, seinen Klavierlehrer zu beschuldigen und von ihm das Bild eines perversen Wüstlings zu zeichnen.

Bei diesen Ermittlungen hatte der Schein immer wieder getrogen. Saïd und Monclar waren nicht die Einzigen gewesen, die Masken trugen. Batère hatte mit Bedacht getötet, ohne jedoch ein Mörder im wahrsten Sinne des Wortes zu sein. Das Opfer hatte sein Schicksal selbst gewählt und seinen Mörder in gewisser Weise nach seinen eigenen Vorstellungen herangezogen. Denn selbst falls sich herausstellen sollte, dass Aguilar in Bezug auf seine Schüler das Gesetz niemals gebrochen hatte, hatte die zweideutige und geheime Beziehung zu Guillem das Heranreifen des jungen Mannes zwangsläufig beeinträchtigt. Sie hatte dazu beigetragen, psychopathische Tendenzen ans Licht zu bringen, die Guillem selbst erschreckten.

Molinas Rückkehr mit einer Flasche in der Hand setzte Gilles' Grübeleien, die in einem Vernehmungsprotokoll nichts zu suchen hatten, ein Ende.

»Ein kleines Gläschen Cava, einverstanden? Das haben wir uns wirklich verdient …«

»Ja, aber schnell … Ich wollte vor meinem Termin beim Richter noch etwas regeln.«

»Etwas, was mit unserem Fall zu tun hat?«, fragte Jacques beunruhigt.«

»Ganz und gar nicht, keine Sorge.«

• • •

Mit leichtem Herzen folgte Sebag dem Ufer der Têt. Er ließ das Commissariat und seinen verdammten Beruf hinter sich. Jetzt ging es nicht mehr darum, den harten Kerl zu spielen und echte Juwelenräuber und falsche Mörder einzubuchten, jetzt endlich konnte er seinen Neigungen freien Lauf lassen. Seine Kollegen hatten ihn oft als verfehlten Psychologen verspottet, wenn sie nett waren, und als verfehlten Sozialarbeiter, wenn sie es nicht so gut mit ihm meinten. Der Buchhändler selbst hatte ihn ironisch einen Vincent de Paul genannt. Na und? Jedem sein Laster, und er hatte beschlossen, zu dem seinen zu stehen.

Er hatte Mühe, in dem vom Hochwasser verwüsteten Bambusdickicht den Zugang zu finden. Auf dem kleinen Strand lag massenhaft Treibholz herum, aber sonst entdeckte er dort nichts. Kein Zelt, keine Habseligkeiten, überhaupt keine Spur vom Buchhändler. Er beschloss, zu Aguilars Haus zurückzukehren.

Auf der Rückseite des Gartens lag ein ganz frischer Hundehaufen auf der Schwelle der Gittertür zum Häuschen. Sebag wäre fast hineingetreten. Der Schlüssel war nicht mehr in seinem Versteck. Er schob die kreischende Tür auf, ging zum Häuschen und klopfte zweimal leise an.

»Ich bin's. Lieutenant Sebag.«

Er trat ein, ohne eine Antwort abzuwarten. Ein Buch in der Hand, erhob Nicolas sich von dem alten Sofa, das er in den Hauptraum gezogen hatte.

»Ich bin gekommen, um mich bei Ihnen zu bedanken«, sagte

Sebag. »Sie haben mit den jungen Leuten geredet, und die haben eine Zeugenaussage abgegeben. Das war ein entscheidendes Element, und inzwischen habe ich meine Ermittlungen abgeschlossen.«

Nicolas lächelte ihn schüchtern an. Seine hohlen Wangen bildeten zwei Rinnen um seine riesig hervorstehende Nase.

»Ich räume das Haus gleich. Der Regen hat aufgehört, ich sollte schon längst weg sein …«

Der Buchhändler stand mit hängenden Armen da, und seine Kleider schlotterten um seinen Leib. So mager wie ein Blatt Papier. Die Bequemlichkeit des Lebens im Haus, wie relativ sie auch sein mochte, hatte ihm seine Kraft und seinen Zorn geraubt.

»Ich habe vielleicht eine Lösung«, wagte Gilles einen Vorstoß. »Aber Sie wollen ja nicht, dass man sich um Ihre Angelegenheiten kümmert.«

Nicolas deutete mit einer unbestimmten Handbewegung auf das düstere Zimmer: »Letztes Mal war es eher eine gute Idee.«

»Ich habe Ihre Frau angerufen.«

Der Buchhändler reagierte auf die Information wie auf einen Fausthieb in den Magen und brach auf dem Sofa zusammen. Sein Gesicht färbte sich knallrot. Sebag fasste eine Tüte mit Büchern ins Auge und setzte sich darauf. Es war eine wacklige Angelegenheit, aber es durfte auf keinen Fall so wirken, als betrachtete er seinen Gesprächspartner von oben herab.

»Ich wollte sie beruhigen und ihr sagen, dass Sie noch leben.«

Nicolas' Kieferpartie verhärtete sich, was seine hohlen Wangen noch betonte. Sein Blick war leer, der Buchhändler hatte sich in sich selbst zurückgezogen. Sebag beschloss, ein wenig zu lügen: »Ich habe ihr nicht gesagt, wer ich bin oder wo Sie leben.«

Er strich mit einem Finger über die Bücher unter ihm.

»Ich habe ihr einfach nur mitgeteilt, dass Sie immer noch in der Buchbranche sind …«

Der Buchhändler schien ihn nicht hören. Sein K.o. dauerte noch immer an. Gilles sagte sich, dass er sich so verhalten musste, wie wenn jemand im Koma liegt. Ihm ein Seil aus Worten zuwerfen.

»Ich habe Neuigkeiten von der Buchhandlung«, fuhr er fort.

Positives, immer nur Positives.

»Sie hatten recht, es gab dort nicht genug Arbeit für drei Personen.«

Virginie Morvan hatte ihm die Situation mit einigen wenigen Worten erklärt. Nicolas hatte zwei Angestellte – einen jungen Familienvater und eine geschiedene Fünfzigjährige –, doch die kleine Buchhandlung lief nicht so gut, dass all diese Menschen davon hätten leben können. Nicolas hätte Mitarbeiter entlassen müssen, aber dazu hatte er sich niemals entscheiden können. Er hatte es vorgezogen, eines Abends, als er die monatliche Abrechnung machte, die Flucht zu ergreifen. Auf seinem Schreibtisch hatte er sein Handy, seine Bankkarte und ein paar Worte der Entschuldigung zurückgelassen, die er in aller Eile auf einer Karteikarte notiert hatte.

»Sie haben wie ein Verrückter gearbeitet, um es zu schaffen, Sie haben alles gemacht, was ging, davon sind alle überzeugt.«

Zusätzlich zu ihrer eigenen Stelle hatte Virginie die Leitung der Buchhandlung übernommen. Da nun nur noch zwei Gehälter zu zahlen waren, hatte die Bilanz sich ein wenig verbessert, auch wenn noch einige Schulden zu begleichen waren.

»Ihre Mitarbeiterin Nathalie hat gerade ihr zweites Enkelkind bekommen. Sie möchte näher zu ihrer Tochter in Toulouse ziehen und hat vor, demnächst regulär zu kündigen. Es wäre schade, eine neue Kraft einstellen zu …«

Auch wenn eine Reaktion ausbleibt, das Seil immer wieder auswerfen.

»Sie lieben Bücher … und Sie geben diese Liebe gern weiter … Dank Ihnen habe ich wieder Spaß am Lesen gefunden …«

Die ersten Kapitel von *Ravage* hatten Gilles gefallen, doch er wusste, dass die Rückkehr zur Lektüre heutzutage eine ständige Willensanstrengung erforderte.

»Das Buch braucht Menschen wie Sie …«

Gilles entdeckte ein leichtes Beben, das über Nicolas' Gesicht lief. Den nächsten Wurf musste er mit großer Vorsicht ausbringen. Plötzlich hatte Sebag Lust auf Kaffee, doch im Zimmer hing nur ein säuerlicher Geruch von billigem Wein.

»Ihre Familie braucht Sie ebenfalls. Sie fehlen ihr …«

Nicolas hob langsam den Kopf und bedachte Gilles mit dem Blick eines traurigen Cockerspaniels. Virginie hatte am Telefon den Kummer von Enzo, zehn, und Louise, sieben, erwähnt.

»Ihre Kinder fragen jeden Tag nach Ihnen …«

Mit Absicht ließ er in diesem Satz eine bestimmte Person aus. Die Reaktion ließ nicht auf sich warten. Endlich machte Nicolas den Mund auf: »Und … Virginie?«

»Sie liebt Sie …«

Die Vieldeutigkeit nicht zu schnell verlassen. Ihn zu einer Reaktion bewegen.

»Wie kann sie mich immer noch lieben? Ich bin geflohen, ich habe sie im Stich gelassen …«

»Sie machen eine Depression durch, Nicolas. Sie hätten in eine Klinik gehen und es sich mit einem Zimmer, Ärzten und Medikamenten bequem machen können. Aber Sie haben sich für die Straße entschieden.«

Er machte eine Pause.

»Das war keine Flucht, sondern Sie wollten sich selbst bestrafen.«

Die schmalen Schultern des Buchhändlers erbebten.

»Ich habe nicht sehr ausführlich mit Virginie reden können«, fuhr Gilles fort, »aber ich weiß, dass sie wie ich denkt.«

Nicolas' Blick floh, glitt eilig durchs Zimmer und heftete sich auf die Weinflasche. Die Hoffnung hatte Mühe, sich Bahn zu brechen.

»Sie hat jemand Besseren verdient als mich ...«

Im ersten Moment dachte Gilles, er müsse noch mehr Rettungsringe auswerfen. Doch dann verstand er, dass er nun Nicolas sie ergreifen lassen musste.

»Das kann nur sie entscheiden. Geben Sie sich und ihr eine Chance.«

Den Namen des Angesprochenen in die Sätze einzuflechten, das war, als streckte man die Hand aus, ohne den Ring loszulassen.

»Sie haben sich genug bestraft, Nicolas, es ist Zeit, nach Hause zurückzukehren.«

Nicolas' feuchte Augen ließen die Flasche los und hefteten sich auf seine Schuhe, große Treter aus abgenutztem braunem Leder.

»Irgendwann ist es zu spät, Nicolas ...«

Der Buchhändler hob wieder den Kopf.

»Ist es nicht jetzt schon zu spät?«

Die Stimme ging am Ende des Satzes nach oben. Die Hoffnung war da. Nicolas würde den verdammten Rettungsring ergreifen ...

»Was die Kinder anbelangt, bestimmt nicht«, antwortete Gilles. »Und was Virginie betrifft, das hängt nur von Ihnen ab.«

Gilles nahm sich Zeit zum Nachdenken. Er musste jedes Wort und jede Sprechpause abwägen.

»Sie erwartet Ihren Anruf. Wenn Sie wüssten, wie sehr sie darauf hofft ...«

»Wie können Sie sich da so sicher sein?«

»Weil sie es mir gesagt hat.«

Sebag holte unauffällig Atem. Jetzt oder nie. Es durfte nicht schiefgehen.

»Sie hat auch angefangen zu weinen, als sie mir das sagte.«

37

Auf der harten Bank des Gerichtsgebäudes wartete Gilles Sebag darauf, vom Untersuchungsrichter vorgelassen zu werden. Guillem Batère neben ihm verlor sich in der Betrachtung seiner Handschellen. Er hatte erstaunt gewirkt, als Jacques sie ihm angelegt hatte. In der Psychologie nennt man das einen Realitätsschock. Der Moment, in dem einem klar wird, dass das, was man erlebt hat, tatsächlich geschehen ist und dass eine Rückkehr zum vorherigen Zustand nie mehr möglich ist.

Gilles sann darüber nach, wie sein Tag verlaufen war. Die Vernehmung Batères und sein Gespräch mit Nicolas Morvan. Der Gedanke, er hätte seinen Beruf verfehlt, war ein Irrtum. Auch wenn sie ihm manchen billigen Spott eintrugen, machten seine Intuition und seine Empathie ihn eher zu einem guten Polizisten. Ja, er war fast bereit, das an diesem Spätnachmittag zu glauben. Auch wenn er sonst eher zu Selbstkritik neigte, durfte er sich auch einmal loben. Einmal ist keinmal, wie das Sprichwort besagt.

Er hatte nicht das Gefühl, von dem Holz zu sein, aus dem man Helden schnitzt – Menschen, die ausgezeichnet und geehrt werden. Aber egal! Er hatte vor langer Zeit darauf verzichtet, Karriere zu machen, und würde sich bis zu seiner Pensionierung damit begnügen, die Fälle, die man ihm anvertraute, nach bestem Vermögen zu lösen. Mit all seinen Qualitäten und mit all seinen Fehlern.

So schlecht war das gar nicht. Im Alltag brauchte die Polizei eher gute Psychologen als gute Scharfschützen.

Das Warten im Flur des Gerichts schien ewig zu dauern. Die Bank war genauso starr wie die Justiz und peinigte seinen Rücken. Gilles richtete sich im Sitzen auf.

Als er dem Buchhändler von den Tränen seiner Frau erzählt hatte, war der zusammengebrochen. Er war weinend aufgestanden und hatte das Zimmer in alle Richtungen durchmessen. Gilles hatte ihm Zeit gelassen, auf diese Weise die größte Anspannung abzubauen. Dann hatte er ihm sein Handy gereicht, in das er vorher Virginies Nummer eingetippt hatte.

Danach war er ein paar Minuten hinausgegangen und hatte Luft geschnappt.

Als er ins Zimmer zurückkehrte, stieß er auf einen anderen Nicolas. Die Schultern straffer, das Kinn höher erhoben und mit einem neuen Glanz in den Augen. Und auch mit einem etwas verlegenen Lächeln auf den dünnen Lippen.

»Sie wollte mich abholen«, vertraute er Gilles an. »Aber das habe ich abgelehnt, ich will nicht, dass sie mich in diesem Zustand sieht.«

Dann begann er, auf der Stelle zu treten. Es fiel ihm schwer, um einen erneuten Gefallen zu bitten. Doch Sebag kam ihm zuvor: »Da Sie mich wieder zum Lesen gebracht haben, brauche ich nun Bücher. Ich kaufe Ihnen Ihren ganzen Bestand ab. Gegen neue Kleidung, eine Nacht im Hotel und eine Zugfahrkarte nach Bordeaux. Zweiter Klasse. Schließlich sind Ihre Bücher secondhand …

Gilles setzte sich ein weiteres Mal zurecht. Molina war draußen und rauchte. Sobald er zurückkehrte, würde er ihn um eine Zigarette anhauen und ebenfalls rausgehen.

Er beschloss, die Zwangspause zu nutzen, um ein wenig in seinem Handy aufzuräumen. Als er Nicolas das Gerät gereicht hatte, war ihm eine Warnung aufgefallen. Der Speicher des Telefons war beinahe voll. Mit welchem Unsinn man diese Dinger doch vollstopfen konnte!

Hatte Claire alles gelöscht, oder bewahrte ihr Telefon noch immer die Erinnerung an die Nachrichtenwechsel mit ihrem Geliebten auf? Fotos, SMS … Eines war sicher, in seinem Kopf war nicht alles gelöscht worden. Zwangsläufig. Und in ihrem übrigens auch nicht.

Er schob den Gedanken beiseite und klickte auf das Icon für die Fotos. Léo hatte ihm einmal erklärt, die verbrauchten immer den meisten Speicherplatz. Das letzte Foto in der Liste hatte ihm Joan geschickt. Es handelte sich um den Schlagring, mit dem Monclar Philippe einen Hieb versetzt hatte. Das war belanglos. Er löschte es.

Und bereute es sofort.

Die Waffe war eindrucksvoll. Damit hätte Monclar den Juwelier viel schlimmer verletzen können. Können? Oder müssen … Monclar hatte ihm zweifellos nur einen »kleinen freundschaftlichen Klaps« gegeben. So hatte Joan es ausgedrückt.

Ein Schauer lief Gilles über den leidenden Rücken. Sein Atem ging schneller. Er wandte sich Guillem zu.

»Sie haben uns nicht alles gesagt?«

Der junge Mann riss sich von der Betrachtung seiner Handschellen los.

»Vielleicht habe ich ein oder zwei Einzelheiten vergessen.«

Sebag musterte ihn einige Sekunden. »Sie haben uns nicht alles gesagt«, wiederholte er.

Das war keine Frage.

»Hat es Ihnen für heute nicht gereicht?«, fragte Batère verwundert.

38

Gilles Sebag geduldete sich, während Philippe Borell eine Kundin bediente. Sie suchte einen Katalanischen Granat für den zwanzigsten Geburtstag ihrer Tochter. Zum Glück ging es schnell. Die Kundin fasste einen vorläufigen Entschluss, wollte aber noch einmal darüber nachdenken.

»Ich habe eine schlechte Nachricht und zwei gute«, sagte Gilles, als er schließlich mit dem Juwelier allein im Laden war. Soll ich mit den guten anfangen?«

Borell zuckte mit den Schultern.

»Die erste gute Nachricht ist, dass wir alle Täter verhaftet haben. Oder beinah alle.«

Sebag berichtete von der vorübergehenden Festnahme Saïds und der kurz darauf erfolgten Einleitung eines Ermittlungsverfahrens gegen Guillem Batère wegen Mordes und Beihilfe zu einem Raubüberfall. Borell hörte aufmerksam zu und hütete sich, irgendein Gefühl erkennen zu lassen. Er zeigte nicht einmal eine Regung, als Gilles das Motiv des Mordes erwähnte, die sozusagen mit Aguilars Einverständnis begangene Tat. Am Ende des Berichts begnügte sich der Juwelier, dessen Wangen zitterten, mit der Frage: »Und die zweite gute Nachricht?«

»Wir werden die Steine wiederfinden. Ich weiß vermutlich, wo sie sich befinden.«

Der Juwelier erbleichte.

»Ah … Dann sollte ich Sie vielleicht besser nicht nach der schlechten Nachricht fragen?«

»Vielleicht nicht …«

Borell führte die Hand zur Wange. Von der Wunde war nur noch eine winzige gezackte Narbe auf dem Wangenknochen zu sehen.

»Sie haben vermutlich detaillierte Geständnisse erhalten. Keiner möchte für einen Raubüberfall bestraft werden, den er nicht wirklich begangen hat.«

»Bisher hat noch keiner geredet.«

Zum ersten Mal wirkte Borell überrascht. »Dann herzlichen Glückwunsch, Inspecteur!«

»Lieutenant, es heißt jetzt Lieutenant.«

»Tut mir leid, ich bin noch nicht daran gewöhnt.«

Sebag öffnete die Tür des Geschäfts und ließ zwei Polizisten in Uniform ein. Dann schloss er sie wieder und drehte das Schild von *Geöffnet* auf *Geschlossen*.

»Machen Sie uns Ihren Safe auf? Wir werden diese sagenhaften Steine nun an uns nehmen.«

Epilog

Achtzehn Kerzen schmückten den Geburtstagskuchen, der auf dem Wohnzimmertisch prangte. Vier Menschen mit ergriffenen Gesichtern standen um ihn herum. Gilles, Claire, Léo und Séverine. Die Familienfeier war in vollem Gange, das älteste der Sebag-Kinder wurde volljährig. Für Gilles war die Freude von einer leichten Melancholie getrübt. »Allmählich wird der kleine Vogel flügge«, redete er sich schon seit einigen Jahren gut zu. Nächstes Jahr würde Léo zum Studium nach Toulouse ziehen. Das Leben folgte seinem Kurs, und sein Sohn würde seinen Kursen an einer Universität folgen, die zweihundert Kilometer von zu Hause entfernt war.

Claire steckte die Kerzen an, eine nach der anderen.

Léo beugte sich über den Tisch, holte tief Luft und blies sie mit einem einzigen Atemzug aus.

Der Fall Aguilar-Batère-Borell war seit einigen Tagen abgeschlossen. Alle Täter hatten gestanden, der Schein trog nicht mehr. Nichts hatte der Überprüfung standgehalten. Es gab weder einen richtigen Mörder noch – von Monclar abgesehen – einen richtigen Juwelenräuber und vielleicht nicht einmal einen Pädophilen. Alles hatte sich in einem feinen Zwischenraum abgespielt. Nun waren die Richter an der Reihe und mussten sich damit auseinandersetzen. Sebag und seine Kollegen hatten ihre Arbeit getan.

Die angeblich geraubten Edelsteine waren in Borells Safe aufgefunden worden, sorgfältig geordnet und mit der Inventarliste des Lieferanten daneben. Der Juwelier hatte sich nicht lange bitten lassen. Er hatte von schlecht laufenden Kapitalanlagen berichtet, von wachsenden Schulden und erzählt, wie Aguilar ihm einen vorgetäuschten Raubüberfall vorgeschlagen hatte. Was den Rest anbelangte, so war er – behauptete er zumindest – in nichts eingeweiht gewesen. Vom Tod seines Freundes habe er erst am Abend der *Sanch* erfahren.

Auch Anouar Saïd hatte sich als gesprächig erwiesen. Dem ehemaligen Zigarettenschmuggler drohte nun nur noch die Einleitung eines Ermittlungsverfahrens wegen Beihilfe zum Versicherungsbetrug. Dass Spanien ihn deswegen ausliefern würde, war nicht sicher. Nun wunderte sich Sebag nicht mehr, dass er dem von ihm vorgeschlagenen Deal so widerspruchslos zugestimmt hatte. Anouar hatte niemanden verpfeifen wollen, aber alles, was seine Komplizen dazu brachte, die Wahrheit zu enthüllen, konnte nur gut für ihn sein.

Monclars Lage war wesentlich komplizierter. Ein Paradebeispiel für die Justiz. Keiner hatte ihn eingeweiht, und er hatte wirklich an einen Raubüberfall geglaubt. Auch als Saïd ihn angewiesen hatte, den Juwelier »ein wenig, aber nicht zu kräftig« zu schlagen, hatte er den Braten nicht gerochen. Saïd hatte damals so getan, als sollte der Juwelier nur ein wenig eingeschüchtert werden, während es ihm in Wirklichkeit darum gegangen war, das Szenario eines Raubüberfalls glaubwürdiger zu machen.

Lèo packte zunächst das Päckchen aus, das Séverine ihm reichte. Es war ein Sweatshirt mit grauer Kapuze.

»Die dunkle Farbe wird gut zu dem hier passen«, bemerkte Claire und gab ihm nun ihrerseits ein Geschenk.

»Cool …«

Auf dem Rückweg vom Juwelier war Gilles in einem der Flure des Gerichtsgebäudes Batères Vater begegnet. Er hatte zugelassen, dass er sich einige Minuten mit seinem Sohn unterhielt. Da Gilles etwas Abstand gehalten hatte, hatte er nicht verstanden, worüber sie sprachen, doch die Körpersprache war eindeutig gewesen. Weder Wärme noch Zuneigung noch Zärtlichkeit, nicht einmal in dem Kuss, den sie am Ende des Gesprächs ungeschickt getauscht hatten. Nichts konnte zwei Menschen dazu zwingen, sich zu lieben oder auch nur zu schätzen. Manchmal bedeuteten Blutsbande nichts.

Beim Anblick des strahlenden Gesichts seines Sohnes – noch das Gesicht eines Kindes –, als er die so sehr begehrten Sneaker aus dem Karton nahm, lächelte auch Gilles wieder. Ein kunterbuntes Modell in Grau, Blau und Rot mit goldenen Bienen. Wie grässlich …

Gilles wartete, bis sein Sohn sich die Schuhe angezogen hatte, und reichte ihm dann ein weiteres Geschenk. Eine Überraschung. Interessiert packte Léo eine zweite Schuhschachtel aus. Er holte ein Paar Turnschuhe heraus, diesmal vom klassischen Typ. Als sein Sohn ihn erstaunt ansah, erklärte Gilles: »Für den Fall, dass dir die Idee kommt, diese Sorte Schuh für ihren ursprünglichen Gebrauch zu verwenden … Zum Beispiel, um durch die Landschaft zu joggen.«

»Mit dir zusammen?«

»Wieso nicht …«

Léo streckte die geballte Faust hoch.

»Wetten, dass ich das mach?«

Gilles hob nun seinerseits die Faust zum Check.

»Die Wette gilt.«